Lara Wegner

# Ein Hauch von Schicksal

DRACHENMOND VERLAG

Astrid Behrendt
Rheinstraße 60
51371 Leverkusen
www.drachenmond.de
info@drachenmond.de

Satz: Janina Sydow
Layout: Astrid Behrendt
Lektorat: Ava Reed
Korrektorat: Michaela Retetzki

Illustrationen: Shutterstock

Umschlaggestaltung:
Sanja Gombar

Druck:
Booksfactory

ISBN
978-3-95991-067-5


Alle Rechte vorbehalten

# Eins

»Worüber möchten Sie heute sprechen, Grace?«

Für diese immer wiederkehrende Frage hätte ich Pickett am liebsten eine Ladung Pfefferspray in die Augen gesprüht. Ich will über gar nichts sprechen. Weder heute noch morgen noch irgendwann und erst recht nicht mit einem Psychiater. Eigentlich sollte er das nach zwei Jahren Therapie allmählich kapieren. Bestimmt hat er das auch, bloß wäre er keine Koryphäe auf seinem Gebiet, ließe er mir das durchgehen. Also macht er das, wofür er bezahlt wird.

Selbstverständlich nicht von mir. Onkel Ray trägt die bombastischen Kosten meiner wöchentlichen, absolut sinnentleerten Sitzungen bei Pickett. Sir Raymond Fields ist nicht mein richtiger Onkel, sondern seit Jahrzehnten der Anwalt und Vermögensverwalter meiner Familie. Bis zu meinem fünfundzwanzigsten Lebensjahr hält er die Hand über mein Erbe, so schreibt es das Testament vor. Das heißt im Klartext, ich erhalte eine monatliche, von ihm festgelegte Summe, die sich danach richtet, ob ich regelmäßig auf der Designercouch des besten Psychiaters von London aufschlage und mir dämliche Fragen stellen lasse. Vermutlich wird sich in den nächsten fünf Jahren auch nichts daran ändern.

»Möchten Sie heute vielleicht über den Unfall reden, Grace?«

Na klar. Darauf freue ich mich schon seit dem Aufstehen. Ich konnte es gar nicht abwarten, in seinem lichtdurchfluteten Sprechzimmer in weichen Polstern zu versinken und mich in epischer Breite über das auszulassen, was er im beiläufigen Tonfall einen *Unfall* nennt. Als hätte sich jemand bloß ein Bein gebrochen, als wäre es eine Kleinigkeit, die sich demnächst von selbst erledigt. Aber so läuft es nicht. Es wird sich nämlich niemals erledigen.

»Nein.«

»In Ordnung.«

Für ihn ist immer alles in Ordnung. Als nächstes kommt er mir wieder mit irgendeiner Banalität. Zum Auflockern, wie ein Warm-up beim Sport. Ich kenne das schon.

Gelangweilt starre ich an die Stuckdecke. In den Ecken kleben Cherubinen und starren aus leeren Augen zurück. Beim nächsten Mal sollte ich unbedingt einen Hammer mitbringen und ihnen damit die niedlichen Gesichter einschlagen. Ob Pickett das dann auch noch *in Ordnung* fände?

»Sie tragen einen hübschen Anhänger. Woher haben Sie ihn?«

Shit! Dieser Mann besitzt die Instinkte eines Auftragskillers. Gleichgültig, wie hoch ich meine Deckung ziehe, er trifft immer irgendwie ins Schwarze. Dieses Mal bin ich selbst schuld. Ich hätte den Anhänger unter der Bluse lassen sollen, anstatt gedankenlos damit herumzuspielen. Ach, was soll's.

»Es ist ein keltischer Talisman. Ich habe ihn aus dem Umschlag.«

Mehr muss ich nicht sagen. Pickett weiß über den Umschlag Bescheid, der mir vor zwei Jahren vom spanischen Botschafter in London ausgehändigt wurde. Was sich darin befand, weiß er allerdings nicht. Ich fand es selbst erst vor drei Tagen heraus.

Viel ist es nicht. Eine Herrenarmbanduhr von Girard-Perregaux mit gesplittertem Glas, stehengeblieben um 11:04 Uhr. Eine pinkfarbene, verbogene Haarspange. Ein kleiner, in Form einer Rose geschliffener Rubin, der zu einem Ohrring gehörte. Ein Ehering mit einer Delle in der Seite. Kaputte Bruchstücke, mehr ist von ihnen nicht geblieben. Und von mir auch nicht.

»Sie haben den Umschlag also geöffnet. Ausgezeichnet. Sie machen Fortschritte, Grace.«

Echt? So kommt es mir überhaupt nicht vor. Seit dem *Unfall* trete ich auf der Stelle. Wobei Treten der falsche Ausdruck ist, denn das wäre immerhin eine Form von Bewegung. Bei mir herrscht absoluter Stillstand. Innen wie außen.

»Was verbinden Sie mit diesem Talisman, Grace?«

Eine halbwegs ungefährliche Frage, obwohl ich mir wünsche, er würde nicht jeden Satz mit meinem Namen abschließen. Völlig unnötig. Ich weiß, wer ich bin. Darin liegt ja das Problem. Ich gäbe alles dafür, eine andere zu sein.

»Er ist seit Generationen im Besitz meiner Familie. Zuletzt gehörte er …« Falscher Anfang. Ich kann den Namen nicht aussprechen und schlucke trocken. »Er wird immer an die älteste Tochter weitergegeben.«

»Er gehörte ihrer Schwester Katherine. Möchten Sie mir etwas über sie erzählen, Grace?«

Das kann er sowas von vergessen. Soll er doch googlen. Die Tageszeitungen und Boulevardblätter waren wochenlang voll von ihr. Nach den ersten Meldungen konzentrierten sich alle auf Katherine. Auf das Drama ihres Todes, das noch tragischer wurde, weil es auf dem Weg zu ihrer Hochzeit in Marbella geschah. Ihr Verlobter starb mit ihr. Und der Rest der Familie Rivers ebenfalls. Alle starben sie.

Alle, außer mir.

Das war natürlich ein paar Extraschlagzeilen wert. Grace Rivers, einzige Überlebende der Katastrophe. Durch das Unglück zur Alleinerbin eines Millionenvermögens geworden. Beim Shoppen auf der Bond Street, während alle anderen im Privatjet ihres Vaters in den Pyrenäen abstürzten. Überall sprangen mir diese Anklagen in fetten Lettern und auf Hochglanzbildern entgegen.

Also nein, ich will nicht darüber reden. Denn nichts, was ich dazu sage, nichts, was ich darüber denke, nichts, was ich unternehme, kann es ändern. Sie sind fort. Mein Leben ist ein Trümmerfeld, ausgebrannt wie der Jet meines Vaters.

»Ich war im Haus meiner Eltern.«

Ach verdammt! Das kommt davon, wenn man abgelenkt ist und sich auf Gedanken einlässt, die man nicht denken sollte. Pickett sieht mich schweigend mit seinen braunen Teddyaugen an. Aufmerksam, aber nicht drängend. Na gut. Nachdem ich damit angefangen habe, kann ich's auch zu Ende bringen. Irgendwie müssen wir die Stunde ja rumkriegen.

»Im Arbeitszimmer meines Vaters hängt seit Jahren ein Gemälde von einer Vorfahrin meiner Familie. Ich habe es mitgenommen.«

»So?« Er macht eine Notiz. Sein Füllfederhalter kratzt über das Papier. Garantiert hält er das für einen weiteren Fortschritt, den er Onkel Ray sofort mitteilen wird. »Weshalb haben Sie das getan?«

»Keine Ahnung. Das Haus wird bald verkauft und ich wollte ...«

Ja, was? Ich zucke mit den Schultern. »Sie war eine Waise, ein Mündel von König Charles II. und Ehrenjungfer der Königin. Sie hieß wie ich und sie sieht mir auch sehr ähnlich. Finden Sie das nicht seltsam?«

»Solche Ähnlichkeiten können innerhalb einer Familie durchaus vorkommen.«

Wenn er das sagt. Ich finde es seltsam. Das ganze Bild ist merkwürdig. Lady Grace Rivers hält eine Mango in der Hand und zu ihren Füßen liegt ein Krokodil. Beides scheinen Zeichen zu sein, die ich verstehen müsste, doch nicht verstehen kann. Vor allem die Mango beunruhigt mich. Ich liebe Mangos, ich bin geradezu versessen darauf, jedenfalls war ich das, als ich noch gern gegessen habe. Und ausgerechnet diese Frucht hält sie in der Hand. Das muss doch etwas bedeuten. Oder? Pickett frage ich lieber nicht, sonst diagnostiziert er noch eine Paranoia.

»Sie trägt den Talisman um den Hals«, sage ich stattdessen. »Wahrscheinlich glaubte man im siebzehnten Jahrhundert noch an seine Wirkung.«

Interessiert hebt er die Brauen. »Was wird ihm denn nachgesagt?«

»Es heißt, wenn zwei Menschen zur gleichen Zeit den gleichen Wunsch hegen, geht er in Erfüllung. Vorausgesetzt, einer von ihnen trägt den Talisman.«

»Was empfinden Sie beim Tragen des Amuletts, Grace?«

Ich weiß genau, was er jetzt hören will. Trost soll ich empfinden, eine Bindung zu meiner Familie. Stattdessen ist einzig Wut in mir. Eine alles verschlingende, lähmende Wut. Meine Eltern und Katherine, meine Großeltern, Onkel und Tanten, Cousinen und Cousins wurden bis zur Unkenntlichkeit verbrannt in Plastiksäcken abtransportiert, und dieses Scheißding übersteht alles ohne den geringsten Kratzer. Deshalb trage ich es. Weil meine Wut mir wenigstens die Illusion vermittelt, am Leben zu sein. Nicht, dass das Pickett etwas angeht.

»Es ist bloß ein Schmuckstück.«

Pickett schlägt ein Bein über das andere. Das macht er immer, wenn er nicht weiterkommt. Ich nehme an, es ist eine instinktive Art der Schutzhaltung. Vielleicht fürchtet er um seine Kronjuwelen, an denen mein fürsorglicher Anwalt ihn packen wird, falls er keine Ergebnisse liefert.

Unauffällig wirft er einen Blick auf seine Armbanduhr. Pure Gewohnheit, denn wir brauchen beide keine Uhr, um zu wissen, wann die Stunde endet. In spätestens einer Minute bin ich erlöst.

»Nur ein Schmuckstück?«, wiederholt er und schöpft die Zeit bis zur letzten Sekunde aus. »Was wäre, wenn es Ihnen einen Wunsch erfüllen könnte, Grace? Ist es nicht eher das, was Sie sich davon erhoffen?«

So ein Bullshit! In den fünf Minuten bis zum Aufprall haben vermutlich alle im Jet das Gleiche gedacht: Bitte, lass mich das überleben. Vierundzwanzig Mal der gleiche Wunsch, doch der bronzene Anhänger hat darauf geschissen. Diesen ersten Gedanken werde ich aber auf keinen Fall laut äußern. Pickett würde mir daraus nur eine Schlinge drehen. Also weiche ich auf meine unverfängliche Vorfahrin aus.

»Meiner Doppelgängerin hat er jedenfalls keinen Wunsch erfüllt oder Glück gebracht. Über ihr weiteres Schicksal am Hof von König Charles II. ist nichts bekannt. Keine Hinweise auf eine Ehe oder Kinder oder was auch immer. Als wäre sie nach der Fertigstellung des Gemäldes einfach verschwunden. Sie war erst zwanzig Jahre alt.«

So wie ich.

»Was glauben Sie, ist mit ihr passiert?«

Die Stunde ist vorüber. Ich bücke mich, greife nach meiner Handtasche und stehe auf. Eigentlich muss ich Pickett keine Antwort darauf geben. Andererseits gibt es keinen Grund, ihn dumm sterben zu lassen. Schließlich betrifft es nicht mich, sondern eine Frau, die längst zu Staub zerfallen ist.

»Ich glaube, sie hat sich umgebracht.«

Gut gemacht, Grace!

Ich fülle kaltes Wasser in das Becken, tauche das Gesicht hinein und halte die Luft an. Ich kann froh sein, im eigenen Badezimmer zu stehen. Meine Bemerkung brachte Pickett völlig aus der Fassung und mich beinahe in die Psychiatrie. Während sein Folgetermin draußen wartete, redete ich mir den Mund fusselig, um ihn davon zu überzeugen, dass ich nicht selbstmordgefährdet bin, sondern bloß eine Vermutung geäußert habe. Es war verdammt knapp.

Erst als ich die Presse erwähnte und welchen Staub es aufwirbelt, wenn meine Einweisung bekannt wird, knickte er endlich ein. Bevor er mich gehen ließ, musste ich zwei hellblaue Tabletten schlucken, eher zu seiner als zu meiner Beruhigung. Das Päckchen gab er mir mit. Ich musste versprechen, die Pillen bis auf Weiteres zu nehmen. Da *bis auf Weiteres* ziemlich unpräzise ist, habe ich nicht vor, mein Versprechen zu halten.

Verklag mich doch, Pickett.

Als meine Lunge zu brennen beginnt, hebe ich den Kopf und blicke in den Spiegel über dem Waschbecken. Wasser rinnt zu meinem Kinn und tropft von dort ins Becken. Ich sehe aus wie ein Geist. Die einzige Farbe in all der Blässe sind die bläulichen Ränder unter meinen Augen.

Früher, in einem anderen Leben, war ich immer leicht gebräunt. Mein Haar glänzte und meine Augen leuchteten. Grün wie die Knospen im Frühling, hat Katherine sie einmal genannt, und ich lachte mich darüber halbtot.

Gott, ich wünsche, ich könnte noch einmal so lachen. Tief aus dem Bauch, bis es wehtut. Und ich wünschte, ich hätte ihr Hochzeitsgeschenk rechtzeitig besorgt, anstatt auf den letzten Drücker über die Bond Street zu hetzen. Dann hätte ich keinen Linienflug für den nächsten Tag gebucht, sondern wäre mit allen anderen in den Jet gestiegen. Dann wäre ich jetzt bei ihnen.

Mein Blick schweift zu dem Tablettenpäckchen auf dem Beckenrand. Selbstmord ist eigentlich keine schlechte Idee. Ob sich Psychopharmaka dazu eignen? Sobald ich den Elan dazu aufbringe, werde ich drüber nachdenken.

»Miss Rivers, ich gehen jetzt«, ruft meine Haushaltshilfe Anjuli aus der Küche. »Die Essen ist auf Herd. Noch warm.«

»Danke, Anjuli. Bis morgen.«

Ich warte, bis die Haustür zuschlägt, bevor ich das Bad verlasse und nach unten in die Küche gehe. Anjuli besitzt ganz ohne Promotion ähnliche Killerinstinkte wie Pickett und hätte sofort gemerkt, dass dies wieder einer dieser Tage ist, an denen alles in Grau zerfließt. Okay, dieses Mal könnte es auch an den Tabletten liegen. Jedenfalls macht sie schon mehr als genug für mich und muss nicht noch ihren Feierabend damit verbringen, mir die Hand zu halten. Im Gegensatz zu mir, hat sie nämlich eine Familie, die auf sie wartet.

Auf dem Herd steht ein Topf mit Chicken Marsala und auf der Ablage ein Teller mit Mangostücken. Anjuli unternimmt alles, um mir Appetit zu machen. Nur deswegen esse ich von allem, was sie kocht, drei bis vier Bissen. Den Rest schütte ich in den Müll und trage die Tüte hinaus zur Tonne, damit sie nichts davon mitbekommt.

Die zerteilte Mango nehme ich mit nach oben ins Schlafzimmer. Dort setze ich mich aufs Bett und warte in der Stille des Hauses auf das Ende des Tages. Wie immer. Für alles andere bin ich zu müde. Einzig der Duft der Frucht füllt die allumfassende Leere.

Mir gegenüber an der Wand hängt das Bild meiner Doppelgängerin, Lady Grace Rivers. Als Kind ging ich oft in Papas Arbeitszimmer und betrachtete es. Sie kam mir damals vor wie ein Märchenwesen mit ihrem rotgoldenem Haar, das bis zur Taille fällt, und den grünen Augen. Ihr Lächeln kam mir irgendwie tröstlich vor. Ermutigend. Als wollte sie mir sagen: Nichts ist jemals so schlimm, dass es nicht eines Tages gut wird.

Da hat sie sich gewaltig geirrt.

Jetzt sehe ich in ihr bloß eine junge Frau. Eine Waise, zu der auch ich geworden bin. Das Reptil zu ihren Füßen irritiert mich. Ladys ihrer Zeit ließen sich mit Hunden malen oder auch mit einem Falken – aber ein Krokodil? Sicher wusste man damals schon von Krokodilen, aus Büchern und wahrscheinlich auch aus der Menagerie, die es im Tower gab, doch als Motiv auf dem Gemälde einer jungen Dame des Hofs ist es doch sehr ungewöhnlich.

Was hat sie sich dabei gedacht? Saß sie vor vierhundert Jahren ebenso wie ich in einem leeren Haus? Hohl, emotional entleert, als einzige Gesellschaft ein Krokodil. Obwohl das immerhin mehr ist, als ich vorweisen kann. Ich besaß einmal ein Pferd, aber ich habe es verkauft und meine Pokale im Dressurreiten in den Keller geräumt. Diamond hat mir nichts mehr bedeutet. Nichts bedeutet mir noch irgendetwas. So sieht es aus.

Ich mache Licht, ziehe den Talisman hervor und betrachte ihn. Wirklich nicht die geringste Spur eines Kratzers oder einer Delle. Mit dem Daumen reibe ich über das Keltenmuster, bis die Bronze die Wärme meiner Haut annimmt. Mein größter Wunsch kann nicht wahr werden, denn tot bleibt tot, aber mit dem zweitgrößten Wunsch könnte ich es mal versuchen.

»Ich wünsche mir, ich wäre eine andere«, flüstere ich dem Talisman zu. »Ich wünsche mir ein anderes Leben. Gleichgültig wo, gleichgültig wann, gleichgültig welches. Hauptsache, es ist nicht dieses.«

O Mann, ich benehme mich wie ein kleines Mädchen, das noch an Märchen glaubt, und ebenso still sitze ich da, den Talisman fest in der Hand, und warte auf ein Wunder. Das natürlich nicht eintritt.

»War ja klar.«

Mit einem bitteren Geschmack im Mund stehe ich auf, wechsle von Bluse und Jeans zu T-Shirt und Slip, gehe ohne zu duschen ins Bett und rolle mich auf der Seite zusammen. Meine Augenlider sind plötzlich schwer wie Blei und fallen zu.

Wenigstens scheinen die Pillen zu wirken.

»Wach auf, Grace. Du musst aufstehen.«

Nee, ganz sicher nicht. Bin doch gerade erst eingeschlafen. Ich greife nach der Decke, will sie mir über den Kopf ziehen und verfalle stattdessen in Karnickel-trifft-Fuchs-Schockstarre. Ich bin nicht allein in meinem Schlafzimmer! Mit geschlossenen Augen halte ich den Atem an und lausche. Prompt raschelt etwas in meiner Nähe.

»Ich weiß, dass du wach bist«, sagt eine helle Mädchenstimme. Mist! Heißt es nicht immer, Angriff ist die beste Verteidigung? Abrupt setze ich mich auf und schreie, so laut ich kann. Es wirkt. Die junge Frau neben meinem Bett stolpert zwei Schritte zurück und drückt dabei beide Hände auf die Brust. Ihr Mund steht offen, doch es kommt kein Laut heraus. Erschrocken starrt sie mich an.

Hastig wische ich mir die Haare aus den Augen. Ich hab es gewusst: Irgendwann findet eine bescheuerte Stalkerin zu meinem Haus. Sie muss eine sein, denn kein Mensch mit halbwegs klarem Verstand würde bei einem Einbruch ein Kostüm tragen, als ginge es auf einen barocken Maskenball.

»Wer sind Sie? Verschwinden Sie aus meinem Haus!«, schreie ich. Dann erinnere ich mich, zu welchen Kniffen Reporter greifen. »Ich gebe keine Interviews!«

»Was?« Nach einem verdatterten Blinzeln setzt sie die Hände in eine phänomenal schmale Taille. »Mach bitte nicht wieder eine Szene, Grace. Dazu ist keine Zeit. Mit deinen ständigen Verzögerungen ziehst du lediglich den Zorn der Königin auf dich.«

Den Zorn der Königin? Als interessiere es die Queen, ob ich Szenen mache oder plötzlich eine durchgeknallte Tussi in meinem Schlafzimmer herumsteht. Sie muss sich irgendetwas eingeworfen haben, vielleicht die gleichen blauen Pillen wie ich, denn als ich mir jetzt meiner Umgebung bewusst werde, wird sonnenklar, dass ich halluziniere.

Ich starre auf die geschnitzten Bettpfosten aus dunklem Holz, die mindestens zwei Meter hoch aufragen und einen Himmel aus staubigem, dunklem Samt tragen. Definitiv sitze ich nicht in meinem Bett geschweige denn in meinem Schlafzimmer. Rechts in der Wand sind schmale Fenster, durch deren grüne und gelbe Butzenscheiben eingefärbtes Sonnenlicht auf die Möbel fällt. Echte Antiquitäten, soweit ich das einschätzen kann.

Ich presse die Decke an meine Brust. »Wo bin ich?«

»Was ist bloß mit dir?« Sie runzelt die Stirn. »Ich weiß, dieses Haus sagt dir nicht zu, doch es ist das Beste am Platz. Und jetzt steh endlich auf. Du musst dich ankleiden.«

Ankleiden … Miss Barock geht offensichtlich voll und ganz in ihrer Rolle auf.

»Ich stehe nicht eher auf, bis Sie mir sagen, wo ich bin.«

Mit einem Seufzen dreht sie sich von mir fort, öffnet eine Truhe und kramt darin herum.

»In Plymouth.«

Plymouth! Ich verstehe immer weniger. Fest reibe ich über mein Gesicht. Was stimmt nicht mit mir? Gestern im Badezimmer dachte ich an Selbstmord. Was, wenn ich Picketts Tabletten nicht auf dem Waschbeckenrand liegen ließ, sondern sie alle auf einmal geschluckt habe? Es wäre nicht das erste Mal, dass ich etwas in meinem Leben verdränge.

Vielleicht habe ich einen fehlgeschlagenen Suizid hinter mir. Anjuli könnte mich gefunden haben und jetzt liege ich an einer Beatmungsmaschine im Krankenhaus und meine Synapsen funken Notsignale, bevor das Hirn aussetzt. Manche sehen dabei dunkle Tunnel mit einem Licht am Ende, ich erlebe einen letzten Trip, ausgelöst durch eine Überdosis blauer Pillchen. Einen extrem detailreichen Trip noch dazu.

»Wirst du jetzt endlich aufstehen, Grace!«

Aus meinem Grübeln gerissen, mustere ich den mir zugewandten Rücken der jungen Frau. Was soll ich machen? Auf den Tod warten wäre eine Option, aber ich habe keine Ahnung, wie lange das dauert, und Miss Barock wird langsam ungeduldig. Am besten, ich spiele bis zum Abspann mit. Kurzentschlossen schlage ich die Decke zurück. In dem Moment, als ich aus dem Bett steige, dreht sie sich um und schnappt schockiert nach Luft.

»Meine Güte! Was trägst du da?«

Ich blicke an mir herunter. Ich trage das Übliche. Ein weißes T-Shirt und einen schwarzen Slip. Als ich wieder aufsehe, zerrt Miss Barock etwas aus der Truhe, schüttelt es heftig aus und hastet auf mich zu. Es ist eine Art Morgenmantel, doch extrem aufwendig gearbeitet, der dunkle Samt ist über und über mit hellblauen und grünen Mustern bestickt. Anscheinend will sie ihn mir über den Kopf werfen, wie man einem Krabbeltier etwas überwirft, bevor man darauf herumtrampelt und es zerquetscht.

»Bedecke deine Blöße.« Sie legt den Morgenmantel um meine Schultern. »Was sollen denn die Leute denken?«

Hier sind keine Leute. Sie und ich sind die einzigen Darsteller in meinem persönlichen Psychopharmaka-Blockbuster. Als ich in die Ärmel schlüpfe, spüre ich ein leichtes Gewicht zwischen meinen Brüsten. Der Talisman. Ich presse die Hand darauf. Mein Wunsch vor dem Einschlafen … Nee! Sowas kann nicht passieren. Nicht im wirklichen Leben. Oder etwa doch?

Miss Barock wühlt weiter in der Truhe und redet in einer Tour. Ich kann ihr nicht folgen. Blut rauscht durch meine Ohren nach oben und blockiert meinen Kopf. Ich brauche eine Pause, muss dringend nachdenken, an einem ruhigen Ort, wo niemand auf mich einredet.

»Wo kann ich mir die Hände waschen?« Meine Stimme klingt dumpf und weit entfernt.

»Na, in der Waschschüssel. Du verhältst dich heute sehr sonderbar.«

Könnte daran liegen, dass ich mich in einer sonderbaren Situation befinde, in der Miss Barock nicht versteht, was mit Händewaschen gemeint ist. Damals, sofern ich mich im Damals aufhalte, nannte man es wohl anders.

»Ich muss mal.«

»Dann geh zum Abort.«

»Wohin?«

Mit hochgezogenen Brauen dreht sie sich zu mir um und zeigt auf eine niedrige Pforte in der Wand. Ich schlüpfe hindurch, lehne mich von innen dagegen und schließe die Augen. Durchatmen und Ruhe bewahren. Es gibt für alles eine logische Erklärung. Ganz bestimmt.

Mit trockenem Mund öffne ich die Augen und sehe mich um.

Das also ist ein Abort, ein winziges Quadrat mit einigen Löchern weit oben in der Wand, durch die Sonnenlicht auf einen Pott aus Steingut am Boden fällt. Ganz toll! Abhauen kann ich vergessen. Und mal ehrlich, wohin sollte ich auch gehen, falls meine unwahrscheinliche Vermutung zutrifft? Ich kenne hier niemanden und niemand kennt mich.

Also raffe ich den Morgenmantel, ziehe den Slip runter und setze mich. Während sich der kühle Rand des Pisspotts an meinen Hintern drückt, versuche ich, mich an den genauen Wortlaut meines Wunsches zu erinnern.

Ein anderes Leben, egal welches, egal wo, egal wann. Richtig, so war's. Und gelandet bin ich in der Vergangenheit. Sozusagen in der Gegenwart meiner Vorfahrin und Doppelgängerin Lady Grace Rivers. Allem Anschein nach haben wir zur gleichen Zeit den gleichen Wunsch geäußert und unsere Leben getauscht. Okay, das klingt extrem paranoid. Wie soll das überhaupt funktionieren? Auch wenn es der gleiche Wunsch ist, liegen Jahrhunderte dazwischen – also nix mit zur selben Zeit. Kommt natürlich darauf an, was damit gemeint ist. Das Jahr, das Datum oder bloß die Uhrzeit? Ich habe keinen blassen Schimmer, wie sich das die Kelten früher einmal gedacht haben.

Draußen quietscht eine Schranktür.

»Welches Datum haben wir heute?«, rufe ich.

»Den siebten Mai«, dringt es gedämpft durch die Pforte.

Gestern war der sechste Mai. 2015.

»Und welches Jahr?«
»Wie bitte?«
»Welches Jahr?«, brülle ich fast.

Zunächst herrscht Stille. Klar, Miss Barock muss mich für völlig verrückt halten. Vielleicht ist sie ohnmächtig geworden. Schließlich ringt sie sich zu einer grimmigen Antwort durch.

»Wir schreiben das Jahr des Herrn 1679, und ich wünsche mir, du würdest endlich aufhören, mir diese seltsamen Fragen zu stellen.«

Mädchen, sei bloß vorsichtig mit deinen Wünschen!

Wie kann es eigentlich sein, dass sie keinen Unterschied erkennt? Die Menschen dieser Zeit sind meines Wissens Zwerge. Na ja, jedenfalls ziemlich klein. Vor allem die Frauen. Im Vergleich dazu bin ich mit meinen eins-zweiundsiebzig eine Riesin. Das muss doch auffallen. Es sei denn, Lady Grace ist eine Art genetischer Klon. Dann gäbe es keinen erkennbaren Unterschied.

Mir wird schwindlig. Ich lege die Unterarme auf meine angewinkelten Knie und die Stirn darauf. Langsam lasse ich den Atem über die Lippen fließen. Also, noch einmal von Anfang an. Angenommen, mein Wunsch wurde erfüllt, dann liegt Lady Grace Rivers in diesem Moment und gleichzeitig Jahrhunderte davon entfernt zu Hause in meinem Bett. Oder sie sitzt wie ich auf einer ihr unbekannten Luxusversion von einem Klo.

Ich mache mir keine Sorgen um sie. Ihr Schock, sich in einer fremden Welt wiederzufinden, wird sich legen, sobald sie mitbekommt, was diese Welt an Komfort bietet. Gut, sie wird eine Weile brauchen, bis sie die Spülung findet, vielleicht pinkelt sie auch in die Dusche, aber letztendlich wird sie sehr bald damit beginnen, Knöpfe zu drücken und Hebel zu drehen. Die Bedienung moderner Geräte ist kein Hexenwerk. Sie wird sich schnell dafür begeistern.

Niemand wird sich wundern, wenn sie in den ersten Tagen im Haus bleibt. Ich habe es selbst selten verlassen. Nach ersten Anlaufschwierigkeiten wird sie alle nötigen Informationen aus dem Fernsehen aufsaugen, aus meinem Laptop, aus dem iPhone. Sie wird Anjuli beim Kochen, Staubsaugen und dem Bedienen der Waschmaschine zusehen, sie wird meine Kleider anprobieren, ständig unter der Regendusche stehen und schließlich irgendwann auf die Straße gehen. Vielleicht bekommt sie ein kleines Problem mit Onkel Ray, wenn sie nicht bei Pickett aufkreuzt, aber das kann sie mit ein wenig Diplomatie locker wieder hinbiegen.

Kurz: Sie wird sich nicht hierher zurückwünschen, denn etwas Besseres als den Luxus, den mein Leben ihr bietet, kann ihr gar nicht passieren. Und damit sitze ich hier bis auf Weiteres fest. Wobei *bis auf Weiteres*, anders als bei den Pillen, diesmal bis zum Lebensende bedeuten kann.

Von draußen höre ich Schritte und leise Stimmen. Wasser plätschert. Jemand ist hereingekommen und läuft nun hin und her, rein und raus. Nach einigen Minuten ist es wieder ruhig.

»Grace, wie lange brauchst du denn noch? Dein Bad ist bereit.«

Ich hebe den Kopf. Also gut. Ich muss damit klarkommen. Nein, ich werde damit klarkommen und mich der Situation stellen. Anpassung und Unauffälligkeit sind das Wichtigste, bis ich eine Lösung finde. Niemand darf merken, dass etwas nicht stimmt. Zuerst muss ich meine Klamotten loswerden. Sie passen nicht hierher.

»Ich komme sofort.«

Noch im Sitzen streife ich den Morgenmantel ab und ziehe das T-Shirt und den Slip aus. Dann fällt mir auf, dass es kein Klopapier gibt. Leise fluchend tupfe ich mich mit dem Slip ab, wickle das T-Shirt darum, ziehe den Morgenmantel wieder an und kehre ins Zimmer zurück.

Miss Barock erwartet mich schon, ein blassgrünes Kleid mit weiß schillernden Stickereien vor sich haltend und ein strahlendes Lächeln im Gesicht.

»Hach, obwohl alles schnell gehen musste, ist dein Brautkleid einfach bezaubernd geworden.«

Ein Brautkleid? Allmählich verstehe ich den Sinn der Metapher *den Boden unter den Füßen verlieren*. Obwohl es sich bei mir eher so anfühlt, als stünde ich im luftleeren Raum - und damit meine ich, dass ich wirklich keine Luft mehr bekomme.

Heute ist der Hochzeitstag meiner Doppelgängerin. Deswegen wünschte sie sich ein neues Leben. Und jetzt nehme ich ihren Platz ein und soll heiraten. Wahrscheinlich einen uralten Knacker oder einen degenerierten Schwachkopf oder einen grausamen Sadisten, sonst hätte sie keinen Grund gehabt, abzuhauen. Schwarze Punkte sprühen vor meinen Augen auf. Mein Limit ist erreicht.

»Nein, Nein, nein!« Ich klinge wie ein Signalhorn. Schrill und durchdringend. »Das geht auf keinen Fall.«

Anscheinend erlebt Miss Barock einen solchen Ausbruch nicht zum ersten Mal, denn sie legt gelassen das Brautkleid aufs Bett, nimmt mir das zerknüllte T-Shirt und den darin eingewickelten Slip aus der Hand und stopft beides tief in die Truhe. Cleveres Mädchen.

»Du wirst heiraten, Grace. Der König hat es befohlen. Es ist zu deinem Besten.«

»Ich bin nicht die Grace, die Sie kennen. Ich bin eine andere!«, platze ich heraus. »Ich weiß ja nicht einmal Ihren Namen.«

Soviel zu meinem Vorsatz, unauffällig zu bleiben und mich allem anzupassen.

»Natürlich kennst du meinen Namen. Wir sind miteinander aufgewachsen, wir sind beide Ehrenjungfern der Königin. Ich bin deine beste Freundin.«

Ich presse die Hand an meine Stirn. Das kann doch alles nicht wirklich mir passieren. Jemand muss mir helfen. Sie muss mir helfen, und das kann sie nur, wenn ich mich ihr anvertraue.

»Hören Sie, Sie wissen doch selbst, dass hier etwas nicht stimmt, sonst hätten Sie nicht meine Sachen versteckt.«

Kurz presst sie die Lippen aufeinander. »Ich habe sie versteckt und werde sie bei erstbester Gelegenheit verbrennen, damit du deinen Bräutigam nicht in Verlegenheit bringst und Schande über deinen Namen. Denn das hattest du damit vor, nicht wahr? Deswegen hast du sie angezogen.«

»Es ist ein T-Shirt von Versace und ein Slip von Victoria Secrets. Natürlich sind Ihnen diese Labels unbekannt. Sie haben solche Kleidungsstücke nie zuvor gesehen.«

»Ich verstehe nicht einmal die Hälfte dessen, was du sagst. Wer sind diese Sie, von denen du ständig sprichst?« Jetzt ist sie es, die die Hand auf meine Stirn legt. »Leidest du etwa an einem Fieber?«

Fieber wäre schön. Oder eine Wahnvorstellung. Mir ist alles recht, solange ich nicht in der Realität dieser Parallelwelt feststecke, in der die Menschen sich offensichtlich nicht siezen.

»Ich habe kein Fieber«, antworte ich lahm. Ich weiß nicht mehr, was ich sagen soll, womit ich sie überzeugen kann.

»Nein, du hast Angst, aber das musst du nicht.« Sie legt die Hände auf meine Schultern und sieht mir tief in die Augen. Obwohl sie einen Kopf kleiner ist als ich, vermutlich auch etwas jünger, und nichts von dem begreift, was ich soeben sagte, klingt sie objektiv betrachtet sehr viel vernünftiger als ich.

»Mr Tyler ist ein stattlicher Mann. Am Hof unternahmen die Damen alles, um seine Aufmerksamkeit zu erregen. Er wird dir bestimmt zusagen. Glaub mir.«

»Heißt das etwa, sie hat ihn noch nie gesehen?«

»Sie?«

»Grace. Die andere Grace.«

»Hör auf damit.« Besorgt gleitet ihr Blick über mein Gesicht. »Es ändert nichts. Du musst ihn heiraten, Grace. Das weißt du.«

»Warum?«

»Willst du, dass Canterbury sein Ziel erreicht und dich der Hexerei anklagt? Der König kann dich nicht vor einem Prozess schützen.« Ihr Griff um meine Schultern wird hart. Sie bohrt ihre Finger in mein Fleisch, bis es wehtut. So viel Kraft habe ich ihr gar nicht zugetraut. »Canterbury wird dich auf den Scheiterhaufen bringen. Soll der Henker von London deine Knochen aus der noch heißen Asche klauben und sie in einem namenlosen Grab verscharren? Willst du das?«

Was? Die Masse an Input flutet meinen Verstand und legt ihn lahm. Einzelne Worte schießen wie Querschläger durch meinen Kopf. Prozess. Scheiterhaufen. Henker. Bisher habe ich keinen Gedanken an Hexerei verschwendet und in welchen Verdacht ich in dieser Welt geraten könnte, sobald ich auffällig werde. Hier glauben die Menschen noch an den Teufel, Dämonen, Besessenheit – und Hexen. Und mir Hasenhirn fällt nichts Besseres ein, als mich vor diesem Mädchen um Kopf und Kragen zu quasseln. Was, wenn sie mich nun für eine Hexe hält? Mich packt das kalte Grauen. Zugegeben, mein Leben macht nicht mehr allzu viel Sinn, aber deswegen will ich noch lange nicht brennen.

»Mir ist schlecht.«

»O Liebes! Verzeih, wenn ich dich erschreckt habe.« Sie zieht mich in eine Umarmung. »Ich wollte dich nur zur Vernunft bringen. Du musst endlich einsehen, in welcher Gefahr du schwebst.«

Ich sehe es ein. Die andere Grace hat es ebenfalls eingesehen und sich klammheimlich aus dem Staub gemacht. Im Gegensatz zu ihr, komme ich aus dieser Nummer nicht mehr so leicht raus.

»Weshalb will Canterbury mich auf den Scheiterhaufen bringen? Was wirft er mir vor?« Prima, mit diesen Fragen reite ich mich noch tiefer in den Dreck, denn eigentlich müsste ich die Antworten kennen. Hastig rede ich mich heraus. »Ich frage nur weil ... Also, ich will es von dir hören. Meiner engsten Freundin. Es fällt mir so schwer, es zu begreifen.«

»Natürlich fällt es dir schwer«, flüstert sie an meinem Ohr. »Es ist kaum zu begreifen, dass ein Erzbischof, ein Mann, dem der König das höchste Kirchenamt Englands übertrug, dermaßen eitel und nachtragend ist. Es stand ihm nicht zu, dir nachzustellen. Du hattest jedes Recht, deine Tugend zu verteidigen. Jede andere sittsame Maid hätte dasselbe getan. Dich trifft keine Schuld.«

Ein Erzbischof hat die andere Grace angebaggert, und weil sie ihm dafür eins vor den Latz knallte, will er sie umbringen? Gott, wo bin ich hier gelandet? Am besten, ich denke nicht allzu viel drüber nach. Es ist klüger, mich mit dem Naheliegenden zu befassen und den Rest auf mich zukommen zu lassen. Ein Schritt nach dem anderen und nicht so viel Grübeln. Genau so kam ich in den letzten beiden Jahren über die Runden.

Mein Blick schweift über ihre Schulter zu dem Zuber, der bis zur Hälfte mit Wasser gefüllt unter einem der Fenster steht. Wer weiß, wann ich das nächste Mal zu einem Bad komme. Im siebzehnten Jahrhundert waschen sich die Menschen viel zu selten. Jedenfalls hab ich das gelesen.

»Ich denke, ich werde jetzt baden«, sage ich.

»Ausgezeichnet.« Sie umfasst mein Gesicht und lächelt mich an. »Du wirst sehen, danach geht es dir besser.«

Während ich im Zuber sitze, steckt sie mir das Haar auf, und was sie dabei entdeckt, scheint sie stärker zu befremden als ein Slip von Victoria Secrets.

»Du hast es abgeschnitten.« Sie fuchtelt mit einer Strähne vor meiner Nase. »Daran herumgeschnippelt!«

Was heißt denn hier geschnippelt? Mein letzter Friseurbesuch hat mich einhundertzwanzig Pfund gekostet. Nur für ein paar Stufen und ein bisschen Fummeln mit einem Lockenstab. Außerdem reichen sie noch immer bis zur Hälfte meines Rückens. Okay, die andere Grace konnte sich vermutlich mit ihrem Haar den Hintern abwischen, aber das ist kein Grund, mich anzuranzen. Ich zucke nur mit den Schultern.

»Also wirklich, Grace.«

Zur Strafe rammt sie mir eine Haarnadel bis unter die Hirnhaut. Jedenfalls fühlt es sich so an.

»Aua.«

Mehr sage ich nicht dazu. Sie bekommt nicht einmal einen Stinkefinger zu sehen. Ich lerne schnell. Kein Fehler mehr von der im Barock angekommenen Grace aus der Zukunft.

Nach dem Bad beginnt das Ankleiden. Es dauert ein gefühltes Jahrzehnt und scheint ein auf die Spitze getriebener Vorläufer des Zwiebellooks zu sein. Neben einem wadenlangen Hemd trage ich fünf Unterröcke. Unter den Stoffmengen könnte ich mühelos Eier ausbrüten. Ich fühle mich wie eine aufgebauschte Legehenne. Mein Oberkörper wird in ein besticktes Korsett gequetscht und zu einem Bügelbrett geschnürt. Während sie mir ins Kleid hilft, summt sie vergnügt vor sich hin. Für sie läuft alles nach Plan, seit ich alles mit mir machen lasse. Zuletzt geht sie in die Hocke und hält mir ein Paar Schuhe mit geschwungenen Absätzen hin. Es ist unheimlich, sie passen wie angegossen.

Endlich sind wir fertig. Als sie mich an der Hand zu einem Spiegel führt, kann ich mich kaum bewegen. Das gesamte Brimborium wiegt mindestens eine Tonne.

Mein Spiegelbild ist leicht verzerrt. Ich sehe aus wie ich und gleichzeitig wie eine Fremde. Durch das aufgesteckte Haar wirken mein Gesicht schmaler, die Wangenknochen ausgeprägter und meine Augen riesig. Sie sind so grün, als hätte ich einen Laubfrosch verschluckt. Unglaublich, wie stark Klamotten einen Menschen verändern können. Okay, ich könnte etwas Make-Up vertragen, doch grundsätzlich wirkt es durch und durch glaubwürdig. Zumindest äußerlich gehe ich voll und ganz im siebzehnten Jahrhundert auf. Niemand wird merken, dass ich nicht hierhergehöre.

»Jetzt kommt das Beste.« Kichernd klatscht sie in die Hände, huscht zur Truhe und holt einen gigantischen Spitzenvorhang heraus. »Dein Schleier.«

Mit verklärtem Gesichtsausdruck steckt sie ihn in meinem Haar fest. Als sie zurückweicht, stehen Tränen der Rührung in ihren Augen. Offensichtlich mag sie mich wirklich, also nicht mich, sondern die andere Grace.

»Du bist wunderschön! Wie eine Fee!«

Bevor ich darauf etwas antworten kann, öffnet sich die Tür. Ein Mann kommt herein. Von oben bis unten in Brokat gekleidet, mit schneeweißen Kniestrümpfen und Falten im Gesicht. Unter den Augen sitzen dicke Tränensäcke. Die schwarze Allongeperücke auf seinem Kopf hat große Ähnlichkeit mit einem erschossenen Pudel. Nach langer Zeit fange ich wieder an zu beten: Lieber Gott, bitte lass das nicht mein Bräutigam sein.

»Seid ihr so weit, Cecily?«

»Selbstverständlich, Mylord Buckingham.«

Buckingham, der Name sagt selbst mir was. Ich stehe vor einem waschechten Herzog. Um nicht wieder bei einem Fehler ertappt zu werden, mache ich einen Knicks.

»Mylord.«

»Weshalb so förmlich, Mädchen?« Lachend kommt er auf mich zu und zwickt mich in die Wange. »Ich hoffe, es geht dir besser? Ist alles in Ordnung?«

»Klar.«

Verblüfft hebt er die buschigen Brauen. »Bitte?«

Ach, verdammter Mist, ich muss unbedingt lernen, wie alle anderen zu sprechen. Ein wenig verschnörkelt, ein wenig umständlich.

»Sie ist furchtbar aufgeregt«, springt Cecily für mich in die Bresche. »Es ist alles etwas viel für sie, was bestimmt nicht so wäre, hätte Mr Tyler ihr seine Aufwartung gemacht, wie es sich ziemt.«

Mahnend hebt Buckingham den Finger. »Achte künftig auf deine Worte, Cecily. Er heißt nicht länger Mr Tyler, sondern Earl of Stentham.«

»Den Titel erhält er erst nach der Hochzeit und auch nur, weil er Grace heiratet.« Sie schlägt sich die Hand vor den Mund. »O, das wollte ich nicht sagen. Verzeih mir, Grace.«

Schon klar. Ich werde wegen eines Titels verschachert. Wieso auch nicht? In dieser Welt wimmelt es bestimmt von Zweckehen.

Buckingham bietet mir seinen Arm an. »Gehen wir.«

»Einen Moment noch.« Cecily tritt vor mich, hebt den vorderen Teil des Schleiers an, lässt ihn vor mein Gesicht fallen und zupft an den Falten. Die Spitzen sind so dicht geklöppelt, dass ich kaum etwas erkennen kann. Ich will niemandem eine böse Absicht unterstellen, aber trotzdem kommt es mir vor, als sollte ich das Elend nicht sehen, auf das Buckingham mich zuführen wird.

Als wir das Bürgerhaus verlassen, verstehe ich, weshalb Cecily es das Beste am Platz nennt.

Die anderen Häuser sind bedeutend kleiner, die Fassaden schäbig. Manche lehnen aneinander, wie sich stützende Volltrunkene. Die Sonne scheint und Menschen hasten über den kleinen Platz. Männer in Hemden mit weiten Ärmeln, Westen und Hosen, die an den Waden enden. Frauen mit ausladenden Röcken, Körben am Arm und Hauben auf dem Kopf. Viele sind barfuß. Die Szenerie, die von den Spitzen meines Schleiers in kleine Splitter zerteilt wird, ist absolut surreal. Und dann der Geruch. Tranig hängt er in der Luft, als streike die Müllabfuhr seit Wochen. Bloß gibt es hier keine Müllabfuhr. Der Dreck liegt an den Hauswänden oder mitten im Weg und niemand stört sich daran.

Während wir den Platz überqueren, blicke ich in eine der Seitengassen, die davon abzweigen. Eine dreckverstopfte Rinne teilt das Kopfsteinpflaster in zwei Hälften. Am Ende der Gasse, hinter einem Gewimmel von Menschen, ragen hohe Schiffsmasten in den Himmel. Der Hafen von Plymouth.

Wieso findet die Hochzeit eigentlich hier und nicht in London statt? Vielleicht fürchten sie, Canterbury könnte sie verhindern. Und was kommt danach? Ein Erzbischof hat doch bestimmt genug Einfluss, um auch eine verheiratete Frau zur Strecke zu bringen. Diese

Heirat ergibt überhaupt keinen Sinn und ich kann auch nicht länger danach suchen, denn wir nähern uns der kleinen Kirche gegenüber. Sie ist so schäbig wie alles andere in diesem Viertel.

»Beim Einzug der Braut sollten Glocken läuten«, mault Cecily.

»Sie können sich hier nun mal keine Glocke leisten«, sagt Buckingham.

»Der König hätte sie dem Gotteshaus schenken sollen, bevor die Hochzeit stattfindet.«

»Cecily Courtenay, das habe ich nicht gehört. Mäßigt Euch!«

Ach so ist das. Der Bräutigam erhält zur Hochzeit einen Titel, die Kirche eine Glocke und ich … was bekomme ich? Exakt das, was du dir gewünscht hast, wispert es hinter meiner Stirn. Richtig. Beim nächsten Mal, falls es das gibt, muss ich eben präziser in meinen Wünschen sein.

Aber mal ehrlich, was genau hätte ich mir wünschen sollen? Noch mehr Geld, noch mehr Luxus, eine zweite Jacht, ein viertes Haus, Autos und Juwelen. Vielleicht bin ich genau dort gelandet, wo ich landen sollte, denn dieses Mal fiel ich nach dem Aufwachen nicht sofort in ein schwarzes Loch.

Ich stehe zu sehr unter Strom, um an Vergangenes zu denken und in offenen Wunden zu pulen. Mein Herz rast immer schneller, je näher wir der offenen Kirchentür kommen. Die Schläge hämmern bis in meinen Hals und meine Hände werden feucht. Ich bleibe stehen. Das ist doch völlig irre. Ich kann da nicht reingehen und einen Wildfremden heiraten.

»Grace, du wirst keine weitere Szene machen«, mahnt der Herzog.

Richtig. Doch vor allem sollte ich daran denken, was mir blüht, falls ich einfach davonlaufe und in den Gassen von Plymouth verschwinde. Selbst wenn mir die Flucht gelingt, käme ich nicht weit ohne Freunde, ohne Geld, dafür mit einem Feind, der mich tot sehen will und mich garantiert schneller aufspürt, als ich mich aus diesem elenden Korsett winden kann.

»Wir verspäten uns!«, quietscht Cecily.

»Ohne die Braut fangen sie nicht an«, beschwichtigt Buckingham sie und klemmt meine Hand fester in seine Armbeuge. »Grace, komm!«

Von ihm gezogen und von Cecily geschoben, setze ich mich wieder in Gang. Schneller als mir lieb ist, betreten wir die Kirche. Es ist kühl, als wäre es Winter und nicht Mai. Weihrauchduft hängt in der Luft. Unsere Schritte hallen im leeren Innenraum. Lediglich drei Personen warten am Ende des Ganges. Ein Priester im Ornat, ein schmächtiger Mann im hellen Anzug, einem Gehstock unter dem Arm und blonder Perücke, und der Bräutigam direkt vor dem Altar.

Von oben bis unten in Schwarz gekleidet, steht er da. Nicht unbedingt die Farbe, die zu einer Hochzeit passt. Die Seide des Gehrocks spannt sich über breiten Schultern. Er trägt keine Perücke. Stattdessen fällt sein Haar bis in den Nacken. Höllenschwarz wie sein Anzug und die hohen Stiefel. Er ist größer als ich, mindestens einen halben Kopf.

Immerhin erwartet mich kein gichtgeplagter Opa. Könnte natürlich trotzdem sein, dass in dem schlanken Körper mit den athletisch langen Beinen ein grenzdebiler Depp steckt. Womöglich etwas langsam im Denken, denn während der Priester und der schmächtige Mann uns entgegensehen, hält er mir den Rücken zugekehrt und scheint rein gar nichts mitzubekommen.

Wir sind noch ein ganzes Stück vom Altar entfernt, als sein Begleiter ihm ins Ohr flüstert und ihn dazu bringt, sich zu mir umzudrehen. Durch den Schleier erkenne ich sein Gesicht nur verschwommen. Kurzerhand schlage ich die Spitzen zurück. Ich habe ja wohl jedes Recht, zu sehen, was mich erwartet.

Buckingham und ich bleiben gleichzeitig im Mittelgang stehen. Er, weil ich ihn aus dem Konzept gebracht habe. Ich, weil sozusagen ein Blitz in mich eingeschlagen ist.

Wow! Mr Tyler scheint aus Hollywood direkt vor den Altar gebeamt worden zu sein. Ein wenig ähnelt er Gabriel Aubry mit schwarzem Haar. Allerdings wirkt er nicht wie ein Mann, der sich von einem anderen verprügeln lässt. Eher das Gegenteil. Vielleicht sieht er deswegen um Längen besser aus und lässt mich schlagartig alle berechtigten Einwände gegen diese Hochzeit vergessen. Ich kann nur noch an eins denken: Schon heute Nacht darf ich Mr Sexy auspacken. Vielleicht auch früher, je nachdem, wann sich die Hochzeitsgesellschaft auflöst.

Neben ihm angekommen, murmelt Buckingham etwas, das ich nicht verstehe, weil ich damit beschäftigt bin, in den Augen meines

Bräutigams zu ertrinken. Sie sind von einem dunklen Zwielichtblau, wie ein Abendhimmel im Hochsommer. Mir bleibt die Spucke weg und Mr Sexy scheint es ebenfalls die Sprache zu verschlagen. Er starrt stumm zurück. Bingo! Wir flashen uns gegenseitig.

Buckingham legt meine Hand in die meines Bräutigams. Seine ist warm und trocken, meine kalt und schweißklebrig. Womöglich reagiert er deswegen nicht auf mein Lächeln. Oder ich habe mir die magnetische Anziehungskraft zwischen uns nur eingebildet, was typisch für mich wäre.

Während der Priester einen Sermon über klingende Schellen und tönernes Erz beginnt, schießt mir durch den Kopf, dass auch Mr Sexy nur einen Befehl des Königs befolgt und überhaupt keine Lust haben könnte, mich – also die andere Grace – zu heiraten. Enttäuschend, aber ... Moment, was denke ich denn da? Mir kann völlig egal sein, ob er diese Hochzeit will oder nicht. Für mich ist und bleibt sie ein Fehler, denn ich bin definitiv die falsche Braut. Ich sollte mich also schleunigst zusammenreißen und mir alle erotischen Fantasien über ihn aus dem Kopf schlagen.

»Willst du, Rhys Christopher Tyler, die hier anwesende ...«

Rhys heißt er also. Ein walisischer Name, passend zu seinem dunklen Typ. Aus dem Augenwinkel spähe ich zu ihm. Was für ein Mann! Allein diese scharfkantige Kinnpartie und der feste Mund ... Herrje, jetzt fange ich schon wieder damit an. Ich verhalte mich wie eine dieser Schmonzetten-Heldinnen. Überspannt und planlos. Wenn ich nicht aufpasse, verzapfe ich noch irgendeinen Schwachsinn, aus dem ich dann gerettet werden muss. Bloß sieht Rhys nicht so aus, als würde er zu meiner Rettung eilen. Weshalb auch, er hat schließlich keine Ahnung, wer neben ihm steht. Fakt ist, dass mich niemand retten kann, weil niemand weiß, was los ist. Ich muss allein damit fertigwerden. Irgendwie.

Ein Räuspern dringt zu mir durch. Über die Bibel in seinen Händen hinweg, sieht mich der Geistliche abwartend an. Irgendwas habe ich verpasst. Fragend blicke ich in die Runde. Buckingham macht ein Gesicht, als habe man ihm mit einer Klobürste den Mund ausgeschrubbt. Cecily nickt mir zu und bewegt stumm die Lippen. Ich muss etwas sagen – und zwar genau jetzt.

»Äh … ja?«

Kaum kommt es mir über die Lippen, hebt Rhys meine Hand an und steckt einen breiten Goldreif an meinen linken Ringfinger. Glühend vereiste Schauder rasen über meinen Rücken. Soeben habe ich mein Jawort gegeben. Vielmehr wollen alle es so verstehen, denn eigentlich habe ich bloß eine Frage gestellt.

»Hiermit erkläre ich euch zu Mann und Frau. Was Gott zusammenfügt, das darf der Mensch nicht trennen. Amen.«

»Amen«, antworten alle, außer mir und Mr Sexy.

Und das war's dann.

Mr Sexy und Arrogant – oder, wie Cecily ihn andächtig nennt, als sie mir gratuliert, mein fescher Gemahl – ist ein Meister der Missachtung.

Als wir die Kirche verlassen, bietet er mir zwar seinen Arm an, hält ihn dabei aber so steif und auf Abstand, als läge statt meiner Hand ein Rotzklumpen auf seinem Unterarm. Weder sieht er mich an, noch spricht er mit mir. Hin und wieder zuckt ein Muskel in seiner Wange, was sehr männlich wirkt, mich aber nicht sonderlich zuversichtlich in die Zukunft blicken lässt.

Ich würde mich gern – wie nennen sie es hier? – zurückziehen und die letzten Stunden verarbeiten, aber wir kehren nicht ins Haus zurück, sondern biegen in die Seitengasse Richtung Hafen ein. Ich habe keine Ahnung, wohin wir gehen, und frage auch nicht nach. Vielleicht feiern wir die Hochzeit in einer Hafenspelunke, vielleicht fällt die Feier auch ganz aus. Das wäre logisch. Wozu sich mit Musik und Tanz, Essen und Trinken aufhalten, wenn die Braut sowieso nur ein lästiges Anhängsel ist, das man wohl oder übel durch Plymouth schleifen muss?

Wir tauchen in die Menschenmenge am Hafen ein. Etliche armselige Gestalten umringen uns und strecken bettelnd die Hände aus. Buckingham verteilt Münzen, was noch mehr Bettler anlockt und den jungen Mann, den Cecily Whitfield nennt, zum Fluchen bringt. Wahllos lässt er seinen Gehstock auf magere Rücken sausen und bahnt uns so einen Weg. Sein Verhalten überzeugt mich davon, dass diese Welt mehr oder weniger aus Verrückten besteht. Einschließlich meines feschen Gemahls, der alles und jeden ignoriert.

Allmählich geht er mir damit auf den Zeiger. Ich meine, ich kann auch nichts dafür. Frauen haben hier wenig bis nichts zu melden, das zumindest habe ich schnell begriffen. Wenn ihm etwas nicht passt, hätte er etwas sagen können. Nein, zum Beispiel. Aber dafür ist er wohl zu scharf auf den Titel eines Grafen. Blödmann!

Vor einem großen Segelschiff mit drei Masten halten wir an. *Gloriana* steht in verschnörkelten Lettern an der Seite. Mit gebogenen Absätzen über ein Kopfsteinpflaster zu gehen, ist schon schwierig genug, doch nichts gegen das Kraxeln über eine schlüpfrige Planke. An Deck erwarten uns etwa zwanzig Männer in weiten Hosen und Hemden. Jubelnd werfen sie ihre Mützen in die Luft. Ich sehe mich um. Was soll ich auf einem Schiff?

Ein Mann mit roter Nase und grauem Bart hält eine Rede, wobei ich erfahre, dass mein Charmebolzen von Ehemann der Schiffseigner ist.

»Danke, Captain Monroe«, sagt er und hebt dann die Stimme. »Ein Fass Rum für alle.«

Wieder lauter Jubel. Also gibt es wohl doch ein Fest. Allerdings bin ich nicht dazu eingeladen, denn die Mannschaft eilt plötzlich wie ein Fischschwarm davon und lässt unsere kleine Gesellschaft stehen. Schade, ich hätte einen kräftigen Schluck Rum bitter nötig. Und etwas zu essen. Ich stutze. Tatsächlich, ich habe Hunger. Richtigen, echten Hunger. Wann kam das zum letzten Mal vor? Es ist unbegreiflich, doch der Schlamassel, in dem ich stecke, scheint in kürzester Zeit mehr zu bewirken, als alle Therapiestunden bei Dr. Pickett.

Rhys führt uns in eine große Kabine und schenkt Rotwein aus. Und dann stehen wir mit den Gläsern in den Händen herum, wie auf einer Party, auf der keiner keinen kennt und jeder sich fragt, weshalb er hierhergekommen ist. Cecily betupft ständig ihre feuchten Augen. Buckingham und Whitfield flüstern miteinander und mein werter Gemahl starrt in die Ferne, die an der gegenüberliegenden Wand endet.

»Wann gibt es denn etwas zu essen?«, frage ich Cecily leise.

»Wir können leider nicht zum Essen bleiben. Wir müssen noch heute nach London aufbrechen.«

»Aha, und wann ist das?«

Je eher wir aufbrechen und einen Stopp in einem Gasthaus einlegen, wo ich etwas zwischen die Zähne bekomme, desto besser.

»Bald.« Cecily verzieht das Gesicht, als wolle sie ernsthaft losheulen. Nach einem schniefenden Atemzug zeigt sie auf drei große Truhen an der Wand. »Sie haben dir keine Zofe zugestanden, weil doch alles diskret sein musste und kein Gerede entstehen sollte. Daher habe ich dir nur solche Kleider eingepackt, die du ohne Zofe anziehen und schnüren kannst. Auch an alles andere habe ich gedacht, damit du auf der Überfahrt nichts entbehren musst.«

Was meint sie jetzt damit? Legt das Schiff etwa ab? Mit mir? Mein leerer Magen krampft um den Wein, den ich getrunken habe.

»Das ist jetzt nicht dein Ernst.«

»Ich werde dich schrecklich vermissen, Gracie.«

O Gott! Wieder beginnen schwarze Punkte vor meinen Augen zu flirren. Jedes Mal, wenn ich denke, ich habe die Sache halbwegs im Griff, kommt der nächste Knaller. Ich blinzle, bis ich wieder klar sehen kann. Vielleicht geht es bloß an der Küste entlang nach Wales oder nach Irland.

»Wohin fahre ich denn? Ich hab's vergessen. Die Aufregung«, setze ich schnell hinzu.

So absurd das klingt, Cecily versteht mich. Sie nickt, wobei sich Tränen aus ihren Augen lösen und über ihre Wangen laufen. Ihre Mundwinkel zucken. Es würde mich nicht wundern, wenn sie mir jetzt mitteilt, dass ich direkt in die Hölle fahre.

»Barbados«, quietscht sie unglücklich.

»Barbados«, wiederhole ich.

»Er besitzt dort zwei große Plantagen. Ich bin sicher, es wird dir dort gefallen.«

Klar. Ich war schon mal dort, vielmehr werde ich in einigen Jahrhunderten dort Urlaub machen. Schöne Insel. Tolles Wetter. Geniale Strände. Bloß steige ich diesmal nicht in ein Flugzeug, sondern muss in einer vorsintflutlichen Nussschale quer über den Atlantik schippern. Das dauert Wochen, vielleicht sogar Monate. Wahrscheinlich sterbe ich unterwegs an Skorbut, Schiffbruch oder einem Rattenbiss, bevor ich überhaupt geboren werde.

Seit Stunden stehe ich unter extremem Stress und jetzt entlädt sich die Anspannung. Mein Lachen explodiert aus mir heraus, als wäre eine Handgranate in meiner Brust gezündet worden. Ich lache und lache, verschütte dabei meinen Wein und schaffe es sogar, mich trotz meines harten Korsettpanzers zu krümmen. Obwohl ich vermutlich an meiner Hysterie ersticken werde, kann ich nicht aufhören. Alle starren mich schockiert an.

»Alles okay«, japse ich. »Ist doch egal, wo es hingeht. Ob nach Barbados, zum Himalaja oder per Arschrakete auf den Mars. Im Grunde …«

Das enge Korsett schneidet mir das Wort ab und der Sauerstoffmangel nietet mich einfach um. Kräftige Arme fangen mich auf. Immerhin, mein Bräutigam besitzt schnelle Reflexe. Ich hänge in seinem Griff, wie ein Boxer in den Seilen, und schnappe angestrengt nach Luft. Cecily redet auf mich ein, hält mir etwas unter die Nase. Ein beißender Geruch sticht mir ohne Umwege ins Hirn und hält mich bei Besinnung.

Kurz darauf sitze ich auf einem Stuhl. Whitfield wedelt mit einem riesigen Taschentuch vor meinem Gesicht. Buckingham tätschelt meine Hand. Und Mr Sexy steht mit den Händen in den schmalen Hüften da und macht ein Gesicht, als hätte ich ihm auf die glänzenden Stiefel gekotzt. Cecily, die hinausgerannt ist, kehrt zurück, legt einen Arm um meine Schultern und hält einen Becher an meinen Mund. Ein leicht bitteres Getränk rinnt durch meine Kehle. Trotzdem trinke ich aus, damit sie Ruhe gibt.

»Was war das?«, frage ich danach.

»Es wird dich beruhigen, Liebes. Gleich geht es dir besser.«

Das ist gelogen. Mir wird schwindlig. Die Gesichter um mich tanzen auf und ab. Unglaublich. Ich bin hysterisch, vom Wein beschwipst und stehe unter Drogen. Alles auf einmal und auf nüchternen Magen. Das geht niemals gut. Noch während mir klar wird, dass ich komplett die Kontrolle verloren habe und das niemals hätte passieren dürfen, knipst mich die Kräuterversion moderner K.O.-Tropfen aus.

## Zwei

Ich bin unterwegs nach Barbados. Schon seit fünf Wochen.

Als ich aus meinem Kräuterkoma erwachte, lagen Plymouth, der Duke of Buckingham und meine kurze Freundschaft mit Cecily bereits weit hinter mir. Sie überließen mich einfach meinem Schicksal. Zwei Tage verbrachte ich unter einer dicken Daunendecke in einem Bettalkoven hinter zugezogenen Vorhängen. Im Morgengrauen des dritten Tages wurde es mir zu dumm, ständig über meinen Talisman zu reiben und mir etwas zu wünschen, das sich nicht erfüllt. Also stand ich auf, holte ein Kleid aus der Truhe und begann, am Leben teilzunehmen.

Zugegeben, es ist ein haarsträubend unkomfortables Leben. Statt einer Dusche gibt es nur eine mit Salzwasser gefüllte Waschschüssel. Die sogenannte Toilette ist ein Donnerbalken, von dem ich immer so schnell wie möglich wieder aufspringe. Und als ich meine Tage bekam, musste ich die Stoffstreifen, die Cecily mir eingepackt hat, zu einer Art Windel verknoten, weil es keine Unterwäsche gibt, die sie irgendwie fixiert hätte. Zum Glück liegt das jetzt erst mal hinter mir.

Was mir hingegen überhaupt nicht fehlt, ist elektrisches Licht, denn dafür werde ich mit einem bombastischen Sternenhimmel entschädigt, den man auf modernen Schiffen mit ihrer Vollbeleuchtung so nicht geboten bekommt. Und das ist nicht der einzige Vorteil.

Der begrenzte Raum auf dem Schiff und die überschaubare Anzahl der Menschen, die mich umgeben, erleichtern mir das Einleben. Es gibt keine bösen Überraschungen, sondern stets den gleichen Tagesablauf. Ich habe mich den Gepflogenheiten angepasst, sage »Ihr« statt »Sie« und lebe ohne Pflichten in den Tag hinein, wie wohl jede Lady dieser Zeit. Ich genieße die Weite des Himmels, den Geruch der Seeluft, den Wind in meinem Gesicht. Die Gedanken an meine Familie reißen mir nicht länger ein Loch in die Seele. Denn noch ist ihnen nichts zugestoßen. Der Absturz liegt weit in der Zukunft, in einem anderen Leben und einer anderen Zeit. Das macht mir den Verlust endlich erträglich.

Eigentlich ist alles so weit okay, wäre da nicht mein werter Gemahl, Rhys Rühr-mich-nicht-an. Unsere Hochzeitsnacht fiel aus, und es macht nicht den Eindruck, als wolle er das ändern. O, er behandelt mich durchaus respektvoll. Wenn er mit mir spricht, was selten genug vorkommt, ist er geradezu beleidigend höflich. Ihm liegt exakt Null-Komma-Nix an mir. Was mich am meisten daran ärgert, bin ich selbst.

Gut, es gibt wenig Abwechslung, aber das ist noch lange kein Grund, ihn ständig zu beobachten. Bei jeder Gelegenheit, und davon gibt es viele, scanne ich ihn von oben bis unten und speichere alles ab. Lange Beine, schmale Hüften, breite Schultern und ein Gesicht zum Niederknien. Angesichts seines Knackarschs verfalle ich regelrecht in meditative Trancen. Kurz, ich bin zum Groupie geworden.

Heute Abend sitzt er zum ersten Mal neben mir auf einer Kiste im Windschatten, weswegen mir unter meinem Umhang ziemlich heiß ist. Zum Glück muss ich keinen Small Talk halten, denn wie jeden Abend haben sich die Matrosen an Deck versammelt und spinnen ihr Seemannsgarn. Diese Männer können weder lesen noch schreiben, aber vom Geschichtenerzählen verstehen sie etwas. Ich bin immer dabei, sozusagen in der ersten Reihe, und höre zu. Es ist wie im Kino, nur ohne Popcorn und Coke.

»Wenn es Nacht wird auf See, steigen die Seeschlangen vom Grund des Meeres auf. Sie sind gewaltig, ihre Leiber so dick wie fünf Hauptmasten und länger als jede Ankerkette«, beginnt der Schiffsarzt Hopkins. »Lautlos gleiten sie unter ihre Beute, schnellen aus dem Wasser und schlingen ihren mächtigen Leib um ein Schiff, das gut und gern doppelt so groß sein kann wie unsere *Gloriana*. Ist das geschehen, gibt es kein Entrinnen.« Er ballt die erhobenen Hände zu Fäusten und zieht sie enervierend langsam nach unten. »Unaufhaltsam ziehen sie das Schiff hinab in ihr gefräßiges Maul, wo sie es mit Mann und Maus zermalmen. Wer weiß es zu sagen? Genau in diesem Moment könnte eine dieser Kreaturen unter uns lauern. Sie jagen am liebsten bei Neumond.«

Aus schmalen Augen sieht er in die Runde. Die Blendlaternen verleihen seinem vernarbten Gesicht etwas Diabolisches. Einige Matrosen bekreuzigen sich, andere nehmen einen großen Schluck von ihrer abendlichen Rumration.

»Keine Sorge«, sagt Rhys und lehnt sich zu mir. »Ich habe Jahre auf dem Meer verbracht, ohne jemals einer solchen Kreatur zu begegnen. Es gibt sie nicht.«

»Ja, ich weiß.«

Vorsicht, ermahne ich mich, ich bin Grace Rivers, die einstige Ehrenjungfer, und als diese glaube ich vermutlich, wie viele andere Menschen dieses Jahrhunderts, an die Existenz von Seeungeheuern. Tief atme ich ein und rieche Rhys. Eigentlich mag ich keinen Schweißgeruch, weder frischen noch alten. Seiner ist frisch, eine Mischung aus Mann und Seife und irgendwie ... hm, sehr erotisch.

Ich muss die Gelegenheit und seine seltene Nähe nutzen. Ihn in eine Unterhaltung verwickeln. Leider bringt mich die Reaktion meines Körpers ein wenig durcheinander. Mir fällt nichts zu sagen ein. »Äh ...«

»Ja?«

Seine geballte Aufmerksamkeit kommt so plötzlich, dass mir erst recht die Worte fehlen. Ich gebe mir einen Ruck und spreche das an, was mich neben ihm am stärksten beschäftigt.

»Was geschieht eigentlich, wenn ein Sturm aufkommt?«

Er legt einen Finger an die Lippen. Absolut unnötig, weil ich sowieso draufstarre. Sie besitzen feste Konturen, die derzeit von einem schwarzen Bartschatten umrahmt werden.

»Sprecht nicht von einem Sturm.« Weiße Zähne blitzen auf. »Sonst denken sie, Ihr würdet ihn heraufbeschwören. Matrosen sind sehr abergläubisch.«

Von wegen Frau an Bord bringt Unglück, schon klar. Ich mustere die von Wind und Wetter gegerbten Gesichter der Männer. Hartgesotten sind sie. An Entbehrungen gewöhnt. Die bringen es fertig und werfen mich beim ersten heftigen Windstoß über Bord, um ein Unwetter abzuwenden. Und Rhys ... Womöglich ließe er es sogar zu. Dann wäre er mich los.

Wobei mir einfällt, dass ich ebenfalls unbedingt was loswerden muss. Unsere nicht stattgefundene Hochzeitsnacht beschäftigt mich doch sehr.

»Was werdet Ihr tun, wenn wir auf Barbados ankommen?«

»Mich um meine Plantagen kümmern, den Handel mit Zuckerrohr ausbauen, finanzielle Angelegenheiten regeln. Nach zwei Jahren Abwesenheit gibt es für mich viel zu tun.«

»Zwei Jahre? Wo wart Ihr die ganze Zeit?«

»In England.«

Er hebt eine tiefschwarze Braue, als wäre ich begriffsstutzig. Was ich definitiv nicht bin.

»So lange hat es gedauert, einen Titel zu ergattern?«

Seine Augen werden schmal. »Es ging mir nicht darum, etwas zu ergattern, Madam. Ich hoffte lediglich auf das, was einem Untertan, der über viele Jahre der Krone Gewinn einbrachte, zusteht.«

Aha. Na, das hat er ja jetzt bekommen. Plus eine Ehefrau, die ihm auf seinen Plantagen im Weg steht und Extrakosten verursacht.

»Und? Was habt Ihr sonst noch vor?«

Er runzelt die Stirn. »Sonst noch?«

Versteht er nicht oder will er nicht verstehen? Kein Problem, dann wechsle ich eben in den Klartext-Modus.

»Der Titel des Earl of Stentham kann Euch nun nicht mehr genommen werden. Daher frage ich mich, ob Ihr vorhabt, unsere Ehe annullieren zu lassen, sobald wir auf Barbados eintreffen.«

Nicht nur seine Kieferpartie, sondern sein gesamtes Gesicht wird zu einem Holzschnitt aus schroffen Ecken und Kanten. Für einen Moment bereue ich, damit angefangen zu haben. Am Rande nehme ich wahr, dass die nächste Schauergeschichte in vollem Gang ist. Diesmal geht es um riesige Strudel, die sich vor einem Schiff öffnen, um es direkt in die Hölle hinabzuziehen.

»Verstehe«, sagt er bedrohlich leise, steht auf und bedeutet mir, ihm zu folgen.

An der Reling entlang führt er mich zum Bug. Die Stimmen der Matrosen ertrinken im Wellenschlag, der an die Schiffswände trifft. Unter einer Blendlaterne, die an einer Stange über unseren Köpfen quietschend hin und her schaukelt, bleiben wir stehen. Licht und Schatten huschen über die Planken und die Oberseite der Galionsfigur. Feuchtigkeit dringt durch meinen Umhang.

Jetzt kommt's. Entweder wirft er mich über Bord und behauptet danach, ich wäre gefallen, oder er sagt mir, dass sich unsere Wege auf Barbados trennen. So oder so, es wird keine Zeugen geben, wenn ich mich wehre oder einfach losheule. Letzteres steht kurz bevor. Meine Augen brennen und dummerweise habe ich meine Mundwinkel nicht mehr zu hundert Prozent unter Kontrolle.

»Sofern es Euer Wunsch ist, unsere Ehe zu annullieren, werde ich dem zustimmen, Madam.«

Was? Ich hebe den Blick von den Planken. Zuerst fällt mir das schwere Heben und Senken seines Brustkorbs auf. Dann das Flackern in seinen zwielichtblauen Augen, in denen sich das Licht der Blendlaterne bricht. Er wirkt blasser als sonst. Weil er stinksauer ist. Ich habe ihm wohl die Überraschung verdorben. Der Gedanke macht auch mich wütend. Wenn er glaubt, mir die Schuld in die Schuhe schieben zu können, hat er sich geschnitten. Ich verzichte auf die förmliche Anrede. Beim Du lässt es sich besser streiten.

»Wie kommst du darauf, es wäre mein Wunsch?«

Er reißt das Kinn hoch. »Weil du sonst nicht damit angefangen hättest.«

Männer und ihre Logik.

»Ich habe bloß eine Frage gestellt. Eine sehr naheliegende Frage, weil offensichtlich ist, dass dir an unserer Ehe nicht das Geringste liegt.«

»Das ist wahrhaft ein seltsamer Vorwurf.« Trocken lacht er auf. »Wer ist denn nach der Hochzeit kreischend zusammengebrochen, als gäbe es nichts Schlimmeres, als mit mir vermählt zu werden?«

Okay, stimmt. Ich war ziemlich durch den Wind.

»Du kannst dir nicht vorstellen, was mir an jenem Tag alles passiert ist.«

Und ich würde es ihm auch nicht erzählen.

»Doch, durchaus. Denkst du, mir wurde nicht zugetragen, wie du dich aufführtest, als der König dich an den Hof zitierte und dir den Befehl zur Heirat gab. Eine Banshee war vermutlich nichts dagegen. Du hast jeden wissen lassen, wie sehr du es verabscheust, mit einem dahergelaufenen, unbedeutenden und stinkenden Waliser verheiratet zu werden.«

Oh! Meine Doppelgängerin muss ein ziemliches Luder gewesen sein. Wenn sie das bei Dr. Pickett macht, wird er sie kurzerhand einweisen. Wahrscheinlich sitzt sie schon in der Psychiatrie – und ich ... ich konnte es nicht aufklären, ohne mich zu verraten. So ein Mist.

Abrupt wende ich mich ab und trete dicht an den Bug. Unter mir taucht der Kopf der Galionsfigur in eine Welle und schießt mit einem feuchten Zischen wieder aus dem Wasser. Gischt sprüht auf und trifft kalt in mein Gesicht.

»Das tut mir sehr leid. Du stinkst nicht, Rhys. Wirklich nicht. Und ich halte dich auch nicht für unbedeutend. Ich entschuldige mich für dieses ... dieses idiotische Verhalten. Es war falsch.« Die Schuld einer anderen drückt meinen Kopf nach unten. Zumal ich mit meiner Hysterie noch eins draufgelegt habe. »Jetzt verstehe ich natürlich, weshalb du mich nicht willst. Unter diesen Umständen würde ich mich auch nicht wollen.«

Er macht ein Geräusch zwischen Schnauben und Stöhnen. Und plötzlich wird es warm in meinem Rücken. Er steht dicht hinter mir. Ein harter Arm schiebt sich um meine Taille und versetzt mir einen Stromstoß.

»Du glaubst, ich will dich nicht?« Das warme Timbre seiner Stimme streift in einer Liebkosung über meine Ohrmuschel. »Bei Gott, Grace, ich will dich, seit du in der Kirche den Schleier zurückgeschlagen hast und ich zum ersten Mal dein Gesicht sah.«

Ehrlich? Ehe mir bewusst wird, was ich mache, lehne ich mich an ihn. Sein großer Körper ist fest wie eine Mauer und warm wie ein Ofen. Ich fühle mich aufgehoben und ein wenig benommen, weil alles so unerwartet kommt.

»Aber warum warst du dann die ganze Zeit so abweisend?«

»Weil ich mich nicht aufdrängen wollte.«

Ach so. Ich schmiege mich an ihn. »Du bist ein wahrer Gentleman.«

»Das eher nicht.« Er beugt den Kopf, schmiegt seine Wange an meine. Bartstoppeln pieken an meiner Haut. »Wirst du mich in dein Bett einladen, Grace?«

Jederzeit. Ich drehe mich in seinen Armen um, verstricke mich im Zwielichtblau seines Blicks. Es ist zu früh, von Liebe zu sprechen, aber er ist definitiv scharf auf mich. Und ich auf ihn. Wortlos nehme ich seine Hand und führe ihn zu der Kabine, die er seit unserer Abreise aus Plymouth nicht mehr betreten hat.

Als ich meinen Umhang abstreife und auf einen Stuhl lege, sackt mein Lustpegel schlagartig in den Keller. Es gibt ein Problem, das es nicht gäbe, würde ich hin und wieder den Schmachtmodus ab- und mein Hirn einschalten. Dann hätte ich ihm nämlich zu einem besseren Zeitpunkt gesagt, dass ich keine Jungfrau mehr bin. Für einen Mann aus dem siebzehnten Jahrhundert ist das unter Garantie ein absolutes No-Go. Insbesondere, wenn es um die eigene Ehefrau geht. So viel weiß sogar ich.

Unschlüssig bleibe ich mit dem Rücken zu ihm stehen. Wie soll ich es ihm beibringen? Eine Vortäuschung falscher Tatsachen ist ausgeschlossen, dazu besitze ich dann doch zu wenig Erfahrung und er vermutlich zu viel. Außerdem will ich unsere … was-immer-daraus-wird nicht mit einer Lüge beginnen.

»Was ist los, Grace?«

Also dann – die Wahrheit. Ich drehe mich zu ihm um. Noch immer drängt er sich mir nicht auf, sondern lehnt abwartend an der geschlossenen Tür. Meine Befangenheit brennt mir beinahe ein Loch in den Magen. Er wird austicken. Je schneller ich es hinter mich bringe, desto besser.

»Ich bin nicht mehr … unschuldig.«

Kurz zuckt dieser Muskel in seiner Wange. Stumm lehnt er den Hinterkopf an die Tür und mustert mich unter halbgeschlossenen Lidern. Der Mann hat vielleicht Wimpern. Lang genug zum Teppich knüpfen. Unglaublich. Als er seinen Gehrock aufknöpft, folge ich dem Weg seiner schlanken, kräftigen Finger. Es wäre nett, wenn er irgendetwas dazu sagen würde. Aber nein, er ist ein harter Kerl und geht schweigend zum Alkoven. Der Gehrock fällt raschelnd aufs Bett. Er setzt sich daneben, kämmt mit fünf Fingern sein Haar zurück. Endlich kriegt er die Zähne auseinander.

»Das weiß ich, Grace. Du warst die Mätresse des Königs.«

Bitte? Die andere Grace vielleicht, aber ich ganz sicher nicht. Obwohl ich es mir bei meiner Doppelgängerin auch nicht vorstellen kann, schließlich ist oder vielmehr war Charles II. ihr Vormund.

»Also das …«

»Du musst dich nicht rechtfertigen. Es macht mir nichts aus.« Er verzieht die Lippen. »Nun ja, zu Anfang machte es mir schon etwas aus. Es ist offensichtlich, weshalb er diese Hochzeit wollte.«

»Ach? Weshalb denn?«

»Um dich von seinem Hof zu entfernen und gleichzeitig gut versorgt zu wissen. Du warst der Königin wohl ein Dorn im Auge. Jedenfalls sagte das Whitfield. Es ist nicht sonderlich schmeichelhaft, mit der abgelegten Affäre eines anderen abgespeist zu werden.«

Ich muss schlucken. Immerhin weiß er nichts von Canterbury. Eine Ehefrau, die von einem Erzbischof der Hexerei bezichtigt wird, hätte er wohl abgelehnt, königlicher Befehl hin oder her. Im Grunde haben sie ihn hereingelegt.

»Wenig schmeichelhaft, in der Tat«, murmle ich.

»Jedenfalls dachte ich das. Jetzt jedoch … Jetzt halte ich den König für einen Narren.« Kleine Fältchen graben sich um seine Mundwinkel. »Wie kann irgendein Mann deiner überdrüssig werden? An seiner Stelle hätte ich dich keinem anderen überlassen.«

Das relativiert natürlich die wenig schmeichelhafte abgelegte Affäre. Mit einem erleichterten Aufatmen lehne ich mich an den hohen Bettpfosten.

»Ich hatte nie eine Affäre mit dem König.«

»Es ist mir egal, Grace. Du …«

»Ich war niemals seine Mätresse. Das schwöre ich bei meinem Leben.«

Mehr kann ich dazu nicht sagen. Immerhin ist es die Wahrheit.

Er sinkt auf die Ellbogen zurück, streckt die Beine weit von sich und setzt die Ferse des einen Stiefels auf die Spitze des anderen. Leicht neigt er den Kopf zur Seite.

»Aber dennoch bist du nicht mehr unberührt?«

Ach ja, dumme Sache! Aber woher hätte ich ahnen sollen, dass ich eines Abends mit dem Mann meiner feuchten Mädchenträume allein in der Kabine eines Segelschiffes bin, Jahrhunderte von meiner eigenen modernen Zeit entfernt, und es Sinn gemacht hätte, mich für ihn aufzusparen?

Ich setze mich neben ihn und falte die Hände im Schoß. Ganz die reuige Sünderin.

»Ich war damals fünfzehn und ziemlich verknallt in einen Jungen.«

»Hast du auf ihn geschossen?«

»Nein, natürlich nicht!« Achte auf deine Worte, Grace. »Ich war verliebt. Na ja, und auf einer Par… ich meine, auf einem Fest, ist es eben passiert. Hinter einer Gartenlaube. Es geschah nur ein einziges Mal und es war schnell vorbei.«

»Schnell vorbei.« Findet er das etwa lustig? Aus dem Augenwinkel spähe ich zu ihm. Tatsächlich, er grinst. Sogar seine Zähne sind makellos weiß. Ein Wunder zu dieser Zeit. »Das muss eine herbe Enttäuschung gewesen sein.«

»Das kannst du laut sagen.«

»Und weshalb hat dieser enttäuschende Kerl dich nicht geheiratet, nachdem er dir deine Tugend raubte?«

Weil zu meiner Zeit Teenager nicht heiraten, bloß weil sie ein bisschen Spaß miteinander haben. Aber das kann ich natürlich nicht laut sagen. Gott, ist das kompliziert. Dabei bin ich im Vergleich zu anderen Frauen meines Alters ziemlich unbeleckt. Mein erster fester Freund kam kurz nach meiner ersten sexuellen Erfahrung und war gleichzeitig der letzte. Mein Sexleben wurde sozusagen gemeinsam mit meiner Familie zu Grabe getragen. Damals war ich gerade erst achtzehn.

»Eine Heirat kam nicht in Frage.«

»Hat der König es verboten?«

Gutes Stichwort. Papa hätte es garantiert verboten, und als Oberhaupt der Familie und Kopf eines großen Konzerns war er so gut wie ein König. Ich nicke. »Genau so war's.«

Rhys richtet sich auf und beginnt, die Haarnadeln aus meinem Haar zu ziehen. Klirrend fällt eine nach der anderen vor dem Bett auf die Planken. Atemlos und mit offenem Haar sitze ich neben ihm und warte, was als nächstes kommt. Er nimmt mein Haar und hebt es an.

»Rotes Gold.« Seine heisere Stimme jagt direkt zwischen meine Beine. Ich presse die Schenkel zusammen. Lieber Himmel! Er lässt mein Haar durch seine Hände gleiten und berührt meine Wange. »Du bist eine Schönheit, Grace. Deine Augen … Sie erinnern mich an den Frühling in Wales. Grün wie die ersten Baumknospen.«

O Mann, etwas Ähnliches hat Katherine auch mal gesagt. Meine Schwester hätte ihn gemocht. Einfach alle hätten ihn gemocht. Mein Herz zieht sich zusammen. Hier und jetzt will ich nicht an meine Familie denken. Jetzt und hier gibt es nur ihn und mich.

»Ein Poet bist du auch noch. Hast du eigentlich auch irgendwelche Fehler?«

»Unzählige.« Ein Kuss streift meine Schläfe, ein Hauch, mehr nicht. »Doch ich werde versuchen, mich zu zügeln und ein Gentleman zu sein, obwohl ich dir am liebsten das Kleid vom Leib reißen würde.«

»Ach, tu dir keinen Zwang an, ich habe noch ein halbes Dutzend andere Kleider dabei.«

Sein leises Lachen kriecht mir unter die Haut. Ich jedenfalls habe mich lang genug gezügelt. Ich grabe die Finger in sein Haar, ziehe ihn zu mir und nehme mir seinen Mund. Wie sein Haar, sind auch seine Lippen erstaunlich weich. Mit einem leisen Seufzen schlingt er die Arme um mich und sinkt mit mir ins Bett.

Ich habe ein Phänomen geheiratet.

Irgendwie geht man ja immer davon aus, dass die Menschen zu früheren Zeiten prinzipiell ein wenig unterbelichtet waren. Angefangen von ihrer Weltanschauung, über ihre Lebensweise bis hin zu alltäglichen Dingen, wie beispielsweise Sex. Dabei ist gerade das Kamasutra eine sehr, sehr alte Schrift. Ich weiß nicht, ob Rhys es gelesen hat, aber es könnte durchaus sein.

Jeden Zoll meiner Haut bedeckt er mit Küssen. Noch bevor mein letztes Kleidungsstück fällt, bin ich so weich wie Kinderknete und bringe nicht mehr fertig, als dazuliegen und es zu genießen. Meine Passivität scheint ihn nicht zu stören. Falls er das für normal hält, werde ich ihm das Gegenteil beweisen, sobald er nicht mehr zwischen meinen Beinen kauert. Sein Mund übt exakt den richtigen Druck aus. Seine Zunge weiß genau, wo ich es am liebsten mag. Kurz bevor ich den Höhepunkt erreiche, richtet er sich auf, schiebt sich über mich und dringt in mich ein.

Und wieder komme ich nicht dazu, ihm irgendetwas zu beweisen. Rhys liebt mich, als ginge es ums nackte Überleben. Obwohl er sich nicht beeilt, sind seine Bewegungen von hemmungsloser Dringlichkeit. Ihn in mir zu spüren, ist mehr als Sex, es ist eine extrem intensive Offenbarung.

Das Schaukeln der Gloriana auf den Wellen und das Kreisen seiner Hüften werden eins und beides spült mich höher und höher. Halb von Sinnen klammere ich mich an seine Schultern. Ich brenne für diesen Mann, der mich bis zum Anschlag ausfüllt und vereinnahmt. Nie zuvor habe ich auch nur ansatzweise etwas Ähnliches erlebt. Ich will mehr davon. Mehr von ihm.

»Rhys ...«

Er verschließt meinen Mund mit einem Kuss. Zeitgleich mit seinen sanften, seidigen Zungenschlägen werden seine Stöße schneller, gehen tiefer. Das Bett, die Kabine, das gesamte Schiff, alles beginnt sich um mich zu drehen, als wären wir in einen dieser sagenhaften Strudel geraten, die direkt ins Fegefeuer führen. Wenn er so weitermacht, verliere ich noch die Besinnung und verpasse das Beste.

Endlich, als ich es kaum noch aushalte, schieße ich über den Gipfel und reiße ihn mit. Sein Körper versteift sich für einen Moment, die Bauchmuskeln zucken. Er senkt sich tiefer über mich, ohne mich mit seinem vollen Gewicht zu belasten, und birgt sein Gesicht in meiner Halsbeuge. Rauer, stoßweiser Atem trifft meinen Hals, während wir uns ineinander verlieren.

Danach liegen wir Seite an Seite. Eng umschlungen kommen wir in der überhitzten Atmosphäre aus Erregung und Befriedigung zu Atem. Ich bin verschwitzt und träge, wie an einem heißen, schwülen Sommertag. Mein Herz scheint bis in die Zehenspitzen zu schlagen. Soeben habe ich meinen ersten multiplen Orgasmus erlebt. Unglaublich! Bisher dachte ich, so etwas gäbe es so wenig wie den G-Punkt.

»Wow!«

Er öffnet die Augen. »Habe ich dir wehgetan?«

Hä? Ich drehe den Kopf zu ihm. Er wirkt besorgt. Dann verstehe ich. Wann immer ich etwas sage, was er nicht versteht, gibt er dem Wort eine andere Bedeutung. So wird aus verknallt ein Schuss und aus Wow ein Au. Völlig logisch. Solange ich es mit den befremdlichen Aussagen nicht übertreibe, wird er nie Fragen dazu stellen. Womit mir komplizierte Erklärungen erspart bleiben.

»Nein, du hast mir nicht wehgetan. Ganz im Gegenteil.«

»Gut.« Er löst sich von mir, rollt sich auf den Rücken und bleibt flach liegen. »Trotzdem werde ich beim nächsten Mal vorsichtiger sein. Immerhin bist du eine Lady.«

»Wage das ja nicht.« Ich stütze mich auf den Ellbogen und zupfe an einer höllenschwarzen Haarsträhne. »Wenn du mich behandelst, als wäre ich aus Porzellan, werde ich dich beißen.«

Sein Lachen ist jungenhaft und mitreißend. Es gefällt mir.

»Wie eine kleine Höllenkatze, ja?«

»Genau so.«

Splitternackt liegt er neben mir und grinst. In der Hitze des Gefechts blieb keine Zeit, ihn ausgiebig zu betrachten. Jetzt hole ich das nach. Und noch einmal: Wow! Seine Haut ist überall leicht gebräunt. Ich entdecke kein Gramm Fett an ihm. Einzig festes Fleisch und straffe Muskeln. Keine von der aufgepumpten Sorte aus dem Fitnessstudio. Nein, es ist die lange und geschmeidige Muskulatur eines Kraftakrobaten, der sich über viele Jahre eine vollendete Körperbeherrschung antrainiert hat.

Sein Glied ruht auf seinem Unterleib, benetzt von meiner Feuchtigkeit, noch immer halb erigiert und kerzengerade gewachsen. Ich lege die Hand auf seinen Brustkorb, streichle über die glatte, schweißfeuchte Haut nach unten zu seinem Bauch. Bretthart. Und das alles gehört mir. Ich bin so ein Glückspilz.

»Wir sollten uns unbedingt näher kennenlernen.«

Belustigung funkelt in seinen Augen. »Was willst du wissen?«

Ach, einfach alles. »Wie alt bist du?«

»Ein alter Mann.« Er verschränkt die Hände hinter dem Kopf. »Dreißig.«

Vielleicht gehören Männer im siebzehnten Jahrhundert mit dreißig bereits zum alten Eisen. Ich finde ihn jung, und gleichzeitig reifer als die Männer der Moderne. Im Vergleich zu ihm sind das alles grüne Jungs auf Selbstfindungstrip. Ehrgeizige Luschen, die sich selbst zu wichtig nehmen. Neurotische iPhone-Abhängige mit Stöpsel im Ohr und glasigem Rafft-Nix-Blick. Schnarch.

»Hoffentlich habe ich dich nicht überfordert.«

»Vielleicht ein klein wenig.«

Und Humor hat er auch noch. Dann entdecke ich die Tätowierungen auf den Innenseiten seiner Unterarme. Ganz ehrlich, ich bin kein Freund von Tätowierungen, aber zu ihm passen die beiden schwarzen, filigran gearbeiteten Drachen. Mit der Fingerspitze zeichne ich einen davon nach.

»Haben die Drachen eine Bedeutung?«

Sein Mundwinkel zuckt. Er weicht meinem Blick aus. »Sie bedeuten, dass ich in einem Bagno in Singapur festsaß. Ich trage sie nicht ganz freiwillig, aber wenigstens verstand der Mann sein Handwerk.«

Ein Bagno. Ist das nicht eine Art Straflager? Wie kam er dorthin? Es ist offensichtlich, dass er ungern darüber spricht, daher verkneife ich mir weitere Fragen.

»Du bist weit herumgekommen.«

»Ja.« Er hebt den Arm, streichelt über meinen Kopf und glättet mein zerzaustes Haar. »Doch nirgends traf ich eine Frau wie dich. Obwohl …«

»Obwohl?«

»Ich bin nicht sicher, ob ich wirklich eine Lady geheiratet habe, so schamlos, wie du mich von oben bis unten betrachtest.«

»Du hast eben keine Ahnung, was sich eine Lady bei ihrem Gemahl alles herausnimmt.«

»Wirklich?«

Ich beuge mich über ihn, bis wir Nase an Nase sind. »Wirklich.«

»Nun.« Mühelos hebt er mich auf sich, legt die Hand in meinen Nacken und krault am Haaransatz entlang. Wäre ich eine Katze, würde ich vor Wonne schnurren. »In diesem Fall ist es meine Pflicht, herauszufinden, wie weit eine Lady bei ihrem Gemahl geht.«

Und als Mann der Tat fackelt er nicht lange und fängt sofort damit an.

Mr Hopkins ist ein grandioser Geschichtenerzähler, doch als Arzt eine komplette Niete.

Das Kabuff hinter dem Mannschaftsquartier, in dem er Kranke und Verwundete behandelt, ist von oben bis unten versifft. Mit spitzen Fingern nehme ich einen Tiegel von einem verschmierten Bord und schnuppere am Inhalt. Tränen schießen mir in die Augen.

»Kann es sein, dass die Salbe ranzig ist, Mr Hopkins?«

Das war's dann mit seiner Begeisterung über meinen Besuch in seinem Reich. Die freudige Röte in seinem Gesicht wird weniger. Nur die Narbe, die seine linke Wange teilt und mich an einen explodierten Regenwurm erinnert, bleibt feuerrot.

»Bisher hat sich noch keiner beschwert.«

Tja, um sich zu beschweren, müsste der Patient eine Behandlung erst einmal überleben. Naserümpfend setze ich den Tiegel zurück zu den anderen und sehe mich weiter um.

In wenigen Tagen erreichen wir Barbados, und da ich Rhys nicht auf Schritt und Tritt folgen kann – so gern ich das täte –, brauche ich Beschäftigung. Hopkins kommt mir da sehr gelegen. Zwar verstehe ich wenig von Medizin, aber definitiv mehr als er.

»Wisst Ihr, Ihr solltet hier unbedingt mal saubermachen.«

»Was?«

»Den Boden kehren, Tisch und Borde abwischen. Solche Dinge eben.«

Er bringt es fertig, sein unansehnliches Gesicht zu einer Fratze des Schreckens zu verzerren. Wäre ich nicht die Frau des Schiffseigners, hätte er mich wohl kurzerhand vor die Tür gesetzt.

»Wollt Ihr etwa einen Medicus belehren, Lady Grace?«

Den einzigen Medicus, den ich kenne, ist der aus Noah Gordons Roman, und der – also nicht Gordon, sondern der Medicus – reiste bis in den Orient, um etwas über Sauberkeit zu lernen. Hätte Mr Hopkins auch gutgetan.

»Habt Ihr Essig?«

»Wozu?«, blafft er mich an.

»Um Wunden zu desin… zu reinigen.«

Davon hat er noch nie gehört. Ich sehe es ihm an. Was eignet sich noch zur Desinfektion?

»Vielleicht Honig. Oder … Salzwasser. Davon gibt's ja jede Menge. Obwohl ich nicht weiß, ob das wirklich ausreicht.«

Fragend sehe ich ihn an. Statt einer Antwort schlägt er die Hände auf dem Rücken zusammen und wippt angriffslustig auf den Zehen.

»Ich habe studiert, Lady Grace. Ich bin nicht nur ein Medicus, sondern obendrein Chirurg. Einzig missliche Umstände führten mich auf dieses Schiff.«

Chirurg. Heißt das, er nimmt auf dem fleckigen Tisch, neben dem wir stehen, Operationen vor? Bei dem Gedanken rollen sich mir die Zehennägel auf. Ich zeige auf einen Stapel schmutziger Leinenstreifen.

»Wozu benutzt Ihr die Leinen?«

Ein heftiger Ruck bringt die Gloriana ins Schlingern. Während sich Hopkins geistesgegenwärtig an einem Griff an der niedrigen Decke festhält, pralle ich mit der Hüfte an die Tischkante.

»Was war das?«

»Wahrscheinlich eine Kurskorrektur«, brummt er gleichgültig.

Über meine Hüfte reibend, nehme ich die Leinenstreifen an mich. »Verbindet Ihr damit etwa offene Wunden?«

Er stiert mich an, als wünsche er mich ans Ende der Welt. »So ist es!«

Mich packt das kalte Grauen vor diesem sogenannten Chirurgen und Medicus.

»Mr Hopkins, wenn Schmutz in offene Wunden gelangt ...«, ich stocke. Von Bakterien, Infektionen und Blutvergiftungen muss ich erst gar nicht anfangen. Etwas wie Antibiotika kann er sich nicht mal vorstellen. »Dann kommt es zu hohem Fieber und ... äh, ich glaube, man nennt es Wundbrand. Deswegen müsst Ihr die Verbände vor jeder Behandlung gründlich auskochen.«

»Ich weiß nicht, was Ihr wollt, Madam. Ich verstehe mein Handwerk. Mein Beruhigungstrank hat Euch doch geholfen, oder etwa nicht?«

Ich halte die Luft an. Diese Kräutermischung, die mich über Stunden ausgeknockt hat, kam von ihm? Ich kann froh sein, dass ich noch lebe. Bevor ich etwas darauf erwidern kann, bricht ein Schrei über uns herein. Vor Schreck lasse ich das Leinen fallen. Ebenso wie Hopkins sehe ich zur niedrigen Decke auf.

»Was ist denn da oben los?«

»Keine Sorge, Madam.« Gewichtig zieht er seinen Gehrock stramm. »Höchstwahrscheinlich gibt es einen Streit unter den Männern. Dabei kommt es hin und wieder zu Verletzungen. Ich gehe nachsehen. Ihr bleibt am besten hier, sonst steht Ihr nur im Weg.«

Damit dreht er sich um und eilt aus der Kammer. Ich stehe also im Weg. Herzlichen Dank auch!

Ich warte und horche auf das Trappeln über meinem Kopf. Die Mannschaft scheint sich schlagartig verdoppelt zu haben. Je länger ich in diesem fensterlosen Kabuff herumstehe und auf die Geräusche lausche, ohne zu wissen, was vorgeht, desto größer wird meine Beklemmung. Da stimmt etwas nicht. Ein weiterer markerschütternder Schrei gibt mir recht. Das Umherrennen an Deck wird zu einem Trommelfeuer unzähliger Füße. Ein Schuss fällt und dann folgt ein Aufschrei nach dem anderen. Ich halte es keine Sekunde länger in diesem Loch aus.

Auf Zehenspitzen haste ich zur Tür, öffne sie und spähe durch einen Spalt ins Mannschaftsquartier. Es ist verlassen, die Hängematten leer. Die Geräusche sind nun lauter, leichter zu unterscheiden. Unter die Schreie und Rufe mischt sich ein Klirren. Waffen? Etwa eine Meuterei, so kurz vor unserer Ankunft auf Barbados? Eis legt sich auf mein Rückgrat.

Rhys! An nichts anderes kann ich denken.

Ich renne auf die schmale Stiege nach oben zu. Der Lärm wird ohrenbetäubend. An der Stelle, an der ich stehe, sehe ich jedoch nur einen blauen Himmel im offenen Rechteck des Ausstiegs. Mich dicht an der Wand haltend, steige ich die Holzstufen hinauf. Mit jedem weiteren Schritt auf das helle Rechteck zu wird meine Panik größer. Meine Hände sind feucht, mein Mund trocken und mein Herz beschließt, zwischen Magengrube und Kehle auf und ab zu rasen.

Oben angekommen, starre ich auf das Chaos an Deck. Absolut surreal. Ich scheine mitten in eine Actionszene aus *Fluch der Karibik* geraten zu sein. Bloß sind die Waffen, mit denen die Männer an Deck aufeinander einschlagen, keine Requisiten. Und auch das Blut, das sich hier und da in meine Netzhaut brennt, ist echt. Auf der Gloriana tobt ein Kampf auf Leben und Tod.

Während ich das noch verarbeite, prallen zwei Männer neben mir an die Wand. Ein Mann mit Glatze und dichtem Bart würgt einen unserer Matrosen namens Jack und versucht gleichzeitig, ihm einen Dolch in den Bauch zu rammen. Trotz heftiger Gegenwehr wird Jack durchbohrt und sackt zusammen. Sein Messer fällt aus seiner Hand vor meine Füße.

Verdammt! Nach den langen Wochen auf See sind mir die Matrosen ans Herz gewachsen. Ihre derben Scherze bringen mich zum Lachen. Von den meisten kenne ich die Lebensgeschichte. Jack hat sechs Kinder von zwei Frauen und jetzt verblutet er direkt vor meinen Augen.

Aus Schock wird Wut. Reflexartig bücke ich mich nach dem Messer und ramme die kurze Klinge noch im Aufrichten dem Zottelbart in den Oberarm. Der Stoß vibriert bis in mein Handgelenk, bewirkt ansonsten aber wenig. Vielleicht wird die Fleischwunde den Mann umbringen, vor allem, falls Hopkins sie behandelt, doch hier und jetzt lenkt mein Angriff die Aufmerksamkeit des Mannes lediglich auf mich. In Anbetracht seines blutrünstigen Blicks steht mir ein grausamer Tod bevor.

Ehe ich ihm ausweichen kann, packt er mich am Oberarm, schleudert mich schwungvoll herum und lässt mich los. Auf Händen und Knien lande ich mitten im Kampfgetümmel. So eine Scheiße! Der Blutfleck neben meiner Hand lässt mich sofort wieder aufspringen. Der Weg zurück ins Mannschaftsquartier wird vom Zottelbart versperrt. Mir bleibt nur die Flucht nach vorne. Ohne zu wissen wohin, renne ich zwischen den Kämpfenden hindurch. Eine Klinge saust knapp an meiner Schulter vorbei. Ich werfe mich zur Seite, stolpere, fange mich wieder und zwänge mich keuchend zwischen die Wasserfässer an der Reling.

Dort stecke ich fest. Zottelbart kommt gemächlich durch das Getümmel auf mich zu. Niemand tritt ihm in den Weg, niemand verwickelt ihn in einen Kampf. Sein Zahnlückengrinsen wird immer breiter, je näher er kommt. Das kleine Messer in meiner Hand bringt mir gar nichts. Panisch sehe ich mich nach Rhys um und entdecke ihn auf der Brücke neben Captain Monroe. Seite an Seite wehren sie sich gegen ein halbes Dutzend zerlumpter Typen. Seine Schläge mit dem Rapier sind schnell und kraftvoll, der Ausdruck seines Gesichts hart und hochkonzentriert. Mein Hilfeschrei wird ihn bloß ablenken. Außerdem hört er mich über den Krach vermutlich gar nicht. Ich muss mir selber helfen.

»Komm her, Rotschopf!«

Riesige Pranken grabschen über die Fässer hinweg nach mir. Ich weiche so weit wie möglich zurück. Die Reling drückt in meinen Rücken. Der Mann ist noch immer zu nah. Hastig packe ich ein Seil der

Wanten und klettere auf die Reling. Das Holz unter meinen Ledersohlen ist feucht und rutschig. Großartig! Vor mir schiebt sich ein Mörder zwischen den Fässern hindurch, hinter mir ist die See. Ein Ruf gellt durch das Geschrei an Deck bis zu mir.

»Grace!«

Ruckartig drehe ich den Kopf. Rhys flankt soeben über das Geländer der Brücke. Kurz verschwindet er im Getümmel, dann taucht er wieder auf. Das Rapier in seiner Hand wirbelt in knappen Bögen von links nach rechts. Die Klinge beißt in Arme und Beine. Er schmettert einem Mann die Faust ins Gesicht, tritt einem anderen in die Kniekehlen und bahnt sich durch blanke Gewalt einen Weg zu mir. Er bewegt sich beeindruckend schnell und dennoch zu langsam.

Wieder grabscht Zottelbart nach mir. Als ich seitlich ausweiche, rutscht mein Fuß von der Reling. Ich trete ins Leere. Das Seil der Wanten gleitet durch meine schweißfeuchte Hand, schürft meine Haut auf. Mit wild rudernden Armen versuche ich das Gleichgewicht zu halten. Zottelbart hascht nach meinem Rock, und diesmal hoffe ich, er bekommt ihn zu fassen.

»Grace! Nein!«, brüllt Rhys.

Ein letztes Mal prallen unsere Blicke aufeinander.

Dann falle ich.

Während die Außenwand der Gloriana im Zeitraffer an mir vorbeisaust, mache ich mir noch keine großen Sorgen. Schließlich kann ich schwimmen. Ich muss also nur so lange aushalten, bis Rhys mich aus dem Wasser zieht.

Als es jedoch salzig über mir zusammenschlägt, ist es nicht mehr weit her mit meiner Zuversicht. Zum einen ist das Meer so weit draußen selbst in der Karibik ziemlich kalt. Zum anderen saugen sich meine Klamotten sofort mit Wasser voll, wodurch ich nicht nur mich, sondern auch noch mehrere Zentner nassen Stoff über Wasser halten muss.

Verbissen kämpfe ich mich zurück an die Oberfläche und schwimme gegen die Strömung an, die mich aus dem Schatten der Gloriana zieht. Irgendwo hängt doch bestimmt ein Seil, an dem ich mich festklammern kann. Ich schaffe das. Ich werde … Eine Welle schlägt mir ins Gesicht und wirbelt mich herum. Während ich noch hustend nach Luft ringe, rollt die nächste Welle über mich hinweg und drückt mich nach unten.

Meine Röcke werden zu Fesseln. Mit Mühe und Not schaffe ich es zurück nach oben, nur um festzustellen, dass die Gloriana und ein weiteres, schräg hinter ihr liegendes Schiff noch weiter von mir entfernt liegen. Die See spielt mit mir wie mit einem Korken. Die meiste Zeit befinde ich mich unter Wasser, und mit jedem Auftauchen werden meine nassen Sachen schwerer, meine Schwimmzüge kraftloser und meine Verzweiflung größer.

Die nächste Welle bricht über mich herein und diesmal komme ich nicht mehr gegen den Sog an. Ich werde verschluckt. In der tiefen Stille unter Wasser ziehen harte, schnelle Herzschläge durch meinen Kopf. Mein Haar schwebt vor meinen Augen. Rotblonde Spinnweben, die ihre Farbe verlieren, je tiefer ich sinke. Das Licht nimmt ab und erstickt schließlich ganz. Ich treibe durch Dunkelheit, ohne zu wissen, wo oben und unten ist.

Ich werde ertrinken. Einfach so.

Ich will nicht sterben, verflucht noch mal! Nicht ausgerechnet jetzt, wo ich mit ziemlicher Sicherheit die Liebe meines Lebens gefunden habe. Das ist ungerecht! Ein Zerren an meiner Kopfhaut reißt mich aus meinem Aufbegehren. Mein Haar ist irgendwo hängengeblieben. Womöglich am Maul eines Hais. Passt zur Titelmelodie meines Herzrasens. Die Vorstellung, im Magen eines großen Weißen zu enden, weckt meine erlahmenden Lebensgeister.

Wild schlage ich um mich, wobei der letzte Atem aus meinem Mund schießt und in Blasen über mein Gesicht blubbert. Mein Körper beginnt zu pulsieren. Aus dem Brennen in meiner Brust wird ein unerträgliches Stechen, als würden Nadeln meine Lunge durchbohren. Über mir bricht Sonnenlicht durch die tiefblaue Oberfläche der See. Zum Greifen nah. Dahin will ich.

Mein stummes Flehen nach Luft und Licht wird erhört. Zwei Hände packen mich unter den Achseln und reißen mich hoch. Mein Kopf durchbricht das Wasser. Luft! Gierig sauge ich sie ein und bereue es sofort. Der erste Atemzug bringt mich fast um, der zweite und dritte sind auch nicht besser.

Ein Arm umschlingt meine Brust, eine Hand schiebt sich unter mein Kinn und hält mein Gesicht über Wasser. »Ich hab dich. Alles ist gut.«

Rhys! Er hat mich gefunden. Sein Optimismus überzeugt mich allerdings nicht. Gar nichts ist gut. Er wird höchstens mit mir ertrinken. Schon verheddert auch er sich in meinem ausladenden Rock. Mehrmals gehen wir unter, und jedes Mal bringt er mich zurück nach oben. Seine Entschlossenheit ist bemerkenswert und gleichzeitig aussichtslos. Sich selber kann er wahrscheinlich immer noch retten, uns beide niemals. Jeden Moment wird er das einsehen und mich loslassen müssen.

Ich wappne mich vor dem Unvermeidlichen. Immerhin sterbe ich mit der Gewissheit, dass er mich so sehr liebt, um sein Leben für mich zu riskieren. Und ich werde meine Familie wiedersehen. Auf dem Wasser treibend, sehe ich in den Himmel. So weit entfernt. So gnadenlos gleichgültig. Nebel bildet sich an den Rändern meines Sehfelds. Die azurblaue Weite schrumpft zu einem winzigen Punkt, der vor meinen Augen tanzt.

»Nicht ohnmächtig werden, Grace!«

»Okay«, hauche ich und werde ohnmächtig.

## Drei

Ach, wie nett.

Flaumfederleicht schwebe ich aufwärts. Das Einzige, was meinen Einzug ins Nirwana oder hinter den Regenbogen oder wohin immer es meine Seele zieht, aufhält, ist ein Eisenring um meine Mitte. Obwohl mein Magen leer ist, ist der Druck auf meinen Magen so groß, dass mir jeden Moment die Mahlzeiten der vergangenen vier Wochen hochkommen könnten. So wie ich mich kenne, treffe ich kotzend vor der Himmelspforte ein – oder eher vorm Höllentor, denn Rauchgeruch steigt in meine Nase.

Mein Schwebeflug endet mit einer harten Bruchlandung. Bevor ich mir darüber klar werden kann, was der schmerzhafte Aufprall bedeutet, trifft eine Hand meine Wangen. Links – rechts - links. Also langsam reicht's, auch wenn die leichten Schläge meinen Verstand wieder in Gang setzen. Holprig zwar, aber immerhin. Ich lebe, soviel dringt zu mir durch. Mit dieser Einsicht schießt Salzwasser in meine Kehle. Würgend drehe ich den Kopf zur Seite, spucke es aus und hebe schwerfällig die Lider. Kurz sehe ich eine Wasserlache auf zerkratzten Planken, dann berührt eine Hand mein Kinn und dreht meinen Kopf, sodass ich wieder nach oben sehe. In zwielichtblaue Augen.

Im ersten Moment kann ich sie in meiner Benommenheit nicht zuordnen. Ein Fremder kauert über mir. Seine Wimpern kleben nass zusammen, Wasser fällt aus schwarzen Haarspitzen in mein Gesicht und sein nackter Brustkorb wogt vor Anstrengung. Dann erkenne ich ihn und kann es kaum fassen. Er hat's geschafft! Rhys hat mich tatsächlich gerettet. Anstatt unser Leben zu verlieren, hat er lediglich sein Hemd verloren. Mein Mann ist ein Wunder.

Trotz meiner Schwäche gelingt es mir, die Hand zu heben und an seine Wange zu legen.

»Es ist wirklich alles gut geworden.«

Ohne auf mein Krächzen zu achten, richtet er mich auf. »Du musst aufstehen, Grace. Sofort.«

Mich mit sich ziehend, steht er auf. Kraftlos sinke ich an ihn. Wozu die Eile? Wir sind in Sicherheit, oder etwa nicht? Von seinem Arm gestützt, sehe ich auf, direkt in die verschlagenen Gesichter abgerissener Männer.

So eine Scheiße!

Wir sind umringt von Piraten, Halsabschneidern, Meuchelmördern. Das ist ihr Schiff, und der Brandgeruch, der über das Meer zu uns weht, kommt wahrscheinlich von der Gloriana. Ich wage es nicht, mich danach umzublicken, sondern behalte die Klingen in den Händen der Männer und die Pistolen in ihren Gürteln im Auge. Zögernd löse ich mich von Rhys. Wenn wir halbwegs heil aus der Sache rauskommen wollen, sollte er unbedingt beide Hände freihaben.

Schon stiefelt ein drahtiger Pirat mit Walross-Schnauzer auf uns zu, baut sich breitbeinig vor uns auf und taxiert mich aus zu Schlitzen verengten Augen. Nachdem er alles gesehen hat, was es an mir zu sehen gibt, schweift sein Blick zu Rhys.

»Wie blöd muss ein Mann sein, wenn er wegen einem Weiberrock fast ersäuft«, höhnt er.

Rohes Gelächter schallt übers Deck. Jetzt wird mir richtig schlecht. Wir haben keine Chance. Sie sind in der Überzahl, und Rhys trägt weder Hemd noch Schuhe, geschweige denn eine Waffe bei sich. Ihm scheint das egal zu sein.

»Ich bin ihr nachgesprungen, weil sie mir gehört.«

Noch mehr Gelächter. O Mann, er hätte den Ball flach halten sollen. Zu viel Selbstbewusstsein kann nach hinten losgehen. Vor allem, wenn man bis zum Scheitel im Dreck steckt.

»So, das Kätzchen gehört dir? Ist wohl dein holdes Weib.«

»Nein.« Unvermittelt packt Rhys meinen Nacken und schüttelt mich. Keine gute Idee, ich kann mich sowieso kaum auf den Beinen halten. »Ihr Alter betrog mich im Würfelspiel. Also nahm ich mir seine Tochter. Sie wird seine Schulden bei mir abtragen.«

O-kay. Ich hab zwar keinen blassen Schimmer, wieso er das behauptet, aber ich werde ihm auf keinen Fall die Show vermasseln. Hastig verstecke ich die linke Hand in den nassen Falten meines Rocks, bevor jemand meinen Ehering bemerkt.

»Das gefällt mir.« Schnauzer tritt dicht vor Rhys. »Nachdem wir dich aus dem Wasser gefischt haben, bist du uns ebenfalls was schuldig. Deine Kleine gehört jetzt uns.«

Johlend schwenken die Typen ihre Messer. Ihre bunten Kopftücher und Federhüte verschwimmen vor meinen Augen. Ich beiße mir auf die Zunge. Auf keinen Fall darf ich wieder ohnmächtig werden.

»Ich bin dir gar nichts schuldig.«

Ich sehe die Faust nicht kommen, die Rhys in den Magen kracht, dafür höre ich den dumpfen Schlag umso deutlicher. Im Zusammenkrümmen stößt er mich in seinen Rücken. Ich taumle und falle mit dem Hintern voran in ein zusammengerolltes Tau.

»Du hast eine verflucht große Klappe, Mann«, sagt Schnauzer. »Das ist mein Schiff, ich allein hab hier das Sagen. Wenn dir das nicht gefällt, werfen wir dich wieder über Bord.«

Unter zustimmendem Gebrüll richtet sich Rhys wieder auf. Anhand der Spannung seines Rückens und den geballten Fäusten weiß ich, was als nächstes kommt. Er wird sich meinetwegen prügeln – und es nicht überleben. Ich muss etwas unternehmen, das die Männer von ihm ablenkt, damit er ... Keine Ahnung, ihm wird schon was einfallen.

»Zu Hilfe!«

Ich zapple in der Taurolle und ziehe dabei meine Röcke bis über die Knie. Während alle auf meine Schenkel stieren, schnellt Rhys vor, reißt Schnauzer den Dolch aus dem Gürtel, wirbelt den Mann herum und drückt die Klinge an seine unrasierte Kehle. Es grenzt an Selbstmord, und genau deswegen hat keiner damit gerechnet. Die ganze Horde steht belämmert da und begafft nun statt meiner Schenkel ihren Anführer. Eilig ziehe ich die Röcke wieder runter und stehe, trotz meiner weichen Knie, auf.

»Noch mal von vorn«, sagt Rhys. »Die Frau gehört mir. Niemand fasst sie an. Hat das jetzt jeder verstanden?«

»Bevor meine Männer dich kaltmachen, wirst du zusehen, wie sie deine kleine Schlampe ficken, bis sie dran verreckt.«

Die Drohung lässt Rhys kalt. »Ist mir scheißegal, denn du und einige andere werden mit aufgeschlitzten Kehlen daneben liegen und den Spaß nicht miterleben.«

An Kaltblütigkeit kann er es mühelos mit diesen Fieslingen aufnehmen. Sogar ich bin überzeugt. Unschlüssige Blicke werden gewechselt. Der Anführer öffnet den Mund und klappt ihn wieder zu, als ein rotes Rinnsal unter dem Dolch hervorquillt und fadendünn über seinen Hals läuft.

»Hast du's begriffen oder soll ich tiefer schneiden?«

»Das gibt's doch nicht!« Ein alter Mann in ausgefransten Kniehosen schiebt sich durch den Halbkreis der Piraten. Über seinem rechten Auge liegt ein milchiger Schleier, das linke ist auf Rhys gerichtet. »Ich hab dich doch schon mal gesehen.«

»Halt's Maul, Morley!«, bellt Schnurrbart.

»Wenn ich's dir sage, Carter. Ich kenn den Kerl. Die schwarzen Drachen auf den Armen ...« Morley reißt die Augen auf. »Leck mich am Arsch! Das ist der Waliser. Seinetwegen hat Morgan eine Prise und ein Schiff verloren. Ist einige Jahre her, aber ich erinnere mich noch genau daran.«

Die Piraten blecken die Zähne wie wilde Hunde. Trotz des Messers an der Kehle ihres Anführers, heben sie ihre Entermesser und ziehen den Halbkreis um uns enger. Wir sind geliefert. Ich weiche bis zur Reling zurück und bereite mich auf einen zweiten Sprung ins Meer vor. Lieber ertrinke ich gemeinsam mit Rhys, als dabei zuzusehen, wie sie ihn abschlachten.

»Wartet, Männer!« Morley streckt die Arme seitlich aus. »Immerhin ist der Waliser einer von uns. Wir sollten ihn zu Morgan bringen. Dieses Hühnchen will er mit seinem alten Freund bestimmt persönlich rupfen.«

»Morgan ist in Panama.« Carter ruckt so heftig mit dem Kinn, dass er sich beinahe selbst enthauptet. »Ich hab den Befehl auf diesem Schiff. Ich entscheide, was wir mit ihm und seiner Metze machen.«

Rhys packt ihn fester um die Schultern und versetzt ihm einen Schnitt unter dem Ohr. Es geschieht ohne Zögern und so sicher, wie andere eine Wurst anschneiden. Erst jetzt begreife ich, was Morley meinte. Rhys gehört zu ihnen. Er ist ein Freibeuter und kein Plantagenbesitzer. Er hat den König verarscht und mich auch. Na ja, auf jeden Fall hat er es mir verschwiegen. Ich bin eine Piratenbraut!

»Du entscheidest im Moment gar nichts.«

Seine Stimme ist eiskalt, und obwohl ich hinter ihm stehe, weiß ich, dass sein Gesicht hart ist und er Carter ohne Gewissensbisse die Kehle durchschneiden kann. In dieser kritischen Lage finde ich das nicht mal so übel. Besser ein politisch unkorrekter Kerl als ein winselndes Weichei, das mich im Stich lässt.

»Denk doch mal nach, Carter«, sagt Morley. »Morgan mag's nicht, wenn ein andrer ihm ins Handwerk pfuscht. Er will die Angelegenheit bestimmt selber klären. Bis er zurück ist, bringen wir den Waliser und sein Mädchen bei Payne unter.«

»Payne ist eine beschissene Landratte!«

»Aber er kann auf die beiden aufpassen. Außerdem sitzt dir eine Klinge am Hals. Wegen eines Weiberrocks.« Der Alte schiebt einen Finger unter sein Kopftuch und kratzt sich den Kopf. »Ich glaub, wir haben alle mehr davon, wenn wir die beiden in Ruhe lassen. Morgan wird es uns mit einem größeren Anteil an den Prisen danken.«

Murmelnd senken die Piraten ihre Klingen. Geld besitzt eben zu jeder Zeit und an jedem Ort seine eigene durchschlagende Logik. Nur Carter scheint sie zu entgehen, er hüllt sich in verstocktes Schweigen. Morley hebt die Hände. Dicke Schwielen sitzen auf seinen Handflächen.

»Lass das Messer fallen und gib unseren Captain frei, Waliser. Dir und deinem Herzchen wird nix passieren. Du hast mein Wort drauf.«

Das Wort eines Kriminellen. Na toll. Meine Nerven spielen verrückt. Ich unterdrücke ein hysterisches Kichern. Meine kleine Ablenkung war für die Katz. Rhys wird seinen Vorteil nicht mehr lange halten können. Er hat auf der Gloriana gekämpft, sich der See widersetzt, mich im Meer über Wasser gehalten, seine Kräfte müssen längst erschöpft sein.

»Ich will das Wort des Captains«, verlangt er.

Während Carter die Augen rollt und mit den Kiefern mahlt, warten wir alle, dass ihm entweder Schaum vor den Mund tritt oder er eine Antwort gibt.

»Von mir aus sollst du's haben«, zischt er endlich.

Sofort senkt Rhys den Dolch und lässt Carter los. Der macht einen langen Satz zu seinen Männern, dreht sich um, betastet seinen Hals und verreibt das Blut zwischen den Fingern. Unterdessen streckt Rhys den Arm seitlich aus und lässt den Dolch fallen. Noch bevor er auf den Planken aufschlägt, brüllt Carter einen Befehl.

»Greift sie euch! Sperrt das Pack ein!«

Im Vergleich zu der Streichholzschachtel, in die sie uns sperren, ist Hopkins Kabuff eine Fünf-Sterne-Suite. Immerhin sitzen wir nicht irgendwo tief unten im Schiffsbauch. Tageslicht fällt durch die Wandritzen und den Spalt zwischen Tür und Boden.

Nass bis auf die Knochen, setze ich mich an die Rückwand. Rhys geht vor mir auf und ab, drei Schritte nach links, drei nach rechts. Unvermittelt muss ich an ein Gedicht von Rilke denken: Der weiche Gang geschmeidig starker Schritte, der sich im allerkleinsten Kreise dreht, ist wie ein Tanz von Kraft um eine Mitte, in der betäubt ein großer Wille steht.

Rhys hat definitiv einen großen Willen und auch die Kraft, ihn umzusetzen. Er kann so schnell und tödlich zuschlagen wie ein Panther. Eigentlich verabscheue ich Gewalt, doch der Zusammenprall mit den Piraten hat mein Weltbild ein wenig verschoben. Ein Mann, der sich mit allen Mitteln behauptet, ist mir um Längen lieber als einer, der beim geringsten Problem den Schwanz einzieht und sich davonmacht.

Dazu sieht er auch noch zum Anbeißen aus. Vor seinem Sprung ins Meer hat er klugerweise seine Stiefel ausgezogen. Er trägt nur noch die schwarzen Kniehosen, die nass an seinen Beinen kleben. Sein Haar und seine Haut glänzen feucht. Das eine vom Wasser, das andere vermutlich vom Stress.

»Du musst todmüde sein. Weshalb setzt du dich nicht?«

Abrupt bleibt er stehen und stößt den Zeigefinger nach mir. »Mach das nie wieder, Grace.«

Ihm in Gedanken die nassen Hosen herunterreißen? Klar, in unserer derzeitigen Lage sind solche Ideen unangebracht. Allerdings gehe ich mein neues Leben schon seit Wochen sozusagen mit einem buddhistischen Ansatz an: Ich genieße den Moment und vergesse alles andere.

»Wovon sprichst du?«

»Wovon ich spreche?« Er wischt sich einige nasse Strähnen aus den Augen. »Du hast deine Röcke gehoben. Jeder konnte deine Beine sehen. Hast du eine Ahnung, was hätte geschehen können?«

»Es ist doch alles gut gegangen.«

»Es war gefährlicher Leichtsinn. In Zukunft wirst du dich heraushalten, hast du verstanden? Du wirst alles unterlassen, was dich in Gefahr bringen könnte. Ich werde die Dinge regeln.«

Macho! Vielleicht legen die Frauen dieser Zeit die Hände in den Schoß und gucken heulend zu, wie ihr Mann in Stücke geschlagen wird. Für mich ist das nichts. Wir sind ein Team, und wie sich herausgestellt hat, sogar ein ziemlich gutes.

»Ich finde, wir sollten gemeinsam …«

»Ob Ihr mich verstanden habt, will ich wissen, Lady Grace.«

Jetzt sind wir also wieder förmlich. Liegt wohl am hohen Adrenalinpegel. In diesem Zustand sollte ich ihn nicht zusätzlich reizen. Einen Panther würde ich schließlich auch nicht an den Schnurrhaaren ziehen.

»Ja, ich habe verstanden.«

»Ich hätte dich beinahe verloren und du riskierst dein Leben ohne Grund.«

Also, ich sehe schon einen Grund, aber man kann ja nicht immer einer Meinung sein, nur weil man verheiratet ist.

»Wird nicht wieder passieren.«

»Du nimmst die Sache nicht ernst.« Er setzt sich neben mich. »Weshalb, denkst du, habe ich wegen uns gelogen? Sollten sie herausfinden, dass wir verheiratet sind, schnappen sie dich und setzen mich unter Druck. Wir müssen sehr vorsichtig sein. Solange sie glauben, mir läge wenig an dir, bist du halbwegs sicher.«

»Alles klar soweit«, zitiere ich Jack Sparrow. Ich kann es nicht lassen, es passt zu gut.

»Wie bitte?«

Aus schmalen Augen funkelt er mich an. Der Bartschatten betont die leicht hohlen Wangen. Er wirkt roh und abgerissen, wie die Männer, in deren Gewalt wir sind. Wobei mir einfällt …

»Du bist ein Pirat. Du machst das Gleiche wie diese Kerle.«

»Du weißt genau, wer ich bin und was ich mache.«

Grace, die andere, wusste es womöglich, ich weiß gar nichts.

»Niemand hat mir vor meiner Hochzeit etwas über dich erzählt, außer dass du Plantagen auf Barbados besitzt, aber das muss ja nicht unbedingt stimmen.«

Die Kerben in seinen Mundwinkeln geben mir zu verstehen, dass es Männer seit der Steinzeit unheimlich schwer mit ihren Frauen haben.

»Ich besitze durchaus Plantagen und verdiene mein Geld mit meinen beiden Handelsschiffen und dem Verkauf von Tabak und Zuckerrohr.«

»Dieser alte Pirat Morley hat gesagt …«

»Ich weiß, was er gesagt hat. Ich habe einige Jahre im Namen der Krone spanische und auch französische Schiffe aufgebracht. Zuerst unter Morgans Befehl, im Anschluss mit eigenem ordentlichem Kaperbrief. Daher kennen wir uns.«

Also war er doch ein Pirat. Die Kaperbriefe haben seine Überfälle lediglich legitimiert. Für mich macht das keinen großen Unterschied. Wäre auch zu schön gewesen, wenn einmal alles stimmt.

»Hast du auch Menschen umgebracht und ihre Schiffe in Brand gesteckt?«

»Was denkst du eigentlich von mir?«

Also, die meiste Zeit denke ich, dass ich mit ihm den besten Sex meines Lebens habe und ich ein Glückspilz bin, aber das will er im Moment bestimmt nicht hören. Hitzig fährt er fort.

»Normalerweise geht es beim Kapern um die Prisen und nicht darum, sich in einen Kampf verwickeln zu lassen. Es wäre auch nicht auf der Gloriana dazu gekommen, hätten wir uns nicht zur Wehr gesetzt. Aber ich war wütend. Weil sie uns überrumpelt haben. Sie gaben Notsignale und ich bin drauf reingefallen.« Er schüttelt den Kopf. »Das einzige Schiff, das ich jemals versenkte, gehörte Henry Morgan, und das nur, weil die Krone keine Kaperbriefe mehr vergibt und er trotzdem weitermacht. Ich glaube, in England wissen sie nicht mal, was der einstige Gouverneur von Jamaika treibt. Er verdiente einen Denkzettel und eine Warnung. Ich überfiel ihn, bevor er auf die Idee kam, eines meiner Schiffe zu überfallen.«

Ich nicke. Klingt logisch. Moment mal! Meint er etwa den Henry Morgan, der in den Geschichtsbüchern steht? Der Mann ist berühmt und berüchtigt und zwar nicht unbedingt in seiner Funktion als Gouverneur von Jamaika. Soweit ich mich erinnere, besaß – vielmehr besitzt– er eine ganze Flotte, die die Karibik bis nach Südamerika unsicher macht. Wenn man zu dieser Zeit einem Mann von diesem Kaliber in die Suppe spuckt, dann … mein Herzschlag macht einen Umweg durch die Magengrube.

»Er wird dich umbringen«, presse ich durch meine enge Kehle.

»Nein. Ihm geht es um eine Entschädigung für seinen Verlust. Geld, etwas anderes interessiert ihn nicht. Sobald ich zahle, und das werde ich, ist die Sache erledigt.«

Da ist sie wieder, diese Zuversicht in allen Lebenslagen. Ob man die irgendwo kaufen kann? Eine kleine, handliche Portion würde mir schon reichen. Er sieht mir meine Zweifel an, zieht mich an sich und drückt meinen Kopf an seine Schulter. »Ruh dich aus und überlass den Rest mir.«

Für den Moment bin ich damit einverstanden. Müde schließe ich die Augen und zucke zusammen. So ein verfluchter Dreck. Wie konnte ich das auch nur einen Moment vergessen?

»Was ist mit deiner Mannschaft? Die Gloriana … Sie brannte, oder?«

Er nickt. »Entweder sie konnten den Brand rechtzeitig löschen oder sie haben sich ins Beiboot gerettet. Wir sind auf einer vielbefahrenen Handelsroute, sie haben gute Chancen, gefunden zu werden.«

Ich hebe den Kopf von seiner Schulter. »Aber das Boot ist zu klein für alle.«

»Es haben auch nicht alle überlebt.«

O Gott, nein! Nein, nein, nein. Ich habe wochenlang mit den Matrosen auf engstem Raum gelebt, mit ihnen gegessen, getrunken und gelacht – und jetzt sind etliche von ihnen tot. Als gäbe es nicht genug Tote in meinem Leben. Als würde ich das Unglück anziehen. Das Grau breitet sich erneut in mir aus. Dr. Pickett nennt es Depression, ein viel zu kleines Wort für diese elende, alles verschlingende Nebeltaubheit, die nicht einmal Tränen zulässt. Ich muss sie abschütteln. Ich darf nie wieder in diesen Teufelskreis geraten. Eng presse ich mich an Rhys. Sein warmer Körper strotzt vor Kraft und Lebensmut. Er ist mein Anker im grauen Nebel.

»Küss mich.« Endlich ein Lächeln, das ich nicht erwidern kann. Ich umfasse sein Gesicht. »Jetzt sofort.«

Bereitwillig kommt er meiner Bitte nach. Seine Lippen lächeln noch immer, als sie meine sanft berühren. Selbst hier in diesem schmutzigen Loch springt der Funke sofort über. Erst das Schnappen des Riegels treibt uns wieder auseinander. Wir reagieren ohne Absprache, eben wie ein perfekt eingespieltes Team. Als sich die niedrige Tür öffnet und ein vierschrötiger Pirat die Öffnung ausfüllt, sitze ich längst in der dunkelsten Ecke des Verschlags und Rhys steht breitbeinig vor mir und verdeckt die Sicht auf mich.

Mit dem Daumen weist der Pirat über seine Schulter. »Mitkommen, Waliser.«

Mein Herzschlag rast in die Höhe, ein Trommelfeuer in Hals und Brust. Mich an seine Warnung erinnernd, mische mich nicht ein. Er weiß am besten, wie diese Männer ticken. Ich muss darauf vertrauen, dass er die Kontrolle über die Situation behält. Wenn es einer kann, dann er. Trotzdem fällt es schwer, den Mund zu halten. Mein Blick klebt auf seinem bloßen Rücken, bis die Tür hinter ihm zufällt und ich allein im Dämmerlicht zurückbleibe.

Während ich untätig herumsitze, trocknet mein Kleid und scheint dabei zu schrumpfen. Der Stoff beginnt zu jucken, und mir bleibt viel Zeit, mir die Haut von den Knochen zu kratzen und mich um Rhys zu sorgen. Wieso haben sie ihn geholt? Was wollen sie von ihm? Wird er jetzt für seinen Widerstand bestraft?

Vom Verprügeln bis zu einem Strang am Hauptmast traue ich diesem Gesindel alles zu. Mein größtes Schreckensszenario ist das Kielholen, von dem mir einer der Matrosen auf der Gloriana erzählte. Bei schweren Vergehen wird ein Mann mit auf den Rücken gefesselten Händen an einem Seil unter dem Schiff durchgezogen. Geschieht es über die Breitseite, kommt er häufig mit Abschürfungen und Schnittwunden davon. Über die Längsseite ertrinken die meisten, bevor sie am anderen Ende wiederauftauchen.

Rhys könnte direkt unter mir um sein Leben kämpfen und ich bekäme in diesem stickigen Loch nichts davon mit. Ich kriege keine Luft mehr. Eindeutig der Beginn einer Panikattacke. Ich ziehe die Arme zurück, weite den Brustkorb und atme tief in den Bauch. Es dauert eine gefühlte Ewigkeit, bis ich mich wieder im Griff habe und noch immer ist Rhys nicht zurück.

Mein Blick fällt auf meinen Ehering. Ich sollte ihn wegstecken, bevor die Piraten ihn bemerken und auf den Trichter kommen, dass Rhys ihnen eine Lüge aufgetischt hat. Hastig ziehe ich den Ring vom Finger und stecke ihn in die tiefste Rocktasche. Dann umfasse ich das Bronzeamulett an meinem Hals. Ich weiß nicht, was passiert, falls ich es verliere oder sie es mir wegnehmen. Vielleicht fände ich es dann nicht mehr im Umschlag bei den anderen Sachen meiner Familie, könnte mir nichts wünschen und bliebe in meiner Welt. Depressiv und suizidgefährdet. Das ist mir zu riskant. Ich nehme es ab und stecke es zu meinem Ehering. Ich wünsche mich nicht mehr zurück in mein altes Leben. Die andere Grace kann es haben und glücklich damit werden.

Wenn bloß Rhys endlich zurückkommen würde!

Durch die Wandritzen erkenne ich nichts. Hin und wieder höre ich Lachen und raue Stimmen, verstehe aber kein Wort. Ich gehe zur Pforte und versuche, ein Guckloch in das morsche Holz zu pulen. Als ich gerade einen Splitter herausbreche, nähern sich schlurfende Schritte. Sicherheitshalber ziehe ich mich in die dunkelste Ecke zurück.

Der alte Morley kommt herein, in einer Hand einen Napf, in der anderen einen Lederschlauch.

»Für dich, Mädel.«

Nach kurzem Zögern löse ich mich von der Wand, reiße ihm den Schlauch aus der Hand, setze ihn an den Mund und trinke. Abgestandenes Wasser rinnt durch meine Sandpapierkehle. Köstlich. Mit dem Handrücken wische ich mir den Mund ab.

»Wo ist er?«, frage ich unumwunden.

»Dein Herr und Schinder?« Glucksend setzt Morley sich im Schneidersitz auf den Boden, stellt den Napf ab und schiebt ihn zu mir. »Setz dich. Du bist doch sicher hungrig.«

Und ob. Ich könnte ein ganzes Schwein verspachteln. Ich setze mich ihm gegenüber und nehme den Napf auf. Der Inhalt erinnert an Hopkins' ranzige Salben.

»Was ist das?«

»Hirsebrei.«

Ich rieche daran. Angebrannt und seit Stunden kalt. Tja, ich befinde mich nun mal nicht auf einem Luxusliner, eher im Dschungelcamp.

»Gibt es auch einen Löffel?«

»Kannst meinen haben.« Er greift in seine hintere Hosentasche und zückt einen Holzlöffel. »Hier, ist sauber geleckt.«

Total sauber, bis auf einige angetrocknete Klümpchen, die seiner Schlabberzunge entgangen sind. Da nehme ich lieber die Finger. Ich greife in den Napf, schiebe mir einen Breiklumpen in den Mund und kaue unlustig darauf herum. Wieso glotzt er mich so an?

»Komm bloß nicht auf dumme Gedanken. Wenn du mich anfasst, macht er dich kalt.«

Er grinst. Seine Zähne sind gelb und schief, sein Gebiss jedoch intakt. »Ja, bei Tyler sitzt das Messer locker. Schon immer. Bist an einen gefährlichen Raufbold geraten, Herzchen. Der schlitzt dich von oben bis unten auf, sobald du was Falsches sagst.«

Unbeeindruckt esse ich weiter. Wenn es eine Sorge gibt, die mich zurzeit überhaupt nicht plagt, dann die, dass Rhys mich aufschlitzen könnte.

»Kannst froh sein, dass du uns begegnet bist. Corey Payne ist ein guter Mann. Manchmal vielleicht ein bisschen ...« Er dreht den Zeigefinger an der Schläfe. »Du weißt schon. Trotzdem bist du bei ihm besser aufgehoben als bei Tyler. Corey hat was für hübsche Mädchen übrig. Er wird dir bestimmt beistehen.«

Das Letzte, was ich brauche, ist den Beistand eines Spinners. Anscheinend steht mir das in blinkenden Neonbuchstaben auf die Stirn geschrieben, denn Morleys Grinsen wird anzüglich. Vertraulich lehnt er sich vor.

»Oder willst du Tyler gar nicht loswerden? Ist immerhin ein schmucker Kerl. Es gibt etliche Weiber, die begeistert die Beine für ihn breit machen. Dir geht's wohl ähnlich, hä?«

Hitze steigt in meine Wangen. Natürlich hätte ich es anders ausgedrückt, doch grundsätzlich hat Morley den Nagel auf den Kopf getroffen.

»Hab ich's doch geahnt!« Er schlägt sich auf die Schenkel. »Herzchen, erhoff dir bloß nicht zu viel. Tyler hat seit Jahren eine Geliebte. Eine Französin. Du weißt ja, was man über diese Frauen sagt. Schamlos sind sie. Temperamentvoll. Sie bringen die Kerle reihenweise um den Verstand. Wegen eines anständigen englischen Mädels wird er die jedenfalls nicht aufgeben.«

Eine Geliebte? Mühsam schlucke ich den Breiklumpen, bevor er mir im Hals stecken bleibt. Das kann nicht sein. Wieso sollte Rhys mir eine frühere Beziehung verschweigen? Es sei denn er will sie heimlich fortsetzen ... Oder Morley lügt.

»Woher willst du das überhaupt wissen?«

»In der Karibik weiß jeder alles über jeden. Außerdem war Tyler viele Jahre einer von uns und er ist fast ebenso lang mit Josephine zusammen.« Er zuckt mit den Schultern. »Mach dich besser drauf gefasst, dass es nicht von Dauer ist mit ihm. Die Französin war nun mal zuerst da.«

Jetzt reicht es! Fest sehe ich ihm in die Augen, das eine trüb, das andere klar.

»Sag mal, auf dem rechten bist du wohl völlig blind?«

»Und? Mit dem linken sehe ich noch genug.«

»Dann pass bloß auf, dass es auch so bleibt.«

Blitzschnell stoße ich zwei gespreizte Finger nach seinen Glubschern. Mit einem Keuchen weicht er zurück und kippt hintenüber. Flink wie ein Wiesel richtet er sich wieder auf und kommt auf die Beine. Einzig das Knacken der Gelenke verrät sein hohes Alter.

»So eine bist du also. Ein kleines, gerissenes Luder.«

»Darauf kannst du Gift nehmen.«

Anerkennend lacht er auf, tippt sich zum Abschied an die Stirn und schlurft hinaus.

Lange Zeit starre ich ins Leere. Rhys und eine Französin. Seit Jahren ein Paar. O Mann, das ist schwerer zu schlucken, als der Fraß, den Morley mir vorgesetzt hat.

Als Rhys spät in der Nacht zurückkehrt, habe ich meine Enttäuschung und Eifersucht halbwegs verdaut. Vielleicht bekomme ich davon ein Magengeschwür, aber ich bin fest entschlossen, kein Wort über Josephine zu verlieren. Zum einen haben wir wirklich schwerwiegendere Probleme, zum anderen sieht er furchtbar mitgenommen aus.

Er hat ein Talglicht mitgebracht, dessen Schein unruhig über ihn hinwegflackert. Eine blutverkrustete Schramme zieht sich über seinen Wangenknochen. Ein altes Hemd, das irgendwann mal rot gewesen sein könnte, hängt lose an ihm herab. Gesicht und Brustkorb sind feucht, sein Haar jedoch trocken.

»Was wollten sie von dir?«

»Ich musste ihre Prise im Lagerraum verstauen. Dafür gaben sie mir dieses Hemd, eine Decke und etwas Rum.« Er stellt die Kerze und den Rum ab und breitet die Decke am Boden aus. »So musst du wenigstens nicht im Dreck sitzen.«

Wegen einer Pulle Rum und einer Decke musste er bis zum Umfallen schuften. Und das nach einem Tag, der ihm schon vorher das Letzte abverlangte. Er hat ein Schiff verloren, keine Ahnung, was aus seinen Männern wurde und um dem Ganzen die Krone aufzusetzen, lassen sie ihn Kisten schleppen, in denen sich seine Waren befinden, gekauft von seinem Geld. Bin ich froh, dass ich ihn nicht mit Vorwürfen empfangen habe, sonst würde ich mich jetzt in Grund und Boden schämen.

Ich rutsche zu ihm auf die Decke. »Du bist verletzt.«

»Ist bloß ein Kratzer.«

Noch. Wenn er sich entzündet, kann schnell was anderes daraus werden. Ich nehme die Pulle auf, komme auf die Knie und drehe sein Gesicht zur Seite.

»Warte mal, der Rum ist zum Trinken da.«

»Wir müssen die Wunde säubern.«

Ich schütte einen ordentlichen Schuss Alkohol über die Schramme. Der Geruch des Rums breitet sich im Verschlag aus, so schwer, dass man davon besoffen werden könnte. Rhys verzieht das Gesicht, will die Flüssigkeit mit dem Hemdsärmel fortwischen.

»Nicht, lass es von der Luft trocknen.«

Obwohl ich so gut wie nichts davon verstehe, begutachte ich die Wunde von allen Seiten. Sieht sauber aus. Jedenfalls sauberer als mein Gewissen. Es ist ja nicht so, als wäre ich bis auf die Knochen ehrlich zu ihm. Bevor ich also wegen einer verheimlichten Affäre die Motten kriege, sollte ich mal darüber nachdenken, was ich ihm alles verheimliche.

»Hat Morley dir etwas zu essen gebracht? Ich habe ihn darum gebeten.«

»Ja, Hirsebrei und Wasser.«

Ich weiche seinem Blick aus. Trotz allem tut es weh, ihm in die Augen zu sehen und zu wissen, dass er vermutlich eine andere liebt. Ganz sicher sogar, sonst wäre er nie so lang mit ihr zusammengeblieben. Er scheint einen inneren Sensor zu haben oder ich meine Mimik nicht im Griff. Er merkt sofort, dass etwas nicht stimmt.

»Ist alles in Ordnung?«

»Sicher.« Ich kratze an meinem Ausschnitt entlang. »Es ist bloß das Kleid. Der Stoff ist hart geworden. Es juckt überall. Am liebsten würde ich es ausziehen.«

»Denk nicht mal dran. Du wirst das Kleid anbehalten. Es fehlt noch, dass diese Kerle dich halbnackt sehen.«

Außer ihm sieht mich in dieser dunklen Schachtel doch sowieso niemand. Ich schabe mir über Schultern und Arme, bis er mein Handgelenk umfasst und meine Hand nach unten drückt.

»Hör auf. Du kratzt dir nur die Haut wund.«

Was er nicht sagt. Trüge er kiloweise rauen Stoff, würde er sich auch kratzen. Ich nehme die Pulle aus seiner Hand und trinke einen großen Schluck. Uuh, knallt das rein! Keuchend setze ich die Pulle ab und wische mir die Tränen aus den Augenwinkeln.

»Geht's besser?«, fragt er amüsiert.

Ich nicke, obwohl sich rein gar nichts verbessert hat. Das Kleid juckt weiter, und durch mein Hinterstübchen geistert noch immer Josephine. Ich muss mich unbedingt ablenken, sonst fang ich an zu schreien.

»Konntest du mit diesem Carter über das Lösegeld sprechen?«

»Nein, damit muss ich warten, bis ich vor Payne stehe. Ich glaube, wenn ich Carter angesprochen hätte, hätte er mir die Zunge herausgeschnitten. Er ist wütend auf mich. Aber immerhin weiß ich jetzt, wohin sie uns bringen. Zu einer Plantage auf Tortuga.«

Tortuga. Soweit ich weiß, ist die Insel derzeit ein Piratennest und kein Ort, an dem man sich herumtreiben sollte.

»Ich wusste gar nicht, dass es dort auch Plantagen gibt.«

»Doch, einige wenige. Die meisten gehören Franzosen.«

»Was glaubst du, wie viel wird Morgan verlangen?«

»Zwischen fünf- und zehntausend Goldguineas vermutlich.«

Okay, das sagt mir jetzt gar nichts. Ginge es um englische Pfund, könnte ich die Summe locker hinblättern. Allein das Privatvermögen meiner Familie beläuft sich auf etwa zweihundert Millionen und die Zerschlagung und Veräußerung des Rivers-Konzerns hat weitere fünfhundert gebracht. Ja, ich bin stinkreich, nur nützt mir das ganze Geld im Augenblick gar nichts.

»Ich werde eines meiner Schiffe verkaufen müssen«, fährt Rhys fort und reibt über seinen Nacken. »Mein Verwalter Scrope wird sich drum kümmern.«

Noch mehr Verluste. Das ist bitter. Mein Vater hat sich früher bei Fehlinvestitionen ganze Tage in seinem Arbeitszimmer eingeschlossen, aber er hat dabei nie so müde und abgekämpft ausgesehen wie Rhys.

»Was ist mit meiner Mitgift?«, fällt mir dazu ein. »Ich kann mich beteiligen.«

»Deine Mitgift bestand im Titel deines Vaters, schon vergessen?«

Nee, nie gewusst.

Wir versinken in Schweigen. Ich bin völlig erledigt, und mein Kleid wird mich noch umbringen. Ich grabe die Finger in mein Oberteil und zerre am Stoff. Die rau gewordenen Fasern scheinen mit meiner Haut regelrecht verwachsen zu sein.

»Ich kann das nicht länger mit ansehen.« Rhys steht auf und setzt sich vor die Tür. »Zieh es für eine Weile aus. Um diese Zeit wird niemand hereinkommen und falls doch, muss er mich erst wegschieben.«

Mit fliegenden Fingern öffne ich die Schnüre am Vorderteil und schäle mich aus dem engen Stoff. Danach steige ich aus dem Rock und den Unterröcken und kicke sie beiseite. Im knielangen Hemd stehe ich auf der Decke und genieße den nachlassenden Juckreiz. Ich breite die Arme aus. Himmlisch!

»Bevor sie morgen früh wach werden, musst du's wieder anziehen.« Rhys mustert mich von oben bis unten. »Außerdem solltest du hier drin blieben. Je weniger sie dich sehen, desto besser.«

Ganz meine Meinung. »Wann erreichen wir Tortuga?«

Er legt die Unterarme auf die angewinkelten Knie und lässt die Hände locker hängen. »In drei oder vier Tagen.«

So lang werde ich es in diesem Loch wohl aushalten. Mit allen zehn Fingern kämme ich durch mein Haar. Es ist völlig verknotet und spröde durchs Salzwasser.

»Ich gäbe alles für ein Bad in klarem Wasser.«

»Auf der Plantage wirst du eins bekommen.«

Obwohl er müde ist, lächelt er. Wie er da so sitzt mit seinem bis zum Nabel offenem Hemd, sieht er unheimlich verlottert aus. Und auch ein wenig gefährlich. Plötzlich kommt mir eine Erleuchtung. Das Leben kann so verdammt kurz sein. Zu jeder Zeit kann jedem alles passieren, vom Flugzeugabsturz bis zum Kielholen. Die Hauptsache ist doch, dass wir beide bisher alles überlebt haben, der Rest ist Nebensache. Bescheuert, sich damit aufzuhalten. Ich sollte das Leben feiern, anstatt mir den Kopf über eine Französin zu zerbrechen.

»Also, dieses Hemd steht dir eigentlich ganz gut.«

Irritiert blinzelt er. »Tatsächlich?«

Langsam gehe ich auf ihn zu. »Ja, wirklich, du siehst herrlich verrucht aus.«

»Und das gefällt dir?«

»Mhm.«

Sein Blick wird wacher, als ich mich rittlings auf seine angewinkelten Knie setze und auf seinen Schoß rutsche. Er legt die Hände auf meine Hüften.

»Hast du etwas Bestimmtes im Sinn? An diesem schäbigen Ort?«

»Ein besserer Ort steht uns im Augenblick nicht zur Verfügung.« Ich küsse seinen Mundwinkel, lehne mich zurück an seine Oberschenkel und streichle über seine muskulöse Brust. »Es sei denn, du bist zu müde?«

»Solange du sanft mit mir umgehst, werde ich es wohl aushalten.«

Das sinnliche Heben seines Beckens jagt einen Kitzel durch meinen Unterleib. Ihm tief in die Augen blickend, rücke ich ein

Stück zurück, öffne die Schnüre seiner Hose und streife mit den Fingerspitzen über sein Glied. Es ist hart und bereit für mich.

»Ist das sanft genug?«

Mit einem unterdrückten Stöhnen schiebt er die Hände unter meinen Po und hebt mich an. Während er auf die Knie kommt, spüre ich die Spannung der Muskeln in seinen Unterarmen. Langsam setzt er mich wieder ab. Seine Härte drückt gegen meine weiche Spalte. Er streift die Träger von meinen Schultern, zieht mein Hemd nach unten und beugt den Kopf zu meinen Brüsten. Die Finger in seinem Haar vergraben, überlasse ich mich seinem Saugen und Lecken.

»Sei leise, Grace.«

Ich versuche es – aber schreie beinahe auf, als er mit einer knappen Bewegung seiner Hüften in mich eindringt. Während er mich mit festen Stößen nimmt, scheinen seine Hände und Lippen überall gleichzeitig zu sein. Ich presse den Mund an seine Schulter und ersticke die verräterischen Laute, die aus meiner Kehle kommen. Wir lieben uns schnell und drängend. Wie zwei Gestrandete, die sich ans Überleben und aneinanderklammern.

Unbeherrscht wirft Rhys den Kopf zurück. Seine Haarspitzen peitschen weich über mein Gesicht. Mein Orgasmus ist so intensiv und anhaltend, dass die Zeit stillzustehen scheint. Als ich mir dem Rest der Welt wieder bewusst werde, liegen wir auf der Decke. Mein Hemd ist mir bis zum Hals hinaufgerutscht und seine Hose hängt in den Kniekehlen. Ich muss kichern.

»Hart und dreckig bekommt in diesem Verschlag wirklich eine ganz neue Bedeutung.«

»Hart und dreckig?« Wieder etwas, das er nicht so ganz versteht und hinnimmt. »Manchmal bist du mir ein Rätsel, Grace.« Dann presst er mir einen Kuss auf die Lippen. »Aber, bei Gott, ich liebe dich dafür.«

Er liebt mich! Liebt mich! Mich! Und ich habe mir stundenlang das Hirn wegen nichts und wieder nichts zermartert. Da sieht man doch mal, dass es manchmal durchaus Sinn macht, einfach die Klappe zu halten.

# Vier

Also, ich habe die Karibik völlig anders in Erinnerung. Weiße Strände, feinkörniger Sand, der sich samtweich um die Füße schmiegt, türkisblaues Wasser, sanft sich im Wind wiegende Palmwedel. An diesem Strand gibt es nichts davon. Scharfkantiges Gestein bohrt sich in meine nackten Sohlen. Die dunklen Felsen wuchern bis ins Meer, dessen aufgewühlte Brandung klingt, als würde eine Artilleriestellung auf Tortuga feuern. Trotz des Windes, der von der See ins Land weht, rinnt Schweiß über meinen Rücken, und die Sonne brennt mir beinahe ein Loch in die Fontanelle. Ich habe Kopfschmerzen.

Von den Piraten vorwärtsgetrieben, stolpere ich auf einen Urwald aus Mangroven zu. Uns steht ein Marsch ins Landesinnere bevor, und ich bin alles andere als in Höchstform. Dabei geht es mir noch immer besser als Rhys, den sie mit Seesäcken beladen haben wie einen Packesel.

Unter den Bäumen ist es zwar schattig, doch es wimmelt von Mückenschwärmen. Und das ohne Malaria-Prophylaxe. Ganz großartig! Ich schleppe mich über einen schmalen Pfad, wedle die Mücken fort und stoße mir bei jedem dritten Schritt die Zehen an den über den Boden wuchernden Wurzeln.

»Na, Kätzchen, soll ich dich Huckepack nehmen?«, höhnt einer der Piraten.

»Vorsicht, Matt, das Kätzchen hat Krallen«, sagt Morley.

Die ganze Horde lacht dieses raue, wilde Gelächter, das immer so klingt, als hätten sie die Köpfe zu lang in ein volles Rumfass getaucht. Völlig nüchtern sind sie nie. Ihr blödes Geschwätz ignorierend, setze ich verbissen einen Fuß vor den anderen. Mich kriegen sie nicht klein.

Nach einer Biegung führt der Pfad an einem schlammbraunen Fluss entlang. Er scheint sich endlos hinzuziehen. Ich rechne schon nicht mehr damit, dass der Mangrovenwald endet, als wir unter den Bäumen hervortreten und sich Felder vor uns ausbreiten. Ein Meer aus niedrigen Pflanzen und hohen Zuckerrohrstängeln in brütender Hitze. Die Sonne steht im Zenit, es gibt keinen Schatten mehr.

Auf einem weit entfernten Feld arbeiten Menschen, schwarze Scherenschnitte vor einem flirrenden Hintergrund. Sklaven. Unfreie, der Willkür anderer ausgesetzte Menschen. Bisher habe ich keinen Gedanken an Sklaverei verschwendet, doch jetzt komme ich noch weniger damit zurecht als mit der Hitze. Rhys deutet meine Grimasse falsch.

»Wir sind bald da. Du bist unglaublich tapfer, mein Herz.«

Nee, ich hab eine Scheißangst. Nicht meinetwegen, sondern weil meine Tage ausgeblieben sind. An den Umständen und dem schlechten Essen der letzten Tage kann es nicht liegen, denn ich habe schon vor dem Überfall darauf gewartet. Na ja, vielmehr habe ich den Gedanken, ich könnte schwanger sein, so weit wie möglich von mir geschoben.

Kurz lege ich die Hand auf meinen Bauch. Ein Kind. Es muss in unserer ersten Nacht passiert sein. Einmal, na gut, mehrmals ungeschützter Sex und das war's dann. Rhys habe ich noch nichts von meiner Vermutung gesagt und das werde ich auch nicht, solange sich die Lage nicht entspannt. Sonst dreht er noch durch.

Nach einer letzten Steigung taucht ein Haus vor uns auf. Es steht mitten auf einem Rasen, umgeben von saftigem Grün und blühenden Büschen. Für eine humpelnde, kurz vor dem Verdursten stehende Frau das reinste Paradies. Der Schatten einer umlaufenden Veranda spornt mich zu einem letzten Kraftakt an. Ich werde schneller, meine Schritte fester.

Am Rand des Rasens erleichtern die Piraten Rhys von ihren Seesäcken und trennen sich von uns. Carter und Morley führen uns zum Haus.

»Überlass mir das Reden«, raunt Rhys mir zu, als wir die Verandastufen hinaufgehen.

Davon kann er ausgehen. Ich will einfach nur ausruhen. Schwer plumpse ich auf einen Korbstuhl neben der offenen Tür, drücke die brennenden Füße auf kühle Holzdielen und warte auf das Abklingen meiner Kopfschmerzen. Carter geht ins Haus, Morley und Rhys lehnen sich nebeneinander an die Verandabrüstung. Ich schließe die Augen und träume von einem kühlen Bad und einem sauberen Bett.

»Mimi!«, schreckt Morley mich aus meinem Dösen. »Hast du mich vermisst, meine Hübsche?«

Auf der Schwelle steht eine junge Frau mit einem grünen Turban und in einem Kittelkleid. Hübsch wird ihr nicht gerecht. Moosgrüne Augen strahlen aus dem dunklen Gesicht, das die Glätte von Ebenholz besitzt. Jeder Modelscout würde sich nach ihr die Finger lecken. Sie ignoriert Morley und wendet sich an mich.

»Ihr müsst durstig sein, Miss. Ich bringe Euch etwas zu trinken.«

Seltsamerweise spricht sie ein gestochen korrektes Englisch. Meine erste Begegnung mit einer Sklavin irritiert mich. Ich kenne sie ja nur aus Romanen. Um genau zu sein, aus *Vom Winde verweht*. Mimi ist das exakte Gegenteil der von Margaret Mitchell geschilderten Figuren. Weder devot noch trotz aller Herzensgüte so schlicht, dass man sie für dumm hält. Wobei ich ihr keineswegs Herzensgüte absprechen will. Immerhin bietet sie mir etwas zu trinken an.

»Bring was Anständiges«, ruft Morley ihr nach. »Rum!«

Sie bringt keinen Rum, sondern einen kühlen Saft in dicken Tonbechern. Mich bedient sie zuerst. Als sie Rhys einen Becher reicht, hält sie größtmöglichen Abstand und vermeidet Blickkontakt. Morley nippt an seinem Saft und spuckt über die Brüstung.

»Willst du mich vergiften, Mimi? Was ist das?«

»Mangosaft. Schmeckt er Euch, Miss?«

Was für eine Frage. Ich würde für Mango töten. Sie kann das nicht wissen. Umso unheimlicher ist es, dass sie ausgerechnet einen Saft dieser Frucht ausgeschenkt hat. Er rinnt sämig-süß und seidig kühl durch meine Kehle in den Magen.

»Trink langsam, Grace«, sagt Rhys.

Klar, Sugar Daddy, sonst bekommt klein Gracie Bauchweh. Drauf gepfiffen. Ich brauche Flüssigkeit. Und zwar jede Menge. Ich setze den Becher erst ab, als er leer ist, und ertappe Mimi dabei, wie sie aus dem Augenwinkel zu Rhys schielt. Er scheint ihr Angst zu machen. Zunächst weiß ich nicht, wieso. Dann sehe ich, was sie sieht. Nicht meinen Mann, den die Piraten in den letzten Tagen ständig triezten und zu harten Arbeiten an Deck verdonnerten und der dringend Ruhe braucht, sondern einen verschwitzten, vom Staub der Felder bedeckten Kerl mit Dreitagebart. Tief gebräunt von der karibischen Sonne und mit wirr ums Gesicht hängendem Haar. Würde ich ihn nicht kennen, hätte ich auch Angst vor ihm.

So halte ich ihr lediglich meinen Becher hin. »Dürfte ich noch etwas Saft haben, bitte.«

»Hier, nimm meinen.«

Rhys drückt mir seinen Becher in die Hand. Er hat kaum davon getrunken, obwohl er bestimmt genauso durstig ist wie ich. Vielleicht, weil er mit meiner Bitte gerechnet hat. Wieder huscht Mimis Blick von mir zu ihm. Begreifen spiegelt sich in ihren Augen. Was wir vor den Piraten erfolgreich vertuschten, wird ihr nach dieser Geste sofort klar. Frauen sind nun einmal in solchen Dingen auf Zack. Ich lächle ihr zu, hebe den Becher an die Lippen und muss ihn wieder absetzen.

»Los!«, ruft Carter aus dem Haus. »Payne will dich sehen, Tyler.«

Als ich aufstehe, nimmt Mimi mir den Becher ab. Ich folge Morley und Rhys ins Haus und eine Treppe hinauf. Die polierten Holzstufen knarren unter unseren Füßen. Oben ist es kühl und dämmrig. Die meisten Zimmertüren links und rechts stehen offen, sodass ich im Vorbeigehen in die Räume sehen kann. Durchweg penibel sauber. Unbelebt. Schwere Samtvorhänge schließen das Sonnenlicht aus. Die Fenster dahinter müssen offen stehen, denn der Samt bauscht sich flüsternd in der Zugluft. Ein Frösteln überzieht meine erhitzte Haut.

Ohne erkennbaren Grund beginnen in mir Alarmglocken zu schrillen. Am liebsten würde ich hinausrennen, zurück in die Hitze und den Staub der Felder. Stattdessen gehe ich brav weiter, durch eine Tür, die Carter für uns öffnet, und in ein Zimmer, an dessen Wänden hohe Regale stehen. Die meisten sind leer und staubig. Auch hier sind die Vorhänge zugezogen. Nur durch einen Spalt fällt ein Streifen Sonnenlicht und teilt den Raum in zwei Hälften. Vor dieser Trennlinie aus Licht bleiben wir stehen.

Corey Payne sitzt hinter einem Schreibtisch, den sandfarbenen Haarschopf über ein Papier gesenkt. Unwahrscheinlich, dass er bei diesen Lichtverhältnissen viel entziffern kann. Es ist eher die Machtdemonstration eines Mannes, der selbst im Sitzen die Statur eines Bullen besitzt und es vermutlich gewohnt ist, mit ungebremster Wucht alles niederzurennen, was ihm im Weg steht.

Na, das kann ja heiter werden.

Carter räuspert sich. »Tyler ist hier.«

Langsam hebt Payne den Kopf. Sein Gesicht erinnert mich an einen Menschen unter starken Beruhigungsmitteln. Sein stumpfer Blick bleibt an mir kleben. Für einen Moment erschlaffen seine rundlichen Gesichtszüge und seine Augen werden weit. Bei einem Kleinkind hätte dieses Staunen niedlich gewirkt, bei ihm wirkt es eher beängstigend.

»Elizabeth? Fürwahr, du bist es leibhaftig!«

Als stecke eine Springfeder in seinem Arsch, schnellt er aus seinem Stuhl, umrundet den Schreibtisch und stürmt auf mich zu. Eine Lawine von mindestens zweieinhalb Zentnern. Eher verblüfft als erschrocken, sehe ich ihm entgegen. Ich bin nicht Elizabeth, und obwohl es dämmrig im Zimmer ist, sollte er seinen Irrtum erkennen.

Als er die Arme mit dem Grinsen eines Albtraumclowns ausbreitet, weiche ich instinktiv zurück. Gleichzeitig macht Rhys einen langen Schritt nach vorne. Ungebremst prallt Payne mit ihm zusammen. Obwohl er wenig kleiner ist als Rhys und doppelt so breit, taumelt Payne zurück und wäre beinahe hingefallen, während mein Mann stehen bleibt wie der sprichwörtliche Fels in der Brandung. Eine Szene wie aus einem Slapstick, doch niemand lacht. Paynes Verwirrung ist eher verstörend statt komisch, weswegen Carter und Morley zu perplex sind, um einzugreifen.

»Sachte«, brummt Carter nur und wird von Payne übertönt.

»Was soll das?«

»Ich fürchte, hier liegt eine Verwechslung vor, Sir.«

Rhys ist betont zuvorkommend. Macht Sinn, schließlich will er mit Payne das Lösegeld verhandeln. Falls er dazu eine Gelegenheit erhält. Im Moment sieht es nicht danach aus. Payne steht noch immer völlig neben sich. Seine Augen glänzen fiebrig, und das Ziegenbärtchen an seinem Kinn beginnt zu zittern.

»Verwechslung? Aus dem Weg, Mann.« Er reckt den Hals nach mir. »Elizabeth! Was geht hier vor?«

Das würde ich auch gern wissen. Als ich neben Rhys trete, streckt er den Arm zur Seite.

»Nicht, Grace.«

Sicher, es war abgemacht, dass ich mich heraushalte, aber ich muss mich einmischen. Schließlich hat Payne mich angesprochen, wenn auch mit falschem Namen, also werde ich ihn am ehesten zur Vernunft bringen können.

»Ich bin nicht Elizabeth, Mr Payne. Mein Name ist Grace Rivers. Ich bin die Countess of Stentham.« Ich mache eine Handbewegung zu Rhys. »Die Gemahlin des Earl of Stentham.«

»Ein Earl?«, stößt Carter aus. »Hast du das gewusst, Morley?«

»Nee.«

»Der König verlieh mir diesen Titel«, sagt Rhys. »Meine Gemahlin war ein Mündel der Krone und Ehrenjungfer der Königin. Nennt mir eine Summe und ich zahle für unsere Freilassung.«

»Zehntausend!«, platzt Carter heraus.

»Abgemacht.«

Payne steht mit schlaffem Gesicht da und scheint nichts von dem zu begreifen, was gesprochen wird. Völliger Blackout. Allmählich schwant mir, was mit ihm nicht stimmt. Dr. Pickett hätte seine wahre Freude an ihm.

»Dein Gemahl?«, brüllt er plötzlich los. »Was redest du denn, Elizabeth? Du bist mir versprochen. Mir! Wir wollten heiraten!«

Er jagt mir eine Heidenangst ein. Instinktiv weiche ich zurück, bemerke es und trete wieder vor. Angst ist ein schlechter Ratgeber, so heißt es doch immer.

»Ich bin nicht Elizabeth.«

»Jetzt hör doch mal auf mit dem Unsinn, Payne«, sagt Carter. »Er bietet zehntausend für sich und seine Frau.«

»Elizabeth ist nicht seine Frau.« Speichel sprüht von seinen Lippen.

»Na und wenn schon. Sie ist jedenfalls nicht Miss Elizabeth«, mischt Morley sich ebenfalls ein.

»Was treibt ihr für ein Spiel mit mir? Seid ihr alle verrückt geworden?«

Payne greift sich in die Haare und zerrt daran. Sonnenklar, wer hier verrückt ist. Er gehört eingewiesen. Am besten direkt in die Geschlossene. Die Piraten starren ihn nur verdattert an, während Rhys es noch mal mit Vernunft versucht.

»Hören Sie, Mr Payne …«

»Halt's Maul, du elender Saukerl! Du hast meine Braut verschleppt, sie dir gefügig gemacht. Du machst ihr Angst und deshalb lügt sie.«

Er lässt die Hände sinken. »Elizabeth, die musst keine Furcht vor ihm haben. Bei mir bist du in Sicherheit.«

Der Mann ist irre. Vielleicht schizophren, so genau kenne ich mich da nicht aus. Eins steht jedenfalls fest: Ganz egal, was wir sagen, er wird an seiner Wahnvorstellung festhalten. Rhys kommt wohl zu einem ähnlichen Ergebnis, denn er wendet sich an Carter.

»Wollt ihr nun das Geld oder nicht?«

»Sicher wollen wir das Geld.«

»Dann schlage ich vor, wir beide führen die Verhandlung.«

In Payne kommt schlagartig Bewegung. Er hechtet hinter seinen Schreibtisch, reißt eine Schublade auf und greift hinein. Als er die Hand hebt, hält er eine Pistole darin.

»Ich knall dich ab!«

Gleichzeitig schreien Carter und Morley ihn an.

»Lass den Blödsinn!«

»Sei doch vernünftig, Corey!«

»Ihr werdet alle das Maul halten!« Payne verzerrt keuchend die Lippen. »So, Hundsfott, jetzt behaupte noch mal, meine Elizabeth wär deine Frau. Komm schon, trau dich.«

O Gott! Mein Herzschlag scheint sich zu verlangsamen. Die einzelnen Schläge hallen wie ein gewaltiger Gong in mir nach. Während ich auf die Mündung starre, scheint diese immer größer zu werden, bis ich nichts anderes mehr sehe, außer diesem schwarzen Loch, aus dem jeden Augenblick eine Kugel schießen kann.

Zum ersten Mal seit Wochen zweifle ich wieder daran, dass ich all das wirklich erlebe. Womöglich hatte ich doch eine Überdosis blauer Pillen und liege an etliche Maschinen angeschlossen im Koma. Und ich träume. Einen Traum in Echtzeit von Liebe, Heirat, Abenteuer, Piraten und einer Pistole, die auf meinen Mann gerichtet ist.

»Ich schwöre bei Gott, dass sie meine Frau ist.«

Rhys' feste Stimme reißt mich aus meiner Taubheit. Der Finger krümmt sich am Abzug.

»Nein!«

Mit ausgebreiteten Armen werfe ich mich vor ihn. Er packt mich, wirbelt mit mir herum und drückt mich nach unten. Ein Schuss kracht, und da er mich umgedreht hat, sehe ich neben der Tür Putz abplatzen. Verfehlt. Trotzdem falle ich. Mein langsam schlagendes Herz kommt zu sich und beginnt zu rasen. Viel zu schnell. Schnappatmung setzt ein. Ich liege am Boden und kriege keine Luft. Vor meinen Augen Schemen, um mich herum wütende Stimmen. Ein einziges Durcheinander, dem ich nicht folgen kann. Ich rase durch einen Tunnel, aber am Ende erwartet mich kein Licht, sondern absolute Finsternis.

Ich wache im Krankenhaus auf. Jedenfalls glaube ich das, als ich zu mir komme und überall nur Weiß sehe. Es dauert eine Weile, bis sich der Nebel hebt und ich in dem Weiß ein Moskitonetz erkenne, das mich von allen Seiten umgibt.

»Rhys?«

Keine Antwort. Ich setze mich im Bett auf. Bläuliche Abendschatten bevölkern das Zimmer. Mir gegenüber steht eine Kommode, darauf ein sechsarmiger Kerzenhalter. Lichtkegel fallen auf eine mit hellgrünen Ranken gemusterte Tapete. Ich bin allein und trage ein Nachthemd. Von meiner Haut steigt der saubere Geruch von Seife auf. Jemand hat mich gewaschen. Jetzt erinnere ich mich wieder. Hände, die mir das schmutzige Kleid ausziehen, ein feuchtes Tuch, eine sanfte Frauenstimme. Mimi. Ich war so weggetreten, dass ich sie für eine Krankenschwester hielt, obwohl der grüne Turban nicht dazu passte.

Erst kollabiere ich und danach penne ich ein. Eigentlich kein Wunder. Ich habe tagelang nichts Richtiges gegessen, war trotz des Saftes dehydriert, stundenlang brannte mir die Sonne auf den Kopf und dann enden wir bei einem Wahnsinnigen, dem nichts Besseres einfällt, als auf Rhys zu schießen.

Wo ist er? Was haben sie mit ihm gemacht?

Ich springe aus dem Bett, fuchtle endlos am Moskitonetz herum, bis ich einen Spalt finde, und renne zur Tür. Abgeschlossen. Ich werde nicht wieder hyperventilieren und umkippen. Mit dem Rücken am Holz bleibe ich stehen und zwinge mich zu ruhigen Atemzügen. Mein Blick schweift dabei über die Möbel. Die Kommode, ein großer

Schrank, eine Sitzgarnitur, ein Frisiertisch mit Hocker und ein Holzzuber in der Zimmerecke.

Nachdem ich mich halbwegs beruhigt habe, gehe ich ans Fenster und öffne es. Ein massives Holzgitter zerteilt den Garten unter mir in Quadrate. Im nachlassenden Licht untersuche ich die Holzstreben. Sie sind fest im Mauerwerk verankert. Eine Flucht durchs Fenster über das Verandadach ist unmöglich. Dieser Raum ist ein Gefängnis. Ich könnte wetten, Payne hat Elizabeth ebenfalls hier eingesperrt. Wahrscheinlich war sie gar nicht seine Braut, sondern sein Opfer. Und ich soll das nächste werden.

Ich drücke die Stirn an das Holz, lausche dem Zirpen der Zikaden und dem Quaken einer Froschkolonie, das aus einem Wäldchen am Ende des Gartens kommt, und überlege mir, wie es weitergehen soll. Ehrlich gesagt hab ich keine Ahnung. Mein Kopf ist so leer wie mein Magen. Ich brauche dringend etwas zu essen, damit die Synapsen anspringen.

Schritte auf der Veranda schrecken mich auf.

»Ich hab wenig Zeit, Carter. Was willst du noch?«

Payne knurrt und Carter knurrt zurück.

»Meine Männer sind nicht gerade begeistert, Mann. Sie erwarten einen Anteil des Geldes, das Tyler uns versprochen hat, und du setzt ihn fest.«

Gespannt halte ich den Atem an und drücke die Wange an das Gitter, damit mir kein Wort der Unterhaltung entgeht.

»Dieser abgerissene Lump hat kein Geld.«

»Vielleicht ist das mit seinem Titel gelogen, aber jeder weiß, dass Rhys Tyler eine Menge Geld hat. Übrigens hat er sein Angebot erhöht, auf fünfzehntausend. Vorausgesetzt, wir lassen ihn und seine Frau sofort frei. Wenn wir in zwei Tagen ablegen, können wir sie nach Barbados bringen und das Geld direkt für Morgan einsacken.«

Erleichtert atme ich aus. Na also, es läuft doch wie geschmiert. Carter ist auf unserer Seite, und die Piraten sind angepisst. Payne bleibt gar keine andere Wahl, er muss nachgeben.

»Das Lügenmaul kann jederzeit gehen, aber Elizabeth bleibt bei mir«, blafft er.

»Ohne seine Frau geht der nirgendwo hin«, entgegnet Carter fest. »Er bezahlt für beide oder gar nicht, das hat er klar gesagt.«

Stille tritt ein. Vielleicht kommt bei Payne langsam der Verstand in Gang und muss sich erst mal warmlaufen.

»Dieser verdammte Sauhund führt uns alle an der Nase rum. Er tischt uns eine Lüge nach der anderen auf.«, zischt er. »Er ist nicht in der Position, Bedingungen zu stellen. Ich sollte ihn aufknüpfen lassen. Das wäre …«

Was? Ich umklammere das Gitter. Zum Glück fällt Carter ihm grollend ins Wort.

»Corey, ich warne dich. Das ist immer noch Morgans Plantage. Wenn du den Mann umbringst, den er einst Freund nannte und der ihm nun eine Menge Zaster bietet, bist du der nächste. Du solltest daher genau überlegen, was du machst, wenn ich und meine Männer fort sind.«

»Ich weiß schon, wie ich ihn …«

»Miss?«

Ich erschrecke so heftig, dass mein Kopf an das Gitter knallt. Mit der Hand an der Stirn drehe ich mich um. Ich habe Mimi nicht hereinkommen hören. Wie lang steht sie schon hinter mir und beobachtet mich beim Lauschen? Tja, sie wird's mir nicht verraten. Ihr zartes Topmodelgesicht ist völlig ausdruckslos.

»Geht es Euch etwas besser, Miss?«

»Ich bin keine Miss, sondern verheiratet«, antworte ich und senke die Hand von der Stirn. »Mit dem Mann, mit dem ich hier ankam. Weißt du, wo sie ihn hingebracht haben?«

Statt einer Antwort geht sie zur Kommode, nimmt einen schweren Krug auf und schüttet daraus Wasser in eine Schüssel.

»Der Master möchte mit Euch zu Abend essen, Madam. Ich werde Euer Haar waschen und Euch beim Ankleiden helfen.«

»Ich setze mich nicht mit diesem Mann an einen Tisch.«

»Ihr solltet ihn nicht unnötig gegen Euch aufbringen.«

Auch wieder wahr. Freundlich deutet sie auf die Wasserschüssel. Ich kann nicht widerstehen. Zwar habe ich auf dem Schiff mein Haar mit Salzwasser gewaschen, aber Süßwasser ist doch was anderes. Ich stelle mich vor die Schüssel, beuge mich darüber und streife mein Haar über den Kopf, damit sie Schweiß und Staub der letzten Tage herausspülen kann.

»Dein Master ist wahnsinnig. Weißt du das, Mimi?«

Ohne etwas darauf zu erwidern, schüttet sie Wasser über meinen Kopf, wäscht mein Haar und spült es danach aus. Sie verliert kein unnötiges Wort. Vielleicht ist es ihr verboten, mit mir zu sprechen. Vielleicht will sie auch nur nicht in fremde Angelegenheiten verwickelt werden. Ich kann es ihr nicht wirklich übelnehmen.

Nachdem sie mir ein Handtuch um den Kopf geschlungen hat, öffnet sie den Kleiderschrank. Die Türen quietschen in rostigen Angeln. Im Schrank hängt ein Kleid neben dem anderen, die meisten davon Grün. Darunter stehen mindestens ein Dutzend Paar Schuhe und darüber stapeln sich Hüte auf einem Regal. Bestimmt ist die Kommode ebenfalls proppenvoll mit Hemden, Strümpfen und Korsetts. Irgendwie unheimlich. Als warten all diese Sachen auf ihre Besitzerin.

»Elizabeth hat diese Kleider getragen, nicht wahr? Das war ihr Zimmer.«

»Ja. Ich denke, sie werden Euch passen. Sie war ebenfalls zierlich.« Mimi nimmt ein tannengrünes Kleid heraus. Der Taft raschelt. »Master Corey wünscht, dass Ihr dieses Kleid tragt.«

Soll dieser Irre sich wünschen, was immer er will. Zwar werde ich mit ihm essen, damit ich herausfinden kann, was er vorhat, aber zu seiner Kleiderpuppe werde ich definitiv nicht. Ich trete an den Schrank und greife nach einem hellrosa und weiß gestreiftem Kleid. Nicht unbedingt meine Farbe, aber wenigstens ist es nicht Grün.

»Ich ziehe das hier an.«

Mit einem Stirnrunzeln nimmt Mimi es aus dem Schrank, und wir widmen uns der langwierigen Prozedur des Ankleidens. Der Rock reicht mir nur bis zu den Knöcheln und die Schuhe sind etwas zu eng. Während Mimi mein feuchtes Haar kämmt, sitze ich am Frisiertisch und betrachte mich im Spiegel. Meine Augen wirken viel zu groß für mein schmales Gesicht, das Kinn zu spitz, und die Wangenknochen stehen hervor. Ich sehe aus wie ein verhungertes Manga.

»Sehe ich Elizabeth ähnlich?«

»Die Haarfarbe ist ähnlich. Und Miss Elizabeth besaß grüne Augen, so wie Ihr.«

Und so wie Mimi. Ich denke lieber nicht darüber nach, was das für sie bedeuten könnte.

»Was wurde aus ihr?«

»Sie ist gegangen, Madam. Vor etwa zwei Jahren war sie eines Morgens einfach fort.«

Kurz presst Mimi die Lippen aufeinander. Sie lügt. Zumindest sagt sie nicht die ganze Wahrheit. Im Spiegel sehe ich den Raum hinter mir. Nirgends finde ich eine Antwort darauf, was Elizabeth zugestoßen sein könnte. Keine Anzeichen von Verzweiflung oder Leid, keine verblassten Blutflecken an den Wänden oder auf dem Teppich vor dem Bett. Es ist ein Zimmer wie jedes andere. Na ja, ich versuch es trotzdem.

»In diesem Zimmer ist etwas Schreckliches passiert. Ich spüre es. Es sitzt in den Wänden, es läuft daran hinab wie Schmiere.«

Klingt absolut melodramatisch, doch es funktioniert. Mit der Bürste in der Hand weicht Mimi vor mir zurück. Ich könnte schwören, dass ihre dunkle Haut blasser geworden ist.

»Was weißt du darüber, Mimi?«

»Ich weiß nichts, Madam. Gar nichts!«

Ich dringe nicht weiter in sie. »Wie trug sie ihr Haar?«

»Master Corey ... Er mochte es am liebsten offen«, stammelt sie.

Ja, und alles lief für das arme Mädchen so, wie der irre Corey es wollte. Irgendwann hat sie sich widersetzt, und dann ist sie verschwunden. Wahrscheinlich kam sie nicht allzu weit.

»Ich trage mein Haar aufgesteckt. Ein schlichter, fester Knoten.«

»Sehr wohl, Madam.« Mimi macht sich eilig ans Werk und tritt schließlich mit einem Knicks zurück. Ich muss sie mit meinem Schuss ins Blaue gewaltig beeindruckt haben. »Ist es so recht, Madam?«

Ich drehe den Kopf von einer Seite zur anderen. Mein straff zurückgehaltenes Haar verwandelt mich in eine typische Spaßbremse. Angesäuert und streng, mit leichtem Sonnenbrand auf der Stirn. Ich sah schon besser aus, aber schließlich will ich Payne nicht gefallen.

»Perfekt. Danke, Mimi.« Im Aufstehen lächle ich ihr zu. Sie bleibt ernst. Ihr Mundwinkel zuckt. Dann gibt sie sich einen Ruck und raunt mir etwas zu.

»Seid vorsichtig, Madam.«

Darauf kann sie sich verlassen.

Der Tisch ist für ein romantisches Date gedeckt. Porzellan auf weißem Leinen, Silberbesteck und geschliffene Kristallgläser, in denen sich das Kerzenlicht bricht. Blumen überall. An der Decke darüber hängt ein Kronleuchter, der viel zu groß ist für ein Esszimmer. Auf dem Tisch dampft ein Truthahn, der es an Größe leicht mit dem Kronleuchter aufnehmen kann. Um eine der Kerzen schwirrt ein großer Nachtfalter. Außer den Blumen und dem Essen ist vermutlich alles Piratenbeute.

Corey Payne hat seine massigen Schultern in einen Anzug gezwängt. Es ist nur eine Frage der Zeit, bis die Goldknöpfe an der Weste abspringen. Spitzen stehen steif an Hals und Handgelenken ab, und sein Gesicht glänzt, als habe er es mit einer Schuhbürste geschrubbt und danach mit einer Speckschwarte abgerieben. Sogar eine dieser Allongeperücken trägt er auf dem Kopf. Ganz der Edelmann, der er nicht ist, rückt er mir den Stuhl zurecht.

»Weshalb trägst du nicht dein hübsches Kleid?«

Das fängt ja gut an. »Grün steht mir nicht.«

»Es ist deine Lieblingsfarbe.« Er setzt sich mir gegenüber und lächelt. »Dennoch siehst du bezaubernd aus, wie immer.«

Die Grübchen in seinen Wangen lassen ihn harmlos wirken. Nichts in seinem schlichten Gesicht verrät den kranken Geist, der sich dahinter versteckt. So ist es bei Soziopathen oft. Sie wirken nett und sympathisch, bis sie ein Blutbad anrichten. Trotz der stickigen Luft im Zimmer beginne ich zu frieren.

»Danke«, murmle ich.

Er reibt sich die Hände und beginnt, den Truthahn zu tranchieren. Die ganze Zeit über behalte ich seine Messerhand im Auge.

»Greif zu, Elizabeth. Nimm auch von den Bataten und der Ingwersoße.«

Ich habe keinen Appetit, aber ich muss unbedingt etwas essen, sonst sinke ich bei nächster Gelegenheit wieder um. Ich nehme mir von dem Fleisch und den Bataten und ertränke alles in Ingwersoße. Nach dem ersten heißen Bissen setzt sich der Hunger durch und ich fange an zu schlingen.

»Dein Appetit hat mir schon immer gefallen, Liebes.«

Liebes ... mir kommt gleich das Essen wieder hoch. Ich spüle meinen Ekel mit einem großen Schluck Weißwein herunter. Es heißt ja immer, man soll auf Psychopathen eingehen, versuchen, eine Verbindung herzustellen. Ich frage mich, ob die schlauen Ratgeber das immer noch sagen würden, wenn sie einem von ihnen gegenübersitzen. Und zwar nicht in einem kameraüberwachten Raum mit Polizei oder Pflegern vor der Tür, die jederzeit eingreifen können, sondern in freier Wildbahn, in der Mr Psycho weder von einer Zwangsjacke noch Tranquilizern ruhiggestellt werden kann.

Trotzdem muss ich irgendetwas sagen, ein Gespräch beginnen, sonst verlasse ich diesen Tisch so unwissend, wie ich mich drangesetzt habe. Ich verzichte auf eine förmliche Anrede und rhetorische Finessen und gehe die Sache direkt an.

»Was hast du mit Rhys Tyler vor?«

Mit verkniffener Miene gräbt er die Zähne in einen Truthahnschlegel, reißt ein großes Stück heraus und kaut auf beiden Backen. Er lässt sich Zeit mit einer Antwort. Ich rechne schon nicht mehr damit, als er sie endlich gibt.

»Er bekommt, was er verdient.«

Alarmiert recke ich den Hals. »Was heißt das?«

»Das heißt, dass ich keine Schmarotzer dulde.« Ein Knorpel knirscht zwischen seinen Zähnen. »Wenn Tyler unbedingt bleiben will, wird er für Essen und Unterkunft arbeiten, wie jeder andere gesunde Mann auf der Plantage. Mal sehen, wie lange er das aushält«, setzt er leise hinzu.

Ich höre es trotzdem. Harte Arbeit wird Rhys nicht kleinkriegen. Halbwegs beruhigt esse ich weiter. Immerhin hat Carters Warnung etwas bewirkt. Auch wenn die Piraten übermorgen wieder in See stechen, wird Payne die Finger von Rhys lassen, dazu ist seine Angst vor den Konsequenzen zu groß. Sobald Morgan hier eintrifft, ist die Sache erledigt.

»Gibt es für deine Ehe eigentlich irgendeinen Beweis? Zeugen? Papiere?«

Kurz fehlen mir die Worte. Er weiß genau, dass ich nichts beweisen kann.

»Als das Schiff meines Mannes angegriffen wurde, blieb uns leider keine Zeit, die Urkunde an uns zu nehmen.« Ich zwinge mich zu einem zuckersüßen Tonfall, obwohl ich ihm am liebsten das Tranchiermesser in die Brust gerammt hätte. »Allerdings gibt es Zeugen. Der Duke of Buckingham persönlich führte mich an den Altar. Schreib ihm doch einen Brief, er wird es bestätigen. Oder nein, schreib am besten direkt an Charles II. Ihn wird bestimmt interessieren, was einer geschätzten Ehrenjungfer seiner Königin zugestoßen ist.«

Sein fetttriefender Mund wird schlaff. Schon wieder sieht er so aus, als höre er nicht nur meine, sondern auch andere Stimmen. Ein Knistern über unseren Köpfen lenkt mich ab. Der große Nachtfalter fällt mit versengten Flügeln auf den Truthahn und zuckt auf dem heißen Fleisch sein kleines Leben aus. Ich werde auf keinen Fall damit anfangen, an Omen zu glauben.

»Es schaudert mich bei dem Gedanken, wie dieser Dreckskerl dich verrückt gemacht haben muss, bis du an diesen ganzen Blödsinn glaubst«, grollt Payne und wischt sich mit den Spitzenmanschetten eines Ärmels das Fett vom Kinn. »Du warst nie eine Ehrenjungfer, Liebes. Der Hof des Königs würde über die kleine Elizabeth Bennett bloß lachen.«

Er selbst wiehert wie ein Esel. Ich versuche es trotzdem.

»Mr Payne, ich bin nicht Elizabeth Bennett. Ich kann es überhaupt nicht sein, Ihr wisst das besser als jeder andere.«

Diesmal scheine ich durchzudringen und die schlammbraunen Augen blicken für einen Moment vollkommen klar und vernünftig. Dann legt sich ein Schatten darüber. Angst? Gewissensbisse? Was auch immer, er weiß, wovon ich spreche.

»Du hast den Verstand verloren. Kein Wunder, nach all den Monaten in der Gewalt dieses brutalen Schweins. Er hat dich vergewaltigt, dich benutzt wie eine Hure. Wieder und wieder, bis du vergessen hast, wer du bist.« Er lehnt sich vor, senkt die Stimme zum tiefen Brummen einer Hummel. »Aber jetzt bist du wieder bei mir. Er kann dir nie wieder nah kommen und dir wehtun.«

Dieses von Wunschdenken und Wahn völlig verblendete Arschloch. Zum ersten Mal weiß ich, was es heißt, wenn von purem Hass die Rede ist. Er überwältigt alles. Meine berechtigte Furcht, einen Fehler zu begehen, meine Angst vor diesem Mann, meine Vernunft. Wenn ich noch eine Sekunde länger bleibe, werde ich etwas sagen oder tun, was ich später bereue. Zudem hat es sowieso keinen Sinn, jedes weitere Wort wäre vergeudete Atemluft.

Ich werfe mein Besteck auf den Teller, stehe auf und gehe.

»Elizabeth, wohin willst du?«

»Zu meinem Mann.«

Hinter mir poltert ein Stuhl zu Boden. Nur noch wenige Schritte bis zur Tür. Ich werde schneller. Bevor ich die Türklinke erreiche, holt er mich ein, packt meinen Oberarm und zerrt mich zurück. Er steht viel zu nah bei mir. Ich rieche seinen Schweiß, bitter und durchdringend. Es gelingt mir nicht, mich von seiner klammernden Pranke zu befreien.

»Du bleibst hier.«

»Lass mich los!«

»Du bist nicht bei Sinnen, Elizabeth.«

»Ich bin absolut klar. Du bist der Irre. Weil Elizabeth dich verfolgt, weil dir dein Gewissen keine Ruhe …«

Sein Handrücken knallt quer über mein Gesicht. Der Schlag wirft meinen Kopf zur Seite. In meinem Nacken knackt ein Wirbel. Ich falle nur nicht zu Boden, weil er mich festhält.

»Du warst seit jeher störrisch, aber diesmal bringe ich dich zur Vernunft.«

Seine Worte dringen als fernes Donnergrollen durch das Fiepen in meinem Ohr. Feuchtigkeit rinnt aus meiner Nase, klebt an der Oberlippe. Mir ist schwindlig. Ich bin noch nie geschlagen worden. Noch nie!

An den Handgelenken schleift er mich aus dem Esszimmer, die Treppe hinauf und durch den Gang. Ich bin zu benommen, um mich zu wehren. Bei jedem Stolpern zerrt er an meinen Armen, als wolle er sie mir auskugeln. Es tut höllisch weh. Ein harter Stoß in den Rücken schickt mich über die Schwelle meines Zimmers. Vor dem Bett falle ich auf Hände und Knie.

Als die Tür ins Schloss kracht, spanne ich mich an. Gott rette mich, er wird genau das tun, was er Rhys vorgeworfen hat: mich vergewaltigen. Doch nichts passiert. Payne ist draußen geblieben. Ich höre, wie er einen Schlüssel im Schloss dreht.

»Du wirst so lange in diesem Zimmer bleiben, bis du zur Vernunft kommst, Elizabeth«, kreischt er mit merkwürdig hoher Stimme, dann stiefelt er davon.

Dieser verfluchte Mistkerl. Ich drücke die Hand an meine schmerzende Wange, berühre die Nässe unter meiner Nase, betrachte das Blut an meinen Fingerspitzen. Schwerfällig rapple ich mich auf, wische meine Nase sauber und werfe mich aufs Bett. Ich fühle mich wie durch den Fleischwolf gedreht. Alles tut weh. Still bleibe ich liegen und starre ins Leere. Ich sehne mich so sehr nach Rhys. Nach seiner ruhigen Stimme, seiner Sicherheit, seinen Armen. Ich könnte heulen vor Sehnsucht. Entschieden dränge ich die Tränen zurück.

Ich habe keine Ahnung, wie es jetzt weitergehen soll, aber Weinen kommt nicht in die Tüte.

»Ihr hättet es sofort mit einem feuchten Tuch kühlen müssen, Madam.«

Feuchte Tücher standen gestern Abend ganz unten auf meiner Prioritätenliste. Ich war damit beschäftigt, einen Fluchtplan auszutüfteln und habe kaum geschlafen.

»Hab's vergessen«, nuschle ich übernächtigt.

»Hier, legt das auf die Schwellung.«

Gehorsam drücke ich das feuchte Tuch, das Mimi mir reicht, auf meine geschwollene Wange. Sie ist dick genug, um mit einem Straußenei verwechselt zu werden. Ich hasse Männer, die Frauen schlagen, und ich weigere mich, ihre Brutalität zu fürchten, denn das wäre der Anfang vom Ende. Trotzdem werden meine Augen feucht. Aus Wut.

»Bitte weint nicht, Madam. Seht, ich habe etwas für Euch.« Mimi greift in ihre Schürzentasche. »Das fand ich in einer Tasche Eures Kleides.«

Das Amulett und …

»Mein Ehering!« Achtlos lasse ich das Tuch fallen, nehme den Ring an mich, stecke ihn auf den Finger und drücke einen Kuss auf das kühle Gold. »Danke, Mimi, tausendmal Danke. Du bist ein Schatz.«

Sie legt das Amulett auf den Tisch neben das Frühstücksgeschirr.
»Nun esst Euer Frühstück, Madam. Ihr müsst bei Kräften bleiben.«

Sie hat ja so recht. Schließlich will ich eines Tages zurückschlagen, mitten rein in Paynes dumme Fresse. Ich werde ihm alles heimzahlen. Vielleicht nicht heute oder morgen, aber wo ein Wille ist, ist auch ein Weg.

Während ich Brot esse und ein weichgekochtes Ei auslöffle, zieht Mimi das Bettlaken glatt und schüttelt Kissen und Decke auf. Sie arbeitet schnell und gründlich. Das perfekte Zimmermädchen. Im Jahr 2015 hätte sie auf einem roten Teppich gestanden und wäre auf dem Cover der Vogue gelandet. Die Welt ist ungerecht.

»Mimi ist ein seltsamer Name für eine Frau wie dich.«

»Für eine Niggerfrau, meint Ihr?«

Mir bleibt die Spucke weg. Nie im Leben nähme ich das Wort Nigger in den Mund. Für sie ist das völlig normal. Es sollte nicht so sein.

»Sag so was nie wieder vor mir.«

Sie streicht ein letztes Mal über das Kissen und dreht sich zu mir um. »Was denn, Madam?«

»Dieses abscheuliche Wort.«

Verständnislos hebt sie die Brauen. Das bringt mich erst recht in Fahrt. »Du hast eine dunkle Haut, na und? Deswegen bist du nicht weniger wert als eine weiße Frau. Du bist bloß zur falschen Zeit geboren worden.«

»Zur falschen Zeit?«

Herrje, wann lerne ich endlich, den Mund zu halten. Hastig rudere ich zurück.

»Na ja, irgendwann wird hoffentlich eine Zeit kommen, in der Sklaverei verboten ist.«

»Sklaverei wird es immer geben, Madam. Dennoch danke ich Euch für Eure Worte.« Ein kleines Lächeln hebt ihre Mundwinkel. »Ihr seid anders als andere weiße Frauen.«

Zum Glück weiß sie nicht, wieso ich so anders bin. Zeit, das Thema zu wechseln. Weit bin ich mit meinen Fluchtplänen nicht gekommen, und das sollte sich schleunigst ändern.

»Wo liegt eigentlich der Hafen von Tortuga?«

»In Cayonne.«

»Ah, und wo liegt Cayonne von hier aus gesehen?«

Der Knoten zwischen uns scheint geplatzt, teils bestimmt, weil sie mich bedauert, teils wohl auch, weil ich eine Meinung vertrete, die es gleichgültig macht, welche Hautfarbe wir haben. Jedenfalls kommt Mimi zu mir ans Fenster, schiebt einen Finger durch die Holzstreben und zeigt auf eine bewaldete Bergformation, die sich blaugrün vom Morgenhimmel abhebt.

»Auf der anderen Seite der Insel, Madam. Hinter den Bergen.«

»Man müsste also einfach nur über die Berge.«

»Das wäre der kürzeste Weg, aber die wenigsten würden ihn gehen. Dort oben verstecken sich Maroons.«

»Maroons?«

»Entflohene Sklaven. Manchmal kommen sie auf die Plantagen. Sie stehlen, legen Feuer an die Felder. Deshalb sind die Aufseher bewaffnet. Die Maroons sind sehr gefährlich. Keine Frau ist in ihrer Nähe sicher.«

Allein hätte ich in den Bergen keine Chance - aber ich wäre nicht allein.

»Mein Mann ist irgendwo auf dieser Plantage. Kannst du ihm eine Nachricht überbringen?«

Unbehagen huscht über ihr dunkles Gesicht. »O ... ich ... ich ...«

Stammelnd schiebt sie die Finger ineinander. Ihre Augen sind geweitet. Nach allem, was ich über Payne weiß, steckt Mimi vermutlich selbst in einer unhaltbaren Situation, die sich beim geringsten Fehler verschärfen kann. Sacht lege ich die Hand auf ihren Unterarm.

»Ich sollte dich nicht in meine Probleme verwickeln. Vergiss meine Frage.«

Verlegen weicht sie meinem Blick aus und räumt das Geschirr auf ein Tablett. Kurz waren alle Schranken zwischen uns gefallen, jetzt sind sie wieder da. Ich bin weiß und sie ist schwarz und in dieser Zeit ist das ein unüberbrückbarer Unterschied. Sie wird mir nicht helfen. Auf ihrem Weg zur Tür klirrt das Porzellan leise aneinander. Bevor sie hinausgeht, dreht sie sich noch einmal zu mir um.

»Master Payne ist sehr stolz auf die Plantage, Madam. Wenn er Euch herumführen will, solltet Ihr nicht ablehnen und ihn bitten, Euch die Felder zu zeigen. Mehr kann ich Euch nicht raten.«

Mehr ist auch nicht nötig.

# Fünf

Schon am nächsten Tag ist es so weit.

Corey Payne versucht, mir die Zukunft an seiner Seite schmackhaft zu machen, indem er mich über die Plantage führt. Während ich auf einem Maultier neben ihm her zockle, thront er weit über mir auf einem Wallach und macht auf Großgrundbesitzer. Er ist ein schlechter Reiter, sein Rücken krumm wie ein Croissant.

Seit wir losgeritten sind, quasselt er ohne Punkt und Komma über seine Verantwortung, die Destillerie, ein geplantes Sägewerk und streunende Wildschweine, die die Felder verwüsten. Nichts davon interessiert mich. Mir geht es einzig darum, Rhys zu sehen, der meiner Vermutung nach irgendwo auf besagten Feldern zu finden ist.

»Das klingt alles sehr interessant«, werfe ich ein, als Payne einmal Luftholen muss. »Ich würde zu gern bei der Ernte des Zuckerrohrs zusehen.«

Im Grunde ist Corey Payne ein selbstgefälliger Knallkopf. Große Augen und ein bisschen Wimpernklimpern, und schon biegt er in einen Weg ein, der in die gewünschte Richtung führt. Die hohen Halme flirren im grellen Sonnenlicht. Die Luft steht. Der breite Strohhut auf meinem Kopf schützt mich zwar vor der Sonne, aber nicht vor der Hitze, die durch den leichten Musselin meines Kleides auf meine Haut brennt. Schweiß sammelt sich zwischen meinen Schulterblättern.

Endlich kommen wir bei den Schnittern an. Am Ende eines zum größten Teil bereits abgeernteten Feldes schuften sie in der prallen Sonne, während die Aufseher sich im Schatten eines Unterstands herumdrücken. Große Hunde liegen zu ihren Füßen. Obwohl ich angestrengt die Augen zusammenkneife, kann ich Rhys nirgends zwischen den Männern in weiten Hosen und Kittelhemden entdecken. Aus dieser Entfernung sehen sie alle gleich aus.

»Daraus entsteht also Rum. Kaum zu glauben.« Ich stelle mich doof und reiße die Augen noch weiter auf, bis ich das Gefühl habe, sie fallen mir gleich aus dem Kopf. »Von hier aus sehe ich allerdings sehr wenig davon.«

»Um zu sehen, wie daraus Rum wird, müssten wir zur Destillerie reiten. Hier wird das Zuckerrohr bloß geschnitten.«

Ach nee, darauf wäre ich nie gekommen.

»Aber sie sind zu weit weg.« Ich mache einen Schmollmund. »Ich würde gern aus der Nähe sehen, wie sie es schneiden.«

Payne hat offensichtlich vergessen, wem ich meine geschwollene und verfärbte Wange verdanke, obwohl sie nicht zu übersehen ist. Auch den Ehering an meinem Finger hat er noch nicht bemerkt. Typischer Fall von selektiver Wahrnehmung. Nachsichtig lächelt er auf mich herab.

»Wir sollten Abstand halten, Elizabeth. Die Nigger sehen selten weiße Frauen. Es könnte sie auf dumme Gedanken bringen.«

Schon wieder dieses widerliche Wort. Ich wette, jeder der Männer dort auf dem Feld besitzt mehr Grips als Payne. Abgesehen von den Aufsehern vielleicht. Obwohl ich es satt habe, mit piepsiger Kleinmädchenstimme auf ihn einzureden, führt kein Weg daran vorbei. Ich will unbedingt näher an die Sklaven herankommen.

»Du bist doch bei mir und wirst mich beschützen. Komm schon, Corey, es ist doch nur ein kleiner Gefallen. Ich möchte mehr über die Sklaven erfahren.«

»Ihre Seelen sind so schwarz wie ihre Haut und sie eignen sich besser zur Feldarbeit als weiße Fronarbeiter, weil sie anspruchsloser in der Haltung sind. Mehr gibt's über sie nicht zu wissen.«

Er spricht über Menschen, als wären sie Vieh. Bloß weil sie eine schwarze Haut haben. Angewidert verziehe ich das Gesicht. Zum Glück sieht er es wegen des breiten Randes meines Hutes nicht. Gott, ich muss mich zusammenreißen. Obwohl ich das weiß, kann ich den Mund nicht halten.

»Der Handel mit Menschen ist ein schmutziges Geschäft.«

»Richtige Menschen sind es ja nicht, eher sowas wie gelehrige Affen.«

Schockiert sehe ich zu ihm auf. Es ist sein voller Ernst. Ich habe endgültig genug von diesem Arschloch und seinen faschistischen Ansichten, rutsche kurzerhand aus dem Sattel und marschiere über das Feld auf die Schnitter zu. Die harten Stoppeln des Zuckerrohrs bohren sich durch meine dünnen Sohlen, aber das hält mich nicht auf.

»Elizabeth. Komm zurück!«

Darauf kann er lange warten. Die Aufseher werden auf mich aufmerksam, schieben ihre Hüte zurück und glotzen mir entgegen.

»Bleib sofort stehen, Elizabeth!«, brüllt Payne aus vollen Lungen.

Es schallt garantiert bis zu den Sklaven, aber nur einer von ihnen stellt die Arbeit ein und dreht sich mit der Machete in der Hand zu uns um. Rhys. Endlich hab ich ihn gefunden. Ich raffe meinen Rock und werde schneller. Hinter mir höre ich Hufschlag und werfe einen Blick über die Schulter. Payne trabt mir auf seinem Wallach hinterher und wird dabei im Sattel durchgeschüttelt. Ich beginne zu rennen. Die Aufseher lachen und einer der Sklaven, ein Hüne von einem Mann, hält Rhys am Oberarm fest und redet auf ihn ein. Es ist nicht mehr weit!

»Vorsicht, Grace!«, schreit Rhys plötzlich.

Gleichzeitig spüre ich den Atem des Wallachs in meinem Nacken. Ich weiche zur Seite aus, doch nicht weit genug. Ein harter Stoß trifft mit voller Wucht zwischen meine Schulterblätter und holt mich von den Füßen. In einem Wirbel aus auffliegendem Musselin überschlage ich mich und krache mit dem Rücken auf die Zuckerrohrstoppeln. Für einen Moment verkrampfen meine Lungen. Ich kann nicht einatmen.

Während ich benommen in den Schatten blinzle, den der über mein Gesicht gerutschte Strohhut wirft, beginnen die Hunde zu bellen. Peitschen knallen und die Aufseher werden laut. Was sie rufen, dringt jedoch nicht durch den Schmerz in meinem linken Arm. Ich schiebe den Strohhut zurück, setze mich auf und bewegte vorsichtig den Arm. Obwohl er höllisch wehtut, scheint er nicht gebrochen zu sein. Dann schießt ein Gedanke mit der Wucht eines Stromschlags durch meinen Kopf. Mein Kind! Die Hände auf den Bauch gepresst, sitze ich still am Boden und horche in mich hinein. Nichts passiert, flüstert mein Herz. Alles gut. Erst jetzt kann ich mich wieder auf meine Umgebung konzentrieren.

Zu meiner Überraschung liegt Rhys vor den hohen Zuckerrohrstängeln ebenfalls am Boden. Umringt von drei Aufsehern und ihren Hunden, die an den Leinen zerren und nach ihm schnappen. Die restlichen Aufseher blaffen Befehle und treiben mit ihren Peitschen die anderen Schnitter zurück an die Arbeit. Rhys steht mit der Machete in der Hand auf. Ohne auf die bissigen Hunde zu achten, beginnt er eine Diskussion mit den Aufsehern. Aggression hängt über dem Feld und verdichtet sich mit jedem weiteren gewechselten Wort.

Gar nicht gut! Ich muss eingreifen, schlichten, irgendetwas. Bevor ich mich aufrappeln kann, werde ich unter den Achseln gepackt und abrupt auf die Füße gestellt.

»Ich hab dich gewarnt. Eine weiße Frau hat in der Nähe der Sklaven nichts zu suchen. Jetzt siehst du, was du angerichtet hast.«

»Du verdammtes Schwein!«, schreit Rhys im selben Moment. »Das wirst du bereuen, Payne.«

Ein Aufseher rammt ihm den Peitschenknauf in die Seite. Rhys stolpert rückwärts, fängt seinen Sturz ins Zuckerrohr ab und wäre glatt auf die Aufseher losgegangen, hätte der große Sklave ihn nicht an den Schultern gepackt und ihm die Machete aus der Hand gerissen.

»Du wirst es bereuen!«, kreischt Payne.

Der Hüne neben Rhys bewegt die Lippen. Was immer der Sklave sagt, es bringt Rhys dazu, in die Reihe der Schnitter zurückzukehren. Ich sehe noch, wie er sich bückt und mit der Klinge auf einen Zuckerrohrstängel einschlägt, dann versperrt Payne mir die Sicht auf ihn.

»Wir gehen.«

Payne ist breit wie ein Schrank und, was noch viel schlimmer ist, geistesgestört. Eine Frau zu schlagen, ist eine Sache, sie einfach niederzureiten, ist lebensgefährlich. Mich hätte ein Huf am Kopf treffen, ich hätte mir etliche Knochen brechen können. Im besten Fall wäre ich verkrüppelt geblieben, im schlimmsten tot. Aber das ist ihm egal. Trotzdem werde ich mich nicht einschüchtern lassen.

»Weshalb arbeitet mein Mann bei den Sklaven? Er ist eine wertvolle Geisel und ein Freund von Henry Morgan.«

»Freund!« Payne spuckt mir vor die Füße und ergreift die Zügel seines Pferdes. »Du wirst nicht mehr in die Nähe dieses Hundsfott gehen. Und damit Schluss.«

»Du hast mir nichts zu befehlen!«

»Als dein zukünftiger Gemahl habe ich jedes Recht und die Pflicht, dich vor dir selbst zu schützen. Du wirst auf deinem Zimmer bleiben, bist du das eingesehen hast.«

Unvermittelt packt er meinen geprellten Arm. Das macht er mit Absicht. Er will mir wehtun. Und genau deswegen beiße ich die Zähne zusammen und bleibe stumm, während er mich hinter sich her zu dem am Feldrand wartenden Maultier zerrt.

Ein letztes Mal sehe ich zurück. Die Aufseher sitzen wieder im Schatten, die Hunde haben sich beruhigt. Rhys hält mir den Rücken zugekehrt, arbeitet mit allen anderen, als hätte er mich bereits vergessen. Aber so ist es nicht. Das weiß ich. Er kann nicht handeln. Ihm werden sie vielleicht kein Haar krümmen, aber die Sklaven, die mit ihm arbeiten, werden sie dafür umso mehr büßen lassen.

Ich muss einen anderen Weg finden, mit ihm zu sprechen und ihn dazu zu überreden, nach Cayonne zu gehen. Ohne mich. Denn Payne wird mich wieder einsperren und noch schärfer bewachen. Allein bei dem Gedanken würde ich ihm am liebsten die Fingernägel durchs Gesicht ziehen. Doch das brächte nur neuen Ärger und am Ende schlägt er mir noch einen Zahn aus. Mittlerweile kann ich ihn ganz gut einschätzen, er schreckt vor rein gar nichts zurück.

Obwohl mein Arm bis zur Schulter hinauf pocht und ich ihn kaum noch bewegen kann, ignoriere ich Payne und steige ohne Hilfe in den Sattel meines Maultiers. Hochrot im Gesicht schwingt er sich auf seinen Wallach und treibt ihm die Fersen in die Seiten. Mein Blick durchbohrt seinen Rücken. Nie hätte ich gedacht, dass man einen Menschen so sehr hassen kann.

»Eines Tages macht Rhys dich kalt und ich werde danebenstehen und ihn anfeuern.«

Dumm von mir, doch ich kann nicht anders. Es muss raus. Weil ich Angst vor ihm habe. Weil ich mich ausgeliefert fühle. Weil Ducken das Falsche wäre und ich Mut brauche, um diesen verdammten Dreck irgendwie durchzustehen.

»Eines Tages wirst du wieder klar denken und mir dafür danken, dass ich dich vor diesem Dreckskerl bewahrt habe«, gibt Payne im Brustton der Überzeugung zurück.

Meine Gedanken sind quellwasserklar und jeder einzelne befasst sich mit seinem Tod.

Payne macht seine Drohung wahr. Seit vier Tagen bin ich nun schon eingesperrt und darf das Zimmer nicht verlassen. Obwohl ich oft Stimmen und Schritte im Haus höre, ist die einzige Person, die ich zu Gesicht bekomme, Mimi. Sie bringt mir meine Mahlzeiten, bereitet mir mein Bad und räumt auf. Wir sind noch weit von einer Freundschaft entfernt, doch neuerdings versucht sie, mich durch ihr Geplauder aufzumuntern.

»Ihr solltet im Bett schlafen, Madam, dazu ist es schließlich da.«

Ich reibe über meinen Nacken, der von einer weiteren Nacht im Sessel vor dem Fenster steif geworden ist. »Was für ein Tag ist heute?«

»Der zweite August, Madam.« Nach einem Blick in mein Gesicht schnalzt sie mit der Zunge. »Ihr habt wieder geweint. Das geht schon seit Tagen. Wenn Ihr nicht damit aufhört, werdet Ihr noch krank.«

Verlegen weiche ich ihrem moosgrünen Blick aus. Ich hasse es zu weinen, vor allem, weil ich aus Erfahrung weiß, dass es nichts ändert, ich hätte sogar behauptet, nach dem Absturz meiner Familie keine Tränen mehr zu haben - trotzdem kommen sie mir ständig. In den Nächten tigere ich schlaflos von einer Wand zur anderen und tagsüber döse ich im Sessel. Ich bin zu müde, um klar zu denken, und zu unruhig, um fest zu schlafen.

Niemals hätte ich gedacht, dass mich das Eingesperrtsein auf zwanzig Quadratmetern derart mürbe machen könnte. Schließlich habe ich in den letzten beiden Jahren nichts anderes getan, als mich in meinem Haus zu verkriechen. Jetzt halte ich die erzwungene Isolation kaum noch aus. Schon wieder steigen Tränen in meine Augen, und das Holzgitter am Fenster verschwimmt.

»Soll ich Euch ein Bad bereiten?«, fragt Mimi. »Es wird Euch erfrischen.«

Langsam habe ich die kühlen Bäder satt. Ich ertrage es nicht länger, zwischen Sessel, Bett und Zuber zu wechseln. Mürrisch stehe ich auf, gehe ans offene Fenster und strecke gähnend die Arme über den Kopf. Den Sklaven unten im Garten sehe ich erst, als mein Mund wieder zuklappt. Er steht reglos da und beobachtet mich. Ein Hüne von einem Mann, neben dem der Esel, den er am Halfter hält, zu einem Schoßhund schrumpft.

Ungeniert starre ich zurück. Sein Gesicht ist hager, die Nase kräftig, die Stirn breit und das Haar kurz geschoren. Er hält sich sehr gerade, zwischen seinen Füßen hängt lose eine Kette. Ich habe ihn schon mal gesehen. Auf dem Zuckerrohrfeld hat er auf Rhys eingeredet und ihn damit vermutlich vor einer gefährlichen Dummheit bewahrt. Er muss es sein, denn es gibt bestimmt nur wenige Männer, die Rhys überragen.

»Mimi, wer ist das?«

Sie kommt zu mir ans Fenster. Sofort schweift seine Aufmerksamkeit von mir zu ihr und saugt sich an ihr fest. Sie verständigen sich ohne Worte, ich spüre es.

»Das ist Samson.«

Dieser nickt Mimi zu und geht davon. Bei jedem Schritt spannt sich die Kette zwischen seinen Fußknöcheln. Mimi sieht ihm nach, bis er um eine Ecke biegt.

»Warum trägt er eine Kette?«

»Weil der Master seine Kraft fürchtet«, sagt sie. »Die anderen achten ihn. Er wäre groß und stark genug, um sie aufzuwiegeln.«

Ihr bitterer Tonfall bestätigt meine Ahnung. Die beiden sind ein Paar, und Samson hat sich vors Haus geschlichen, um ein heimliches Stelldichein zu verabreden. Sie hatte dazu nur die Stirn gerunzelt, vermutlich wegen Payne und was er unternehmen könnte, wenn es herauskommt. Bei Gott, ich weiß nur zu gut, wie sie sich fühlen muss.

»Wenn du ihn treffen willst, decke ich dich. Wir könnten sagen, dass du heute Nacht bei mir schläfst, weil ich ... na ja, schlecht einschlafen kann.«

Erstaunt sieht sie mich an. »Das würdet Ihr für mich tun?«

»Sicher, wieso nicht? Ich weiß schließlich, wie weh es tut, von dem Mann, den man liebt, ferngehalten zu werden.«

Ihre Wimpern flattern und eine schwer zu deutende Regung huscht über ihr Gesicht. Dann schenkt sie mir ein kleines Lächeln. Es wirkt nicht besonders fröhlich. Eher das Gegenteil.

»Ja, Ihr wisst es genauso gut wie ich. Ich werde darüber nachdenken, versprochen.«

Was gibt es da noch lange nachzudenken? Ehe ich sie danach fragen kann, dreht sie sich um und geht hinaus. Der Schlüssel dreht sich im Schloss. Was immer sie sich durch den Kopf gehen lassen will, hindert sie nicht daran, mich einzuschließen.

Zwischen Mitternacht und Morgengrauen brennt das Leben zu einer winzigen, blauen Flamme herab und alles kommt zum Stillstand. Ich habe Mimis Vorschlag beherzigt und mich ins Bett gelegt, doch meine überreizten Nerven halten mich wach. Die Stille, die über der Plantage hängt, erstickt mich. Aus brennenden Augen starre ich auf das Moskitonetz. Es umgibt das Bett von allen Seiten wie ein filigraner Käfig. Hell schimmernd in der Dunkelheit.

Unzählige Fragen kreisen durch meinen Kopf und verknoten meine Hirnwindungen. Wie lange soll das noch gehen? Was hat Payne als nächstes vor? Wer außer Mimi könnte mir helfen? Wie kann ich Kontakt zu Rhys aufnehmen? Und weshalb, zur Hölle, schleicht er sich nicht aus dem Sklavenquartier zu mir?

Das Kratzen eines Schlüssels im Schloss reißt mich aus dem Strudel meiner Fragen. Abrupt setze ich mich auf und sehe einen Schemen, der durch den Türspalt schlüpft und auf mein Bett zu schleicht. Eine Diele knarrt. Scheiße! Hinter meiner Stirn schlagen Funken. Wenn das Payne ist, bin ich verloren. Gegen einen Mann mit seiner Kraft habe ich keine Chance.

»Madam?«, wispert es durch das Moskitonetz.

»Mimi!« Hart stoße ich den Atem aus. »Ich wäre beinahe gestorben vor Angst.«

»Pst, seid leise. Wenn wir erwischt werden, handeln wir uns großen Ärger ein.« Das Moskitonetz teilt sich. »Kommt, beeilt Euch.«

Hastig springe ich aus dem Bett. Ich frage nicht, wohin sie mich bringen will. Sie will mir helfen, das allein zählt. Ich vergeude meine Zeit nicht mit der Suche nach meinen Pantoffeln, sondern folge ihr barfuß auf den Gang. Auf Zehenspitzen huschen wir durchs dunkle Haus, die Treppe hinunter und aus einer Hintertür ins Freie.

Als wir über den Rasen laufen, stehe ich knapp vor einer Herzattacke. Ich hätte mir die Zeit nehmen und etwas überwerfen sollen, in meinem weißen Nachthemd bin ich nicht zu übersehen. Jeden Moment rechne ich mit einem Stiergebrüll von Psycho-Payne, der mich von einem Fenster aus entdeckt. Neben mir keucht Mimi, und das bestimmt nicht vor Überanstrengung, sondern weil sie ebenso gut wie ich weiß, was uns blüht, wenn wir erwischt werden.

In der Deckung der Bäume am anderen Ende des Rasens werden wir langsamer. Mit gestreckten Armen tasten wir uns voran, biegen die Zweige beiseite, die unsere Gesichter streifen. Mein Haar verfängt sich. Ungeduldig reiße ich mich los und trete Mimi auf die Fersen, die ohne Vorwarnung stehen geblieben ist. Vor uns kauern sich niedrige Holzbauten aneinander. Das Sklavenquartier.

»Seht Ihr die Hütte? Dort erwartet er Euch.«

Abgesehen von Schatten und noch mehr Schatten sehe ich rein gar nichts. Dafür weiß ich, wer mit er gemeint ist und stürme blindlings drauflos. In der Finsternis unter den vorstehenden Dächern pralle ich gegen einen großen Körper. Harte Arme umschließen mich.

»Ein Horde Wildschweine kann kaum lauter durchs Unterholz krachen.«

Das warme Timbre seiner Stimme jagt mir bis in den Magen. Sein Körper ist mir so vertraut wie mein eigener. Ich presse mich an ihn. Endlich! Auch wenn ich sein Gesicht in der Dunkelheit unter dem Dach nicht sehe, kann ich ihn wenigstens spüren.

»Du riechst gut«, murmelt er in mein Haar.

Er riecht nach dem Staub der Felder, dem Schweiß harter Arbeit und ein wenig nach dem Flusswasser, mit dem er sich beides von der Haut gespült hatte. Tief atme ich ein.

»Du auch.«

»Ich rieche höchstens nach totem Iltis.« Mit einem leisen Lachen findet er meinen Mund. Sein Kuss knallt rein wie eine Dosis Adrenalin direkt in den Herzmuskel. Viel zu lange musste ich ohne ihn auskommen. Er dreht sich mit mir, drückt mich an die Hüttenwand. Am Boden klirrt etwas. Eisen. Atemlos löse ich mich von seinen Lippen.

»Was war das?«

»Nichts. – Hast du dich bei deinem Sturz auf dem Feld verletzt? Hat Payne dir wehgetan? Ich hab gesehen, wie er deinen Arm packte.«

Ja, ich habe mich verletzt und ja, Payne fügt mir auf unterschiedliche Weise Schmerz zu, wobei mein geprellter Arm noch das geringste Übel ist. Aber das verschweige ich. Er macht sich schon genug Sorgen.

»Mit mir ist alles in Ordnung.«

»Gut.«

Ohne seine Umarmung zu lösen, lehnt er sich neben mich an die Wand. Und wieder klirrt es. Was zum Teufel ist das? Mit den nackten Zehen taste ich über den Boden und treffe auf Metall. Ehe Rhys mich darin hindern kann, bücke ich mich. Meine Finger schließen sich um massive Kettenglieder.

»Das darf nicht wahr sein!«

»Grace ...«

Abrupt richte ich mich auf. »Er hat dir Ketten angelegt. Wie einem Sklaven! Wieso hast du das zugelassen?«

»Die Aufseher haben ihre Gewehre auf mich gerichtet. Mir blieb nichts anderes übrig.«

Seine Ketten schnüren mir den Hals zu. Er hätte die Plantage verlassen sollen, als Payne es verlangte. Vor allem aber hätte er auf dem Feld die Nerven behalten und diesem Menschenschinder keine Drohung zurufen sollen.

»Wie willst du mit Ketten an den Füßen verschwinden?«

»Ich habe nicht vor zu verschwinden.«

»Du musst nach Cayonne. Mimi sagt, über die Berge dauert es etwa zwei Tage. Wer weiß, was Payne als nächstes einfällt. Er wird dich umbringen.«

»Das wagt er nicht.«

»Du kannst gar nicht wissen, was dieser Psychopath wagt oder nicht.«

»Psych-was?«

Obwohl er es nicht sehen kann, schüttle ich den Kopf. »Payne wird dich nicht verfolgen, schließlich will er dich loswerden. Du kannst in Cayonne ebenso gut auf Morgan warten wie hier.«

Er versteift sich. Muskeln treten an seinen Armen hervor. So hart wie seine Stimme.

»Ich gehe nicht ohne dich. Wenn ich das mache, glaubt er, ich hätte dich aufgegeben. Dann hält ihn nichts mehr davon ab, dich zu ... bedrängen.«

Bedrängen – ein nettes Synonym für Vergewaltigung. Ganz egal, ob Rhys bleibt oder geht, verhindern könnte er es nicht. Aber er würde davon erfahren und irgendeine Dummheit begehen. Ich hebe die Hand, berühre sein Gesicht und folge mit den Fingerspitzen dem Bogen seiner Braue, dem Schwung des Wangenknochens bis zum unrasierten Kinn. Zugegeben, die Vorstellung, ohne ihn auf der Plantage zu bleiben, jagt mir eine Höllenangst ein, doch es ist die einzige Möglichkeit.

»Ich kann mich selbst verteidigen«, behaupte ich. »Wenn er mir zu nah kommt, trete ich ihm zwischen die Beine oder ich stoße die Finger in seine Augen.«

»Payne wiegt mindestens dreimal so viel wie du, Grace. Du hast keine Chance gegen ihn. Selbst wenn du ihm in die Eier trittst, wird er wieder aufstehen. Und dann?«

Dann bringt er mich wahrscheinlich um. So wie er seine Elizabeth umgebracht hat. Auch darüber verliere ich kein Wort. Stumm lege ich die Wange an seine Brust. Unter dem groben Stoff seines Hemdkittels spüre ich seinen schnellen, harten Herzschlag. Es ist alles so verdammt vertrackt.

»Der alte Morley ist nicht mit Carter in See gestochen, sondern wartet derzeit in Cayonne auf Morgan, damit es keine weiteren Verzögerungen gibt«, sagt Rhys. »Spätestens in drei bis vier Wochen ist die Angelegenheit erledigt.«

Das könnte zu spät sein. In drei bis vier Wochen wird auffallen, dass ich meine Tage nicht bekomme. Mimi wird vermutlich den Mund über die fehlenden blutigen Tücher halten, aber es gibt andere, die es Payne stecken könnten. Wenn er von meiner Schwangerschaft erfährt … ich denke lieber nicht drüber nach, was er dann mit mir anstellt. Er ist verrückt genug, um mir das Kind herauszuschneiden zu wollen. Panik wallt in mir auf. Heiß wie ein Fieber.

Ich grabe die Zähne in die Unterlippe. Ich darf Rhys nichts von unserem Kind sagen. Es würde ihn bloß verrückt machen und ihn erst recht nicht dazu bringen, mich hierzulassen.

»Was ist, wenn Morgan gar nicht nach Tortuga kommt, sondern abdreht und woanders anlegt? Oder wenn er unterwegs Schiffbruch erleidet? In Cayonne gibt es bestimmt noch andere Männer, die du kennst und die dir helfen würden. Letztendlich ist es doch egal, wen du dafür bezahlst.«

Auch darauf hat er eine Antwort. »Falls Morgan ausbleibt, wird Morley sich mit Alexandre Exquemelin in Verbindung setzen und ihm mein Angebot unterbreiten. Es ist alles abgesprochen.«

»Ja, aber kannst du dich auch drauf verlassen?«

»Ich verlasse mich auf ihre Geldgier. Einige Wochen, länger müssen wir nicht durchhalten.« Er packt mich an den Schultern. »Keine leichtsinnigen Aktionen mehr wie letztens auf dem Feld, Grace. Solange wir hier sind, wirst du Payne nicht gegen dich aufbringen, verstanden? Du darfst ihm keine Angriffsfläche bieten. Sei freundlich, versuche, ihn hinzuhalten und verriegle deine Zimmertür. Du kannst sie doch verriegeln?«

»Sie ist sowieso immer von außen abgeschlossen.«

Zudem glaube ich nicht, dass Payne zum Äußersten geht, solange er noch hofft, es geht auch anders.

»Wollen wir hoffen, dass es so bleibt.« Ein fester Kuss trifft meine Schläfe. Dann lässt Rhys mich los und schiebt mich von sich. »Du musst zurück.« Schon? Schlagartig setzt meine Vernunft aus. Ich klammere mich an ihn.

»Lass uns fliehen, Rhys! Alle schlafen. Bis sie es merken, sind wir in den Bergen. Unterwegs werden wir deine Fußketten schon los.«

»Selbst ohne Ketten würden wir nicht weit kommen. Sie haben Bluthunde. Außerdem musst du auch an jene denken, die uns helfen. Mimi, Samson. Sollen sie unseretwegen ausgepeitscht werden und am Ende daran sterben? Willst du das?«

Natürlich nicht! Alles, was ich will, ist bei ihm bleiben. Er ist mein Mann, wir gehören zusammen. Ich will unser Dilemma wenigstens für einige Minuten vergessen. Und der einfachste Weg, zu vergessen ist … Ich finde das Hanfseil, das seine Hose auf den Hüften hält, und nestle am Knoten.

»Grace.« Er umfasst meine Hand. »Du musst gehen. Samson wartet unter den Bäumen auf dich.«

»Dann soll er noch etwas länger warten.«

Ich winde mein Handgelenk aus seinem Griff und löse den Knoten. Die weite Hose fällt um seine Fußknöchel. Als ich ihn umfasse, sinkt er mit einem scharfen Luftschnappen an die Wand in seinem Rücken. Heiß und hart liegt er in meiner Hand. Ich kann nicht länger warten, packe seinen Nacken, stoße mich vom Boden ab und schlinge die Beine um seine Hüften. Mit einem dumpfen Poltern schlagen meine Knie gegen die Holzwand.

Rhys hebt mich höher und schiebt das Becken vor. Für Zärtlichkeiten bleibt keine Zeit. Wir begnügen uns mit lautlosem, hastigem Sex. Trotzdem ist es fantastisch. Ich kralle die Finger in sein Haar und beiße mir auf die Unterlippe, während er mich mit tiefen Stößen nimmt. Es ist viel zu schnell vorbei.

Behutsam setzt er mich ab und küsst meinen Mundwinkel. »War ich zu grob?«

Seine atemlose Stimme klingt rau und scheint meine eigene Frustration widerzuspiegeln.

»Nein.«

Es war bloß nicht genug. Ich will mehr. Ich will in seinen Armen einschlafen und mit ihm in einem Bett aufwachen. Zum ersten Mal wird mir bewusst, wie zerbrechlich unsere Liebe ist, wie schnell Payne alles zerstören könnte.

»Geh jetzt, Grace.«

Ich kann den Abschied nicht länger aufschieben. Widerstrebend löse ich mich von ihm.

»Wann sehen wir uns wieder?«

»Sobald es möglich ist. – Denk dran, was ich dir gesagt habe. Provoziere ihn nicht. Sei vorsichtig mit dem, was du zu ihm sagst und wie du es sagst.«

Gemeinsam verlassen wir den Schatten unter dem Dach. Für einen Augenblick sehe ich ihn im Mondlicht. Groß und schlank und abgerissen wie ein Vagabund. Dann verliere ich die Wärme seiner Hand an meiner Taille und er verschmilzt wieder mit der Nacht. So schnell, als wäre er nie bei mir gewesen. Feuchtigkeit liegt auf meinen Wangen. Tränen. Ich hab gar nicht bemerkt, dass ich weine. Während ich sie mit dem Handrücken fortwische, gehe ich auf die Bäume zu.

»Wir müssen uns beeilen, Madam«, spricht mich plötzlich eine dunkle Stimme von der Seite an. »Es wird bald hell.«

Schweigend folge ich dem hünenhaften Schemen Samsons durch den kleinen Hain. Diesmal achte ich darauf, leise zu sein. Als wir über den Rasen rennen, beendet das fragende Zwitschern eines Vogels die dunkelsten Stunden der Nacht. Vor dem Hintereingang tritt Mimi ungeduldig von einem Fuß auf den anderen.

»Das hat zu lang gedauert«, zischt sie uns zu.

»Ist doch alles gutgegangen«, sagt Samson und schließt sie in die Arme.

Wortlos schlüpfe ich ins Haus und lasse den beiden einige wenige Minuten für sich. Jetzt weiß ich, weshalb sie uns helfen. Auch sie müssen sich heimlich davonstehlen, weil Payne ihrer Liebe keinen Raum gibt. Es ist so ungerecht, dass mein Hass auf ihn wie Gift durch meine Adern fließt. Für einen kurzen Augenblick ist es so stark, dass ich Angst vor mir selbst bekomme. Die Versuchung, direkt zu ihm zu schleichen und ihn unter einem Kissen zu ersticken, während er schläft, ist enorm verlockend und verdammt gefährlich. Ich darf nicht Amok laufen. Ich muss geduldig bleiben und ihn hinhalten. Ganz egal, wie lange es dauert und wie schwer es mir fällt.

Nachdem ich nun mit Mimi ein Geheimnis teile, vertraut sie mir am nächsten Tag, während sie mein Haar bürstet, noch ein anderes an: Payne holt sie regelmäßig in sein Bett, seit Miss Elizabeth verschwunden ist. Ich hab es gewusst. Na ja, zumindest geahnt. Bei seiner manischen Fixierung auf grüne Augen ist es nur logisch, dass er sich Mimi greift. Eine Sklavin, eine Frau, die keine Rechte hat und sich nicht wehren darf. Dieses miese Dreckschwein!

»Und seit ich hier bin?«

»Nein, Madam. Jetzt spricht er nur noch davon, Euch zu heiraten. Seine Elizabeth.«

Immerhin etwas. Allerdings frage ich mich, wann er dazu übergehen wird, mich anstelle von Mimi zu missbrauchen. Plötzlich wird mir alles zu eng, dieses Zimmer, mein Kopf, meine Haut.

Fest reibe ich über meine Wangen.

»Master Corey ist zum neuen Sägewerk aufgebrochen. Das dauert immer ziemlich lange«, sagt Mimi im Plauderton, legt die Bürste beiseite und bindet mein Haar zu einem losen Zopf im Nacken. »Vielleicht möchtet Ihr mich in die Küche begleiten.«

Was soll ich in der Küche? Andererseits ist alles besser im Vergleich zu einem weiteren Tag in diesen vier Wänden. Immerzu denke ich an Elizabeth und was ihr zugestoßen sein könnte. Und was mir alles zustoßen kann, während wir auf Morgan warten.

»Gern«, sage ich daher und stehe auf.

Die Küche liegt in einem Nebengebäude, damit ein außer Kontrolle geratendes Herdfeuer nicht auf das Haus überspringen kann. Zwei Mädchen von höchstens zwölf Jahren schnippeln an einem Arbeitstisch Gemüse und sehen auf, als wir durch die offene Tür treten. Die Köchin rührt am Herd in einem großen Topf, aus dem ein würziger Duft aufsteigt. Eintopf, tippe ich. Von der Köchin weiß ich zwei Dinge: Sie heißt Portia und ist Samsons Mutter. Auf letzteres wäre ich nie gekommen. Wie diese kleine Frau einen so großen, muskulösen Sohn in die Welt setzen kann, ist mir ein Rätsel. Dazu ist sie so dürr wie ein Hungerhaken.

»Setzt Euch doch, Madam«, sagt Mimi.

Ich gleite auf eine Holzbank hinter dem Arbeitstisch und lächle die Mädchen an, die mich anglotzen, als wäre ich eine Außerirdische, und ihr Gemüse darüber vergessen. Offensichtlich kreuzte noch nie eine weiße Frau bei ihnen in der Küche auf. Niemand sagt etwas. Einzig der Eintopf blubbert leise vor sich hin.

»Wollt ihr etwa im Stehen schlafen?«

Die Mädchen zucken unter dem herrischen Tonfall der Köchin zusammen und schnippeln eifrig drauflos. Mit dem Kochlöffel in der Hand kommt Portia auf mich zu.

»Meine Speisen schmecken Euch, nicht wahr?«

Selbst wenn nicht, hätte ich es nicht gewagt, zu mäkeln, solange sie den Kochlöffel in der Hand hält. So klein und mager sie ist, ich traue ihr zu, dass sie ihn mir bei der geringsten Kritik an ihrer Kochkunst überzieht.

»Ich habe selten besser gegessen.«

»Und Ihr habt einen guten Appetit. Die meisten weißen Frauen verlieren ihn unter unserer Sonne.« Sie nickt, wobei die Zipfel ihres Kopftuchs über der Stirn wippen. Die nächsten Worte scheinen weniger an mich als an ihre Küchenmädchen und Mimi gerichtet zu sein. »Weiße Frauen sind empfindlich. Wie die Fliegen sterben sie im Kindbett, weil sie den Schmerz nicht ertragen.«

Was will sie damit andeuten? Sie kann von meiner Schwangerschaft nichts wissen. Es ist noch nichts zu sehen und ich bin noch nicht lange genug hier, dass das Ausbleiben meiner Tage auffallen könnte. Nachdem sie mir einen abwägenden Blick zuwirft, kehrt sie zu ihrem Topf zurück und setzt kurz darauf eine Holzschale vor mir ab.

»Esst, Madam. Ihr habt zu wenig Fleisch auf Euren weißen Knochen.«

»Ich könnte wetten, deine Knochen sind ebenso weiß wie meine«, kontere ich, nehme den Löffel auf und probiere den Eintopf. »Hm, der ist gut.«

Grinsend verschränkt sie die Arme vor der mageren Brust. »Mimi hat recht, ihr seid anders als die anderen. Angeblich kommt Ihr aus einer großen Stadt am anderen Ende der Welt.«

Was heißt denn angeblich? Ach so, verstehe.

»Ich bin nicht Miss Elizabeth.«

»Das wissen wir alle. Was wir nicht wissen, ist, woher Ihr kommt, Madam.«

»Aus London in England. Ich habe mein ganzes Leben dort verbracht, bis ich … das Schiff bestieg, das mich und meinen Mann nach Barbados bringen sollte.«

»Aha.«

Sie scheint mit meiner Antwort nicht zufrieden. Was erwartet sie denn, das ich sage? Ich komme aus der Zukunft und bin dummerweise durch die Zeit gefallen. Klar, das werde ich ihr gerade auf die Nase binden. Den Umgang mit Geisteskranken sind sie hier schließlich gewohnt.

»Ich frage mich, und mein Sohn fragt es sich auch, was Ihr wohl alles sehen könnt, Madam.«

Dazu fällt mir sofort was ein. Ich sehe, dass ich in einer Scheißsituation stecke, aus der ich keinen Ausweg weiß. Außerdem sehe ich, wie Mimi und Portia verstohlene Blicke wechseln. Anscheinend erwarten sie etwas von mir, doch ich habe keinen blassen Schimmer, was. Sorgfältig kratze ich die Schale aus, schiebe sie von mir und lege den Löffel hinein.

»Ich verstehe nicht, was du meinst, Portia.«

Sie deutet auf mein Amulett. »Voodoo.«

Ich trage es ganz offen, weil Payne es übersieht, wie alles, was er nicht wahrhaben will. Jetzt lege ich die Hand darüber. Ob keltische Magie oder Voodoo, ich habe nicht vor, mit der Wahrheit herauszurücken. Der einzige, dem ich sie eines Tages beichten werde, ist Rhys. Vielleicht. Falls es sich zufällig ergibt.

»Das ist bloß ein Schmuckstü...«

Plötzlich schlittert ein kleiner Junge über die Schwelle, schlägt dabei fast der Länge nach hin und schreit uns an.

»Sie wollen ihn an den Mast binden! Sie wollen den Drachen auspeitschen!«

Ich hätte nicht gewusst, wen er meint, hätte Mimi nicht die Hand vor den Mund geschlagen und mich darüber hinweg entsetzt angesehen. Im Aufspringen fege ich die Holzschale vom Tisch. Portia stellt sich mir in den Weg. Ich stoße die winzige Köchin beiseite, schlage einen Haken um Mimi und den Jungen und stürme aus der Küche.

»Nein, Madam!«

Doch! Ich renne, so schnell ich kann, auf das Sklavenquartier zu. Staub fliegt unter meinen Füßen auf. Hinter mir höre ich Mimi nach mir rufen. Am Rand der Hütten sprinte ich durch eine schmale Lücke, springe über einen zerbeulten Eimer und erreiche einen Platz, in dessen Mitte die Überreste eines Lagerfeuers liegen. Suchend blicke ich mich um. Wo ist dieser verdammte Mast?

»Madam, bitte kommt zurück!«

Mimi holt auf. Kurzentschlossen renne ich über den Platz und gehe zwischen den Hütten gegenüber in Deckung. Dort höre ich die ersten Flüche und eile darauf zu.

Sie haben sich im Schatten eines Brotfruchtbaums versammelt. Etwa einhundert Sklaven, Männer, Frauen und Kinder, die mir im Weg stehen. Widerwillig machen sie meinen ausgefahrenen Ellbogen Platz. In vorderster Front bleibe ich wie festgenagelt stehen. Vor mir ragt das Stück eines Schiffsmasts aus der Erde, das Holz schwarz und glänzend, als wäre es über die Jahre von unzähligen Händen poliert worden. Am oberen Ende hängen Ledermanschetten an kurzen Ketten herab.

Doch es ist nicht der Mast, der die Umstehenden fasziniert, sondern die Schlägerei, die davor stattfindet. Ein Aufseher hat Rhys von hinten an den Armen gepackt, ein anderer schwankt auf einem Holzbein auf ihn zu. Ich bin gerade zum richtigen Zeitpunkt eingetroffen, um mitzubekommen, wie Rhys sich vom Boden abstößt, seinen Hintermann als Stütze nutzt und die angewinkelten Beine vorschnellen lässt. Die Fußketten klirren. Sein Tritt trifft das Holzbein mit voller Wucht vor die Brust. Alle drei werden von seinem Schwung umgerissen. So staubig, wie sie sind, passiert das nicht zum ersten Mal, seit sie angefangen haben.

Ein dritter Aufseher mischt sich ein. Rhys rollt sich von seinem Hintermann, rammt ihm dabei den Ellbogen in den Magen und holt mit einem weiteren Tritt, diesmal gegen das Knie, den Neuankömmling von den Füßen. Dann schnellt er auf und bleibt mit geballten Fäusten zwischen den im Dreck liegenden Aufsehern stehen.

Den Männern unter den Sklaven gefällt es. Sie stoßen sich mit funkelnden Augen in die Rippen und feixen. Vermutlich über den Mann mit dem Holzbein, der sitzen bleibt und sich die Brust reibt, während die anderen beiden aufstehen und sich mit lautem Gebrüll auf meinen Mann stürzen. Anstatt auszuweichen, wirft er sich ihnen entgegen. Es geht zu schnell, um zu erkennen, was genau passiert, doch kaum fallen sie in einem Gewirr aus Armen und Beinen wieder zu Boden, rollt sich der eine Aufseher mit einem Aufschrei aus der Gefahrenzone, krümmt sich zusammen und presst die Hände zwischen seine Beine. In einem Wirbel aus feinem Sand kommt Rhys auf die Füße, reißt den verbliebenen Aufseher am Kragen mit sich in die Höhe und setzt zu einem Faustschlag in dessen verzerrtes Gesicht an.

»Halt! Lass den Mann los oder ich knall sie ab, Tyler.«

Keine Ahnung, ob Payne schon die ganze Zeit anwesend war oder soeben erst eingetroffen ist. Jetzt macht dieser sprechende Kackhaufen jedenfalls das Einzige, was er kann: Er bedroht mich mit einer Pistole. Das Metall der Mündung drückt kühl an meine Schläfe. Seltsamerweise lässt es mich kalt. Dabei gibt es einiges, was ich fürchte. Schlechte Nachrichten, Todesanzeigen, den Verlust jener, die ich liebe, die Einsamkeit, die darauf folgt. Sterben gehört nicht dazu, dazu war ich zu lange lebensmüde.

Ein Schuss durch den Kopf geht schneller als ein Absturz, so viel ist sicher. Die Kugel wird mit der Geschwindigkeit eines Gedankens einen Tunnel durch mein Hirn bohren, und bevor ich weiß, was passiert ist, ist es auch schon vorbei. Rhys sieht das anders. Er lässt sofort von seinem Opfer ab und hebt die Hände. In seinen Augen flackert zum ersten Mal blanke Furcht.

»Mach dir keine Sorgen, Rhys. Es ist alles gut.«

Es sind die Worte, die er mehrfach zu mir sagte, doch bei ihm wirken sie absolut nicht. Unter seiner Bräune ist er blass. Ohne auf mich zu achten, bleibt er auf Payne fixiert.

»Macht keinen Blödsinn, Payne. Ich habe den Mann losgelassen, es gibt keinen Grund, länger die Waffe auf sie zu richten.«

»An den Mast, Tyler.« Der Pistolenhahn klickt. Dann brüllt Payne mir ins Ohr. »Stell dich an den verdammten Mast.«

»Nein, Rhys!« Die Pistole drückt fester an meine Schläfe, aber das ist mir schnurz. »Er wird nicht schießen, sonst hätte er es schon getan.«

Obwohl es um mich geht, werde ich von allen übergangen. Ohne mich auch nur anzusehen, dreht Rhys sich um und geht zum Mast. Unaufgefordert hebt er die Arme und lässt sich von einem Aufseher die Ledermanschetten anlegen. Payne steckt die Pistole ein und stiefelt auf den Mast zu, wo er Rhys' zerschlissenen Kittel mit einem harten Ruck vom Kragen bis zum Saum aufreißt. Seine sich überschlagende Stimme übertönt das Reißen der Fasern.

»Ein einzelner Mann, unbewaffnet und in Fußketten, poliert euch die Fressen. Wie dämlich seid ihr eigentlich? Bewegt euch. Holt die Neunschwänzige.«

Das Holzbein schlägt fast einen dreifachen Salto, um dem Befehl nachzukommen, und holt die Peitsche. Neun Lederriemen hängen von einem kurzen Griff. In den Spitzen sitzen Knoten. Die neunschwänzige Katze. Mein Herz setzt einen Schlag aus. Das können sie nicht machen. Wieso unternimmt niemand etwas? Ich sehe in die Runde. Die Feldsklaven sind kräftige Männer, aber sie stehen bloß mit hängenden Armen herum und sehen zu. Niemand wird Rhys helfen.

»Ihr könnt ihn nicht auspeitschen!«, hebe ich die Stimme. »Er ist der Earl of Stentham. Der König wird dieses Unrecht vergelten.«

»Fang an!«, befiehlt Payne dem Holzbein.

Rhys umfasst die kurzen Ketten und senkt den Kopf. Sein kinnlanges Haar fällt nach vorne und bedeckt sein Gesicht. Nein! Ich mache einen Schritt nach vorne, als eine schwere Hand auf meiner Schulter landet und mich festhält.

»Ihr macht es nur noch schlimmer«, sagt eine düstere, tiefe Stimme.

»Hört auf Samson«, wispert Mimi, die plötzlich neben mir steht.

Gleichzeitig sirren die Peitschenstränge durch die Luft und klatschen auf den nackten Rücken meines Mannes. Das Geräusch zerfetzt mein Herz. Kurz wird mir schwindlig und ich muss mich auf Mimi stützen.

»Wie viele Schläge?«

»Zwanzig«, antwortet Samson.

Während das Holzbein ausholt und zuschlägt, zählt ein anderer mit. Rhys erduldet die Schläge, ohne sich zu rühren, ohne einen Laut von sich zu geben. Einzig die Muskeln in seinen Armen zucken bei jedem Hieb. Auf seinen Unterarmen springen die eintätowierten Drachen hervor, so hart umklammert er die Ketten. Schweiß bildet sich auf seinem Rücken, lässt die blutroten Striemen auf gebräunter Haut glänzen. Dann sehe ich die ersten Blutstropfen.

Mein Gesicht wird taub. Ich stehe in brütender Mittagshitze und friere. Ich ertrage das nicht! Ich will es nicht länger ertragen. Da Samson mich noch immer eisern festhält, sinke ich schwer gegen ihn, knicke mit den Beinen ein und flattere mit den Lidern.

»Madam?«, sagt Mimi alarmiert. »Sie wird ohnmächtig, Samson.«

Als Samsons Eisengriff an meiner Schulter kurz nachlässt, spanne ich mich an und schnelle vor. Für einen Moment scheine ich die Bodenhaftung zu verlieren und zu fliegen. Weder Payne noch die Aufseher sehen mich heranrasen. Niemand aus den Reihen der Sklaven hält mich auf. Holzbein ist höchstens noch drei Schritte von mir entfernt. Ein Peitschenstrang trifft meinen Unterarm. Obwohl die neunschwänzige Katze mich nur streift, brennt sie sich durch den Stoff meines Kleides in meine Haut und lässt mich ahnen, was Rhys ertragen muss.

Meine Wut gibt mir zusätzlichen Schub. Ich springe Holzbein auf den Rücken, umklammere mit einem Arm seinen Hals, zerre mit der freien Hand an seinem Haar und kreische ihm ins Ohr. Er dreht sich ruckartig von einer Seite auf die andere, um mich abzuschütteln, aber er wird mich nicht los. Ich bin eine erfahrene Reiterin, ob Pferd oder Mann, wer einmal zwischen meinen Schenkeln klemmt, wirft mich so leicht nicht wieder ab. Mein Haar löst sich, fliegt um unsere Köpfe und nimmt ihm die Sicht, während er sich dreht. Als ich Holzbein die Fingernägel durchs Gesicht ziehe, kreischt er mit mir.

Unser Duett wird jäh unterbrochen. Riesige Pranken reißen mich von seinem Rücken. Diesmal fliege ich wirklich ein kleines Stück durch die Luft, ehe ich auf den Steiß knalle. Der Schmerz ist unbeschreiblich. Er rast durch mein Rückgrat bis in den hintersten Winkel meines Hirns und blendet alles andere aus. Ich kann nicht denken, kann nicht atmen, kann rein gar nichts mehr. Eine raue Stimme schreit meinen Namen. Sie kommt mir bekannt vor. Ein Schatten fällt über mich und mein System fährt wieder hoch. Rasend vor Zorn komme ich auf ein Knie und packe Payne am Bein, bevor ich seitlich wegkippen kann.

»Du verdammter Dreckskerl! Du perverses, niederträchtiges Arsch…!«

Weiter komme ich nicht. Payne schlägt zu. Diesmal mit der Faust. Meine Zähne krachen aufeinander, mein Kopf schleudert in den Nacken. Ich kippe nach hinten und bleibe flach wie eine Flunder am Boden liegen. Mein Hirn scheint in meinem Schädel hin und her zu schwappen. Alles dreht sich. Instinktiv fahre ich mit der Zunge an meinen Zähnen entlang. Keiner sitzt locker, aber dieses Glück werde ich nicht auf Dauer haben.

Payne hat seine Grenzen längst überschritten. Er wird in immer kürzeren Abständen auf mich einschlagen, mit der flachen Hand, mit der Faust, mit einem Gegenstand. Beim geringsten Anlass wird er auf mich einprügeln und irgendwann schlägt er mir den Schädel ein. Trotzdem richte ich mich wieder auf. Payne beachtet mich nicht mehr, die Sklaven stehen immer noch herum wie dunkle Salzsäulen und Rhys stemmt sich gegen den Mast, traktiert Payne mit Flüchen und droht ihm mit dem Tod. Er gebärdet sich wie ein Wilder. Immer wieder wirft er sich zurück. Sein Haar fliegt auf, seine Muskulatur tritt am ganzen Körper hervor. Der Mast vibriert, doch weder die Ketten noch die Lederschlaufen geben nach.

»Verdammt will ich sein, wenn ich dich nicht kleinkriege!«

Payne reißt dem Holzbein die Peitsche aus der Hand und schlägt zu. Schon unter dem ersten Hieb bäumt Rhys sich auf. Ein erstickter

Laut schießt über seine Lippen. Dann presst er seinen Körper eng an das dunkle Holz, lässt die Ketten los und schlingt die Arme um den Mast.

»Na bitte. Hast du's jetzt endlich verstanden?«

Rhys erwartet still den nächsten Schlag. Payne lässt sich Zeit damit, sammelt seine Kraft und wirft sein ganzes fettes Gewicht in den nächsten Peitschenhieb. Luft schießt hörbar aus den Lungen meines Mannes. Mit systematischer Brutalität trifft die Peitsche auf dieselbe Stelle, und bei jedem Hieb, stellt Payne dieselbe Frage: »Hast du's jetzt endlich verstanden?«

Rhys ist jenseits jeglichen Verstehens. Er verschmilzt mit dem Mast. Ich kann diese Folter noch immer beenden. Ich kann es. Ich werde Paynes Eier packen und zerquetschen. Dazu muss ich nicht mal aufstehen. Auf Händen und Knien will ich auf ihn zukriechen, als Mimi mich umarmt und mein Gesicht an ihre Brust drückt.

»Nicht, Madam. Seht weg, bitte, seht weg.«

Ich will nicht wegsehen, sondern schiele an ihrer Hand auf meiner Wange vorbei zum Mast. Ich werde mir alles merken. Das Blut auf dem Rücken meines Mannes. Die Schauder, die durch ihn hindurchjagen. Seinen abgehackten Atem. Wie er darum kämpft, nicht zu schreien. Das angestrengte Schnaufen von Payne. Nichts davon werde ich vergessen, geschweige denn vergeben.

Endlich senkt Payne den Arm. »Wie viele waren das?«

»Siebenundzwanzig, Sir.«

»Nehmt ihn ab.«

Ein Seufzen weht durch die Reihen der Sklaven. Zwei von ihnen treten vor, darunter Samson, und warten, bis die Aufseher die Manschetten öffnen. Rhys sackt zusammen. Es ist Samson, der ihn auffängt und einen schlaffen Arm über seine Schulter legt. Zwischen den beiden Sklaven setzt Rhys einen unsicheren Schritt vor den anderen. Der Kreis der Umstehenden öffnet sich vor ihm. Von der ältesten Frau mit grauem Haar bis zum kleinsten Knirps, sind die Gesichter der Sklaven zu ausdruckslosen Masken gefroren.

Mimi hilft mir auf, doch ehe ich Rhys folgen kann, packt Payne mich im Nacken und stößt mich auf die Aufseher zu.

»Ins Loch mit ihr. Dort kann sie über ihren Starrsinn brüten.«

# Sechs

Auf einem Brett an zwei Seilen versenken sie mich in einem trockengelegten Brunnenschacht – das sogenannte Loch. Das Sonnenlicht reicht nicht bis zum Grund. Es ist unangenehm klamm hier unten. Mit den Füßen im Schlamm sehe ich der provisorischen Schaukel nach, die von den Aufsehern wieder hinaufgezogen wird. Das Gitter, das sie vom Brunnenloch gehoben haben, legen sie nicht wieder auf. Weshalb auch? Der Ausstieg liegt mindestens sechzehn Fuß über mir, könnte sich also ebenso gut auf dem Mond befinden.

Nachdem ich vorsichtig meinen pochenden Kiefer betastet habe, greife ich Paynes Vorschlag auf und brüte. Allerdings nicht über meinen Starrsinn, sondern über Rhys und seinen zerschlagenen Rücken. Und über mich. Seit dem Absturz meiner Familie scheint das Unglück an mir zu kleben. Ständig kommt mir etwas in die Quere, und zwar so zuverlässig, als handle es sich um ein physikalisches Gesetz. Allein dieser Sturz durch die Zeit. Ich meine, wem stößt so etwas eigentlich zu – außer mir? Sicher gibt es Menschen, die spurlos verschwinden, aber ob sie deswegen gleich bei Piraten oder einem Corey Payne landen oder in einem Brunnenschacht, wage ich dann doch zu bezweifeln.

In einem Impuls will ich gegen die Steinwand treten, unterlasse es aber im letzten Moment. So wie es derzeit läuft, breche ich mir höchstens den Fuß. Ich begnüge mich damit, ihn an die Wand gegenüber zu stemmen und mit dem Bein zu wippen, bis mir auffällt, dass mein Knie angewinkelt bleibt. Der Schacht ist ziemlich eng. Prüfend sehe ich an den von Rostringen gezeichneten Steinen nach oben. Es könnte klappen.

Zum besseren Halt streife ich die Schuhe ab, presse den Rücken an die Wand, drücke zusätzlich die Arme seitlich in die Rundung des Schachts und setze den zweiten Fuß neben den ersten. Bequem geht anders, aber einen Versuch ist es wert. Immerhin gehörte ich zu den jüngsten Dressurreiterinnen Englands. Grace Rivers, das Wunderkind. Ich sahnte jede Menge Pokale ab. Zu meinen besten Zeiten war ich durchtrainiert wie eine Ballerina. Und als solche sah ich mich auch. Ich tanzte mit meinem Pferd für Jury und Zuschauer. Obwohl mein letztes Turnier über zwei Jahre zurückliegt, sind Beine und Rücken noch immer kräftig genug, mich an den Brunnenwänden zu halten. Und jetzt los!

Ich ziehe Rock und Unterrock über die Knie, spanne den Po an und schiebe den Rücken höher. Dann tripple ich mit den Füßen nach. Stück um Stück arbeite ich mich auf diese Weise nach oben. Es geht langsam, jede Schnecke könnte mich überholen, und nach einer Weile ist es sehr viel anstrengender, als ich vermutete. Steinkanten kratzen über meinen Rücken, Schweiß kitzelt auf meiner Stirn und mein Korsett würgt mich ab. Wenn ich hier rauskomme, werde ich nie wieder eines tragen.

Auf halber Höhe lege ich eine Pause ein und sehe an meinem herabhängenden Rock vorbei nach unten. Großer Gott, ist das tief. Sollte ich abrutschen und fallen, war es das mit Grace, dem Wunderkind. Es ist besser, den Blick nach oben zu richten. Zum Sonnenlicht. Nur noch ein kleines Stück und es wird auf meinem Gesicht zu spüren sein. Davon angespornt, schiebe ich mich weiter. Höher und höher. Als mir die Sonne auf die Stirn brennt, bleibt mein Kleid im Rücken an einer spitzen Kante hängen. Verflixt, wieso geht bei mir nicht wenigstens einmal etwas glatt?

Schnaufend rucke ich nach links und rechts, rutsche mit einem Fuß ab und kann mich im letzten Moment halten. Verdammt, verdammt, verdammt! Ich muss nach oben. Obwohl die Schmerzen in meinem Kiefer davon stärker werden, beiße ich die Zähne zusammen und schiebe gegen den Widerstand an. Mein Ausschnitt wird nach oben gezogen, der Stoff schnürt sich immer enger um meine Brust, knirscht in meinem Rücken – und reißt. Endlich!

Jetzt muss ich mich beeilen, denn lange kann ich mich nach dieser Aktion nicht mehr halten. Meine Beine sind weich wie Gelee und zittern. Mich auf den Brunnenrand fixierend, meistere ich die letzten Schritte und halte nassgeschwitzt inne. Es fehlt noch, dass die Aufseher mich beim Ausstieg erwischen und direkt wieder im Loch versenken. Außer meinem Keuchen höre ich jedoch nichts. Sie sind gegangen.

Mit letzter Kraft schiebe ich mich über den Rand, stütze die Ellbogen auf, strecke die Beine und lege die Fersen auf der anderen Seite ab. Und jetzt? Ich hänge immer noch über dem Loch. Der feste Boden ist zum Greifen nah und gleichzeitig unerreichbar. Versuchsweise rutsche ich zur Seite. So wird das nichts. Scheißdreck! Mit diesem stummen Fluch riskiere ich alles, drücke mich mit Ellbogen und Fersen ab und werfe mich zur Seite. Zu meiner eigenen Überraschung stürze ich nicht ab, sondern lande im Staub neben dem Brunnenrand.

Mein Atem rasselt, meine Beinmuskeln zittern und mein Rückgrat wird vermutlich bei der geringsten Bewegung zerbröseln. Trotzdem kann ich nicht wie ein ausgewrungener Putzlappen im Sonnenschein liegen bleiben. Ich muss verschwinden, bevor ich entdeckt werde. Schwankend kämpfe ich mich auf die Füße und humple auf das Sklavenquartier zu.

Auf dem Platz neben den Überresten des Lagerfeuers bleibe ich stehen. In einer der niedrigen Holzhütten finde ich Rhys, doch in welcher? Gerade weil Privatsphäre im Wortschatz eines Sklaven nicht vorkommt, zögere ich, die fadenscheinigen Tücher vor den Eingängen zu heben und ihre Behausungen zu inspizieren. Schließlich sind sie das einzige Heim, das sie kennen. Rufen will ich auch nicht, wer weiß, wer mich hört.

Unschlüssig betrachte ich meine schmutzigen Hände. Die schwarzen Ränder unter meinen Fingernägeln erscheinen mir wie schlechte Vorboten. Was, wenn Rhys mich überhaupt nicht sehen will? Allzu lange kennen wir uns noch nicht. Unsere Liebe ist ein zartes Pflänzchen und diese sterben beim ersten Frost. Meinetwegen griff Payne zur Peitsche und schlug mit brachialer Gewalt auf ihn ein. Wäre ich an seiner Stelle, könnte ich ihm das verzeihen?

Während ich noch mit einer Antwort ringe, wird das Tuch an der Hütte rechts von mir zurückgeschlagen. Mit vorgestülpter Unterlippe mustert mich Portia von oben bis unten. So lang, bis mir meine Gewissensbisse über den Kopf wachsen.

»Darf ich ihn sehen?«, presse ich kleinlaut hervor.

Stumm gibt sie mir den Weg in die Hütte frei.

Es gibt keine Fenster. Drei schmale Pritschen stehen an den Seitenwänden im Dämmerlicht, das durch den offenen Eingang fällt.

In der Luft hängt ein beißender Kräutergeruch. Rhys sitzt auf der Pritsche an der Rückwand, einen Becher in der Hand, und sieht mir mit leicht geweiteten Augen entgegen.

»Was ist mit dir passiert?«

Er klingt so unendlich müde. Eigentlich wollte ich mich neben ihn setzen, doch so weit komme ich nicht. Ich falle vor ihm auf die Knie und lege die Wange auf seinen Oberschenkel. Er streichelt über meinen Kopf, krault sacht durch mein Haar, tröstet mich. Dabei bin ich gekommen, um ihn zu trösten. Er wurde ausgepeitscht und gedemütigt. Nicht ich.

»Grace, was hat er mit dir gemacht?«

»Ich bin aus einem Brunnen geklettert.«

Mehr sage ich dazu nicht. Portia beugt sich über mich, zieht den Riss im Rücken meines Kleides auseinander. »Sie hat sich die Haut aufgeschürft.«

Ja, und es ätzt wie Salzsäure.

Rhys richtet mich auf und hält mir seinen Becher hin. »Trink das. Es lindert den Schmerz.«

»Das ist für Euch, Drache«, sagt Portia. »Eure Schmerzen sind größer. Trinkt aus.«

Obwohl sie ihn Drache nennt, wohl wegen seiner Tätowierungen, wagt selbst er nicht, Portia zu widersprechen. Gehorsam setzt er den Becher an die Lippen, trinkt aus und reicht ihn der Köchin zurück.

»Jetzt legt Euch hin«, befiehlt sie.

Er streckt sich auf dem Bauch aus, verschränkt die Arme unter dem Kopf und lächelt mir zu. Völlig zugedröhnt. Was immer sie ihm gegeben hat, wirkt wie ein Holzhammer. Es kostet Überwindung, seinen Rücken zu betrachten, aber ich bin es ihm schuldig und letztendlich ist es halb so schlimm. Eine grüne Paste bedeckt dick die Wunden. Trotzdem sind die Striemen natürlich immer noch da und werden vermutlich immer bleiben. Weiße Narben in gebräunter Haut. Ich drücke die Lippen auf seinen Oberarm und dränge die Tränen zurück. Ich werde nicht weinen. Nicht hier. Nicht vor ihm.

»Verzeih mir.«

»Was soll ich dir verzeihen?«, fragt er mit schwerer Zunge.

»Es ist meine Schuld.«

»Nein. Früher oder später wäre es ohnehin passiert.« Er blinzelt müde. »Du siehst furchtbar aus.«

Bestimmt nur halb so furchtbar, wie ich mich fühle. Ich habe ihm das eingebrockt. Ohne mich wäre er nie hier gelandet und falls doch, wäre er längst wieder fort. Er hebt die Hand. Seine Fingerspitzen berühren meinen Kiefer. Wahrscheinlich schillert er in allen Farben zwischen Hellblau und Dunkelviolett.

»Nur ein Feigling schlägt eine Frau, die so viel Mut zeigt.« Sein Verhalten bricht mir auf subtile Weise das Herz. Ich senke den Kopf. Tränen fallen auf seinen Unterarm. »Nicht weinen. Es ist alles gut ... alles ...«

Mitten im Satz schläft er ein. Endlich kann ich losheulen, doch Portia lässt mich nicht.

»Hört auf zu weinen, Madam. Das nützt ja doch nichts.«

»Es ist meine Schuld. Wenn er stirbt ...«

»Er stirbt nicht und es ist auch nicht Eure Schuld. Master Corey wartet seit Tagen darauf, es ihm heimzuzahlen. Die Aufseher wurden angewiesen, ihn bei der kleinsten Verfehlung auszupeitschen. Als Tommy sich heute auf dem Feld die Machete in den Fuß schlug, war's soweit. Der Drache hat die Arbeit niedergelegt, um Tommy zu helfen, und dafür wurde er bestraft.« Sie schnalzt mit der Zunge. »Und jetzt steht auf. Ihr müsst zurück ins Haus.«

»Wenn du glaubst, ich setze noch einmal freiwillig einen Fuß in das Haus dieses Geisteskranken, hast du dich gewaltig geschnitten. Ich bleibe hier. Rhys braucht mich.«

»Ja, alle konnten sehen, wie sehr er Euch gebraucht hat, draußen am Mast.« Sie wirft den Kopf zurück. »Ihr bringt ihm Ärger und noch mehr Ärger, Madam. Auf dieser Plantage ist Master Corey das Gesetz. Ihr habt gesehen, was passiert, wenn Ihr dieses Gesetz brecht.«

Ja genau, reibe es mir gründlich unter die Nase. Es schadet nie, noch einmal nachzutreten. Nur für den Fall, dass ich mir keine Vorwürfe mache. Dummerweise hat sie recht. Ich muss gehen und Rhys allein lassen. Sein Gesicht ist im Schlaf gelöst. Er wirkt so verdammt jung. Er ist jung und hätte sowas nicht erleben sollen. Eine tiefschwarze Haarsträhne klebt feucht an seiner Wange. Sanft streiche ich sie hinter sein Ohr.

»Ich kümmere mich um ihn«, verspricht Portia. »Vertraut mir, ich bin eine erfahrene Mambo.«

Was immer das heißt. Ich gehe in die Hocke. »Lass mich noch ein wenig bleiben. Bis zum Abend. Sie glauben alle, ich sitze im Brunnen. Niemand wird mich vermissen.«

»Also gut, aber Ihr müsst gehen, bevor sie von den Feldern zurückkehren und Euch hier sehen.«

Sie, das sind nicht nur die Sklaven, sondern vor allem der miese Abschaum, der sich Aufseher nennt.

»Mach ich.«

»Hier, trinkt etwas Wasser.« Sie drückt mir einen Becher in die Hand. »Dort steht ein Krug, wenn Ihr noch mehr wollt. Ich muss zurück in die Küche.«

Bis zum Abend sitze ich neben Rhys und sehe ihm beim Schlafen zu. Die meiste Zeit denke ich gar nichts, und wenn ich denke, will sich mein Leichtsinn durchsetzen. Wie kann ich es Payne heimzahlen? Wie bekomme ich diesen Mann und seine Gewaltbereitschaft unter Kontrolle? Wie lässt sich Irrsinn steuern? Gibt es irgendein Beruhigungsmittel, das ich ihm heimlich einflößen kann? Oder ein Gift, das alle Probleme auf einen Schlag löst? Wie lange halte ich noch durch? Wie schlimm kann es noch werden?

Als sich lange Schatten über das Sklavenquartier legen, drücke ich Rhys einen Kuss auf die Schläfe und lasse ihn allein. Niemand sieht mich, niemand begegnet mir auf dem Weg zum Haus. Friedlich steht es mitten auf dem gestutzten Rasen, umgeben von blühenden Büschen. Als ich hier eintraf, hielt ich es für ein Paradies, doch es ist die Hölle, in die ich nun eintrete.

Meine Füße und der Saum meines Rocks hinterlassen schmutzige Schleifspuren auf den Dielen. Mit der Anmut eines Zombies schleppe ich mich die Treppe hinauf. Bei jedem Schritt jammern die Stufen knarzend auf. Oben angekommen erwartet mich eine Überraschung – oder auch umgekehrt. Corey Payne steht in den blauen Schatten des Ganges, bleich wie ein abgenagter Knochen.

Offensichtlich hat in den vergangenen Stunden niemand einen Blick ins Brunnenloch geworfen, und es sieht auch ganz danach aus, als habe er vorgehabt, mich die ganze Nacht darin schmoren zu lassen.

Jedenfalls hat er nicht mit mir gerechnet. Stumm starrt er mich an. Ich weiß nicht, was er in mir sieht. Vielleicht Elizabeth. Die echte Elizabeth, wie er sie zuletzt gesehen hat, das Gesicht gezeichnet von seinen Schlägen und über und über mit der Erde des Grabes bedeckt, in das er sie vermutlich legte, nachdem er sie totschlug. Wie auch immer, in seinem kranken Geist hat sich soeben ein Hebel umgelegt. Jetzt muss ich nur noch dafür sorgen, dass dieser Hebel einrastet.

Ich knicke den Kopf zur Seite und verziehe den Mund zu einem grimassenhaften Lächeln.

»Hallo, Corey. Ich bin zurück.«

Langsam gehe ich auf ihn zu und lasse die Füße über den Boden schlurfen. Entsetzen huscht über sein Gesicht. Ein Keuchen kommt über seine klaffenden Lippen. Dann geschieht das Unwahrscheinliche. Dieser Bulle von einem Mann drückt sich an die Wand und lässt mich vorbeigehen. Auf dem Weg zu meinem Zimmer sehe ich nicht zu ihm zurück. Leise schließe ich die Tür und lehne mich dagegen. Draußen bleibt alles still. Es gibt kein Gebrüll, keine Drohungen, keine Schritte und kein Drehen eines Schlüssels im Schloss.

Diesmal habe ich gewonnen.

Mein Auftritt als eine von den Toten Auferstandene muss hollywoodreif gewesen sein, denn er schlägt ein wie eine Bombe. Von einem Tag auf den anderen werde ich nicht mehr eingeschlossen. Affenarsch-Payne säuft neuerdings wie ein Loch und hält sich von mir fern. Natürlich wird sich der Eindruck, den ich auf ihn machte, nicht auf Dauer halten, aber für's Erste nutze ich meine neugewonnene Freiheit dazu, mich zum Sklavenquartier davonzustehlen, sobald Payne besoffen einschläft, was meist kurz nach Sonnenuntergang der Fall ist.

Dank Portia erholt Rhys sich schnell. Bereits drei Tage nach der Auspeitschung sitzt er wieder unter den Sklaven am Feuer auf dem Platz vor den Hütten. Viele Feldsklaven tragen Narben auf dem Rücken, wissen, was die neunschwänzige Katze aus einem Mann machen kann. Rhys hat nicht geschrien, und dafür bewundern sie ihn. Auch an meine

Anwesenheit an ihrem Feuer gewöhnen sie sich langsam. Immerhin bin ich die Frau des Drachen. Die Frau, die es wagte, einen Aufseher anzugreifen, den Master herauszufordern und aus dem Loch entkam. Heute Abend teilen sie zum ersten Mal ihr Essen mit mir.

»Was ist das?«, frage ich Samson.

Er sitzt zwischen mir und Rhys. Die Aufseher bewachen das Quartier. Zwar hindern sie mich nicht daran, es zu betreten, doch behalten sie Rhys und mich im Auge. Bei der geringsten Annäherung würden sie vermutlich eingreifen. Wir achten auf Abstand und vermeiden Berührungen.

»Kutteln«, brummt Samson.

Hundefutter, übersetze ich stumm. Ich nehme ein schlabbriges Stück auf den Holzlöffel und betrachte es von allen Seiten. Das bringe ich nicht runter. Ich lasse es zurück in die eingerissene Holzschüssel fallen und rühre in der Brühe. Dabei kreisen meine Gedanken um Payne und Elizabeth. Vielleicht kann ich ihm einen Strick aus seinem Wahnsinn drehen, wenn ich mehr über sie erfahre.

Aus Mimi und Portia konnte ich bisher nichts herauskitzeln. Dabei haben sie bestimmt etwas mitbekommen. Jeder im kleinen Kosmos dieser Plantage bekommt letztendlich alles mit, und es würde mich stark verwundern, wenn Sklaven untereinander nicht tratschen.

»Sag mal, Samson, was kannst du mir über Elizabeth Bennett erzählen?«

»Sie ist fort.«

Ach nee. Samson ist generell wortkarg, insbesondere, wenn Mimi nicht bei uns sitzt, sondern bei Payne im Haus bleiben muss. Ich kann es verstehen, sehr gut sogar. Trotzdem lasse ich mich mit dieser lapidaren Antwort nicht abspeisen. Ich rücke dichter zu ihm auf.

»Du weißt doch sicher mehr. Wann sie hier ankam, woher sie kam, wie sie so war beispielsweise.«

Er zieht die breiten Schultern hoch. Meine Nähe ist ihm unangenehm. In seiner Welt halten weiße Frauen größtmöglichen Abstand zu einem Feldsklaven, anstatt ihm auf die Pelle zu rücken.

»Es heißt, sie kam mit Master Corey von Jamaika«, sagt er, ohne von seiner Schüssel aufzublicken.

»Und wann war das?«

»Ist vielleicht knapp drei Jahre her.«

»Dann lebte sie nicht lange hier.« Er schüttelt den Kopf. »Wieso, glaubst du, ist sie abgehauen?«

»Es heißt, sie hat viel geweint«, meint er nach kurzem Zögern.

»Hat Payne sie geschlagen?«, mischt Rhys sich ein.

Samson nickt. »Glaub schon.«

»Du glaubst es? So was sieht man doch.« An mir jedenfalls sieht man es deutlich.

»Sie blieb meistens auf ihrem Zimmer und auf den Feldern war sie nie.«

»Aber du wusstest, dass sie weinte.«

»Von Mimi.«

»Was hat Mimi dir noch erzählt? Von der Nacht, in der Elizabeth verschwand.«

Er sieht auf und dreht sich mir zu. Sein Mund ist angespannt. »Nichts. Mimi schlief damals nicht im Haus, sondern bei mir.«

Und seit Elizabeth verschwand, schlief sie bei Payne. Bis ich hier ankam. Womöglich hat es wieder angefangen, nachdem ich ihn erschreckt habe. Vielleicht hilft sie ihm nicht nur ins Bett und zieht ihm die Stiefel aus, sondern muss, während wir hier sitzen, neben diesem versoffenen Schwein liegen und sich befummeln lassen. Scheiße!

Ich lege die Hand auf seinen Arm. »Es tut mir furchtbar leid, Samson.«

Stumm sieht er auf meine Hand. Dann huscht sein dunkler Blick zu Rhys. Seine Miene verrät ihn. Ich bin die erste weiße Frau, die ihn jemals berührt hat, und er fürchtet die Folgen. Mein Mann klopft ihm auf die Schulter.

»Wenn Morgan hier eintrifft, werde ich ihm Mimi und dich abkaufen. Auf meiner Plantage könnt ihr zusammenleben. In einer Hütte.«

Ja, als Sklaven. Das hinterlässt einen bitteren Beigeschmack. Zumindest bei mir. Samson wirkt schlagartig unendlich erleichtert.

»Ich hab nur noch eine Frage«, kehre ich zum Thema zurück. »Glaubt ihr, Mimi und du, dass Payne sie umgebracht hat?«

»Ich weiß es nicht.« Samson sieht in die Flammen. Das Feuer spiegelt sich im Braun seiner Augen. »Vielleicht. Sie hatte große Angst vor Master Corey. Das wusste hier jeder. Viele sagen, er hat's getan, weil ihre Kleider noch da sind und ein Teppich in ihrem Zimmer fehlte.

Aber ob's stimmt, weiß keiner von uns so genau. Wenn sie tot ist, wo ist dann die Leiche?«

Irgendwo auf der Plantage. Eingerollt in einem blutbefleckten Teppich. So muss es sein, sonst wäre Payne niemals so entsetzt gewesen, als er mich auf der Treppe sah. Was würde wohl geschehen, wenn ich mich in einem hellen Kleid in ein dunkles Zimmer stelle und auf ihn warte? Ein plötzlicher Herzstillstand wäre eine schöne Sache.

»Grace!«, schneidend herrscht Rhys mich an. »Du wirst jeden Leichtsinn unterlassen, bis Morgan hier eintrifft.«

»Ich hab doch gar nichts gesagt.«

»Aber gedacht. Glaubst du, ich sehe dir das nicht an?«

Ja. Genau das habe ich geglaubt.

»Morgan ist überfällig und Payne ist wahnsinnig. Er hat Elizabeth umgebracht. Ich wette, sie war nie seine Verlobte und …«

»Und du wirst dich still verhalten und ihn nicht reizen. Es ist ein Wunder, dass er noch nicht hier aufgekreuzt ist und dich ins Haus zurückzerrt.«

Er kennt den Auslöser dieses Wunders, ich hab's ihm brühwarm erzählt. Lachen konnte er darüber nicht, und wahrscheinlich hat er wieder einmal recht. Ich sollte mich zurücknehmen und kein Risiko eingehen.

»Ich werde nichts unternehmen. Gar nichts.«

»Versprich es mir.«

»Ich schwöre es.«

So schwer es mir fällt. Dieses Aussitzen ist nichts für mich. Viel lieber hätte ich Payne so tief in den Wahnsinn getrieben, bis er daran kollabiert.

»Du musst vorsichtig sein, Grace. Sollte dir etwas zustoßen, dann weiß ich nicht …«

Er lässt das Ende offen. Ich verstehe es auch so. Dann erginge es ihm so wie mir im umgekehrten Fall: Er würde es nicht verkraften.

Die Fleischbällchen sind noch warm, als ich sie in ein Tuch schlage und mich damit aus der Küche stehle, bevor Portia und die Küchenmädchen aus dem Vorratskeller zurückkehren.

Ich denke nicht, dass ich damit den Rhys gegebenen Schwur breche. Das Risiko ist gering. Ich habe Payne noch nie in der Nähe der Küche gesehen, und selbst wenn er mich erwischt, wird er mir deswegen wohl kaum die Peitsche über den Rücken ziehen. Schließlich bin ich keine Sklavin und darf mir nehmen, was immer ich will.

Der Bluthund, der plötzlich um die Hausecke schießt, scheint das anders zu sehen. Ein ausgefranstes Seil hinter sich her schleifend, galoppiert er mit wehenden Ohren und flappenden Lefzen auf mich zu. Stocksteif bleibe ich stehen. Wenn ich eines über diese zur Menschenjagd abgerichteten Hunde weiß, dann, dass Weglaufen der größte von allen Fehlern ist.

Zu meiner Erleichterung schnappt er nicht nach mir, sondern nach dem gefalteten Tuch in meiner Hand. Ich reiße den Arm hoch und drehe mich zur Seite. Ein Maul klappt knapp vor meiner Hand zu, wobei ich einen kurzen Eindruck der kräftigen weißen Fangzähne erhalte. Dann schlittert er an in vollem Lauf an mir vorbei. Olé! Kein Torero hätte das besser machen können.

Nach dem ersten Fehlversuch beginnt er mich mit federnden Sätzen zu umkreisen. Die Nüstern weiten sich witternd und Geifer tropft ihm aus dem Maul. Als er zu einem zweiten Vorstoß auf die Fleischbällchen ansetzt, gellt ein schriller Pfiff über den Hof. Payne kommt auf uns zu gewalzt. In seiner Hand liegt eine dünne Gerte.

»Was ist hier los?«

Prompt kneift der Hund den Schwanz ein und huscht hinter meinen Rock. Na toll! Ich sehe Payne entgegen. Ihm blieben nahezu zwei Wochen, um sich von dem Schock unserer Begegnung im Gang zu erholen und offensichtlich ist es ihm gelungen. In seinem runden Gesicht entdecke ich jedenfalls nichts mehr von der Angst, die ich ihm einflößte. Er hält mich nicht länger für einen Geist, was bestimmt auch daran liegt, dass ich im Tageslicht nicht besonders gespenstisch wirke.

»Was ist in dem Tuch?«

Nicht bereit, mich von einer Gerte und seinem Befehlston einschüchtern zu lassen, starre ich ihn nieder. In meinem Rücken winselt der Hund. Mit zu Schlitzen verengten Augen schlägt Payne die Gerte gegen seinen Stiefel. »Ich will es sehen. Zeig es mir, Elizabeth.«

Verdammt noch mal, dann soll er es eben sehen. Mehr aber auch nicht. Ich schüttle das Tuch aus und lasse die Fleischbällchen in den Sand fallen. Kaum berühren sie den Boden, schnellt der Hund hinter mir hervor und verschlingt sie mit wenigen schmatzenden Happen. Danach leckt er mir dankbar die herabhängende Hand. Schön, ich habe einen neuen Freund gefunden. Ob ich ihn dazu bringen kann, Payne an die Kehle zu gehen?

»Was ist bloß los mit dir?«, sagt er. »Ich biete dir alles, was eine junge Frau sich nur wünschen kann. Ein sicheres Dach über dem Kopf, hübsche Kleider, ein weiches Bett und Sklaven, die dich bedienen. Trotzdem bist du mit nichts zufrieden. Was ist aus dem süßen Mädchen geworden, das ich hierherbrachte?«

Mein Magen krampft. Es geht alles wieder von vorne los. Gott, ich habe es so satt!

»Ich würde sagen, es ist tot«, entgegne ich. Meine Stimme klingt heiser vor Wut.

Er nickt. »Weshalb bist du zurückgekehrt, wenn du nicht bei mir bleiben willst?«

Obwohl ich in der Sonne stehe, fröstle ich. Er glaubt noch immer, Elizabeth wäre aus dem Grab gestiegen und sein kranker Verstand hat daraus eine neue Logik geknüpft. Sie kam zurück, um bei ihm zu bleiben. Jetzt bloß keine Angst zeigen.

»Du kennst die Antwort, Corey.«

»Ich habe einen Fehler gemacht«, sagt er im Tonfall eines quengelnden Kindes. »Dieser Robin, er hat mich herausgefordert. Er war selbst schuld.«

Wer zur Hölle ist Robin? Ein Mann, den Elizabeth kannte und vor Payne schützen wollte? Vielleicht ihr Bruder, vielleicht sogar der Mann, den sie heiraten wollte. Ich wage einen Schuss ins Blaue.

»Du hast ihn umgebracht.«

»Es war Notwehr!« Mir bleibt die Spucke weg. Der Abgrund, an dem ich seit Wochen entlanggehe, ist tiefer, als ich vermutet hätte.

Mir ist so verdammt kalt, als stünde ich bis zum Hals in Eiswasser. Meinem Blick ausweichend, zupft er an seinem Ziegenbärtchen. Seine Finger zittern leicht. »Du hast es mir verziehen. Du hast gesagt, du vergibst mir. Wir wollten neu beginnen. Nur du und ich auf dieser Plantage. Eines Tages wird sie mir gehören und ...«

O Gott! Es ist kaum zu ertragen. Er hat die Vergebung aus Elizabeth herausgeprügelt. Ich weiß es und kann mir gleichzeitig nicht vorstellen, was diese junge Frau an Schmerzen und Ängsten durchleben musste, während sie in seiner Gewalt war. Aber daran darf ich jetzt nicht denken. So schäbig es ist, ich muss das Beste aus seinem Geständnis herausholen. Ich mache einen Schritt auf ihn zu. Er ist sich seiner längst nicht so sicher, wie er vorgibt, denn er weicht zurück.

»Du bist ein Mörder, Corey. Ich werde dir erst verzeihen, wenn du mich und Tyler gehen lässt.«

»Soll ich dich etwa diesem Dreckskerl überlassen?« Seine Frage scheint weniger an mich gerichtet, sondern an sich selbst. Er starrt mit leeren Augen durch mich hindurch. »Er wird dich sitzenlassen. Du wirst in irgendeinem Hurenhaus enden, wo jeder für einige Münzen über dich drüberrutscht. Es geschähe dir nur recht.«

Leck mich doch!

»Ich weiß, dass du dich ständig im Quartier herumdrückst. Wenn du dich unbedingt mit den Niggern gemein machen willst, wirst du auch so behandelt. Sollte ich dich noch einmal dabei erwischen, wie du etwas aus der Küche stiehlst, wird dieser Drecksack Tyler dafür bezahlen.«

Mit dieser Drohung lässt er mich stehen und stiefelt davon. War's das jetzt? Ich sehe ihm nach, bis er im Haus verschwindet. Erst dann atme ich tief durch. Diesmal bin ich glimpflich davongekommen. Mit rasendem Puls wirbele ich herum und haste auf das Sklavenquartier zu. Der Bluthund bleibt mir dicht auf den Fersen.

»Wie ich höre, hast du ein Ungeheuer gezähmt.«

Ich sehe von den Maisfladen auf, die ich auf einem heißen Stein backe. Rhys ragt über mir auf. Wasser tropft aus seinen Haarspitzen und perlt über seinen Brustkorb. Er kommt direkt vom Fluss, in dem sich die Sklaven jeden Abend in Gesellschaft einiger Alligatoren den Schweiß und den Staub der Felder von der Haut spülen.

»Du meinst den Hund?« Ich wende die Fladen. »Der ist kein Ungeheuer, eher ein Schleckermaul.«

Trotzdem erschraken alle, als ich mit ihm im Quartier auftauchte. Panisch schnappten sich die Frauen ihre Kinder und verschwanden in den Hütten, bis ein Aufseher kam. Das eigentliche Drama begann, als der Mann das ausgefranste Seil aufnahm und meinen neuen Begleiter dorthin bringen wollte, wo er hingehörte. Letztendlich brauchte der Mann Unterstützung, weil es dem Hund bei mir besser gefiel. Zu zweit mussten sie ihn fortschleifen, wobei sein herzzerreißendes Winseln und Jammern im ganzen Quartier zu hören war. Hoffentlich haben sie den armen Kerl nicht erschossen.

»Ich habe ihn Freedom genannt.«

Ohne mein Lächeln zu erwidern, setzt Rhys die Hände in die Hüften.

»Du hast Schmerzen«, stelle ich fest.

»Nein.«

Lügner! Sein Rücken ist noch immer wund und die Arbeit auf den Feldern ist hart. Natürlich hat er Schmerzen. Ich blinzle zu ihm auf. Das dunkle Blau des Himmels hinter ihm ist von rötlichen Strahlen durchzogen. In diesem Licht ist seine Bräune so tief, dass er sich kaum von den Sklaven unterscheidet. Die Arbeit auf den Feldern hat ihn verändert. Weshalb fällt mir das jetzt erst auf? Die Linien von Kinn und Kiefer sind noch kantiger geworden, und seine Haut scheint sich direkt über Knochen und Sehen zu spannen. Als er sich einige Haarsträhne aus den Augen streicht, spielen die Muskeln in seinem Unterarm. Ich richte mich aus der Hocke auf, um die Furchen um seine Mundwinkel aus der Nähe zu betrachten. Wann haben sie sich eingegraben?

»Alles in Ordnung?«, fragt er.

»Sicher.«

Jetzt mustert er mich ebenfalls von oben bis unten.

»Du bist zu dünn. Wie kann das sein? Portia hat mir versichert, dass du regelmäßig isst.«

Darauf habe ich keine Antwort. Eigentlich müsste ich dicker statt dünner werden, aber jede Schwangerschaft verläuft eben anders.

Manche nehmen zuerst ab, bevor sie aufgehen wie ein Fesselballon. Aber das kann ich Rhys nicht sagen, weil er noch immer nichts von unserem Kind weiß. Das Warten auf Morgan macht ihn zunehmend reizbar. Ich muss ihn nicht noch zusätzlich unter Strom setzen, indem ich ihm meine Schwangerschaft unter die Nase reibe.

»Ich esse reichlich. Mach dir keine Sorgen, mir geht's gut.«

»Es liegt nicht in meiner Macht, meine Sorgen nach Belieben abzustellen«, fährt er mich an. »Du magerst ab. Und wieso trägst du keine Schuhe?«

»Meine Füße sind geschwollen und es ist warm genug, um barfuß zu gehen.«

»Deine Füße sind schmutzig, dein Haar ist zerzaust und statt einem Korsett trägst du einen Kattunkittel. Du wirst einer Sklavin immer ähnlicher. Denkst du, das habe ich für dich gewollt?« Er blickt zu Boden, auf die locker hängenden Ketten zwischen seinen Füßen. »Und ich kann keinen Schritt machen, ohne dass sie die Hunde auf mich hetzen wollen. Sogar beim Pissen werde ich beobachtet. Ich bin ein Idiot und hätte mich niemals auf Carters Zusage verlassen dürfen.«

Nun, ich halte ihn zwar nicht für einen Idioten, aber generell ist seine Einsicht ein Fortschritt. Nach einem kurzen Blick nach den Aufsehern, die nirgends zu sehen sind, trete ich dicht vor Rhys.

»Du trägst Ketten und stehst unter Beobachtung, ich nicht«, flüstere ich ihm zu. »Über die Berge ist es ein Fußmarsch von zwei Tagen nach Cayonne. Vielleicht brauche ich etwas länger, aber ich könnte es schaffen. Falls ich den alten Morley nicht finde, kann ich mich direkt an diesen französischen Freibeuter wenden. Wie hieß er noch?«

»Das kommt nicht in Frage!«

Na, so hieß er bestimmt nicht.

»Wieso nicht?« Wieder mal bringe ich den Muskel in seiner Wange zum Zucken. »Rhys, ich schaffe das. Schließlich habe ich es auch geschafft, aus dem Brunnenloch zu steigen.«

»In diesem Brunnenloch gab es weder Wildschweine noch Felsspalten, in die du stürzen könntest. Manche davon reichen bis hinab ins Meer. Außerdem verstecken sich Maroons in den Bergen. Für eine Frau ist dieser Weg viel zu gefährlich.«

»Aber du könntest diesen Weg gehen, ja? Weil du ein Mann bist.«

»Exakt.«

Himmel, seine mittelalterlichen Ansichten über Frauen gehen mir gewaltig auf den Keks. Wo leben wir denn? Ach ja, im siebzehnten Jahrhundert. Deswegen muss ich mich noch lange nicht damit abfinden.

»Ich bin jung, gesund und kräftig. Außerdem habe ich Augen im Kopf. Du kannst mir ruhig zutrauen, dass ich eine Felsspalte sehe, bevor ich hineinfalle. Vor den Wildschweinen kann ich mich auf einen Baum retten, davon gibt's dort oben wohl genug. Und die Maroons ...«

»Du wirst auf keinen Fall einen Fuß in diese Berge setzen, Grace«, zischt er mich an. »Ich verbiete es dir. Ich bin kein Mann, der eine Frau schlägt, aber sollte ich dich bei irgendeiner Dummheit erwischen, versohle ich dir den Arsch. Du wirst tagelang nicht sitzen können, das garantiere ich dir.«

Ich schnappe nach Luft. Also das ... sowas ist ja wohl .... Ich bohre den Finger in seinen Brustkorb. »Wenn du das machst, verlasse ich dich. Darauf kannst du Gift nehmen, Rhys Tyler.«

Er packt mein Handgelenk und zieht mich zwischen zwei Hütten. Neben einer zerbrochenen Leiter bleiben wir stehen. Er steht so dicht vor mir, dass ich mich bei jedem anderen bedroht gefühlt hätte.

»Versprich mir, dass du nichts Unüberlegtes unternimmst.«

»Ich verspreche es. Es war nur so eine Idee.«

Und ich halte sie noch immer für gut. Zwei Tage in den Bergen sollten ein Klacks sein. Beschwichtigend lege ich die Hand auf seine Brust. Die Haut ist aufgeladen von der Hitze des Tages. Es fühlt sich gut an. Ich streichle über seine Brust zur Schulter und in seinen Nacken. Mit zusammengebissenen Zähnen packt er meine Hand.

»Ich bin nicht in der Stimmung für Getändel. Glaube mir, es kommt mich bitter an, dass ich nicht handelte, als dazu noch Zeit war. Ich habe uns in eine unhaltbare Situation gebracht.«

Es gibt durchaus Möglichkeiten, unhaltbare Situationen zu verbessern. Ich schmiege mich an ihn, setzte sanfte Küsse auf die glatte Haut seines Brustkorbs und in die Kuhle seines Halses.

»Es wird bestimmt alles gut werden. Das hast du selbst gesagt, und ich glaube dir. Es ist bisher immer alles gut geworden.«

»Ich bin auch nur ein Mensch und kann mich irren. Du gehst durchs Leben und vertraust auf dein Glück, aber so läuft es nicht, Lady Grace.«

Das sitzt. Mir muss niemand Vorträge darüber halten, wie das Leben läuft. Ich weiß alles über das Unglück und der Geschwindigkeit, in der es über einen hinwegrollt.

»Du hast keine Ahnung.« Tränen schießen mir in die Augen. »Du weißt doch im Grunde überhaupt nichts über mich. Ich bin nicht die Grace, für die du mich hältst.«

Jetzt wäre die beste Gelegenheit, ihm alles anzuvertrauen, doch bevor es dazu kommt, küsst er mich. Gebieterisch pressen sich seine Lippen auf meine. Sie schmecken süß, nach dem Zuckerrohr, das die Sklaven hin und wieder kauen. Der Länge nach presst er sich an mich und schiebt seine Hand zwischen meine Beine. Mit seiner Handkante reibt der grobe Stoff meines Kittels durch die zarten Falten meiner Scham. Gefangen zwischen der Hüttenwand und seinem harten Körper, schiebe ich das Becken vor. Zuerst beginnen meine Beine zu zittern, dann drehen sich meine Schenkel im Takt der rohen Liebkosung von innen nach außen und wieder zurück. Immer wieder, auf der Suche nach Erlösung.

Rhys zieht den Kopf zurück und beobachtet mich. Seine Bewegungen werden härter, fordernder. Seine Frustration über die Umstände scheint sich an meiner Klitoris zu entladen. Er bearbeitet sie geradezu ungnädig, was nichts daran ändert, dass ich mich auf einen Höhepunkt zuschraube. Keuchend umklammere ich seine Unterarme und winde mich wie ein Hase, hilflos gefangen im Griff eines Raubvogels.

»Jetzt«, sagt er.

Und als brave Ehefrau gehorche ich aufs Wort und komme, während wenige Schritte von uns entfernt die Sklaven beisammensitzen. Unnachgiebig erstickt sein Mund mein Stöhnen. Danach lehne ich an der Wand, ein einziges großes Zittern.

»Bei Gott, ich liebe dich«, murmelt Rhys an meinen Lippen und gibt mich frei. »Aber ich weiß nicht, wie lange ich noch durchhalte.«

Bevor ich etwas dazu sagen kann, dreht er sich weg und kehrt auf den Platz zurück. Ich warte eine Weile und nage an meiner Unterlippe, ehe ich einen anderen Weg um die Hütten herum nehme. Als ich am Feuer ankomme, sitzt Rhys nicht am gewohnten Platz an den Flammen, sondern neben einem alten Mann mit schneeweißem Kraushaar vor dessen Hütte und hat den Kopf in den Händen vergraben. Seine Haltung verrät mir alles, was ich wissen muss.

Hinter ihm liegen Wochen auf den Feldern. Wochen des untätigen Wartens auf Morgan. Wochen, in denen seine Sorge um mich tagtäglich größer wird und ihn stärker in seinem Handeln blockiert, als die Fußketten oder die Möglichkeit einer weiteren Auspeitschung.

Es zermürbt ihn. Ich zermürbe ihn – und das macht mir mehr Angst als alles andere.

Morley ist aus Cayonne zurückgekehrt, ohne Morgan, stattdessen mit vier portugiesischen Hausschweinen. Als ich es mitbekomme, hat er sich bereits mit Payne in dessen Arbeitszimmer mit den leeren Regalen eingeschlossen. Worüber sie sprechen, werde ich erst erfahren, wenn sie wieder herauskommen. Vielmehr, wenn Morley wieder nüchtern ist, denn laut Mimi hat er zwei große Rumpullen zu seiner Unterredung mit Payne mitgenommen.

Um mich abzulenken, gehe ich zur Küche. Ein Fehler. Als ich dort ankomme, hängen sie gerade ein soeben geschlachtetes Hausschwein auf und lassen es ausbluten. Das Blut fließt in einem plätschernden Strom in bereitgestellte Eimer. Zum ersten Mal zeigen sich bei mir schwere Anzeichen von Schwangerschaftsübelkeit. Mein Magen zieht sich in wellenartigen Kontraktionen zusammen. Anstatt die Küche zu betreten, haste ich hinter das Gebäude und würge mein Frühstück hervor.

Zwei Stunden später hängt der Blutgeruch noch immer in meiner Nase. Dazu gesellt sich der Geruch von gehackter Leber, Schweinenieren und Knoblauch, die Portia in einer Pfanne brutzelt. Eigentlich hatte ich vor, hier auf Morley zu warten, doch blanker Ekel vor dem würzigen Geruch zwingt mich zum Rückzug. An der Tür stoße ich beinahe mit Tommy zusammen, dem Jungen, der sich eine Machete in den Fuß schlug. Er humpelt noch immer. Alle geben ihm die Schuld an Rhys' Auspeitschung, weshalb er, als er mich sieht, sofort die Schultern hochzieht und meinem Blick ausweicht.

»'N Wasserfass is' geplatzt. Soll'n neues holen«, nuschelt er.

Portia hebt die Stimme über das Brutzeln auf ihrem Herd und stößt die Zinken ihrer Fleischgabel in seine Richtung. »Bleib mit deinen schmutzigen Füßen aus meiner Küche. Toby gibt dir das Wasser für die Felder.«

»Hab Toby nich' gefunden.« Seine Antwort endet in einem Kieksen.

»Du findest nicht mal deine Nasenlöcher, wenn's drauf ankommt.«

Nach dieser Abfuhr fällt ihm nichts Besseres ein, als mit dem großen Zeh Linien in den Sand vor der Küche zu ziehen. Der Junge ist dreizehn und hormonell bedingt im Stimmbruch und genauso verpeilt, wie Teenager in diesem Alter gelegentlich sind. In meiner Welt wäre das absolut kein Problem, in seiner kann es fatal enden.

»Komm, wir suchen zusammen nach Toby«, schlage ich vor.

Wir finden Toby dort, wo er immer ist: Am äußersten Rand der Felder, bei einem überdachten, in den Boden eingelassenen Brunnen mit Trinkwasser. Während er ein Wasserfass füllt, auf eine zweirädrige Karre lädt und einen kleinen Esel einspannt, beweist Tommy, dass er durchaus in der Lage ist, sein Nasenloch zu finden. Er nimmt den Finger erst wieder heraus, als alles erledigt ist und Toby ihm zum Ansporn einen Klaps an den Hinterkopf versetzt.

Ich führe den Esel zu den Feldern und lasse Tommy auf der Karre sitzen. Sein Fuß heilt schlecht, weil er sich nicht schonen kann, und mir tut ein Spaziergang gut, denn mir ist immer noch schlecht. Zudem will ich Rhys die Nachricht von Morleys Rückkehr persönlich überbringen. Jetzt, wo der alte Pirat wieder hier ist, wird sich alles ändern. Garantiert. Eigentlich sind wir schon so gut wie frei.

Auf den Feldwegen ist die Sonne wieder einmal unerbittlich. Hitze und ihr grelles Licht brennen alle Farben aus der Landschaft. Der Esel wird zunehmend störrisch und immer langsamer. Als ich endlich das Schlagen der Macheten und das Rauschen der fallenden Zuckerrohrstängel höre, schleife ich das Langohr samt Karre geradezu mit gestrecktem Arm hinter mir her. Endlich kommt die lange Reihe der Schnitter in Sicht.

Mitten auf dem abgeernteten Feld bleibt der Esel endgültig stehen. Mein Zungenschnalzen nützt nichts, und meine Schläge auf seine Kruppe wirbeln lediglich Staub auf. Ein Aufseher bellt etwas und Samson kommt mit klirrenden Ketten über die Stoppeln auf mich zu.

»Wo steckt Tommy?«, begrüßt er mich.

Ich reiche ihm die Führleine und zeige über den Rand der Karre, in der sich der Junge zusammengerollt hat. »Eingeschlafen.«

»Tommy!« Der Junge zuckt unter Samsons scharfem Zischen zusammen. »Willst du die Peitsche schmecken? Beweg deinen Knochenarsch zu den Feldern und mach dich wieder an die Arbeit.«

Verschlafen rutscht Tommy vom Karren und humpelt davon. Samson scheint ein Eselsflüsterer zu sein, denn auch Langohr setzt sich bereitwillig wieder in Gang. Wir gehen auf den Unterstand der Aufseher zu. Ich wische mir die Schweißperlen von der Stirn.

»Morley ist zurück. Ich muss dringend Rhys sprechen«, raune ich Samson zu.

»Jetzt? Wie stellt Ihr Euch das vor?«

Mein Blick wandert über die Schnitter und entdeckt unter ihnen den gebräunten, muskulösen Rücken meines Mannes. Er arbeitet schnell, mit knappen, geübten Schlägen, und hat mich noch nicht bemerkt.

»Wirst du es ihm ausrichten?«

Samson nickt. »Ihr solltet zurück zum Haus.«

Ja, sobald ich einen Schluck getrunken und mich im Schatten ausgeruht habe. Mir geht es irgendwie … komisch. Am Unterstand angekommen, werde ich von den Aufsehern scheel angesehen und von einem schwanzwedelnden Bluthund begrüßt. Ich tätschele seinen Kopf.

»Heute keine Fleischklößchen, Freedom.«

Trotzdem setzt er sich auf meinen Fuß und lässt sich das Ohr kraulen.

»Das ist ein Arbeitstier, Miss. Kein Schoßhund«, brummelt ein Aufseher.

»Verklag mich doch«, kontere ich.

Der Mann klappt den Mund zu und sieht weg. Was mich angeht, sind sie vorsichtig. Schließlich bin ich die potentielle Hausherrin und könnte ihnen in naher Zukunft das Leben zur Hölle machen. Keiner dieser lahmen Säcke, die die meiste Zeit im Schatten hocken und

Wasser saufen, während andere schuften, geht Samson mit dem Wasserfass zur Hand. Als er es umfasst und anhebt, treten dicke Muskelpakete auf Oberarmen und Brust hervor. Allein vom Zusehen fange ich an zu schwitzen. Er setzt das Fass am Boden ab, schnauft einmal durch und richtet sich auf. Dann sammelt er die Teile des geborstenen Fasses auf und wirft sie auf die Karre.

»Wird er an sein Versprechen denken, Madam? Mimi und mich mitnehmen, meine ich«, raunt er mir dabei zu.

»Ja. Wir nehmen euch mit und sollte es nicht sofort klappen, holen wir euch nach.«

Samson presst die Lippen aufeinander. Er traut uns nicht. Weil wir trotz allem Weiße sind und immer bleiben werden. Er glaubt, sobald wir fort sind, werden wir sie vergessen. Die Aufseher beachten uns nicht, und so lege ich eine Hand auf seine Schulter, wozu ich ziemlich hoch greifen muss.

»Ich schwöre es dir, Samson. Wir holen euch beide hier raus. Und dann lassen wir euch frei.«

»Freiheit? Was sollen wir damit? Sie werden uns doch sofort wieder versklaven.«

»Nun, ihr könntet für uns arbeiten. Gegen Lohn, wie es sich gehört. Mimi kann meine Zofe werden und du könntest, na ja, so etwas wie ein englischer Butler sein. Die verdienen ziemlich gut.«

Skeptisch kneift er die Augen zusammen. Das Wasserfass steht an Ort und Stelle, die Überreste des alten sind auf der Karre, es gibt für ihn keinen Grund, länger bei mir herumzustehen. Trotzdem rührt Samson sich nicht vom Fleck.

»Hoffentlich geht alles glatt.«

»Bestimmt. Sobald Morley seinen Rausch ausgeschlafen hat, gehen wir mit ihm nach Cayonne. Weshalb sollte er sonst hierhergekommen sein, wenn nicht, um uns zu holen und zu Morgan zu bringen?«

»Wenn's nicht klappt, wird der Drache dem Master die Kehle aufschlitzen.«

Obwohl mein Kattunkleid weit ist, scheine ich plötzlich in einer viel zu engen Wurstpelle zu stecken. Meine Hand rutscht von seiner Schulter.

»Wieso sagst du das?«

»Weil's so ist. Er ist mutiger als ich. Bevor der Master Euch anfasst, macht der Drache ihn kalt.«

Ich greife mit der Hand in den Ausschnitt meines Kleides und ziehe daran. Mir ist so heiß, als säße ich bis zum Hals in siedendem Wasser.

»Hat er das gesagt?«

»Ihr müsst bloß in sein Gesicht sehen, dann wisst Ihr Bescheid, Madam.«

Scheiße, Scheiße, Scheiße! Rhys steht kurz vorm Durchdrehen. Meinetwegen. Kein Wunder, dass mir schwindlig wird. Ich hasche nach dem Karrenrand, greife daneben und falle. Ein Hund bellt in weiter Ferne. Ich höre Stimmen über mir und schließlich werde ich auf den Rücken gedreht. Wasser spritzt in mein Gesicht. Vier weiße und ein schwarzes Gesicht schweben über mir und Rhys kniet neben mir und tätschelt meine Wange.

»Lass die Augen auf, Grace.«

»Was ist passiert?«

»Du bist ohnmächtig geworden.«

Er klingt extrem besorgt und gleichzeitig anklagend. Vorsichtig setze ich mich auf und hätte mich am liebsten wieder hingelegt. Die Welt schaukelt. Ich bleibe nur aufrecht sitzen, weil Rhys mich aufmerksam beobachtet.

»Es liegt an der Hitze. Mir geht es schon viel besser.«

»Na also, ich hab's ja gesagt«, grollt ein Aufseher und stößt Rhys die Stiefelspitze in den Oberschenkel. »Hoch mit dir und zurück an die Arbeit. Hast dich lange genug davor gedrückt. Du auch, Samson. Los, bewegt euch oder braucht's dazu erst Schläge?«

Rhys hätte es drauf ankommen lassen, doch einen anderen will er nicht mit hineinziehen. Widerwillig steht er auf und geht mit Samson davon, wobei er sich wiederholt zu mir umdreht.

»Morley ist zurück!«, rufe ich ihm nach.

Und ich werde mit ihm sprechen, damit dieser verdammte Dreck endlich vorbei ist. Unwirsch schlage ich die Hand eines Aufsehers beiseite, der mir aufhelfen will, komme auf die Füße und schleppe mich zur Karre. Auf der hinteren Kante bleibe ich benommen sitzen. Schon wieder ein Fehler. Rhys kehrt um.

»Ich kann sie zurück zum Haus bringen.«

Er bemüht sich, es nach einer Bitte klingen zu lassen, doch seine Stimme ist zu hart, zu befehlsgewohnt. Der Aufseher greift nach der Peitsche an seinem Gürtel.

»Verpiss dich an die Arbeit, Sklave.«

Rhys sieht dem Mann fest in die Augen. Zum Glück ist seine Machete nirgends zu sehen, sonst hätte er damit zugeschlagen. So setzte er lediglich die Beine ein Stück weiter auseinander und wartet auf den ersten Peitschenschlag. Seine Hände ballen sich zu Fäusten. Er legt es darauf an. Er will es eskalieren lassen. Ausgerechnet jetzt, knapp vor unserer Rettung, will er unbedingt neue Verletzungen riskieren.

»Rhys, bitte. In wenigen Stunden ist es vorbei.«

Weiß treten seine Fingerknöchel hervor. Ich höre ihn tatsächlich mit den Zähnen knirschen. Dann spuckt er aus, drehte sich um und geht provokativ langsam zu den Feldarbeitern zurück. Ich halte den Atem an. Ein Wort von einem der Aufseher und mein Mann explodiert. Er wartet nur auf einen Anlass, herumzuwirbeln und anzugreifen.

»So ein verfluchter Teufel«, brummt einer der Männer, zum Glück leise genug, damit Rhys es nicht hört. »Ich bring Euch zurück, Miss.«

Esel und Karre setzen sich in Gang. Beunruhigt recke ich den Hals, um Rhys so lange es geht im Auge zu behalten. Die Distanz zwischen ihm und den Aufsehern wird größer und nichts passiert. Erleichtert stoße ich den Atem aus, sinke auf den Rücken und überlasse mich dem Rumpeln der Karre und der sengenden Sonne.

»Früher oder später musste es so kommen«, weckt mich eine harsche Stimme.

Mein Gesicht brennt, mein Kopf pocht und mir ist schon wieder speiübel. Schwerfällig richte ich mich auf und bleibe zusammengefallen sitzen. Meine Augen fühlen sich geschwollen an, dick wie Soleier, die mir jeden Moment aus dem Kopf platzen können. Corey Payne steht vor mir und macht mal wieder auf großer Zampano.

»Dich so zu sehen, widert mich an, Elizabeth«, schnauzt er mich an. Ihn überhaupt zu sehen, ist dermaßen widerlich, dass mir die

Galle hochkommt. Würgend lehne ich mich über den Rand der Karre. Während sich mein Magen umstülpt, bellt er weiter. »Bringt sie ins Haus und seht zu, dass sie wieder sauber wird.«

Ich bin zu schwach für Widerworte und lasse mich, von Mimi und Portia gestützt, ins Haus und die Treppe hinaufführen. Irgendwas läuft schief. Mein Unterleib krampft.

»Ihr habt Euch zu viel zugemutet«, schimpft Portia, als sie mir den Kittel auszieht und mich ins Bett steckt. »Dabei habe ich Euch gewarnt. Weiße Frauen tragen schwer am Kind unter ihrem Herzen.«

»Woher weißt du es?« Meine Zunge ist zu Blei geworden. Ich kann kaum sprechen. »Es ist doch noch gar nichts zu sehen.«

»Trotzdem ist es da und jetzt seid still.«

Sie legen mir ein kühles Tuch auf die Stirn, waschen mich mit lauwarmen Wasser und Seife, wenden und drehen mich dabei wie einen Pfannkuchen. Danach flößen sie mir einen Kräutertrank ein und gehen. Still liege ich in einem stillen Zimmer, denke an nichts und warte, bis die Krämpfe nachlassen. Darüber schlafe ich ein.

Als ich Stunden später erwache, ist die Katastrophe nicht mehr aufzuhalten. Ihr Vorbote ist Mimi, die mit einem Nachthemd hereinkommt und es am Fußende des Bettes ausbreitet. Es unterscheidet sich gravierend von den anderen Nachthemden in der Kommode. Der hellgrüne Stoff ist durchscheinend wie Organza. Es besitzt keine Ärmel und der Ausschnitt ist tief.

»Was ist das?«, frage ich, ohne den Blick davon abwenden zu können.

»Miss Elizabeth sollte es zu ihrer Hochzeitsnacht tragen.«

Verdammter Dreckmist. Ich ziehe die Knie eng an den Körper und kauere mich zusammen.

»Ich werde das nicht anziehen.«

In ihren moosgrünen Augen glitzern Tränen. »Ihr müsst, Madam.«

Vehement schüttle ich den Kopf. »Mir geht's nicht gut, Mimi. Sag ihm das. Ich bin krank.«

»Portia hat es ihm schon gesagt.« Sie senkt die Lider. Ihre langen Wimpern flattern. »Wir haben alles versucht ... Wir können Euch nicht helfen, Madam.«

Aber Morley ist aus Cayonne zurück! Die Worte bleiben mir im Hals stecken. Wenn der alte Pirat mir helfen wollte, läge dieser Fetzen jetzt nicht auf meinem Bett. Panisch schweift mein Blick durchs Zimmer. Meine Hände kneten die Bettdecke. Als es mir auffällt, zwinge ich mich, damit aufzuhören.

»Was soll ich bloß tun, Mimi?«

»Lasst es ... lasst es einfach geschehen.«

Geschehen lassen? Ist sie völlig irre? Ich starre sie an. Sie sieht noch immer zu Boden und weicht meinem Blick aus. Nein, sie ist nicht irre, sie weiß bloß keine andere Antwort. Sie ist eine Sklavin und musste es geschehen lassen. Letztendlich gilt für mich das Gleiche. Ich sitze in der größten Scheiße aller Zeiten.

»Wenn Rhys davon erfährt ...«

»Er wird nichts erfahren.«

Sie hat keine Ahnung. Mein Mann besitzt ein untrügliches Gespür, sobald es um mich geht. Auch wenn alle Haussklaven für mich lügen und es leugnen, muss er mir nur in die Augen sehen und wird Bescheid wissen.

»Ihr werdet es überstehen, Madam. Ihr seid stark.«

Bin ich das? Derzeit merke ich nichts davon. Meine Nerven summen wie ein unter Starkstrom stehender Draht. Mein Körper scheint durch einen Shredder gezogen worden zu sein. Selbst wenn ich gesund wäre, käme ich gegen Payne nicht an. Er wiegt mindestens dreimal so viel wie ich. Oder liegt meine wahre Stärke darin, es tatsächlich durchzustehen und wegzustecken? Ich weiß es nicht. Alles, was ich weiß, ist, dass mir nichts anderes übrig bleibt, als das dünne Nachthemd überzuziehen.

Danach kämmt Mimi mein Haar und schiebt eine Hibiskusblüte hinter mein Ohr. Als sie mich verlässt, schließt sie die Tür ab. Aufgebrezelt für eine Vergewaltigung, sitze ich im Bett und umklammere meine Knie. Obwohl ich schwitze, habe ich die Decke fest um mich geschlungen. Sie ist mein einziger Schutz vor Payne. Leichte Krämpfe ziehen durch meinen Unterleib. Ich schreibe sie der blanken Angst zu.

Unentwegt hallen vier Worte durch meinen Kopf. Das. Kann. Nicht. Sein. Ich bin eine moderne Frau aus einer modernen Welt. Ich kann nicht einfach herumsitzen und darauf warten, dass jemand hereinkommt und mich missbraucht. Ach nee, wispert ein bitteres Stimmchen dazwischen, rate mal, wie vielen Frauen genau das in deiner so modernen Welt tagtäglich zustößt. Weil sie eingesperrt sind, weil das Kräfteverhältnis eindeutig gegen sie spricht, weil sie wehrlos sind und niemand ihnen hilft. Das Einzige, was sie und auch ich unternehmen könnten, ist schreien und toben und das Zimmer demolieren. Mit dem Ergebnis, körperlich und mental völlig erledigt zu sein, bevor es beginnt. Also bleibe ich sitzen und warte.

Es wird dunkel. Mittlerweile muss Rhys mein Fehlen am Lagerfeuer auffallen, denn ich saß in den letzten beiden Wochen jeden Abend dort, wenn er ins Quartier zurückkehrte. Er wird Fragen stellen. Was werden sie ihm antworten? Welche Lügen werden Mimi und Portia erfinden? Und wird er auch nur eine davon glauben? Die Stirn an die Knie gepresst, versuche ich, jeden Gedanken an Rhys auszublenden. Es funktioniert nicht. Ich sehe sein Gesicht deutlich vor mir. Das scharfgeschnittene Kinn, den Bartschatten darauf. Seine Lippen mit Fältchen an den Mundwinkeln. Die gerade Nase. Diese Augen, deren Zwielichtblau mich jedes Mal aufs Neue umnietet. Ich glaube sogar, jede einzelne lange Wimper zählen zu können.

Ich nehme Payne erst wahr, als eine Diele knarrt. Die Kerze in seiner Hand beleuchtet Doppelkinn und Gesicht von unten. Es ist rund wie ein Mond. Die schlaffe Unterlippe glänzt feucht. Wie lange steht er schon vor meinem Bett?

»Wieso sitzt du im Dunkeln?«, ranzt er mich an.

Mit schweren Schritten geht er durchs Zimmer und entzündet die Kerzen. Zu einem Ball aus Furcht zusammengekauert, beobachte ich ihn. Seine Masse vereinnahmt den Raum und lässt ihn kleiner wirken, als er tatsächlich ist. Zu klein. Nachdem alle Lichter brennen, kehrt er zum Bett zurück und reißt die Decke aus meinen verkrampfen Fingern. In seinen schlammbraunen Augen leuchten Triumph und Wahn.

»Lass dich ansehen, Elizabeth.«

Beweg dich, Rivers! Ich rolle mich zur Seite von ihm fort, komme auf ein Knie und springe aus dem Bett. Ich schaffe es bis zur Mitte des Zimmers, bevor er in mein Haar greift und mich grob zurückreißt. Eher vor Schreck als vor Schmerz schreie ich auf, lasse mich fallen und trete nach ihm. Ich habe gesehen, wie Rhys jemanden auf diese Weise von den Füßen holte, aber mir gelingt es nicht. Weder besitze ich genügend Kraft noch seine Zielgenauigkeit. An den Haaren schleift Payne mich zum Bett, packt mich um die Taille und wirft mich quer darüber. Ich lande auf dem Bauch, versuche mich aufzustemmen und werde von einer Hand im Kreuz niedergedrückt. Gleichzeitig wird der Zug in meinem Haar stärker und biegt meinen Kopf zurück.

»Halt still!«

Nein! Ich zappele, bis ein Knie meine Kniekehlen festnagelt. Die Matratze senkt sich unter seinem Gewicht. Der Geruch von säuerlichem Schweiß und ungewaschener Haut steigt in meine Nase. Seine Hand wandert von meinem Kreuz auf meinen Po und knetet ihn. Sein Atem wird schwer. Ich löse die Hände aus dem Laken, in dem ich mich verkrallt habe, krümme die Finger und schlage blind nach hinten. Leere Luft, mehr erwische ich nicht. Seine Pranke knallt auf meine Pobacke. Es brennt. Ebenso gut könnte er mit einem Holzbrett auf mich einschlagen.

»Ich knall Tyler ab wie einen wilden Hund, wenn du nicht endlich stillhältst. Ich schwör's dir, ich mach ihn kalt, egal, was Morgan dazu sagt.«

Er meint es ernst. Er wird hinausgehen, seine Pistole holen und Rhys erschießen. Schlaff bleibe ich liegen, während er keuchend von meinem Hintern ablässt und seine Hose öffnet. Mit der anderen Hand hält er mich immer noch am Haar fest.

»Auf die Knie.«

Als ich nicht sofort reagierte, zerrt er wieder daran. Meine Kopfhaut brennt, als habe jemand Säure drüber gekippt. »Auf die Knie, Elizabeth!«

Ich gehorche – so wie die echte Elizabeth vermutlich auch gehorchte, mit rasendem Herzen und dem Geschmack von Galle in der ausgedörrten Kehle. Er drückt meinen Kopf nach unten und schiebt mein Nachthemd nach oben. Das ist nicht mein Körper, sage ich mir. Es betrifft mich nicht wirklich. Es wird nicht lange dauern. Mein Mantra zerschellt an der Brachialgewalt, mit der er in mich hineinrammt und zu rammeln beginnt. Sein Bauch drückt sich prall an mein Gesäß und zwingt mich nach unten.

»Lass den Arsch oben, Elizabeth«, grunzt er hinter mir und greift unter mich.

Bei jedem Stoß verschlucke ich vor Schmerz meinen Atem. Es dauert endlos lang und dann fängt er auch noch an zu stammeln.

»Du Nutte. Sowas von eng und heiß. Ja, das ist gut. So brauchst du's. Drück deinen Arsch fest an mich. Fester.«

Sein Arm presst mich an ihn. Er setzt sein gesamtes Körpergewicht ein, um mich in Stücke zu reißen. Mein Schoß zieht sich vor diesem Wahnsinn in Krämpfen zusammen, doch seltsamerweise spüre ich nur noch das schnelle Reiben des Lakens unter meiner Wange. Ich stehe neben mir. Losgelöst von Schmerz und Ekel und allem, woran ich jemals glaubte. Mit einem lauten Stöhnen bricht er irgendwann über mir zusammen und begräbt mich unter sich. Ich rühre mich nicht. Vielleicht ersticke ich unter ihm, das wäre das Beste.

Leider wälzt er sich ächzend herunter, bevor es so weit ist, dreht meinen schlaffen Körper herum und schiebt das Nachthemd bis zu meinem Hals hinauf. »Ah, dieser Teufel hat dich gut zugeritten. Du lässt dich besser ficken als früher, du kleine, dreckige Hure. Selbst deine Titten sind größer geworden.«

Er greift danach und knetet sie fest, zieht an den Brustwarzen, zwickt hinein. Reglos starre ich an die Decke und lasse alles über mich ergehen. Mir ist egal, wie er mich nennt, was er mit mir macht. Erst als er den Kopf senkt und in meine Brust beißt, zucke ich zusammen und komme halbwegs zu mir. Schlagartig kehren die Schmerzen zurück, doppelt so stark wie bisher.

»Mach die Beine breit, Elizabeth.«

Nein! Instinktiv presse ich die Schenkel zusammen. Ich kann nicht mehr. Ich will nicht.

Ein Klopfen an der Tür erlöst mich. »Corey? Corey!«

Es ist Morleys Altmännerstimme. Während Payne sich fluchend die Hose hochzieht, krümme ich mich um die Krämpfe in meinem Unterleib. Am Rande nehme ich wahr, wie er die Tür öffnet und hastig wieder hinter sich zuschlägt. Ihre Stimmen kann ich trotzdem hören.

»Was willst du, Morley?«

»Was ich will? Ich will wissen, weshalb du Tyler ein Halseisen angelegt und an den Mast gebunden hast, verdammt noch mal!«

Das reißt mich aus meiner Betäubung. Rhys trägt ein Halseisen? Alarmiert hebe ich den Kopf.

»Der Kerl macht ständig Ärger und hat's verdient.«

»Hast du mir überhaupt zugehört, Mann?« Morley klingt außer sich.

»Wenn Morgan davon erfährt, wirst du dein blaues Wunder erleben.«

»Blödsinn! Wäre es Morgan so wichtig, wäre er selbst gekommen. Es ist ihm völlig egal, was aus Tyler wird. Weil er eben nicht glaubt, dass er das Lösegeld aufbringt.«

Für einen Moment tritt Schweigen ein. Dann zieht einer von beiden, vermutlich Morley, die Nase hoch. »Ich hab's dir schon mehrmals verklickert, Corey. Morgan ist derzeit mit dem Gouverneur beschäftigt und hat andere Probleme. Deswegen hat er mich geschickt, damit ich die Angelegenheit für ihn erledige.«

Zu spät. Mein Kopf fällt zurück auf die Matratze. Morley hätte die Angelegenheit sofort erledigen müssen, anstatt sich zu besaufen. Dann wäre alles anders gekommen und wir wären bereits auf halbem Weg nach Cayonne.

»Du kannst diesen schwarzen Teufel jederzeit mit nach Cayonne nehmen, wenn's darum geht. Von mir aus jetzt gleich.«

»Und seine Frau«, verlangt Morley. »Das ist doch ihr Zimmer, richtig? Was hast du bei ihr gemacht?«

»Was ich mit Elizabeth mache, geht dich einen Scheißdreck an. Sie bleibt bei mir. Wir werden heiraten. Das kannst du diesem Teufel und Morgan ausrichten.«

»Corey ...«

»Halt endlich dein verdammtes Maul, alter Mann, oder ich stopfe es dir«, brüllt Payne aus vollen Lungen. »Der Einzige, vor dem ich mich rechtfertigen müsste, ist Morgan und der ist nicht hier. Also verschwinde. Verschwinde und kümmere dich um deinen eigenen Kram!«

Es poltert. Ich höre einen gedämpften Schmerzenslaut, danach sich entferndendes Schlurfen. Morley hat aufgegeben. Er ist ein alter Mann, nicht stark genug, sich durchzusetzen. Und was würde es jetzt auch noch nützen? Vielleicht beherzigt er Paynes Worte und geht mit Rhys nach Cayonne. Es wäre das Beste. Ich kann meinem Mann sowieso nie wieder unter die Augen treten. Nie wieder.

Als Payne wieder hereinpoltert, presse ich die Lider fest zu und umschlinge meine Knie.

»Zieh endlich dein Nachthemd aus«, herrscht er mich an. »Na los, stell dich nicht an!«

Ich kann mich nicht bewegen, geschweige denn die Beine strecken. Die Unterleibskrämpfe ziehen mittlerweile bis in meine Oberschenkel. Fluchend richtet Payne mich auf und drückt meine Knie auseinander. In diesem Moment reißt etwas in mir. Ein Schwall Nässe schwappt aus mir heraus. Zeitgleich mit Payne sehe ich zwischen meine Schenkel. Blut! Überall Blut.

Mein Kind … Ich hab es vergessen. Wie kann ich mein eigenes Kind vergessen? Das Grau, das sich eng um mich geschlossen hat, zerspringt. Aus meinem Mund kommt ein hoher Ton und wird lauter. Einfach alles kommt hoch. Jeder Verlust, jeder Schockmoment, jeder jemals erlebte Schmerz. Ich schreie und schreie und kann nicht mehr aufhören.

## Sieben

Seit Payne mit panisch rollenden Augen aus dem Zimmer rannte und mich in meinem Blut sitzen ließ, habe ich ihn nicht mehr gesehen. Alle im Haus gehen auf Zehenspitzen, damit ich nicht gestört werde. Auch im Sklavenquartier flüstern sie. Über das Blut der weißen Lady, das im Laken versickerte. Über das Kind, das sie beinahe verloren hätte. Ich weiß davon, weil Portia und Mimi ebenfalls flüstern, wenn sie glauben, ich schlafe. Meist darüber, was sie nun machen sollen.

Im Gegensatz zu ihnen, weiß ich genau, was ich machen werde. Im Bett bleiben und die Außenwelt aussperren. Rhys eingeschlossen. Im Moment zählt für mich ausschließlich das winzige Leben in mir. Vielleicht bin ich egoistisch, ganz sicher sogar, aber irgendwie lässt mich der Gedanke nicht los, dass dieses Kind überleben muss, damit auch unsere Liebe überleben kann.

Niemand wundert sich über mein Verhalten. Schließlich brauche ich viel Ruhe. Also schlafe ich viele Stunden, esse und trinke und schlafe danach weiter. Falls ich etwas brauche, steht ein Glöckchen auf dem Nachttisch, das ich nur läuten muss, damit jemand kommt. Ich benutze es selten. Ich brauche nichts, ich vermisse nicht einmal etwas. Dr. Pickett hätte das nie geduldet, sondern die Vorhänge aufgerissen, Licht hereingelassen und mich mit Fragen gelöchert.

»Wie fühlen Sie sich heute, Grace?«, murmle ich in das Dämmerlicht. »Ach ganz gut. Nur ein klein wenig beschissen, aber solange ich hier im Dunkeln liegen und so tun kann, als gäbe es mich gar nicht, ist alles okay. Okay, okay, o-kay.«

Mit zur Seite geneigtem Kopf lausche ich meiner Stimme. Sie klingt merkwürdig hell. Gar nicht nach mir selbst. Lieber Himmel, werde ich jetzt etwa auch verrückt? Während ich noch auf eine Antwort warte, kommt Mimi herein, zieht einen Stuhl heran und setzt sich zu mir. Stumm sieht sie mich an.

»Was gibt's?«, frage ich und rutsche tiefer in die Kissen, weil ich es eigentlich nicht wissen will.

»Ich wollte Euch nur sagen, dass sie Eurem Gemahl das Halseisen abgenommen haben.«

Im Reflex hebe ich die Hand und reibe über meine Kehle. Das Halseisen ... Jetzt erinnere ich mich wieder daran. Morley erwähnte es. Vor zwei Tagen.

»Heißt das, er hat zwei Tage ...«, meine Stimme bricht.

Mimi nickt. »Ohne Wasser und Nahrung.«

Ihre Worte säbeln wie ein stumpfes Messer durch meine Brust. Zwei Tage ohne Nahrung konnte ein gesunder Mann verkraften. Ohne Wasser aber ...

»Wieso erfahre ich das erst jetzt?«

»Ihr habt nicht nach ihm gefragt.«

Natürlich nicht! Ich hatte eine Scheißangst, nach ihm zu fragen, und habe sie immer noch. Das ganze Sklavenquartier hat mitbekommen, was im Haus passiert ist. Falls Rhys bisher davon nichts hörte, weiß er es spätestens jetzt, da können Mimi und Portia noch so oft das Gegenteil beteuern. Wahrscheinlich hat Payne es ihm sogar persönlich erzählt.

»Er möchte Euch sehen, Madam. Heute Abend, hinter dem alten Schuppen am Fluss.«

»Nein, das geht nicht.«

»Madam ...«

»Ich kann nicht. Ich bin zu schwach, ich muss im Bett bleiben. Sag ihm das.«

Mit zitternden Händen ziehe ich die Decke bis hinauf zum Kinn und schäme mich. Mir ist klar, dass ich mich unmöglich aufführe. Absolut irrational. Aber ich kann Rhys nicht gegenübertreten. Ich kann es einfach nicht, nach allem, was geschehen ist. Er konnte rein gar nichts dagegen unternehmen, das weiß ich. Während Payne mich vergewaltigte, saß er an einen Mast gekettet – und trotzdem – er hätte es niemals soweit kommen lassen dürfen. Und jetzt hasst er mich.

Mimi lehnt sich vor. Ihre schlanken Finger berühren mein Kinn und drehen mit sanfter Gewalt meinen Kopf zur Seite. Eindringlich sieht sie mich an.

»Er muss mit Euch sprechen. Es ist sehr wichtig.«

In meinem Kopf beginnt eine gigantische Glocke zu dröhnen. Ein Endzeitläuten. Denn darauf läuft es hinaus. Rhys wird mich verlassen.

»Ihr werdet zu ihm gehen, Madam. Das seid Ihr ihm schuldig.«

Um Fassung ringend, beiße ich auf die Innenseite meiner Wange. Wahrscheinlich hat sie recht, obwohl von Schuld keine Rede sein kann. Echt nicht! Es sind nicht Mimis, sondern die Worte meiner Schwester Katherine, die mich umstimmen. Damals stand ich auf dem Fünf-Meter-Brett im Schwimmbad. Zehn Jahre war ich alt und sie vierzehn. Ich kann sie so deutlich hören, als stünde sie neben mir.

»Sei kein Feigling, Gracie. Spring!«

Und ich springe auch jetzt wieder, obwohl tief unter mir kein Wasser ist, sondern ein Loch ohne Boden.

»Also gut, heute Abend am Fluss.«

Auf wackligen Beinen umrunde ich den Schuppen. Der Fluss dahinter schimmert silbrig im Mondlicht. Rhys erwartet mich am Ufer. Mit angewinkelten Knien sitzt er im Sand, neben sich eine Fackel. Obwohl selten jemand hierherkommt und das Licht vom Schuppen verdeckt wird, bleibt es riskant, doch das scheint ihm egal zu sein. Seine Haut schimmert bronzen im Fackelschein. Sein Profil ist ein scharfkantiges Relief vor flackerndem Hintergrund.

Obwohl ich vor diesem Treffen zurückscheute, bin ich froh, als ich mich neben ihn setzen kann. Ich bin noch immer schwach und der Weg hierher hat mich ermüdet.

Stumm sitzen wir nebeneinander. Je länger wir schweigen, desto breiter und spürbarer wird die Kluft zwischen uns. Dabei müssten wir nur die Hände ausstrecken, um uns zu berühren. Aber das machen wir nicht. Wir sehen uns nicht einmal an. Merkwürdig, wie schnell sich zwei Menschen entfremden können, die sich so nah standen. Allerdings, wie nah standen wir uns wirklich? Was, abgesehen von drei Wochen fantastisch heißem Sex, verbindet uns? Selbst in guten Zeiten ist das auf Dauer zu wenig für eine Ehe. Und wir durchleben gerade eine sehr schlechte Zeit.

»Du hättest es mir sagen sollen.«

Ich erkenne seine Stimme kaum wieder. Sie klingt dumpf. Eine Automatenstimme ohne Emotion. Er spricht von unserem Kind. Ich ziehe die Beine an die Brust und umschlinge meine Knie. Neuerdings meine Lieblingsposition.

»Das hätte ich.«

Ich presse meine Antwort an dem Kloß in meinem Hals vorbei. Jede Wette, bevor unsere Unterhaltung beendet ist, heule ich Rotz und Wasser.

»Andererseits waren deine Zweifel an mir berechtigt.«

O Gott, er geht direkt in die Vollen. Mit einem tiefen Durchatmen dreht er den Kopf und sieht mich zum ersten Mal an. Seine Augen wirken tiefschwarz und glänzen fiebrig. »Eifersucht ist ein schlechter Ratgeber. Ich habe Payne unterschätzt. Ich dachte, ich hätte die Sache im Griff und habe dich im Stich gelassen. Es tut mir leid, Grace.«

Und mir erst. Ich liebe ihn. So sehr, wie ich einen Mann nach so kurzer Zeit nur lieben kann. Wären wir in einem Film, würde ich ihm genau das sagen. Danach fielen wir uns in die Arme und es käme zu einer leidenschaftlichen Kussszene mit brausender Titelmelodie. Bloß ist das kein Film, sondern mein beschissenes Leben, und Liebe fängt eben nicht alles auf. Auf meine Brust senkt sich ein Druck, der bis in den Rücken ausstrahlt. Ich weiß, was als nächstes kommt. Sag es endlich, raunt es in mir. Bringen wir es hinter uns. Und wie so oft, errät er meine Gedanken.

»Ich gehe über die Berge nach Cayonne.«

Obwohl ich mich darauf vorbereitet habe, tut es weh. Verdammt weh! Ein erstickter Laut bricht aus meiner engen Kehle. Ich kauere mich enger zusammen, als könnte ich dem Schmerz dadurch weniger Angriffsfläche bieten.

»Gib mir den Ring.«

Was? Quälend langsam träufelt seine Forderung in mein Hirn. Ich balle die linke Hand zur Faust und lege die rechte darüber.

»Es ist mein Ehering. Er gehört mir.«

»Ich weiß. Gerade deswegen will ich nicht, …«

»Ich weiß, was du willst!« Ein harter Schluchzer unterbricht mich. Super, ich werde hysterisch. Am besten, ich schreie noch etwas lauter, damit alle angerannt kommen. Mühsam senke ich die Stimme zu einem Flüstern. »Du kannst es nicht ertragen, dass Payne mich ... Ich hab versucht, es zu verhindern. Ich hab's wirklich versucht ... Wenn du mich verlassen willst, kann ich es nicht ändern, aber meinen Ring gebe ich nicht her!«

»Ich will sicherstellen, dass Payne den Ring nicht mehr an dir sieht und ihn dir abnimmt. Du bekommst ihn wieder.«

Sicher, per Post oder Brieftaube. Mein Gesicht verzerrt sich und ich kann nichts dagegen tun. Meine Mundwinkel biegen sich nach unten, ziehen meine äußeren Augenwinkel mit und dann kommen die Tränen.

»Grace!« Er packt meine Schultern, schüttelt mich leicht. »Grace, ich werde dich nicht verlassen. Wie zur Hölle kommst du darauf?«

»Weil ...«

Heraus kommt ein gedehntes Winseln. O Mann, ich halte besser die Klappe. Schluchzend hole ich Luft, nur um sie in knappen Stößen herauszuweinen. Das Beben meiner Schultern zieht tiefer und erfasst meinen Körper. Plötzlich werde ich angehoben und lande zwischen seinen angewinkelten Beinen und in seinen Armen. Ich umschlinge seinen Hals und heule in seine Halsbeuge.

»Ich liebe dich«, murmelt er an meinem Ohr. »Ich liebe dich, Grace.«

Das wiederholt er so lange, bis meine Heulattacke abebbt. Dabei streichelt er mir über Kopf und Rücken. Gott, tut das gut. Ich habe den verständnisvollsten, großartigsten Mann aller Zeiten geheiratet. Als ich den Kopf hebe, umfasst er mein verheultes Gesicht und küsst die Tränen fort. Jedenfalls versucht er es, denn meine Wangen und mein Kinn sind klatschnass.

»Ich könnte dich niemals verlassen.«

»Und was ist mit Payne?« Ich klinge furchtbar. Völlig verschnupft.

»Du hattest keine Chance gegen ihn. Soll ich dir daraus einen Vorwurf machen? Der Einzige, der Vorwürfe verdient, bin ich.« Kurz presst er die Lippen aufeinander. »Der Gedanke, was er dir durch mein Zögern antun konnte, zerreißt mir das Herz. Auch deswegen will ich schnellstmöglich mit Morgan sprechen. Ich muss ohne dich aufbrechen, Grace, du bist zu schwach für einen Gewaltmarsch über die Berge. Ich nehme mit Samson den kürzesten Weg nach Cayonne. Wir haben alles beisammen, um die Fußfesseln zu sprengen.«

»Samson?« Ich wische mit dem Ärmel meines Kleides unter meine Nase entlang. »Wieso wollt ihr fliehen? Wieso gehst du nicht mit Morley? Payne hat nichts dagegen.«

»Morley wird hierbleiben und ein Auge auf dich haben. Solange ich fort bin, bleibst du in deinem Zimmer, wie bisher. Portia und Mimi werden sagen, dass du einen Rückfall erlitten hast. Es sind nur einige Tage, Grace, dann bin ich zurück, mit Männern und Waffen, und hole dich. Hältst du das durch?«

Schwer. »Ja.«

»Gut.« Fest drückt er die Lippen auf meine Stirn. »Unterdessen wirst du behaupten, du hättest dich mit mir überworfen und mir den Ring zurückgegeben. Das erklärt, weshalb ich verschwunden bin. Wenn es dir möglich ist, erkläre dich dazu bereit …« Mit einem trockenen Schlucken stockt er. Sein Brustkorb arbeitet, als bekäme er nicht genug Luft. Ich lege die Hand an seine Wange, direkt über den zuckenden Muskel.

»Wozu soll ich mich bereiterklären?«

»Zu einer Hochzeit mit Payne«, presst er mit zusammengebissenen Zähnen hervor. »Je näher er sich am Ziel glaubt, desto sicherer bist du.«

Absolut logisch. »In Ordnung. Ich denke, das schaffe ich. Wann wollt ihr verschwinden?«

»Portia meint, in einigen Tagen wird ein Sturm heraufziehen. Der Regen wird unsere Spuren verwischen und die Bluthunde keine Fährte finden.«

Ich mag Portia, ohne sie hätte ich mein Kind verloren oder wäre verblutet. Sie versteht mehr von Medizin als jeder sogenannte Arzt dieser Zeit, eine Meteorologin ist sie jedoch nicht, und selbst diese hätten Schwierigkeiten, ohne Satellitenbilder einen Sturm in einigen Tagen vorherzusagen. Es sei denn, Voodoo gibt es wirklich und sie hat es aus dem Blut eines portugiesischen Hausschweins herausgelesen. Ich behalte meine Zweifel für mich und ziehe meinen Ehering vom Finger.

»Hier. Bring ihn mir bald wieder.«

Rhys steckt ihn ein. »Versprochen.«

Er steht auf, reicht mir die Hände und hilft mir auf die Füße. Uns an den Händen haltend, bleiben wir dicht voreinander stehen.

»Pass auf dich auf, Grace.«

»Du auch auf dich.«

Mit einem Ruck zieht er mich an sich und hält mich. Auf Versöhnungssex müssen mir so kurz nach meiner Beinahe-Fehlgeburt verzichten, doch seine Küsse sind genauso gut. Sie brennen sich in meine Seele. Mit allen Sinnen nehme ich meinen Mann in mich auf. Die Härte seines Körpers, das weiche, wirre Haar, seinen Geruch, das Gefühl, von seinen Armen umschlossen zu werden. Es ist alles, woran ich mich in den kommenden Tagen festhalten kann.

Als wir uns schließlich trennen, schreit alles in mir danach, ihm hinterherzulaufen, ihn nicht gehen zu lassen. Trotz der warmen Nacht reibe ich fröstelnd über meine Arme. Granny hätte gesagt, jemand sei soeben über mein Grab gelaufen. Allerdings bin ich der letzte Mensch auf Erden mit einem sechsten Sinn, sonst hätte er sich schon früher gemeldet. Also sollte ich weder etwas auf die Sprüche meiner Großmutter noch auf Ahnungen geben. Es wird nichts schiefgehen, versichere ich mir auf dem Weg zurück zum Haus, diesmal wird es laufen wie geschmiert. Es muss einfach.

Wie vereinbart, verschanze ich mich hinter einer anhaltenden Schwäche und hüte das Bett. Mimi und Portia geben sich besorgt und reden für jeden gut hörbar über meine schlechte Gesundheit und selbst Morley spielt mit. Seine Stimme dringt aus dem unteren Geschoss bis zu mir, als er darüber krakeelt, ich habe mit Tyler gebrochen und er habe sich völlig umsonst meinetwegen den Mund fusselig geredet. Kurz darauf lasse ich Payne wissen, dass ich mit ihm über unsere Hochzeit zu sprechen wünsche.

Im Haus läuft somit alles nach Plan. Trotzdem sitze ich wie auf einer heißen Herdplatte. Ständig stehe ich auf, spitze durch einen Spalt der Übergardinen aus dem Fenster und suche nach den ersten Anzeichen eines heraufziehenden Unwetters. Ein Wölkchen wäre mir schon genug, aber der Himmel bleibt so blau wie eine ausgeblichene Jeans. An den Bäumen hängen die Blätter schlaff herab. Es ist windstill und glühend heiß.

Erst am vierten Abend, als ich nicht mehr damit rechne, bläht ein plötzlicher Windstoß die Vorhänge am offenen Fenster. Aus der Ferne rollt Donner auf die Plantage zu. Es ist so weit! Heute Nacht werden Rhys und Samson fliehen. Dummerweise sitzt Payne ausgerechnet in diesem Moment bei mir und faselt von einem Priester, nach dem er schicken will. Ich darf mir von meiner Aufregung nichts anmerken lassen, denn sein schlammbrauner Blick klebt an mir wie ein Kaugummi an der Schuhsohle.

»Ein Gewitter zieht auf. Heute Nacht wird es mächtig stürmen. Ich kann bei dir bleiben, falls du Angst hast.«

Das Funkeln seiner Augen beunruhigt mich. Irgendwie flößt er mir das Gefühl ein, er könnte etwas argwöhnen. Vielleicht ist meine Rolle der dahinsiechenden Kameliendame doch nicht so überzeugend. Mist!

»Ich fürchte mich nicht vor Gewittern.«

Noch während ich es sage, schieben sich Wolken vor die Sonne. Schlagartig setzt der Regen ein. Ein lautes Rauschen, als befände sich direkt vor dem Fenster ein Wasserfall. Ich werfe einen Blick auf die von Windböen bewegten Übergardinen. Wenn sie sich öffnen, kann ich die nahezu schwarzen Wolken sehen.

Spätestens jetzt werden die Sklaven von den Feldern ins Quartier getrieben. Rhys und Samson müssen nicht auf die Nacht warten. Bei diesen Lichtverhältnissen könnten sie in spätestens zwei Stunden in den Bergen sein.

»Würdest du bitte das Fenster schließen und einige Kerzen anmachen?«, frage ich im Plauderton.

Er steht auf, öffnet die Vorhänge und schließt das Fenster. Gleichzeitig schlägt ein Blitz aus den Wolken und umrahmt seine massige Gestalt. Mit dem Rücken zu mir bleibt er am Fenster stehen und neigt den Kopf zur Seite. Er scheint auf etwas zu warten oder hört wieder eine Stimme, die außer ihm niemand hören kann. Was immer sie ihm zuflüstert, ich muss ihn davon ablenken und davon überzeugen, dass es keinen Grund für sein Misstrauen gibt.

»Du solltest Tyler fortschicken. Ich will den Mann nicht länger in meiner Nähe haben, Corey. Oder soll er mir auf unserer Hochzeit die Schleppe tragen?«

Er dreht sich zu mir um. Sein Gelächter übertönt den Regen, der an die Scheibe und aufs Dach prasselt. Ich zwinge die Mundwinkel nach oben und lasse sie gefrieren. Mein Lächeln bricht mir beinahe den Kiefer.

»Die Schleppe tragen, das ist gut.« Von jetzt auf gleich bricht sein Johlen ab. Gar nicht gut. Mit gerunzelter Stirn zupft er an seinem Spitzbart. »Wir können ihn nicht mehr einfach seiner Wege ziehen lassen, Elizabeth. Das ist zu riskant geworden. Dieser Teufel könnte schnurstracks zu Morgan gehen und uns eine Menge Ärger machen. Aber keine Sorgen, wir werden ihn schon los.«

Zum Glück ist es zu dunkel im Zimmer, um den Schreck in meinem Gesicht zu erkennen. Abfällig schnaube ich. »Ach. Und wie?«

»So, wie wir diesen Dummkopf Robin loswurden, Liebes. Wir stopfen ihm das Maul.«

Mein Magen krampft. Verdammt, verdammt, verdammt!

»Corey, Liebling.« Die Worte kratzen durch meine Kehle und wollen steckenbleiben. Ich räuspere mich. »Du kannst doch unsere Hochzeit nicht in Blut tauchen. Es sollte der schönste Tag unseres Leben werden.«

»O, das wird er.« Er kommt an mein Bett und tätschelt meine Wange. »Der Regen wird das Blut fortwaschen.«

Der Regen? Er will Rhys heute ermorden!

»Wenn Morgan es erfährt, bringt er dich an den Galgen«, sage ich. »Was wird dann aus mir?«

»Es wird alles völlig legal ablaufen, ich bin schließlich kein Idiot. Meine Männer stehen geschlossen hinter mir. Sie werden bestätigen, dass er die Sklaven aufwiegeln wollte. Darauf steht der Tod, ganz egal, ob er ein Freund von Morgan ist oder nicht.«

Ich sitze auf einem Kreisel und finde keinen festen Punkt, an den ich mich klammern kann. Payne ist ein Wahnsinniger, ein Idiot ist er hingegen wirklich nicht. Er plant diesen Mord schon seit geraumer Zeit, und während Rhys auf den Sturm wartete, wartete Payne ebenfalls auf eine Gelegenheit.

»Mittlerweile müssten sie ihn an den Mast gebunden haben. Ich werde ihn persönlich für sein Vergehen auspeitschen. In einer Stunde ist alles vorbei.«

Sein Kichern kriecht mir mit Eisfingern über die Haut. Ein Blitz flammt auf, zeigt mir sein irres Grinsen. Dann wird es wieder dunkel um uns und ich verfehle die Hand, nach der ich greife.

»Bleib hier, Corey.«

Der Donner übertönt mich und hält an. Ein Schlag nach dem anderen erschüttert das Haus, während er zur Tür geht. Ich schlage die Decke zurück, springe auf und renne ihm nach. Er darf nicht gehen. Ich muss ihn um jeden Preis aufhalten. Meine Hände greifen nach seiner Schulter und erneut bin ich zu langsam. Vor meiner Nase knallt er die Tür zu und sperrt mich ein.

»Corey!« Ich hämmere an das Holz. »Geh nicht! Ich fürchte mich. Dieser Sturm … Bitte, lass mich nicht allein!«

»Ich bin bald wieder bei dir, Liebes. Mit seinem Herzen. Ich werde es dir zu Füßen legen.«

Er singt es beinahe. O Gott! Was soll ich machen? Was soll ich bloß machen? Ich bearbeite die Tür mit den Fäusten und übertöne den Sturm. »Nein, Corey! Komm zurück! Komm zurück! Corey!«

In mir ist ein einziges schrilles Kreischen. Um mich herum flackert Schwärze. Ich stehe kurz vor einem Kollaps. Schluchzend wirble ich herum, renne zum Fenster und reiße es auf. Der Rahmen kracht an die Wand, die Scheibe klirrt. Mit aller Kraft zerre ich am Holzgitter.

»Corey! Bitte! Bring ihn nicht um. Bitte nicht!«

Brüllend werfe ich mich immer wieder gegen das Holzgitter. Meine Schreie müssten weit über die Plantage hallen, doch der Garten unten bleibt leer. Ich sehe einzig Regenfäden. Entkräftet sinke ich an das Holzgitter und halte mich daran aufrecht. Regentropfen sprühen in mein Gesicht. Außer dem Prasseln des Wassers und dem Rauschen der Bäume, die sich in den Sturmböen biegen, höre ich nichts. Im Haus herrscht Totenstille. Wo sind sie alle? Wo ist Mimi? Was ist mit Morley? Haben sich etwa alle am Mast versammelt, um Rhys beim Sterben zuzusehen?

Das darf nicht wahr sein. Es. Ist. Nicht. Wahr. Ich stehe nicht hier, während mein Mann …

Humm! Das Geräusch dringt durch den Sturm zu mir. Ich reiße den Kopf hoch. Was ist das? Es wird immer lauter. Humm! Humm! Humm! Mit zusammengekniffenen Augen presse ich mein Gesicht ans Gitter, kann jedoch nichts erkennen. Ein Schrei schallt durch die Nacht, steigert sich zu tobsüchtigem Gebrüll. Andere Stimmen fallen ein.

Dann fällt ein Schuss.

»Nein! Nein, nein, nein.« Wie eine Bekloppte tripple ich auf der Stelle und rüttle am Gitter. Ich kann nicht stillstehen. »Rhys. Rhys!«

Meine Hände rutschen ab, ich taumle rückwärts und krache auf den Hintern. Für einen Moment bleibe ich nach Luft schnappend sitzen. Gedanken feuern durch meinen Kopf und schlitzen mein Hirn auf. Payne wird zurückkehren. Mit einem blutenden Herz in der Hand. Mein rationales Denken setzt aus. Ich springe auf, stürme zur Kommode und zerre sie zur Tür. Das Reißen in meinem Kreuz ignoriere ich. Ich muss Payne aussperren. Was immer er mir bringt, ich will es auf keinen Fall sehen.

Keuchend hänge ich über der Kommode, als sich der Schlüssel im Schloss dreht. In Schockstarre stiere ich auf die Klinke. Sie bewegt sich. Eins steht fest, was immer jetzt kommt, ich kann es weder körperlich noch geistig verkraften.

»Madam? Macht die Tür auf. Schnell!«

»Mimi?« Mit zittriger Hand wische ich mir die Haare aus dem Gesicht. »Was ist mit Rhys?«

»Bitte, lasst mich zuerst rein, Madam.«

Wieso weicht sie meiner Frage aus, verdammt? Ich packe die Kommode und ziehe. Meine Kraft ist aufgebraucht und meine Arme zittern vor Überanstrengung. Das Ding will sich einfach nicht bewegen. Hart beiße ich die Zähne aufeinander. Ich schaffe das! Während ich in kleinen Etappen ziehe und schiebe, redet Mimi vor der Tür auf mich ein.

»Ihr müsst fort von hier, Madam. Über die Tabakfelder im Osten und zur Destillerie. Eine Schneise führt daran vorbei. Von ihr geht ein Pfad in die Berge ab, markiert mit einem roten Tuch. Es ist gut versteckt, Ihr müsst die Augen offen halten, sonst übersehr Ihr es. Samson wartet in einer Höhle am Ende dieses Pfades auf Euch und wird Euch nach Cayonne bringen.«

»Was ist mit Rhys?«

Endlich kann ich die Tür zumindest einen Spaltbreit öffnen und reiße sie auf. Mimi steht im Licht des Ganges. Ihre Haut ist zu dunkel, um blass zu werden, stattdessen hat ihr Teint die Farbe von alter Schokolade angenommen.

»Ich weiß nicht, Madam. Vielleicht lebt er noch, vielleicht aber auch nicht.«

Vielleicht, vielleicht, vielleicht. Ich zerre an meinem Haar, bemerke es und lasse die Hände sinken. Hysterie kostet nur noch mehr Kraft, die ich dringend brauche. Ich strecke die Hand durch den Spalt und sie greift fest zu.

»Was ist passiert?«

»Sie haben ihn geholt, Madam. Sie wussten Bescheid und passten den Moment ab, als er und Samson die Ketten loswurden und verschwinden wollten. Auf Samson hat niemand geachtet, er konnte entkommen. Es ging ihnen allein um Master Rhys. Sechs Aufseher brauchte es, um ihn an den Mast zu binden. Er hat gekämpft wie ein wildes Tier.«

Ja, das kann ich mir denken. Ich schließe die Augen. »Weiter.«

»Alle Sklaven mussten sich am Mast versammeln. Dann kam Master Corey mit der Neunschwänzigen und brüllte herum. Er beschimpfte uns als schwarzes Pack und noch anderes. Vieles war über den Donner nicht zu verstehen. Euer Gemahl brüllte auch viele schlimme Worte, bis Master Corey zuschlug. Wieder und wieder.« Sie reißt die Augen auf. Rund um die Iris kann ich das Weiße sehen. »Aber Euer Gemahl, Master Rhys, er hörte einfach nicht auf zu brüllen, sondern wurde immer lauter. Er tobte und kämpfte gegen die Fesseln an.«

»Ich habe ihn gehört«, murmle ich.

»Es war zwar dunkel und hat stark geregnet, doch wir alle konnten sehen, wie bleich Master Corey war. Er fürchtete sich vor der Wut des Drachen. Weil er lachte und ihn verhöhnte, trotz des Blutes, das ihm über seinen Rücken lief. Er gebärdete sich wie ein Wahnsinniger.«

Wahnsinnig vor Schmerz. Ich presse die Faust an die Lippen und beiße in meine Knöchel. Ich sehe es geradezu vor mir. Die im Regen stehenden Sklaven, die Aufseher mit ihren Hunden, Payne und mein Mann am Mast und alles ertrinkt in Wasser und Todesangst und Irrsinn.

»Master Corey hörte einfach nicht auf, mit der Peitsche auf ihn einzuschlagen, selbst als er bewusstlos in den Fesseln hing, machte er immer weiter. Und die Sklaven ... Wir begannen mit der Klage. Humm!«, macht sie. Ich nicke. Auch das habe ich gehört. »Ein Aufseher verlor die Nerven und schoss auf uns, und danach ... danach geriet alles aus den Fugen, Madam. Die Feldsklaven waren nicht mehr zu halten und stürzten sich auf die Aufseher und Master Corey. Solange sie kämpfen, könnt Ihr unbemerkt verschwinden.«

»Ich kann nicht. Ich gehe nicht ohne Rhys. Falls er noch lebt ...«

»... werde ich mich um ihn kümmern. Und Portia wird mir helfen. Ich verspreche es, Madam.« Sie quetscht meine Hand. »Ihr müsst weg, bevor Master Corey zurückkehrt. Sonst bringt er Euch um. Ich hab's ihm angesehen. So sah er auch damals aus, in der Nacht, als Miss Elizabeth verschwand.«

Ich glaube ihr aufs Wort. Trotzdem, ich kann nicht gehen und Rhys im Stich lassen. Obwohl er unter Garantie genau das von mir verlangen würde.

»Ich lass dich erst mal rein«, entscheide ich und lasse ihre Hand los. »Hilf mir. Du drückst von außen gegen die Tür und ich ...«

»Elizabeth?« Zeitgleich zucken Mimi und ich zusammen. Payne ist zurück und nimmt mit schnellen Schritten die Treppe. »Elizabeth!«

Seine Stimme kippt. Das geht niemals gut. »Lauf weg, Mimi. Schnell, versteck dich.«

»Ich werde ihn beruhigen. Ich kann das.«

»Nein!«

Ich grabsche durch den Türspalt, doch sie hat sich schon umgedreht und geht ihm entgegen. Scheiße! Wieso hört niemand auf mich? Durch den Türspalt schielend, behalte ich sie ihm Auge. Ich kann das Treppengeländer sehen und zwischen den Streben ihren grünen Turban und die schmalen Schultern.

»Was gibt es denn, Master Corey?«

Ihn kann ich nicht sehen, weil er einige Stufen tiefer steht. Hören kann ich dafür jedes Wort. Dunkel kommen sie. Aus einer vom Brüllen heiseren Kehle.

»Geh mir aus dem Weg, Mimi.«

»Die Missus schläft, Master Corey. Ihr wisst doch, sie braucht Ruhe.«

»Aus. Dem. Weg.«

Ja, geh ihm aus dem Weg. Jetzt sofort. Geh in deine Kammer unter dem Dach oder raus auf die Felder, dort ist es sicherer als im Haus bei diesem Mann.

»Mimi« Ich will es rufen, heraus kommt ein Krächzen.

»Es ist schon spät, Master Corey. Ihr könnt die Missus morgen besuchen. Lasst uns zu Bett gehen. Kommt.«

Als sie eine weitere Stufe nach unten geht, blitzt etwas auf, saust auf sie nieder und trifft ihren grünen Turban. Haltlos rutsche ich von der Kommode, falle auf die Knie und presse beide Hände auf den Mund. Was hat sie getroffen? Die Frage wiederholt sich in einer Endlosschleife, obwohl ich die Antwort kenne. Sie hat sich in meine Netzhäute eingebrannt. Das Blitzen der Axt über ihrem grünen Turban. Ihr Kopf …

»Was hast du getan?«, ruft eine Altmännerstimme von unten. »Verfluchter Scheißdreck, Corey. Sieh dir diese Sauerei an! Als hättest du nicht schon genug Scherereien.«

»Halt's Maul!«, kreischt Payne mit sich überschlagender Stimme. »Sie hat mich verraten. Alle haben mich verraten und zum Besten gehalten. Ich schlag sie tot. Eine nach der anderen!«

»Beruhige dich doch, Junge. Ganz ruhig.«

»Elizabeth ist an allem schuld«, greint Payne. »Sie ist aus dem Grab zurückgekehrt. Sie muss sterben, das weiß ich jetzt. Endgültig sterben, damit es vorbei ist.«

»Verliere jetzt nicht die Nerven, Mann. Damit machst du alles nur noch schlimmer. Hörst du die Schüsse? Die Sklaven haben sich erhoben. Du musst zu deinen Männern. Komm, gib mir die Axt. Du brauchst sie nicht mehr.«

»Hau ab! Lass mich zufrieden!«

Schritte poltern. Offensichtlich rangeln sie um die Axt, der schmächtige alte Mann und der wahnsinnige Stiernacken. Er wird auch Morley erschlagen und danach mich. Mein Entsetzen über Mimis Tod ist so groß, dass es mir mittlerweile egal ist, wie es für mich endet. Hauptsache, es endet überhaupt. Und zwar so schnell wie möglich. Ich gehe zur Kommode, umklammere die Kanten und werfe mich mit einem Ruck zurück. Während das Möbelstück über die Dielen schrammt, höre ich von draußen mehrere dumpfe Schläge. Jemand ist die Treppe hinuntergefallen. Die Stille, die darauf folgt, ist beinahe ein Segen.

Ich zwänge mich durch den größer gewordenen Türspalt auf den Gang, gehe an das Treppengeländer und lehne mich darüber. Mimi liegt da, wo ich sie zuletzt gesehen habe. Auf den oberen Stufen. Das Moosgrün ihrer Augen ist stumpf geworden. Seelenlos. Ihr Kopf liegt in einer Blutlache, dort, wo die Axt sie getroffen hat. Ich wende den Blick ab. Ich will ihr Gesicht so in Erinnerung behalten, wie ich es zum ersten Mal sah. Jung, gelassen, wunderschön.

Payne steht einige Stufen unter ihr, die Axt liegt locker in seiner herabhängenden Hand. Er hat mich noch nicht bemerkt, sondern starrt in krankhafter Faszination zu Morley, der am Fuß der Treppe liegt, den Kopf in einem unnatürlichen Winkel abgeknickt.

Stumm bewegt Payne die Lippen. Nachdem er etliche unschuldige Menschen getötet hat, scheint ihm zu dämmern, dass Morleys Genickbruch auch sein Genick brechen wird. Mit diesem Mord kommt er nicht durch. Der alte Pirat ist keine junge Frau, nach der niemand fragt und die man heimlich verscharren kann. Er wurde von Morgan geschickt, war ein Mitglied von Carters Mannschaft. Payne kann seinen Tod nicht vertuschen wie den seiner anderen Opfer. Diesmal wird er zur Rechenschaft gezogen.

»Nach Osten über die Tabakfelder«, wispert Mimi.

Mein Blick schnellt zu ihr. Sie liegt noch immer da, die leeren Augen zur Decke gerichtet, die Lippen leicht geöffnet. Sie kann nichts mehr sagen und doch habe ich sie soeben deutlich gehört. Sie hat recht. Ich muss verschwinden, bevor Corey wieder zu sich kommt. Ich muss nach Cayonne und Hilfe holen. Rhys retten, falls er noch lebt. Samson informieren, der in den Bergen auf mich wartet.

Auf leisen Sohlen husche ich den Gang entlang, über eine schmale Stiege nach unten und durch den Hintereingang ins Freie. Zuletzt habe ich diesen Weg zu meinem heimlichen Treffen mit Rhys genommen. Es scheint Jahre zurückzuliegen.

Hinter dem kleinen Hain, durch den ich damals mit Mimi lief, flackern Lichtpunkte. Fackeln, die sich hin und her bewegen und größer zu werden scheinen. Schüsse ballern. Vielleicht kommen die Sklaven, um das Haus niederzubrennen. Leider kann ich nicht bleiben und mir das Freudenfeuer ansehen. Ohne zurückzublicken, renne ich in den Sturm. Fort von den Fackeln und den Schüssen, fort von den Toten und dem Grauen. Fort von der Liebe meines Lebens.

## Acht

Während ich durch die Nacht renne, arbeitet mein Verstand so scharf wie ein Rasiermesser – bilde ich mir jedenfalls ein, denn tatsächlich ist das Gegenteil der Fall. Mein Verstand arbeitet überhaupt nicht, sonst hätte ich mich besser auf meine Flucht vorbereitet. Doch die Eindrücke der letzten Stunde verfolgen mich. Immer wieder blitzt das Bild von Mimi in ihrem Blut vor mir auf. Ich sehe sie in den Tabakfeldern liegen, die gebrochenen Augen auf mich gerichtet. Sturmwind und Regen wehen mir ihre letzten Worte zu: Die Missus schläft, Master Corey. Ihr wisst doch, sie braucht Ruhe. Ruhe … Ruhe … Ruhe. Ich wünsche, es gäbe sie für mich, diese Ruhe.

Erst als die Felder hinter mir liegen und ich den Weg zur Destillerie erreiche, fällt mir auf, dass ich im Nachthemd und barfuß getürmt bin. Der Stoff klebt pitschnass an meiner Haut, und schon jetzt habe ich mir die Füße an scharfkantigen Steinen aufgeschürft. In diesem Zustand werde ich kaum den Marsch in die Berge bewältigen. Andererseits ist eine Umkehr ausgeschlossen. Aus der Ferne höre ich noch immer vereinzelte Schüsse. Solange sie auf der Plantage mit dem Aufstand beschäftigt sind, muss ich Abstand gewinnen, gleichgültig, wie weit ich komme.

»Wir sehen uns in der Hölle wieder, Payne!«, rufe ich über die Felder und marschiere mit geballten Fäusten und schmerzenden Füßen los. Immerhin weiß ich, wo die Sonne aufgeht und Osten liegt und kann so den Pfad in die Berge nicht verfehlen.

Wegen der Dunkelheit und unzähliger Schlaglöcher, in die ich stolpere, erreiche ich die Destillerie erst im Morgengrauen. Über dem Areal und dem angrenzenden Waldstück hängt ein schwerer Geruch. Melasse, nehme ich an. Weit und breit ist niemand zu sehen und daran wird sich in den nächsten Stunden wohl nichts ändern. Trotzdem schleiche ich mich vorsichtig und langsam an die Gebäude heran, für den Fall, das doch noch jemand hier ist.

Ausnahmsweise meint das Schicksal es gut mit mir, denn an einem Wandhaken neben einer Tür entdecke ich eine Kattunjacke, darunter stehen klobige Schuhe. Mit einem sichernden Blick in die Runde ziehe ich die Jacke über. In die viel zu großen Schuhe stopfe ich zwei Streifen Stoff, die ich mit Zähnen und Fingernägeln aus meinem Nachthemd reiße. Schon viel besser! Hastig schnüre ich die Schuhe zu und biege in die von Mimi erwähnte Waldschneise ein.

Etwa eine Stunde später endet die Schneise an hohem Gras und wucherndem Gestrüpp, ohne dass ich das rote Tuch oder den Pfad in die Berge gefunden habe. Mir über die Stirn reibend, drehe ich mich um und blicke den genommenen Weg zurück. Bäume über Bäume und sonst nichts. In ihrem Schatten lege ich eine Verschnaufpause ein. Vögel tschilpen und trillern in den Baumkronen, direkt neben mir vollendet eine Spinne ihr Netz. Der Morgen wirkt so friedlich, dass mir die vergangene Nacht wie ein Albtraum vorkommt, aus dem ich jeden Moment erwachen muss. Paynes Wahnsinn und Mimis Tod können nicht wirklich geschehen sein. Vielleicht muss ich einfach nur schlafen und wenn ich wieder erwache, dann –

Lass den Blödsinn, Rivers! Es ist geschehen. Mimi und Morley sind tot und ich muss weiter, damit Rhys zumindest eine kleine Chance hat. Ausruhen kann ich mich später, in Cayonne, nachdem ich mit Morgan gesprochen habe. Ich rapple mich wieder auf und mache mich auf die Suche nach dem Pfad.

Eine gefühlte Ewigkeit wandere ich die Schneise auf und ab und spähe in die Bäume. Nachdem sich der Sturm gelegt hat, scheint die Sonne mit doppelter Kraft auf Tortuga hinab. Da es mir in der Jacke zu heiß wird, ziehe ich sie aus und knote die Ärmel um meine Taille. Als ich wieder aufsehe, entdecke ist das Tuch. Es hängt sozusagen direkt vor meiner Nase am Ast eines verkrüppelten Baumes, bloß ist es nicht rot, sondern zu Grau ausgeblichen. Mindestens fünfmal bin ich daran vorbeigegangen und auch jetzt sehe ich nirgends auch nur die Andeutung eines Pfades, der angeblich hier beginnt. Aber er muss da sein!

Ich verlasse die Schneise, biege die Äste eines Buschs auseinander und zwängte mich hindurch. Dahinter finde ich endlich etwas, was mit viel Fantasie und gutem Willen ein Pfad genannt werden kann. Die schmale, von Unkraut überwucherte Spur verschwindet in Schlangenlinien zwischen den Bäumen.

»Also, versuchen wir's damit«, mache ich mir selbst Mut.

Je tiefer ich in den Wald vordringe, desto mehr wird daraus ein Dschungel. Dicke Wurzeln und Ranken verknoten sich zu Stolperfallen am Boden, Schlingpflanzen umwuchern die Stämme, ausgefranste Lianen hängen aus den Baumkronen. Unter meinen Füßen schmatzt das Erdreich. Obwohl kein Sonnenstrahl durch das Blattwerk dringt, ist es schwül und so feucht, dass mein Atem jeden Moment anfangen könnte zu blubbern. Stechmücken landen auf meinem Gesicht und dem Hals und bleiben im Schweiß kleben. Hin und wieder sehe ich eine Schlange, doch sobald sie meine Annäherung spüren, verschwinden sie im Grün.

Der Pfad wird steiler. An manchen Stellen muss ich mich an den Bodenranken hinaufziehen, um weiterzukommen. Immer öfter muss ich Pausen einlegen. Ich bin durstig und mein Magen zieht sich vor Hunger zusammen. Wie weit mag es noch bis zur Höhle sein? Bin ich überhaupt auf dem richtigen Weg? Um mich herum sieht alles unverändert aus. Es ist, als würde ich auf der Stelle treten.

Nach einer besonders steilen Strecke sehe ich mich nach Luft schnappend um. Ich stehe mitten in einer alles verschlingenden grünen Wildnis und kämpfe gegen meine aufkeimende Beklemmung an. Das allumfassende Grün verschwimmt vor meinen Augen. Die Ranken und Wurzeln scheinen nur auf eine Schwäche zu warten, um sich um mich zu winden und in den feuchten Boden hinabzuziehen. Kurz überlege ich, ob ich nach Samson rufen soll, doch bei meinem Glück kommt eher ein Wildschwein oder eine Horde Maroons angerannt, und ich bin nicht in der Verfassung, mich auf einen Baum zu retten oder mich zu wehren.

Ich muss tiefer hinein, höher hinauf. Weiter, weiter, weiter, treibe ich mich an, obwohl meine Glieder schwer werden und sich eine bleierne Müdigkeit über mich senkt. Irgendwann weicht der Wald einer kleinen Lichtung und der Pfad endet vor hoch aufragenden Felsen. Sie geben mir den Rest. Selbst wenn der Pfad hinter ihnen weiter nach oben führt, ich werde sie niemals hinaufklettern können. Nicht in meiner derzeitigen Verfassung.

Müde setze ich mich auf ein vertrocknetes Grasbüschel, wobei ich den Felsen den Rücken zukehre. Ich habe genug von Hindernissen, obwohl ich allmählich begreife, weshalb ich ständig damit konfrontiert werde. Ich gehöre nicht hierher. Weder in diesen Dschungel noch in diese Welt. Ich nehme auf Situationen und Menschen Einfluss, denen ich überhaupt nicht hätte begegnen dürfen. Mein Sprung durch die Zeit hat das natürliche Gefüge völlig durcheinandergebracht, und das Schicksal, das mich in gewisser Weise hierher versetzte, unternimmt nun alles, den Fremdkörper wieder loszuwerden. Ich bin so etwas wie ein Parasit.

Die Bestätigung meiner These zieht mit einem vertrauten Schmerz durch meinen Unterleib. Ich presse die Hand darauf und halte den Atem an. Bitte nicht! Nicht hier. Ich muss mich hinlegen, im Schatten ausruhen. Bestimmt ist es bloß Überanstrengung oder Hunger. Sobald ich etwas geschlafen und Wasser gefunden habe, wird es mir wieder besser gehen.

»Madam?«

Erschrocken drehe ich mich um, kippe zur Seite und bleibe am Boden liegen. Samson eilt von den Felsen auf mich zu.

»Wo kommst du so plötzlich her?«

»Aus der Höhle, Madam. Sie liegt direkt dort drüben, verborgen hinter dem Fels.«

Als er mir aufhilft, wird mir kurz schwarz vor Augen. Ich taumle gegen ihn.

»Vorsicht, Madam.« Eine sichere, große Hand umfasst meinen Ellbogen. »Geht es wieder?«

»Sicher. Ich brauche bloß Schatten. Muss mich hinlegen.«

Behutsam führt er mich über die Lichtung zu dem Fels, dessen Schräge eine Spalte verbirgt, die in eine schattige, kühle Höhle führt. Kaum strecke ich mich auf dem Steinboden aus, jagt die nächste Schmerzwelle durch meinen Körper – und diesmal hält sie an. Zischend ziehe ich Luft durch die zusammengebissenen Zähne.

Samson geht neben mir auf ein Knie. »Was habt Ihr, Madam?«

Wenn ich es ihm sage, wird es ihn völlig überfordern. »Wasser ... Ich brauche Wasser.«

Er lehnt sich zur Seite, nimmt einen Lederschlauch auf und schüttelt ihn.

»Ich hole frisches. In der Nähe ist ein Bach. Wartet hier.«

Was sonst? Ich könnte höchstens auf dem Bauch davonrobben und selbst wenn ich das wollte, wüsste ich nicht, wohin. Sobald er fort ist, krümme ich mich um den Schmerz zusammen und versuche ihn wegzuatmen, so wie Portia es mir beim ersten Mal zeigte. Doch es hilft nichts. Mit diesem Gewaltmarsch habe ich mir zu früh zu viel zugemutet. Mir und meinem Kind. Ich kann die Schenkel noch so fest zusammenpressen, ich werde es verlieren. Ich weiß es. Mein Herz sagt es mir.

»Madam? Madam, hier ist Wasser.«

Wie schön. Nur kann ich mich nicht allein aufrichten. Samson muss mir helfen. Sanft wie einen aus dem Nest gefallenen Vogel hält er mich in der Armbeuge und flößt mir Wasser ein. Als er den Schlauch wegziehen will, klammere ich mich daran.

»Ihr dürft nicht so schnell und viel auf einmal trinken.«

Rhys sagte einmal etwas Ähnliches. Damals ging es um gekühlten Mangosaft, den Mimi mir bei unserer Ankunft auf der Plantage reichte. Rhys ... Mimi ... Sie ist tot und er ... Ich weiß nicht, was aus ihm wird, wenn ich keine Hilfe holen kann und hier sterbe. Und sterben, das werde ich vermutlich.

»Will nicht durstig sterben.«

»Ihr habt es nicht bis hierhergeschafft, um zu sterben.«

Ein wirklich netter Spruch, aber leider sterben Menschen ständig und überall. Den Tod interessiert nicht, wie weit sie es schaffen und ob überhaupt. Bevor es soweit ist, muss ich noch etwas loswerden.

»Muss dir was sagen ...«

»Nein, seid still und ruht aus.«

Ich kann mich endlos lang ausruhen, wenn es vorbei ist. Als er mich wieder auf den Boden legen will, kralle ich mich in seinen Kittel. Samson muss erfahren, was aus Mimi wurde.

»Mi...«

Ein Schwall Flüssigkeit platzt aus meinem Schoß und nässt mein Nachthemd und die Schenkel. Zu gern würde ich mir vormachen, es wäre bloß das Wasser, das ich getrunken habe, doch ich weiß es besser. Und wüsste ich es nicht, könnte ich es aus dem Entsetzen in seiner Miene ablesen.

»Bondye!«

Er lässt mich beinahe fallen und hält mich dann umso fester. Seine freie Hand schwebt über mir, ein großer Schatten, der nicht weiß, wo er landen soll.

»Ist es sehr viel Blut?«, murmle ich schwach.

Samson antwortet nicht. Sein Kopf ruckt von einer Seite zur anderen, als stünde in den dunklen Ecken jemand, der mir beistehen könnte. Aber es ist niemand hier, um die Blutung zu stillen. Sein Keuchen füllt meine Ohren. Blanke Panik flackert in seinen dunklen Augen.

»Ich hole Hilfe, Madam!«

Schwach schüttle ich den Kopf. Ich will nicht, dass er geht und mich allein lässt. Mühelos biegt er meine Finger an seinem Kittel auf und lässt mich zu Boden sinken. Mein Unterleib und die Oberschenkel schwimmen in Nässe. Das Blut schwemmt auch den Schmerz aus mir heraus.

»Sam ...«

Seine Lippen bewegen sich, hören kann ich ihn nicht mehr. Irgendwo bimmelt ein Glöckchen. Stimmen, Lachen, meine Familie, Rhys, Mimi. Sie alle rasen an mir vorbei und verschwinden im Nebel. Samson ist fort. Allein gelassen, holt mich das Grau letztendlich ein, und ich umarme es wie einen alten Freund. Ich habe getan, was ich konnte, ich darf loslassen. Und genau das mache ich.

Jemand kippt mir flüssiges Kupfer in den Mund und drückt ihn dann zu. »Schlucken, schlucken.«

Entweder es kommt mir zur Nase wieder raus oder ich gehorche. Mühsam würge ich das Zeug herunter, wobei sämige Klümpchen an meinem Gaumen klebenbleiben. Erneut bin ich knapp am Tod vorbeigeschrammt, doch ob ich von Glück reden kann, ist nach dieser Behandlung nicht sicher. Es gelingt mir, die Lider zu einem Spalt zu öffnen. Als ich die Farbige über mir sehe, bereue ich es. Nie zuvor ist mir ein hässlicheres Gesicht begegnet. Ihr eines Auge schielt schräg nach außen, der Teint ist von Löchern gezeichnet, als habe sie eine Ladung Schrot abbekommen, und auf ihrem Kopf sind etliche kahle, nässende Stellen.

Sie nimmt die Hand von meinem Kinn und drückt eine Schale an meine Lippen.

»Trinken. Ist gut.« Definitiv verstehen wir unter »gut« nicht dasselbe.

»Hört auf sie, Madam. Sie ist eine Mambo.«

Ach, ich lehne gar nicht an einer Wand, sondern an Samson. Ein Seufzer hebt seine Brust und damit auch mich leicht an. »Leider nicht so erfahren wie meine Mutter.«

Stimmt. Portias Heiltränke schmecken um Längen besser. Dennoch trinke ich die warme Flüssigkeit, die sie mir hinhält, bis die Schale leer ist. Mit einem Nicken nimmt sie sie fort.

»Du kommen durch. Vielleicht.«

»Ganz sicher sogar«, knurrt Samson und bettet mich zurück auf ein hartes, schmales Lager.

Mitten im Nirgendwo fand er tatsächlich Hilfe, obwohl es eher danach aussieht, als befänden wir uns im Vorhof zur Hölle. Diese Höhle ist bedeutend größer als jene, in der ich das Bewusstsein verlor, und kälter. Zerlumpte Gestalten sitzen ein ganzes Stück von mir entfernt um ein Feuer. Dessen Licht flackert über schwarzen Fels und Lumpenberge in den Ecken.

»Wenn du wollen Sicherheit, wir müssen schlachten zweites Ferkel.«

Ich habe soeben das Blut eines Ferkels getrunken? Na prima. Bevor ich darüber nachdenken kann, welche Krankheiten ich mir damit eingefangen haben könnte, deutet sie auf den Talisman an meinem Hals.

»Für zweites Ferkel ich bekommen das da.«

»Du bekommst gar nichts, Pucelle, solange sie nicht wieder gesund ist.«

Mit einem gehässigen Fluch verdrückt sie sich in eine dunkle Ecke. Samson zieht die fadenscheinige Decke, unter der ich liege, höher, rutscht von der Pritsche und setzt sich neben mich auf den Boden. Seine Miene ist grimmig, und sein Blick weicht keine Sekunde von den Männern am Feuer.

Im Vergleich zu diesen zerlumpten Kerlen, erscheinen mir Carter und seine Piraten wie weichgespülte Warmduscher. Obwohl ich kein Wort von ihrer Unterhaltung verstehe, ist die Aggression in ihrem Tonfall unüberhörbar.

»Welche Sprache sprechen sie?«, frage ich.

»Patois.«

Ein in der Karibik übliches Sprachgemisch aus Englisch, Französisch und einigen spanischen Brocken, so viel weiß ich. Aber selbst die englischen Worte kann ich kaum zuordnen. Es klingt allerdings ganz danach, als könnte es jederzeit zu einer erbitterten Schlägerei kommen, dabei gibt es in dieser Höhle rein gar nichts, worum es sich zu kämpfen lohnt.

»Sind sie Maroons?«

Er nickt und ruckt mit dem Kinn zu einem sehnigen Mann mit schulterlangen Dreadlocks und platter Nase. »Ich kenne ihren Anführer. Jimmy. Jetzt nennt er sich Kgosi. Das heißt so viel wie König. Wir sind zusammen aufgewachsen. Als er floh, wollte er mich mitnehmen, aber ich blieb. Wegen Mimi.«

Mimi. Noch immer weiß er nichts von ihrem Tod. Vielleicht ist es besser so. Die Maroons verströmen rohe Gewalt. Falls sie zündet, sollte Samson nicht unter Schock und Trauer stehen. Was, wenn er zu langsam oder zu spät oder überhaupt nicht reagiert? Andererseits, ist das nicht völlig egal? Ich habe nichts mehr zu verlieren.

Müde schließe ich die Augen. Ich will nicht an mein Kind denken, an dieses winzige Leben, das in mir wuchs und ich nicht halten konnte. Jetzt ruht es nicht mehr in mir, sondern in der Dunkelheit einer kühlen Höhle auf nacktem Stein. War es nach knapp zwölf Wochen überhaupt schon als Kind zu erkennen? Habe ich mir die Wölbung, die ich vor wenigen Tagen zu ertasten glaubte, nicht eher eingebildet?

Auf diese Fragen finde ich keine Antwort, weil ich nie geplant habe, so früh Mutter zu werden. Die Entwicklung eines Embryos im Mutterleib – geschweige denn in meinem – interessierte mich einfach nicht. Ich müsste Samson danach fragen. Einen Mann, der seine Liebe verlor und nichts davon weiß. Nein, ich kann es ihm nicht verschweigen.

»Sam?«

»Nur Mimi nennt mich so«, murmelt er, ohne sich zu mir umzuwenden. Es klingt, als ahne er es bereits. »Ihr solltet lieber schlafen, Madam.«

Ich lege die Hand auf seine Schulter. »Sieh mich an.«

Unwillig verlagert er seine Position so, dass er mich ansehen und gleichzeitig die Maroons im Auge behalten kann. Eigentlich sollte ich so etwas sagen wie: Du musst jetzt sehr tapfer sein. Letztendlich ist es aber bloß eine von vielen hohlen Phrasen, die einen Menschen auf rein gar nichts vorbereiten. Weil es weder Vorbereitung noch die richtigen Worte gibt, um einem anderen den Tod geliebter Menschen nahezubringen.

»Nachdem du geflohen bist, kam es auf der Plantage zu einem Aufstand der Sklaven.«

»Sie haben Master Rhys erwischt.« Er zieht den Kopf zwischen die Schultern. »Das tut mir leid, Madam. Sehr leid. Er hat es wohl nicht überlebt.«

»Ich weiß es nicht.«

Dabei könnte ich es belassen. Anstatt Mimi zu erwähnen, könnten wir gemeinsam über die Überlebenschancen meines Mannes spekulieren und meine Hoffnung schüren. Aber, bei Gott, das wäre feige, und wenn ich auch sonst nichts bewiesen habe, dann doch hoffentlich, dass ich kein Feigling bin. Wer, wenn nicht ich, die eigene schwere Verluste wegstecken musste, könnte die Wahrheit aussprechen.

»Mimi kam zu mir. Sie sagte mir, wo ich dich finde und wollte mir helfen zu fliehen. Aber Payne ... Er ist völlig durchgedreht. Obwohl ich sie bat, sich zu verstecken, wollte sie ihn beschwichtigen.«

Seine Schulter unter meiner Hand wird zu Stein. Fest presst er die Lippen aufeinander und schüttelt den Kopf. Er will es nicht hören. Er muss es hören. »Payne hat sie umgebracht.«

Bei Samson zuckt nicht nur ein Muskel in der Wange. An der gesamten Kieferpartie springen Stränge hervor und arbeiten. Sein Atem wird schwer und angestrengt. Ich weiß nicht, was ich sagen soll, womit ich ihn trösten kann. Bisher stand ich auf der anderen Seite. Bisher musste ich solche Nachrichten schlucken. Es ist schwer, zu Anfang unmöglich. Also streichle ich stumm über seine Schulter, bis er aufsteht und mit langen Schritten davongeht.

Ich verstehe sein Bedürfnis, allein zu sein, nur zu gut. Ich überließ mich ihm zwei Jahre, dennoch jagt mir sein Verhalten Angst ein. Jäh wird mir bewusst, dass ich noch immer viel zu verlieren habe. Ich erinnere mich wieder daran, weshalb ich in die Berge marschiert bin und das Leben meines Kindes aufs Spiel setzte. Rhys. Ohne Samson werde ich Cayonne nicht erreichen und nicht mit Morgan sprechen können. Ich brauche ihn.

Unbeholfen setze ich mich auf und sinke sofort wieder zurück auf das Lumpenlager. Dummerweise bin ich im Moment nicht in der Lage, mich vom Fleck zu rühren und muss darauf vertrauen, dass Samson zurückkehrt, anstatt auf direktem Weg zur Plantage zu eilen und Payne den Schädel einzuschlagen.

Dieser Tag wird noch früh genug kommen, verspreche ich mir und schlafe ein.

Es könnten Stunden oder auch ein ganzer Tag vergangen sein, als ich wieder erwache. Ich kann es an nichts festmachen. Das Feuer brennt konstant wie zuvor und die Männer streiten sich noch immer oder schon wieder. Samson sitzt bei ihnen, das ist die Hauptsache.

Ich zweifle keine Sekunde an seinem Durchsetzungsvermögen. Obwohl sie alle auf ihn einreden, teils mit bedrohlichen Gesten, zeigt er keine Furcht. Seine Antworten kommen scharf und knapp und seine Haltung zeigt die Bereitschaft, zur Not auch die Fäuste einzusetzen. Einer der Männer springt auf und brüllt los. Unbeirrt sieht Samson ihm in die Augen, bis er sich wieder setzt.

Sein Selbstbewusstsein erinnert mich stark an Rhys. So unterschiedlich sie äußerlich sind und ihr Leben verlief, im Charakter ähneln sie sich. Unnachgiebig und bereit zur Konfrontation, wenn's drauf ankommt. Natürlich weiß ich daher auch, was Samson von mir erwartet. Ich soll mich still verhalten und die Angelegenheit ihm überlassen. Diesmal bin ich bereit, es zu beherzigen. Ich hebe die kratzige Decke an und spähe darunter. Statt meines blutigen Nachthemdes und der Kattunjacke trage ich einen knielangen Kittel aus Baumwolle. Ausgewaschen und grau, aber immerhin sauber.

»Du da, weiße Lady! Komm her!«

Ich lasse die Decke fallen und blicke zum Feuer. Mist! Kgosi deutet zu mir. Dabei habe ich mich wirklich kaum bewegt. Zögernd setze ich mich auf.

»Ich?«

»Siehst du hier noch eine andere Weiße?«

»Lass sie in Ruhe«, knurrt Samson.

»Ich will es von ihr hören«, sagt Kgosi. »Komm ans Feuer, Frau!«

Ich stehe auf und geselle mich zu ihnen. Zu meiner Überraschung scheint das Schweineblut geholfen zu haben, denn ich fühle mich längst nicht so erledigt, wie ich mich so kurz nach einer Fehlgeburt fühlen sollte. Dicht neben Samson setze ich mich auf den Boden. Außer ihm starren mich alle an. Misstrauisch, boshaft, begehrlich.

Kgosi reicht mir den Tonkrug. Der schwere Geruch von Rum steigt daraus auf. Ohne Zögern nehme ich einen großen Schluck. Es treibt mir die Tränen in die Augen und brennt ein Loch in meinen Magen. Der hochprozentige Fusel eignet sich eher als Kloreiniger als zum Trinken. Hastig reiche ich den Krug an Samson weiter.

»Du warst eine Gefangene auf der Plantage?«, fragt Kgosi.

»So ist es. Der Verwalter, Corey Payne, sperrte mich ein und misshandelte meinen Mann. Er wurde in Ketten gelegt und musste bei den Feldsklaven arbeiten.«

»Kein Weißer machen anderen Weißen zu Sklaven«, mischt sich Pucelle ein. »Sie lügen.«

»Ich sage die Wahrheit. Payne ließ meinen Mann auspeitschen. Vielleicht hat er es nicht überlebt. Und Mimi hat er umgebracht! Sie war eine gute Frau, eine anständige und liebenswerte Frau. Also erzähl du mir nichts darüber, was Weiße machen oder nicht. Payne ist ein Dreckschwein, und das hat nichts mit der Hautfarbe zu tun. Er hätte sterben müssen und nicht Mimi!« Den letzten Satz schreie ich beinahe heraus. Ich sollte mich zusammenreißen. Tief atme ich durch. »Also, Samson und ich wollen nach Cayonne. Wir holen Hilfe und bringen Payne an den Strang. Vielleicht wird er auch ausgeweidet und geviertelt, denn er hat einen Earl der englischen Krone misshandelt. Ja, ich glaube, darauf steht ein grausamer Tod. Oder seid ihr da anderer Meinung?«

Alle schweigen und glotzen mich an. Vielleicht glauben sie, weiße Frauen können nicht wütend und blutrünstig werden. Na ja, jetzt wissen sie es besser. Ich blicke in die Runde. Was haben sie denn? Wieso stimmt mir niemand zu?

Kgosi ergreift das Wort. »Du stehst unter dem Schutz eines mächtigen Loa, sagt Samson.«

Keine Ahnung, was damit gemeint ist. Verständnislos wende ich mich an Samson, der meinem Blick ausweicht. Was zur Hölle hat er ihnen über mich erzählt?

»Kein Loa schützen Frau mit Haut so weiß wie Made«, keift Pucelle. »Sie sein keine von uns. Sie sein Niemand.«

»Du bist ein Niemand und eine schlechte Mambo«, feuert Samson zurück. »Meine Mutter Portia spürte den Loa in ihr. Seine Macht liegt in ihrem Amulett, und du weißt das, denn du willst es unbedingt haben.«

»Dann sie sollen Macht beweisen!«, verlangt Pucelle.

Lautes Stimmengewirr hebt an. Wieder sprechen sie Patois und ich bekomme nichts mit. Kgosi beobachtet mich mit zu Schlitzen verengten Augen. Samson sagt etwas, und die dazugehörige Geste ist eine unmissverständliche Drohung an die Maroons. Dann berührt er meine Schulter.

»Legt Euch wieder hin, Madam. Ihr müsst Euch ausruhen.«

Gehorsam stehe ich auf, lasse mich zu meinem Lager zurückführen und setze mich.

»Was ist das Problem?«, frage ich ihn leise.

»Sie wollen Euch behalten.«

Behalten? Das klingt, als wäre ich ein Gegenstand. »Wollen sie Lösegeld?«

»Nein. Sie wollen …«, stockend zieht er eine Grimasse. »Sie haben noch nie bei einer weißen Lady gelegen.«

Na toll. Grace Rivers, stets zur falschen Zeit am falschen Ort. Das können sie mir irgendwann in den Grabstein meißeln.

»Deswegen habe ich den Loa erwähnt. Einen Geist von großer Macht. Damit sie Euch zufriedenlassen.« Verlegen sieht er zu Boden. »Ich sagte ihnen, es bringt Unglück, Euch gegen Euren Willen festzuhalten und der Loa würde ihnen die Hände abfaulen lassen, sollten sie Euch berühren. Und jetzt wollen sie Beweise.«

Ich berühre mein Amulett. »Dieses Schmuckstück ist wirklich besonders, aber beweisen kann ich es nicht. Ich könnte ihnen höchstens erzählen, was damit möglich ist.«

Sicher, Rivers, und sie werden es dir sofort glauben. Du plauderst einfach ein wenig über Flugzeuge, Autos, Zentralheizungen und Elektrizität. Oder über fliegende Teppiche, Wunderlampen und bis in den Himmel wachsende Bohnen. Für diese Menschen macht das keinen Unterschied. Ich verziehe den Mund und schiebe den Anhänger unter den Stoff meines Kittels.

»Sie wollen keine Worte, sondern Euch prüfen.«

O Mann, war ja klar. »Wie?«

»Ihr sollt mit den Alligatoren tanzen. Um Bondye zu ehren.« Bevor ich das verarbeiten kann, redet er hastig weiter. »Ich wollte diese Prüfung für Euch auf mich nehmen, aber Pucelle, dieses hinterhältige Weib, ist dagegen. Und sie hören auf ihre Mambo.« Er senkt den Kopf, doch nicht schnell genug. In seinen Augen glitzert Feuchtigkeit. Die zurückgehaltenen Tränen rauen seine Stimme auf. »Ich habe Mimi versprochen, gut auf Euch aufzupassen und Euch sicher nach Cayonne zu bringen. Dieses Versprechen ist alles, was ich noch von ihr habe und jetzt kann ich es nicht erfüllen.«

Seine Verzweiflung ist mit Händen zu greifen. Liebe Güte, wenn dieser Hüne in Tränen ausbricht, werde ich ebenfalls losheulen und ich weiß nicht, ob ich dann jemals wieder aufhören kann. Ich schlucke den Kloß in meinem Hals herunter.

»Ich werde diese Prüfung bestehen, Sam. Ganz bestimmt.«

Und wirklich ist es gar nicht so abwegig. In den letzten vier Monaten habe ich vieles überstanden. Einen Schiffbruch, die Piraten, Paynes Irrsinn, eine Fehlgeburt – nicht zu vergessen meinen Sturz durch die Zeit. Dagegen ist ein Wasserballett mit einigen Alligatoren ein Klacks.

»Handle zwei Tage Ruhe für mich aus, damit ich wieder zu Kräften komme. Von diesem Schweineblut will ich nichts mehr trinken, aber ich will die Leber des zweiten Ferkels und drei Mahlzeiten am Tag.«

»Ihr bekommt alles, was Ihr braucht, Madam.«

Gut. Der Rest ist beten, dass mir diesmal nichts und niemand in die Quere kommt und ich diese Prüfung bestehe, ohne dabei Arme oder Beine zu verlieren.

Es wird kein Wasserballett, sondern ein Tanz auf trockenem Boden, wodurch sich meine Überlebenschancen erheblich erhöhen. Drei Alligatoren nehmen ein Sonnenbad auf den Kieseln einer etwa zwanzig Schritt langen, von Felsen umgebenen Bahn und sehen nicht so aus, als hätten sie Lust auf einen Tango, nachdem man sie in einem Fluss gefangen und an Seilen hierher gezerrt hat.

Die Maroons rangeln um die besten Plätze und den mitgebrachten Rum. Noch stehe ich bei ihnen und beobachte die Tiere. Ich weiß wenig über Reptilien, glaube mich aber zu erinnern, dass sie in der Hitze träge werden und da es so heiß ist, dass man auf den Felsen ein Spiegelei braten könnte, schlafen sie vielleicht mit offenen Augen. Sorge bereiten mir allerdings ihre Mäuler. Irgendwie scheinen sie höhnisch über meine Vermutung zu grinsen. Als wollten sie sagen: Komm erst mal zu uns runter, Häppchen, dann sehen wir weiter.

Nachdem es sich alle bequem gemacht haben, kreischt Pucelle mir ins Ohr.

»Los, du anfangen mit Tanz!«

Der Stoß, den sie mir versetzt, hätte mich kopfüber vom Felsen in die Bahn hinabgeschleudert, wenn Samson mich nicht festgehalten hätte. Bei Gott, hätte ich eine Schrotflinte zur Hand, ich würde ihrem Gesicht ohne Gewissensbisse noch einige Löcher mehr hinzufügen.

»Diese blöde Kuh!« zische ich Samson zu.

»Vergesst Pucelle. Konzentriert Euch auf Euch selbst und geht langsam zwischen ihnen hindurch.«

Damit lässt er mich an den Handgelenken vorsichtig in die Bahn hinab. Zunächst bewege ich mich gar nicht, sondern presse mich an den Fels. Von oben sah der Weg, den ich nehmen muss, breiter aus und die Alligatoren wirkten kleiner. Einer liegt wenige Schritte entfernt links von mir, die beiden anderen weiter hinten rechts. Zum Glück nehmen sie keine Notiz von mir. Anders die Maroons, sie rufen mir zu und werfen mit kleinen Kieseln nach mir. Wenn ich nicht bald einen Fuß vor den anderen setze, werden sie mich steinigen.

Widerstrebend löse ich mich von dem Fels in meinem Rücken und nähere mich dem ersten Reptil mit kleinen, langsamen Schritten. Unter meinen Füßen knirschen die Kiesel. Ich entdecke keine Ohren, was nicht bedeuten muss, dass es mich nicht hören kann. Der erste

Alligator liegt hinter mir, könnte mir also jederzeit in den Rücken fallen, doch bisher haben sich alle drei keinen Zentimeter gerührt. Sie scheinen nicht mal zu atmen und liegen da wie ausgestopft. Ich konzentriere mich auf meine Schritte und den Fels am anderen Ende der Bahn. Angstschweiß läuft mir von der Stirn in die Augen und verschleiert meine Sicht.

Ich wische mit der Hand darüber und als hätte die Bewegung es herbeigewischt, blitzt plötzlich ein Bild vor mir auf. Das Gemälde von Lady Grace Rivers mit einer Mango in der Hand und einem großen Reptil zu ihren Füßen. Begreifen explodiert in mir wie ein Atompilz. Das Porträt zeigt überhaupt nicht meine Vorfahrin, sondern mich. Die Märchenfee, die mich schon als Kind faszinierte, bin ich selbst.

Über die Jahrhunderte hinweg schickte ich mir eine Botschaft, indem ich mich mit einer Frucht in der Hand und einem Alligator malen ließ. Weil ich wusste, dass ich eines Tages davorstehen würde. Doch erst jetzt verstehe ich die Zeichen. Das Gemälde existiert noch nicht, also überstehe ich diese Prüfung und auch Rhys wird überleben. Das verspricht mir mein gemaltes Lächeln: Nichts ist jemals so schlimm, dass es nicht eines Tages gut wird. Ganz genau.

Das Geschrei der Maroons holt mich zurück in die Gegenwart. Mit klaffendem Mund stehe ich zwischen den Alligatoren und starre ins Leere, weil mein Verstand das Unfassbare zu fassen versucht. Es ist völlig paradox, denn in einigen Jahrhunderten werde ich wieder vor diesem Gemälde stehen und alles wird sich wiederholen. Wieder und wieder und wieder. Ein ewiger Kreislauf, eine Form von Unsterblichkeit. Ganz ehrlich, das ist zu hoch für mich.

Ich klappe den Mund zu und marschiere mit festen Schritten weiter. Der letzte Alligator reißt sein Maul weit auf, als ich vorbeigehe, doch ich achte nicht darauf. Meine Furcht ist verflogen, denn bevor ich sterbe, werde ich definitiv gemalt. Unversehrt erreiche ich das Ende der Bahn und drehe mich im Schatten, den die Felsen werfen, um. Die Maroons sind still geworden. Keiner von ihnen rechnete damit, dass ich so weit komme. Sogar Samson wirkt überrascht. Grinsend stoße ich mich von dem Fels ab und mache mich auf den Rückweg.

Ach richtig, sie wollen mich tanzen sehen, zu Ehren von Bondye. Die Gewissheit, unbeschadet am anderen Ende anzukommen, Rhys und meine Ehe retten zu können, versetzt mich in Euphorie. Hüftschwingend beginne ich zu singen.

»See you later alligator …«

Es ist idiotisch, aber das wird mir erst klar, als mein Fuß wegknickt und ich zur Seite stolpere, direkt auf das offenstehende Maul des Alligators zu. Aasgeruch schlägt mir daraus entgegen. Ich werfe mich nach hinten. Während ich falle, schießt eine Frage durch meinen Kopf. Habe ich auf dem Gemälde noch beide Füße? Dann liege ich auf dem Rücken und runde Kiesel drücken in mein Fleisch.

Vor mir klappt das Maul zu, ein Startschuss, bei dem ich aufspringe und losrenne. Keine Sekunde zu früh. Mein dämlicher Gesang hat die Alligatoren aus ihrem Dösen geschreckt. Sie bewegen sich, und das verflucht schnell. Das Peitschen ihrer Schwänze überträgt sich auf ihre langen Körper. Ihr Schlängeln ähnelt tatsächlich einem Tanz, während sie mir den Weg abschneiden. Ich schlage einen Haken, setze über einen ausschlagenden Schwanz und schlittere unter dem begeisterten Jubel der Maroons auf den sicheren Fels zu. Samson liegt bereits auf dem Bauch und streckt mir die Hände entgegen.

»Schnell, Madam! Springt!«

Ich mache einen langen Satz. Ein Maul schnappt hinter mir zu, etwas Raues schabt über meine Wade. Samson packt meine Hände, kommt auf die Knie und reißt mich nach oben, als wöge ich nicht mehr als ein Wattebausch. Instinktiv ziehe ich die Beine an und lande kurz darauf auf den Knien zu seinen Füßen. Ich drehe mich um und blicke nach unten. Die Alligatoren stemmen die kurzen Beine an den Fels, kratzen darüber und schnappen mit den Mäulern ins Leere. Mit zittrigen Händen reibe ich über mein Gesicht. Gemälde hin oder her, das war verdammt knapp.

»Da sein was faul«, meckert Pucelle. »Alligatoren sein krank. Deswegen sie keinen Hunger haben. Prüfung nichts wert.«

»Dann beweise es«, grollte Samson und packte sie an den Schultern. »Na los, geh runter zu ihnen. Wenn sie wirklich krank sind, werden sie dir ja nichts tun.«

Kreischend reißt sie sich von ihm los und geht hinter Kgosi in Deckung.

»Sie hat die Prüfung bestanden«, verkündet dieser lauthals. »Diese weiße Frau steht unter dem Schutz eines mächtigen Loa. Sie kann gehen, wann immer sie will.«

»Jetzt sofort«, verlange ich.

»Der Loa verlangt Proviant und einen Esel, denn er mag nicht mehr laufen«, donnert Samson über die Felsen. Dann nickt er mir zu. »Wir brechen noch heute nach Cayonne auf, Madam.«

Gegen Mittag des nächsten Tages erreichen wir Basse Terre, eine Region, in der sich eine kleine Plantage an die nächste reiht. Die Straße, die hindurchführt, schlängelt sich bis hinunter zur Hafenbucht. Ich habe ein Piratennest erwartet, stattdessen überblicke ich eine kleine Stadt, gesäumt von Herrenhäusern und einer Festung auf einem Fels über der Bucht.

»Cayonne«, sagt Samson. »Von hier aus müsst Ihr allein weiter, Madam.«

»Was? Wieso?«

»Ich gehe zurück. Vielleicht habt Ihr Euch geirrt und Mimi ... Sie könnte noch leben.«

Nein. Mimi ist definitiv nicht mehr am Leben. Aber wer bin ich, dem Flehen in seinen Augen zu widersprechen? Ich habe selbst viele Monate wider jede Vernunft gehofft, bis ich die Tatsachen annehmen konnte. Vielleicht ist diese unsinnige Hoffnung das Einzige, was einen Menschen in solchen Momenten aufrecht hält. Ich bringe es nicht über mich, sie ihm zu nehmen. Also strecke ich ihm nur die Hand hin.

»Wir sehen uns wieder, Sam. Schon in wenigen Tagen.«

Er schlägt ein. »Viel Glück, Madam.«

»Grace. Ich heiße Grace.«

»Grace«, wiederholt er nach kurzem Zögern. »Pass auf dich auf.«

»Das werde ich.«

Damit trennen sich unsere Wege. Während er in die Berge zurückwandert, lenke ich den Esel über die abschüssige Straße auf Cayonne und den Hafen zu. Einen Mann, der den größten Teil seines Lebens auf See verbringt, finde ich wohl am ehesten bei seinem Schiff, und falls nicht, kann mir dort bestimmt jemand sagen, wo er sich aufhält.

Die Straßen um den Hafen herum sind von Spelunken gesäumt. Obwohl es erst früher Nachmittag ist, schallt trunkenes Grölen aus den offenen Türen und Fenstern und vermischt sich mit dem Stimmengewirr in den engen Gassen. Wortfetzen der unterschiedlichsten Sprachen fliegen mir um die Ohren. Männer verschiedenster Nationen handeln, lachen und streiten miteinander. Doch ganz egal, woher sie kommen, sie alle haben eines gemeinsam: Sie tragen Messer und Pistolen an ihren Gürteln.

Allmählich kommen erste Zweifel in mir auf. Betrunkene torkeln durch die Menge oder übergeben sich an den Hausmauern. An den Ecken werden Würfel geworfen oder Geld bei den Vorfahren der Hütchenspieler meiner Zeit verwettet. Und über dem Gewimmel, an offenen Fenstern und auf Balkonen, stehen die Prostituierten, präsentieren ihre Brüste und feuern vulgäre Sprüche auf potentielle Freier ab. Wie soll ich in diesem Chaos einen einzelnen Mann finden?

Vor einer Schenke mit frisch getünchter Fassade zügle ich meinen Esel. Das Freudenmädchen, das über mir an der Balustrade lehnt, ist weniger stark geschminkt und zeigt ausnahmsweise keine rot bemalten Brustwarzen.

»Guten Tag!«, rufe ich zu ihr hinauf. »Wo finde ich Henry Morgan?«

Sie reckt das Kinn vor. »Wer will das wissen?«

»Ich.«

»Sollte ich dich kennen?«

Bei solchen Fragen weiß ich von vornherein, womit ich es zu tun habe. Mit einer Neunmalklugen, die alles besser zu wissen glaubt und der man das wenige, das sie wirklich weiß, mühsam aus der Nase ziehen muss. Sie wird blocken, solange es geht, und sich ungemein gut dabei fühlen. Es wäre auch zu schön, in dieser Zeit von solchen Leuten verschont zu bleiben.

»Ich bin die Countess of Stentham.«

Dafür ernte ich schallendes Gelächter. Gut, ich kann's nachvollziehen. Eine englische Gräfin sitzt normalerweise nicht in Kattunkittel und klobigen Schuhen auf einem Esel.

»Hör mal, ich muss ihn dringend sprechen. Ich bin …« Wie nennen sie es hier noch mal? »In Nöten.«

»Und Morgan kennt dich, ja?«

»Natürlich! Wir sind uns am Hof des Königs in London begegnet. Er ist ein sehr charmanter Mann.«

»Er ist jetzt ein feiner Mann. Wurde zum Ritter geschlagen.«

Echt? Da habe ich wohl im Geschichtsunterricht nicht aufgepasst.

»O ja, ich weiß. Eine bezaubernde Zeremonie. Ich war dabei, als Ehrenjungfer der Königin. Seinerzeit sagte er zu mir, falls ich jemals Hilfe brauche, kann ich mich auf ihn verlassen. Tja, und jetzt ist es so weit.«

Nachdem sie mich eingehend gemustert hat, zieht sie die Nase hoch. »Ja, sieht ganz danach aus. Er ist im Snowball. Es ist die größte Schenke direkt am Kai, kannst sie nicht verfehlen.«

Eine Schänke namens Schneeball unter karibischer Sonne. Da muss jemand starkes Heimweh haben oder einen Sprung in der Schüssel. Dankend hebe ich die Hand.

»He, warte mal! Womit färbst du dein Haar?«

»Es ist nicht gefärbt.«

»Wenn du bei Morgan nichts erreichst, kannst du zurückkommen, Miss Countess. Hier ist noch ein Platz frei und für eine echte Füchsin zahlen die Freier gern den doppelten Preis.«

»Danke für das Angebot. Ich denke drüber nach.«

Schnalzend treibe ich den Esel an. Bloß weg hier. Bei meinem Glück kommt sie noch auf die Schnapsidee, mir einige Kerle auf den Hals zu hetzen, die mich gegen meinen Willen auf den frei gewordenen Bordellplatz verfrachten.

Das Snowball gehört zu den wenigen aus Stein erbauten Gebäuden am Hafen. Während ich den Esel an einem Mauerring anbinde, werfe ich einen Blick durch die offenen Fenster. Im Schankraum scheint gerade eine Party zu steigen. Auf den mit weißem Leinen gedeckten Tischen stehen Weinkrüge und Rumpullen. Die Speiseplatten sind aus Silber und beladen mit Fischen, Langusten, Hummer und Fleisch an langen Spießen. Die Unmengen an Essen erinnern mich an mein eigenes klägliches Frühstück, bestehend aus einem Rest gegrillter Ferkelschwarte.

Nachdem ich meinen Esel zum Abschied zwischen den Ohren gekrault habe – denn vermutlich wird er gestohlen, sobald ich ihn allein lasse –, gehe ich hinein. Mägde huschen an mir vorbei und werfen mir dabei scheele Blicke zu. Es ist nur eine Frage der Zeit, bis sie mich abgreifen und vor die Tür setzen. Ich muss mich beeilen.

»Sir Henry Morgan!«, rufe ich in das Stimmengewirr der Unterhaltungen.

Ein Mann am Quertisch der in Hufeisenform aufgestellten Tische hebt den Kopf. Sein von grauen Strähnen durchzogenes Haar ist straff nach hinten gekämmt. Er trägt Brokat, ein bauschiges Spitzenjabot und juwelenbesetzte Ringe an den Fingern. Das Einzige, was an seinem Auftreten als Edelmann kratzt, ist der Garnelenkopf, der unter seinem zu einer Spirale aufgezwirbelten Schnurrbart aus seinem Mund ragt. Ein letztes Mal saugt er daran und spuckt ihn aus.

»Jacob!«, röhrt er. »Wie kommt das Bettelweib hier rein?«

»Durch die Tür«, antworte ich und gehe auf ihn zu. »Und ich bin kein Bettelweib, sondern Lady Grace Rivers, Countess of Stentham.«

»Was zum Teufel?«, blafft er. »Schafft diese Verrückte hier raus.«

Die Gespräche verstummen. Alle starren mich an. Hinter der Theke kommt ein Mann hervor, vermutlich der Wirt, und hastet auf mich zu. Dabei wedelt er mit einem Tuch, als wäre ich eine Fliege.

»Achtet auf Eure Worte, Sir! Ich bin ein Mündel des Königs und Ehrenjungfer der Königin. Jedenfalls war ich das vor meiner Heirat mit Rhys Tyler, dem Earl of Stentham. Der König selbst verlieh ihm diesen Titel. Seinetwegen bin ich hier.«

Die Frau, die neben Morgan sitzt, zeigt zum ersten Mal Interesse an mir. Ihr samtbrauner Blick gleitet an mir entlang. Alles an ihr ist üppig. Ihr dunkles Haar, die roten Lippen, ihr weißer Busen. Irgendwie erinnert sie mich an Schneewittchen.

»Dann hat er also wirklich einen Titel erhalten. Durch Heirat?« Sie lacht auf. »Das muss ihn bitter ankommen. Henry, willst du der Countess keinen Platz an deinem Tisch anbieten?«

»Sie sieht nicht aus wie eine Dame des Hofes.«

»Nachdem das Schiff meines Mannes geentert und wir gefangen genommen und auf Eure Plantage verschleppt wurden, wäre das auch etwas viel verlangt«, kontere ich. Ich fasse es einfach nicht. Während wir von Payne tyrannisiert wurden und Rhys noch immer in seiner Gewalt ist, sitzt dieser Mann hier herum und schlemmt.«Es blieb leider keine Zeit, mich in Samt und Seide zu kleiden, bevor ich vor Eurem Verwalter floh. Corey Payne ist geisteskrank. Er hält mich für seine Verlobte Elizabeth Bennett, die übrigens nie seine Verlobte war, und misshandelte meinen Mann bis aufs Blut. Was gedenkt Ihr dagegen zu unternehmen, Sir?«

Ich hätte langsamer sprechen sollen. Die Informationen erschlagen ihn. An den Tischen wechseln die Gäste verwirrte Blicke und stecken tuschelnd die Köpfe zusammen.

»Vielleicht beruhigst du dich erst mal, Mädel.«

Ich schnappe nach Luft. Das ist doch einfach unglaublich! Was denkt er denn, wer vor ihm steht?

»Ich bin ebenso wenig ein Mädel wie Ihr ein Bübchen, Sir. Obwohl höchstens ein weltfremdes Bübchen kein Interesse an der geschäftlichen Transaktion zeigen würde, die mein Mann Euch vorschlug.«

Bewusst nenne ich es nicht Lösegeld, denn offiziell ist Sir Henry ein lauterer Mann und wird, soweit ich mich erinnere, noch ein-, zweimal zum Gouverneur von Jamaika ernannt werden. In seinem Dienst stehen somit keine Piraten und erst recht dürfte er keinen Earl gefangen setzen und Geld für seine Freilassung verlangen. Wenn ich die Fakten vor allen Leuten ausplaudere, mache ich ihn mir nicht zum Freund, so viel ist sicher.

»Das schlägt wohl dem Fass den Boden aus!« Seine Faust kracht auf den Tisch. »Ich habe Morley geschickt, damit er das Angebot in meinem Namen akzeptiert und die Zahlung abwickelt. Daraufhin erhielt ich eine Nachricht von Payne, im Übrigen ein überaus verlässlicher Verwalter, dass Tyler meine Gastfreundschaft noch etwas länger in Anspruch nehmen möchte. Sofern du also wirklich seine Frau bist, müsstest du das wissen.«

Die miese Ratte hat wirklich an alles gedacht. »Payne hat Euch belogen, Sir.«

»Ich dulde keine weiteren Bezichtigungen. Corey Payne ist ein vernünftiger und loyaler Mann. Es gab nie einen Anlass, ihm zu misstrauen. Ich wüsste zudem keinen Grund, weshalb er mich in dieser Sache belügen sollte.«

»Ich habe Euch den Grund genannt. Er glaubt, ich wäre seine Verlobte, aber diese ist seit zwei Jahren tot. Von ihm ermordet. Er gab es selbst vor mir zu. Der Mann ist komplett verrückt.« Obwohl ich ruhig bleiben will, werde ich immer lauter. »Er hat Rhys in Ketten legen lassen und ihn zwei Mal ausgepeitscht. Das letzte Mal kurz vor meiner Flucht.«

»Blödsinn!«

Das darf doch alles nicht wahr sein. Mimi erwähne ich erst gar nicht, denn einen vom König zum Ritter geschlagenen Mann lässt der Tod einer Sklavin sowieso kalt. Ich habe nur noch einen Trumpf, den ich ihm nun ins Gesicht schleudere.

»Und er hat Morley, der in Eurem Auftrag kam und uns hierherbringen sollte, umgebracht.«

Ein Laut des Entsetzens geht durch die Gäste. Morgan brüllt hinein.

»Morley? Er steht mir seit Jahrzehnten treu zur Seite. Niemand würde es wagen, ihm auch nur ein Haar zu krümmen!«

»Ihm wurde vor fünf Tagen nicht nur ein Haar gekrümmt, sondern das Genick gebrochen, Sir!«

Während alle durcheinanderreden, zupft er an seinem Schnurrbart. Ich weiß genau, was passieren wird. Absolut nichts. Er vertraut Payne mehr als einer abgerissenen Landstreicherin, die ungebeten in seine Gesellschaft platzt und herumkrakeelt. Es bleibt nur eine weitere Person, an die ich mich wenden kann. Der Gouverneur von Jamaika. Aber dazu müsste ich erst einmal Jamaika erreichen. Als blinder Passagier auf einem Schiff, denn Geld habe ich nicht. Wie lang mag das dauern? Verdammt, ich habe schon genug Zeit vergeudet. Es muss jetzt etwas geschehen.

»Sie ist eine Hochstaplerin«, sagt einer der Gäste. »Da gehe ich jede Wette ein.«

Das ist mein Stichwort. Engländer wetten für ihr Leben gern. Um alles. Pferderennen, Hunderennen, Hahnenkämpfe, den nächsten Sommer oder den Namen von ungeborenen Königskindern.

»Ich nehme die Wette an und halte dagegen.«

»Angenommen«, kräht der rotgesichtige Gast und will aufstehen.

»Ich wette nicht mit Euch, sondern ausschließlich mit Sir Henry Morgan.«

Er schluckt den Köder und lehnt sich vor. »Ihr wollt mit mir wetten? Worum?«

»Darum, dass jedes meiner Worte der Wahrheit entspricht.«

Wenig begeistert verzieht er das Gesicht. »Zu viel Aufwand. Ich müsste jemanden schicken, der nachsieht und am Ende feststellt, dass alles in Ordnung ist.«

»Na gut, dann wetten wir eben um etwas anderes.«

Meine Gedanken rasen. Welchen Einsatz ich von ihm verlangen werde, weiß ich, aber worum soll ich wetten? Seine Tischdame führt schmunzelnd ihr Weinglas an die Lippen. Ich hab's! »Ich wette, dass ich Euch unter den Tisch trinken kann.«

Für einen Augenblick glaube ich selbst nicht, was ich da vorschlage. Ein Trinkspiel um Rhys und Gerechtigkeit. Es ist widerlich und gleichzeitig die einzige Möglichkeit. Im Gegensatz zu mir, gefällt Morgan mein Vorschlag. Seine Augen glänzen vor Entzücken. Hastig fahre ich fort.

»Gewinne ich, werdet Ihr sofort zur Plantage aufbrechen und persönlich nach dem Rechten sehen. Verliere ich …«

Ich stocke. Abgesehen von meinem Kittel und den Schuhen, kann ich nichts anbieten. Mein Haar vielleicht? Ich greife hinein. Lang genug für eine Perücke wäre es, und die Farbe ist ungewöhnlich genug, damit Freier den doppelten Preis zahlen.

»Wenn du verlierst, stelle ich dich splitternackt an den Pranger, Mädel«, spricht er in meine Gedanken hinein. »Überlege es dir also gut. Noch bin ich bereit, deine Behauptungen zu vergessen und dich gehen zu lassen. Schließlich hast du meine Gäste gut unterhalten.«

Ich schüttle den Kopf. Diese Wette ist alles, was ich habe, und ich kann sie gewinnen. Nach dem Tod meiner Familie gab es eine Phase, in der ich gesoffen habe wie ein Loch. Schon früh am Morgen begann ich damit. Nach sechs Wochen konnte ich mich fangen, aber es hat mich geeicht. Ich vertrage verdammt viel.

Morgan streckt mir über den Tisch die Hand zu. »Dann schlag ein.«

»Henry«, mahnend legt die üppige Schönheit eine Hand auf seinen Unterarm. »Das ist nicht fair.«

Ehe er die Hand zurückziehen kann, greife ich zu. »Es gilt, Sir. Was die Fairness angeht, so wäre ich Euch dankbar, wenn ich zuvor etwas essen dürfte. Damit wir unter gleichen Bedingungen gegeneinander antreten.«

»Gleiche Bedingungen. Hört sie euch an!« Dröhnend rau lacht er auf und alle stimmen lauthals ein. Offensichtlich halten sie das Ganze für einen guten Witz. Idioten! »Bringt dem Mädel was zu essen.«

Während ich mich neben Schneewittchen setze und Fleisch in mich hineinstopfe, wobei ich mir die fettigsten Stücke herauspicke, wird zwischen den Speisetafeln ein kleiner Tisch mit zwei Stühlen aufgestellt. Ein Mann wuselt bei den Gästen herum und nimmt Wetteinsätze an. Wer auf mich setzt, kann ein kleines Vermögen verdienen, doch die wenigsten lassen sich davon verlocken.

»Du hast keine Ahnung, worauf du dich einlässt«, raunt Schneewittchen mir zu.

Ihre glänzenden Locken und ihr Atem riechen nach Veilchen. Sie wirkt besorgt und scheint auf meiner Seite zu stehen. Als mein Teller leer ist und ich mich an den Tisch setze, begleitet sie mich, bleibt hinter mir stehen und legt die Hand auf meine Schulter. Obwohl sie mir fremd ist, flößt mir die Berührung Zuversicht ein. Angesichts der zwanzig kleinen Tonbecher, die in zwei Reihen vor mir stehen, kann ich wirklich jede mentale Unterstützung gebrauchen. Zumal sie mit Rum und nicht, wie ich erwartet hatte, mit Wein gefüllt werden.

Sobald Morgan sich mir gegenübersetzt, strömen die Gäste herbei und umringen uns. Unser Tisch verschwindet in einem Meer aus weiten Röcken, Gehröcken, Kniehosen, Fächern und Spitzen.

»Bereit?«, fragt er.

»Bereit.«

Gleichzeitig nehmen wir die ersten Becher auf und prosten uns zu.

»Auf Tortuga!«, schmettert er.

»Auf London.«

Wir kippen den Rum schwungvoll hinunter. Anders als bei den Maroons ist er von bester Qualität, fließt weich durch meine Kehle und löst eine wohlige Wärme in meinen Gliedern aus. Über meine Lippen leckend, setze ich den Becher ab und lächle. Diese Wette war eine verdammt clevere Idee von mir.

Der leere Becher wird fortgeräumt und Morgen hebt den nächsten an. »Auf die See.«

»Auf ... äh, die Themse.«
»Auf das Leben.«
»Auf die Liebe.«
»Auf deine Gesundheit, Mädel.«
»Auf Euer ganz besonderes Wohl, Sir.«

So geht es Nonstop. Mir bleibt kaum Zeit zum Durchatmen. Jeder Trinkspruch wird beklatscht, bis sie uns nach dem fünften Becher ausgehen. Von ausgezeichneter Qualität würde ich jetzt nicht mehr reden. Der Rum brodelt durch meinen Magen und will meine Mahlzeit nach oben schieben. Zu seinem Geschmack gesellt sich der nach gegrilltem Fleisch. Ich unterdrücke ein Aufstoßen.

»Die Hälfte hast du geschafft«, sagt meine Verbündete und tätschelt meine Schulter.

»Ihr vertragt einiges, Lady Grace«, meint Morgan.

Ah, plötzlich bin ich Lady Grace. Also glaubt er mir endlich. Anders ausgedrückt, gemeinsames Saufen verbindet. Da ich mir meiner Aussprache nicht mehr sicher bin, starre ich wortlos auf die verbliebenen fünf Becher. Könnte sein, dass ich mich mit dieser Wette doch ein wenig übernommen habe.

Den sechsten und siebten trinken wir bedächtig. Morgan rülpst laut und schlägt die Faust gegen seine Brust. Bald ist er hinüber und ich habe gewonnen. Kichernd nehme ich den achten Becher auf. Er kippelt und ich nehme die zweite Hand hinzu, trinke und knalle ihn zurück auf den Tisch. Um mich herum kreisen die Gesichter der Gäste, stürzen auf mich ein, weichen wieder zurück. Die Leute schwanken. Ich trinke und sie sind sturzbesoffen. Zum Piepen! Lauthals lache ich los. Was sind wir doch für eine lustige Runde.

Mit dem neunten Becher stimmt was nicht. Ständig huscht er an meiner Hand vorbei. Zweimal verfehle ich das flinke Kerlchen, ehe ich ihn erwische. Über die Tischplatte ziehe ich ihn zu mir heran. Nachdem ich ihn ausgetrunken habe, passiert etwas Sonderbares. Ich bin nicht mehr Lady Grace, sondern ein Wackeldackel. Mein Kopf hält einfach nicht still.

»Gibsuauf?«

Ein hochrotes Gesicht schwebt vor mir. Wer ist das? Ich lehne mich weit vor und blinzle, bis ich endlich Morgan erkenne. Zwei

Hände ziehen mich an den Schultern zurück. Eine Frauenstimme tuschelt in mein Ohr. Unverständliche Nebelworte. Sacht tätschle ich ihre Wange. Sie muss mir nicht soufflieren. Meine Antwort steht fest.

»Naaa.«

Ich schnappe mir den letzten Becher. Was ich hier mache ist absoluter Irrsinn, aber trinken muss ich. Also Augen zu und runter damit! Weit hinten in meiner Kehle fällt eine Klappe zu. Ich werfe den Kopf in den Nacken, kippe an die Rückenlehne und drückte den Rum mit purer Willenskraft nach unten. Er brennt sich durch meine Speiseröhre. Als ich die Augen wieder öffne, dreht sich die Welt in einem Kaleidoskop aus Farben und Stimmen.

Ein Mann sitzt mir ächzend gegenüber, sein Kopf hängt knapp über der Tischplatte. Die Frau souffliert mir wieder und diesmal verstehe ich sie.

»Setzt Euch aufrecht. Ihr habt gewonnen. Hört Ihr, gewonnen.«

Jemand hilft mir, mich aufzurichten. Anscheinend ist es sehr wichtig, dass ich so sitzen bleibe, weshalb ich die Stuhlkanten links und rechts umklammere und den Kopf so gerade wie möglich halte. Trotzdem steht die Welt irgendwie schief.

Mir gegenüber stemmt der Mann sich auf der Tischplatte ab und drückt seinen Oberkörper in die Gerade. Als er halbwegs aufrecht sitzt, starrt er mich aus blutunterlaufenen Augen an.

»Ich bin der Sieger.«

»Sei ein guter Verlierer, Henry. Sie hat die Wette für sich entschieden.«

Genau, denke ich und kippe seitlich vom Stuhl.

# Neun

Lavendelduft weckt mich. Er steigt aus einem schneeweißen Kissen unter meiner Wange auf und kitzelt meine Nase. Reglos bleibe ich liegen. Mein Kopf fühlt sich an, als wäre er in eine Schrottpresse geraten. Die wenigen Lichtfäden, die durch die Ritzen geschlossener Fensterläden dringen, reißen Löcher in mein Hirn. Als ich blinzle, bilde ich mir ein, den Schmerz bis in meine Wimpern zu spüren.

Stöhnend ziehe ich einen Kissenzipfel über meine Augen. Das ist der schlimmste Kater meines Lebens. Und nicht nur das. Ich habe meine Wette verloren. Wie konnte ich bloß so dämlich sein und mir einbilden, einen Piraten im Saufen zu toppen. Pure Verzweiflung, rechtfertige ich mich. Als nächstes wird Morgan mich an den Pranger stellen, damit ganz Tortuga mich mit faulem Gemüse bewerfen und bespucken kann. Bei dem Gedanken verkrieche ich mich tiefer unter die Daunendecke. Wenn ich mich bloß einfach in Luft auflösen könnte.

Während ich noch mit mir hadere, fliegt die Tür auf und Schneewittchen kommt herein. Frisch wie eine aufblühende Knospe und mit einem strahlenden Lächeln auf den Lippen. Als sie sich schwungvoll neben mich aufs Bett setzt, wippen ihre offenen dunkelbraunen Locken. So viel Tatendrang und Lebenslust am frühen Morgen ist für mich kaum zu ertragen, erst recht nicht in meiner derzeitigen Verfassung.

»Wie geht es dir, Grace? Ich darf dich doch so nennen, nicht wahr?« In einer mütterlichen Geste streift sie mir das Haar aus dem Gesicht. »Herrje, du siehst furchtbar aus.«

Ich reibe über meine pochende Schläfe. »Ist doch egal, wie ich aussehe. Ich habe verloren.«

»Mach dir nichts draus, Herzchen. Im Trinken kommt keiner gegen Henry an. Selbst Rhys musste einmal die Segel streichen. Immerhin hast du wacker bis zum Ende durchgehalten.«

Vorsichtig setze ich mich auf. Liebe Güte, mein Kopf! »Du kennst Rhys?«

»Natürlich. Seit vielen Jahren. Damals, als er aus dem Bagno in Singapur entkam und ohne eine Münze in der Tasche auf Barbados eintraf, nahm ich mich seiner an. Er hat dir doch bestimmt von mir erzählt. Ich bin Josephine Bontemps.«

Etwa die Josephine? Ich stütze die Ellbogen auf die Schenkel und lege den Kopf in die Hände. Von allen Frauen in der Karibik muss ich ausgerechnet seiner Geliebten begegnen. Durch die Strähnen meines Haars spähe ich zu ihr. Sie ist bestimmt doppelt so alt wie ich, sieht jedoch fantastisch aus. Kein Wunder, dass Rhys jahrelang mit ihr ins Bett ging. Bei der Vorstellung, wie sich ihr üppiger Körper an meinem Mann reibt, könnte ich schreien vor Eifersucht. Aber das lasse ich besser, denn ohne sie werde ich bei Morgan wahrscheinlich nicht weiterkommen und letztendlich am Pranger landen.

»Er hat dich also geheiratet«, sagt sie zuckersüß. »Ich wusste immer, dass es eines Tages so weit kommen wird, doch seine Wahl überrascht mich. Eigentlich findet er nichts an rothaarigen Frauen. Nun, die Aussicht auf einen Titel wird ihn umgestimmt haben. – Wir wollen Freundinnen werden, ja?«

Aber klar doch. Es gibt nichts Schöneres als eine Freundin, die jede Bemerkung mit einem Schuss vor den Bug abschließt. Am besten, ich gewöhne mich daran. Hier geht es nicht um mich und meinen Stolz. Ich hebe den Kopf und streife mein Haar hinter die Ohren.

»Ich habe all meine Hoffnungen auf Morgan gesetzt. Payne hat Rhys schwer verletzt. Wir dürfen keine weitere Zeit verlieren und müssen schnell handeln, sonst … stirbt er. Wirst du mir helfen?«

»Selbstverständlich werde ich Rhys helfen.« Sie tätschelt meine Hand. »Sobald du ein Bad genommen und dich zurechtgemacht hast, spreche ich mit Morgan. Das kannst du getrost mir überlassen, ich weiß mit einem Mann umzugehen.«

Und ich weiß es wohl nicht, oder was? Ich schlucke einen bissigen Kommentar, steige auf ihren nachlässigen Wink hin aus dem Bett und folge ihr mit wummerndem Schädel ins Nebenzimmer. Dort wartet schon ein gefüllter Holzzuber auf mich. Während ich den Kattunkittel ausziehe und in das lauwarme Wasser steige, mustert sie mich von den Zehen bis zum Scheitel.

»Liebe Güte, du bist dürr wie eine verhungerte Spitzmaus.«

Wortlos nehme ich Schwamm und Seife auf und wasche meinen dürren Körper, der überhaupt nicht so dürr ist, wie sie behauptet. Size

Zero ist dürr und wäre mir noch immer zu eng. Über mein Haar lässt sie kein Wort fallen, wahrscheinlich, weil es dick und rotgolden glänzend über meinen Rücken fällt, nachdem ich den Dreck herausgewaschen habe. Auch das Grün meiner Augen, das Auffälligste an mir, hält sie keiner Erwähnung für wert, weil es daran nichts zu mäkeln gibt.

Sie reicht mir ein Stück Minze, auf dem ich kauen soll, und geht hinaus, um ein Kleid für mich zu holen. Ich weiß nicht, was peinlicher ist: Mein Mundgeruch nach einem Besäufnis oder ihr Bedürfnis, mir ständig eins überzubraten. Wenigstens geht sie nicht so weit, mir das hässlichste Kleid aus ihrem Schrank überzustülpen. Es ist von zartem Pastellblau und mit weißen Rosen am Ausschnitt und den Säumen verziert. Logischerweise ist es sowohl zu weit als auch zu kurz, weil ich weder so klein noch so üppig bin wie sie. Das stimmt sie versöhnlich. Auf weitere Spitzen verzichtend, hilft sie mir beim Ankleiden. Während ich mein Haar kämme und zu einem lockeren Zopf flechte, kehren meine Ängste zurück.

»Ich weiß nicht, was ich vor Sir Henry noch vorbringen soll. Wenn ihn nicht einmal Morleys Tod davon überzeugen kann, dass auf seiner Plantage etwas verdammt schiefläuft und er einschreiten muss ...«

»Herzchen, ich sagte es bereits, du kannst es getrost mir überlassen. Ich bringe Henry schon dazu, sich der Sache persönlich anzunehmen«, fällt sie mir ins Wort. »Lass uns gehen. Und vergiss nicht, ein trauriges Gesicht zu machen. Das rührt an sein weiches Herz.«

Das traurige Gesicht ist kein Problem. Teils auch, weil ich nicht an Morgans weiches Herz glaube und mir keine großen Hoffnungen auf Erfolg mache.

»Bist du Morgans Geliebte?« Ich kann mir die Frage nicht verkneifen.

»Gelegentlich«, entgegnet sie und hebt spöttisch die dunklen Brauen.

Immerhin etwas. Damit gehört ihre Affäre mit Rhys wohl endgültig der Vergangenheit an.

Wir verlassen das Zimmer und machen uns auf den Weg zu Morgan. Sein Haus ist riesig und wurde um einen Innenhof gebaut, dessen umlaufende Galerie die einzelnen Flügel miteinander verbindet. Palmen werfen Schatten auf einen plätschernden Springbrunnen und einige fransenbesetzte Diwane mit dicken Polstern. Wir gehen an der

Galerie entlang auf die andere Seite, zurück ins Innere und eine Treppe ins zweite Geschoss hinauf, in dem Morgans private Zimmer liegen.

Ohne anzuklopfen geht Josephine hinein. Es sieht aus wie in einem Frühstückszimmer auf einem englischen Landsitz. Die Tapisserien an den Wänden sind mit der englischen Lilie des Königshauses bestickt. Das Mobiliar und das Parkett glänzen. Morgan sieht von seinem Teller auf und verzieht das Gesicht. Bestimmt wird er mich gleich zum Teufel jagen. Während sie sich zu ihm an den Tisch gesellt, bleibe ich daher an der Tür stehen.

»Henry, mein Lieber, du siehst müde aus.«

Säuselnd zupft sie an seinem Schnurrbart. Er kam noch nicht dazu, ihn kunstvoll aufzuzwirbeln, sodass die Spitzen nach unten zeigen, passend zu seiner mürrischen Stimmung. Er zieht den Kopf zur Seite.

»Ich bin müde und der Teufel soll mich holen, wenn ich jemals zuvor so einen Brand hatte.« Mit dem Buttermesser in der Hand zeigt er auf mich. »Auf dich wartet der Pranger, Mädel. Sobald ich mein Frühstück beendet habe, bist du geliefert.«

»Hör auf, Zuckerschweinchen. Du wirst doch keine hilflose Dame an den Pranger stellen.«

Zuckerschweinchen? Hat sie Rhys etwa auch so genannt? Meine nach oben zuckenden Mundwinkel heben nicht unbedingt Morgans Laune.

»Ich sehe hier weit und breit keine Dame.«

»Also wirklich. Ich mag grantige Männer überhaupt nicht leiden.« Josephine zieht einen Schmollmund. Wenn das alles ist, was sie auf Lager hat, sehe ich schwarz. Eine Femme Fatale sollte mehr draufhaben. Ich vermisse die erotische Anziehungskraft und dieses ganze Pipapo, das den Verstand eines Mannes aussetzen lässt und ihn ins Verhängnis führt. Wobei Morgan nicht in Schwierigkeiten, sondern bloß auf eine Plantage geführt werden soll. »Du bist ein Ritter des Königs, und diese lassen eine hilflose Lady niemals im Stich. Schau sie dir nur an, so bleich und unglücklich. Außer dir hat sie niemanden, der ihr Beistand leisten könnte.«

Erstaunlicherweise wirkt die Mitleidsnummer. Morgan winkt mich an seinen Tisch.

»Setz dich und iss was, Mädel.«

Ich löse mich von der Tür und setze mich den beiden gegenüber. »Danke, Sir.«

Er nickt. »Hier. Probier den Brathering, das beruhigt den Magen.«

Meinen bestimmt nicht. Eher würge ich alles heraus, was ich in den letzten Tagen zu mir genommen habe. Ich entscheide mich für eine dicke Scheibe Brot und ziehe den Buttertopf zu mir heran. Josephine hebt eine Kanne an und füllt meine Tasse. Ist das etwa Kaffee? Der aufsteigende Dampf riecht jedenfalls danach. Und es schmeckt auch danach. Ich wusste gar nicht, dass sie das schon kennen? Genüsslich nippe ich daran. Mein erster Kaffee, seit ich in dieser Welt angekommen bin.

»Ich war lange Zeit Tylers Mentor und Freund«, meint Morgan ungehalten. »Ohne mich besäße er gar nichts, geschweige denn einen Adelstitel. Und was macht er? Er versenkt eines meiner Schiffe.«

»Aber das ist doch schon Jahre her, Henry«, wirft Josephine ein.

»Er wird Euch den Schaden ersetzen, Sir, sofern er die Gelegenheit dazu erhält und noch am Leben ist.«

»Du spielst schon wieder auf Payne an.« Sein Blick durchbohrt mich, hell wie gefrostetes Glas. »Ich kenne Tyler. Es braucht mehr als einen Corey Payne, um ihn in die Knie zu zwingen. Er lässt sich nicht einfach festsetzen und auspeitschen. Allein der Versuch kann einen Mann das Leben kosten.« Bevor ich dazu etwas sagen kann, braust er auf. »Er ist ein verdammter Teufel, das weiß jeder, der mit ihm aneinandergeriet. Versenkt einfach mein Schiff, verschwindet nach England und kehrt mit dem Titel eines Earls zurück! Ich frage mich, womit er den verdient hat, während ich lediglich zum Ritter geschlagen wurde. Das ist nicht anständig von seiner Majestät. Nein, wahrlich nicht.«

Tja, wie man's nimmt. Falls dem König jemals zu Ohren kommt, was Morgans Männer ohne Kaperbrief in der Karibik treiben, wird der nächste Schwertschlag nicht seine Schulter, sondern den Nacken treffen und ihm den Kopf vom Hals trennen.

»Und du«, wendet er sich an Josephine. »Bist noch immer völlig vernarrt in ihn!«

Ich verschlucke mich an meinem Kaffee und muss husten. So genau wollte ich das nicht wissen.

Gurrend lacht Josephine auf, ein Laut tief aus der Kehle.

»Unsinn, ich liebe mein Zuckerschweinchen.« Sie steht auf, zwängt sich auf seinen Schoß und drückt mit einer Hand an seinem Hinterkopf sein Gesicht an ihre Brüste. »Du bist ein guter, zuverlässiger Mann. Du würdest mich nie einfach sitzenlassen. Was könnte ich mir mehr wünschen.«

Vielleicht einen jungen Mann mit hartem Körper, straffen Muskeln und jede Menge Sex-Appeal.

»Hör auf, meine Eier zu kneten, Josie«, nuschelt er zwischen ihren Brüsten. »So früh am Tag bin ich dazu nicht in Stimmung.«

Oh! Peinlich berührt senke ich den Blick auf den Teller und beiße in mein Butterbrot. Während ich langsam kaue, knutscht sie sein Gesicht ab.

»Also, wann brechen wir auf?«, fragt sie zwischen zwei feuchten Schmatzern.

»Ich habe dringende Angelegenheiten zu erledigen und kann Cayonne nicht verlassen. Tyler kann und wird sich selbst helfen. Das hat er schon immer so gehalten.«

»Diesmal kann er es nicht, Sir.« Ich schlucke, wobei der Bissen beinahe in meinem Hals stecken bleibt. »Payne hat ihn wirklich sehr schwer verletzt. Mit der neunschwänzigen Katze. Er hat völlig die Kontrolle über sich verloren und sogar die Sklaven gegen sich aufgebracht.«

»Die Sklaven?« Energisch scheucht er Josephine von seinem Schoß und lehnt sich abrupt zu mir über den Tisch. »Was soll das heißen?«

»Es kam zu einem Aufstand. Als ich davonrannte, hörte ich Schüsse. Möglicherweise haben sie das Haus angezündet oder die Felder. Da es stürmte und stark regnete …« Weiter komme ich nicht.

»Ein Aufstand!«, herrscht er mich an und wirft sein Buttermesser quer über den Tisch. »Weshalb sagt Ihr mir das erst jetzt?«

Weil es Wichtigeres für mich gab. Ich sah Mimi sterben, irrte durch die Berge, verlor mein Kind, wäre beinahe von Alligatoren gefressen worden und ängstige mich unentwegt um Rhys.

»Hab's vergessen.«

»Sie hat es vergessen!«, blafft er und steht auf. »Weiber! Unentwegt reden sie wie ein Wasserfall, aber die wirklich wichtigen Dinge entfallen ihnen einfach. Wir brechen in drei Stunden auf.«

Damit stiefelt er auf die Tür zu, reißt sie auf und beginnt Befehle zu bellen, noch bevor sie wieder hinter ihm zuknallt. Josephine zupft an ihrem Dekolleté und verdreht die Augen.

»Das hättest du wirklich früher sagen können. Du bist wirklich ein ziemliches Dummchen.«

Das musste ja von ihr kommen. Sie kann's einfach nicht lassen.

Zu Fuß quer über die Insel braucht es Tage von der Plantage bis nach Cayonne, auf dem kleinen Segler Seabird bewältigen wir die Strecke in wenigen Stunden. Am späten Nachmittag steige ich in derselben Bucht aus dem Beiboot, in der ich schon einmal gestanden habe. Sie ist unverändert unwirtlich, abgesehen von Unmengen an Seetang, den der Sturm antrieb und der nun auf den Felsen trocknet und nach faulem Fisch stinkt.

Angeführt von Morgan machen wir uns auf zur Plantage. Zwanzig seiner besten Männer begleiten uns, alle bis an die Zähne bewaffnet. Sogar Josephine trägt eine Pistole. Was mir damals vorkam wie ein Gewaltmarsch, wird in festen Schuhen und mit einem Federhut, der mein Gesicht überschattet und vor der Sonne schützt, zu einem Ausflug.

Schneller als ich in Erinnerung habe, erreichen wir die ersten Felder. Sie liegen verlassen vor uns. Es gibt kein Schlagen von Macheten, kein Rauschen fallender Pflanzen, keinen Gesang der Sklaven, kein Hundegebell. Erst jetzt, da all diese Geräusche fehlen, fällt mir auf, wie sehr ich mich in den letzten Wochen daran gewöhnt habe.

»Bei Gott, es ist wahr. Niemand arbeitet«, knurrt Morgan, legt die Hand an seinen Pistolengriff und marschiert zackig weiter.

Als die Sklavenhütten und dahinter das Ende des Mastes in Sicht kommen, scheine ich jäh aus großer Höhe abzusacken. Druck legt sich um meinen Kopf und in meinen Ohren rauscht es. Ich stürze vorwärts und werde prompt von Josephine zurückgerissen.

»Bleib hier«, zischt sie leise.

»Aber wenn Rhys am Mast angekettet ist …«, gebe ich ebenso leise zurück.

»Kann er noch einige Minuten warten. Komm Henry nicht in die Quere.«

Widerwillig gehe ich weiter, wobei ich immer wieder zum Mast blicke und dabei beinahe in Sir Henry hineinlaufe, der mitten auf dem Platz stehen bleibt und die Hände in die Hüften stemmt. Die Hütten um uns herum wirken verlassen. Vermutlich sind sie alle hinauf in den Berge zu den Maroons geflohen.

»He! Zeigt euch!« Auf seinen Ruf hin zeigen sich hier und da verschreckte Gesichter in den Türöffnungen und verschwinden wieder. »Ich bin euer Master, Sir Henry, und befehle euch, herauszutreten. Sofort!«

Nach und nach kommen die Sklaven aus ihren Hütten. Zuerst vereinzelt, dann in kleinen Gruppen sammeln sie sich in sicherem Abstand vor ihm mit hängenden Köpfen und Schultern. Lediglich ein Sklave hält sich aufrecht und stolz.

»Sam!«, stoße ich erfreut aus. Er weiß ganz sicher, wo Rhys zu finden ist.

Sir Henry wirft mir einen scheelen Seitenblick zu. Für sein Verständnis habe ich mich mit diesem einen Wort schon zu sehr eingemischt. Ich grabe die Schneidezähne in die Unterlippe und bleibe, wo ich bin, obwohl ich Samson am liebsten mit Fragen gelöchert hätte.

»Samson«, sagt er scharf. »Was geht hier vor?«

Portia schiebt sich zwischen den Sklaven hindurch nach vorne und stützt sich auf den Arm ihres Sohnes. Der Aufstand und gewiss auch Mimis Tod haben sie binnen weniger Tage hinfällig werden lassen. Man sieht ihr jedes gelebte Jahr und noch etliche mehr an.

»Führe mich vor Master Henry, mein Sohn«, verlangt sie mit brüchiger Stimme.

Er kommt ihrer Bitte nach. Ohne Furcht sieht sie Sir Henry in die Augen. Offensichtlich gehört die Köchin seiner Plantage zu jenen Frauen, die sich jederzeit einmischen dürfen, denn er nickt ihr freundlich zu und sein Tonfall wird weich.

»Sprich, Portia.«

»Schlimme Dinge sind geschehen, Master Henry. Gottlose Dinge. Mr Tyler, der Euer Freund ist, wie es heißt, wurde auch unser Freund. Ein gefährlicher Mann ist er, und doch ein Mann mit einem guten

Herzen. Nicht so wie Master Corey. Nie zuvor kam es hier zu solchen Grausamkeiten.«

»Welche Grausamkeiten?«

»Die Peitsche und sehr viel Blut. Mr Tyler ist kein Sklave und er war immer anständig zu uns und freundlich. Ein guter Mann, so wie Ihr, Master Henry.«

Zittrig stoße ich den Atem aus. Was meint sie mit war? Wenn Rhys lebt, müsste sie sagen, er ist anständig und freundlich.

»Fragt sie nach Rhys.« Eine leise Bitte, mehr wage ich nicht, und werde überhört.

»Wo ist Morley?«

»Oben auf dem Hügel haben wir ihn begraben. Ihn und Mimi, das arme Mädchen. Ihr erinnert Euch an Mimi? Die Tochter von Sadie, die so früh von uns ging.«

»Sadies Tochter«, wiederholt er tonlos.

»Aye, wie Ihr befohlen habt, habe ich sie erzogen und gut auf sie geachtet. Sie war ein hübsches Kind und später eine schöne Frau, wie ihre Mama. Deswegen holte Master Corey sie zu sich ins Bett und dann hat er sie erschlagen. Jetzt ruht sie neben ihrer Mutter.«

Samson stiert mit ausdrucksloser Miene durch uns hindurch. Wer ihn nicht gut kennt, würde glauben, Mimi habe ihn nie interessiert. Mit keiner Regung gibt er preis, wie tief die Wunden sind, die ihr Tod ihm schlug. Im Gegensatz zu ihm, macht Morgan keinen Hehl aus seinen Gefühlen. Er ist massiv angepisst.

»Payne hat Mimi erschlagen?«

»Wetten, sie war seine Tochter? So was kommt häufig vor«, wispert Josephine mir zu.

Ich werde nie wieder um irgendetwas wetten, doch insgeheim stimme ich ihr zu. Seine Augen haben jegliche Farbe verloren und sein Gesicht wirkt trotz der schlaffen Haut hart wie Granit.

»Wo ist Payne jetzt?«

»Im Haus.« Zum ersten Mal ergreift Samson das Wort. »Er hat sich mit den Aufsehern dort verschanzt, Sir, obwohl seit Tagen wieder Ruhe eingekehrt ist. Wir wollen ihm nichts Böses, wir wollten ihm nie etwas Böses, nur Gerechtigkeit für Euren Freund.«

Ich kann nicht länger still bleiben. »Was ist mit Rhys?«

Samson sieht mir fest in die Augen und schüttelt den Kopf. »Wir wissen es nicht.«

»Sir Henry, wir müssen nach ihm suchen!«

»Alles zu seiner Zeit. Wir gehen zum Haus, Männer. Haltet die Waffen bereit.«

Unter lautem Rasseln werden die Rapiere gezogen. Die Sklaven folgen uns wie eine brave Schafherde. Von der Wut, die Portia erwähnte, ist nichts mehr zu spüren. Jetzt sind sie vom Kind bis zum Mann verängstigt und offensichtlich froh um jemanden, der ihnen den Weg weist.

Aus der Distanz wirkt das Herrenhaus unversehrt. Erst im Näherkommen wird der Schaden sichtbar. Die Fenster an der Vorderfront sind eingeschlagen, das Verandadach an einer Seite zusammengebrochen und an der Ecke, wo sie versuchten, mitten in einem Sturm Feuer zu legen, ist die Fassade schwarz.

Unsere Schar bleibt direkt gegenüber der geschlossenen Haustür auf dem Rasen stehen, die Sklaven hinter uns. Mittlerweile äußert sich Morgans Zorn über die Verwüstung und seinen Verwalter in schweren Atemzügen und einem hochroten Kopf. Es wäre fatal, sollte er ausgerechnet jetzt einen Schlaganfall erleiden.

»Payne!«, brüllt er laut genug, dass man ihn noch in Cayonne hören kann.

Es dauert eine Weile, bis sich im Haus etwas rührt. Ein Scharren, als würden Möbelstücke hinter der Tür verschoben, dann öffnet sie sich und Payne streckt vorsichtig den Kopf heraus. Sein Haar hängt fettig und zerzaust um sein Gesicht und dieses ist so weiß wie ein Champignon.

»Sir Henry?«

»Verdammt noch mal, was geht hier vor?«

Payne zieht die Tür weit auf und kommt mit einem Gewehr in der Hand herausgestiefelt. Großspurig und steifbeinig. Ein Schauder jagt durch mich hindurch. Schlagartig kehren die letzten Wochen zu mir zurück. Meine Angst. Der Schmerz, den er mir zufügte. Sein Gewicht und sein Geruch, als er mich vergewaltigte. In einem Impuls ziehe ich mir den Federhut tiefer ins Gesicht und verstecke mich darunter.

»Ich habe alles im Griff!«, behauptet er, während er auf uns zukommt.

»Du hast gar nichts im Griff, sondern völlig die Kontrolle über die Plantage und die Sklaven verloren. Die Ernte verrottet auf den Feldern.«

Payne tritt von einem Fuß auf den anderen. »Ihr wisst doch, wie die Nigger sind. Sobald es blitzt und donnert, glauben sie, die Welt geht unter. Vor einigen Tagen gab es einen Sturm, da sind sie durchgedreht. Aber meine Männer und ich haben die Ordnung wiederhergestellt.«

Die Aufseher kommen nun ebenfalls aus dem Haus, ihre Hunde an kurzen Ketten haltend. Eines der Tiere dreht und windet sich, bis es seinen Kopf aus dem Halsband befreien kann, und jagt in langen Sätzen auf mich zu. Vielleicht erleben auch Hunde so etwas wie Liebe auf den ersten Blick, oder es waren die Fleischbällchen, jedenfalls spielt Freedom verrückt. Er ist zu gut erzogen, mich anzuspringen, doch er setzt immer wieder dazu an und drückt sich dann wieder auf den Bauch, wobei er Geräusche von sich gibt wie eine Quietschente.

Die Männer grinsen, außer Morgan. Er verzieht keine Miene.

»Mir wurde zugetragen, du hast Morley umgebracht.«

»Ich?« Payne reißt die Augen auf. »Das ist eine Lüge. Er fiel die Treppe hinunter, als die Sklaven das Haus stürmen wollten. Dafür gibt es Zeugen.«

Die Aufseher nicken eifrig zu seiner Behauptung. Jetzt reicht's. Ich habe keinen Grund, mich unter meinem Hut zu verstecken. Ich bin nicht diejenige, die Menschenleben auf dem Gewissen hat. Entschieden schiebe ich meinen Hut zurück.

»Die einzige Zeugin bin ich. Du hast Morley die Treppe hinuntergestoßen, weil er dir die Axt abnehmen wollte, mit der du Mimi erschlagen hast. Und dass du sie erschlagen hast, habe ich selbst gesehen.«

Für den Bruchteil einer Sekunde fällt ihm alles aus dem Gesicht und sein Wahnsinn schiebt sich in den Vordergrund, doch er fasst sich zu schnell, als dass es jemand bemerken könnte, der nichts von seiner Geisteskrankheit weiß.

»Kennst du diese Frau?«, hakt Morgan nach.

»Sicher kenne ich sie, Sir. Das ist Lady Grace Rivers. Sie weilte als Gast unter meinem Dach, vielmehr unter Eurem.«

»Als Gast?« Ich explodiere. »Wem willst du diese Scheiße auftischen, du mieser Drecksack? Du hast mich eingesperrt. Wo ist Rhys? Was hast du mit meinem Mann gemacht?«

Freedom bellt in meine Worte und fletscht knurrend die Zähne gegen Payne. Hätte ich ihn nicht im Nacken gehalten, wäre er auf ihn losgegangen.

»Dieser verfluchte Köter ist zu nichts nütze«, sagt Payne und legt sein Gewehr an.

»Wage es ja nicht, auf den Hund zu schießen.«

Mit aller Kraft zerre ich Freedom hinter mich. Josephine kommt mir zu Hilfe und packt furchtlos mit an.

»Sir, ich habe Lady Grace nicht eingesperrt, sondern sie lediglich daran gehindert, sich ständig bei den Niggern aufzuhalten. Ihr seht doch, wie sie sich aufführt. Völlig überspannt und das wegen eines Hundes. Manche Damen aus Europa vertragen unser Klima einfach nicht. Ich musste sie häufig vor sich selbst schützen.«

»Das ist ja wohl …«

»Würdet Ihr bitte endlich den Mund halten, Madam!«, herrscht Morgan mich an und wendet sich an Payne. Mir gegenüber ist er aufbrausend, mit ihm spricht er in einem anderen Ton. Ruhig und eiskalt. Weil er genau weiß, dass hier einiges nicht stimmt. »Dennoch bleibt sie eine Lady. Beantworte also die Frage der Countess of Stentham.«

Payne reibt über sein Gesicht. »So sehr ich es bedaure, Sir, der Mann ist fort. Er hat das Durcheinander während des Sturms ausgenutzt und ist abgehauen.«

Meine Zähne knirschen, so sehr bemühe ich mich, den Mund zu halten. Es gelingt mir nicht. Wenn ich nichts sage, platzt mein Herz.

»Das ist nicht wahr.«

Payne fährt fort, als hätte ich nichts gesagt. »Ich behielt den Mann selbstverständlich im Auge, Sir. Immerhin ging es um fünfzehntausend Goldguineas und es schmeckte ihm überhaupt nicht, diese Summe zu blechen.«

»Er hat der Auszahlung sofort zugestimmt.«

»Er stimmte zu, als Carter noch hier war«, werde ich von Payne übertönt. »Doch sobald der ging, fand er Ausflüchte und versuchte mehrfach, die Plantage zu verlassen. Deswegen legte ich ihm Fußketten an. Es ging schließlich um Eure Interessen, Sir.«

»Herrgott noch mal, Sir Henry …«

Morgan wirbelt zu mir herum. »Bei allem Respekt, Madam, es ist genug. Geht mit dem Hund spazieren oder setzt Euch ins Haus, aber verzieht Euch und lasst mich diese Unterredung führen, wie ich es für richtig halte.«

Fassungslos starre ich ihn an. Gut, ich mische mich vielleicht zu oft ungefragt ein, aber nur, weil es um mich geht. Um meine Liebe. Um mein Leben. Um meine Zukunft. Aber ich bin auch die Einzige, die das so sieht. Die umstehenden Männer sind durchweg seiner Meinung. Selbst Josephine blitzt mich ungeduldig an. Wortlos drehe ich mich um und gehe davon. Vorbei an Morgans Leuten und den Sklaven. Wenn keiner von ihnen handelt, werde ich eben allein handeln und nach Rhys suchen. Irgendetwas muss zu finden sein – und sei es bloß ein hastig ausgehobenes Grab und loses Erdreich.

Freedom trabt mir schwanzwedelnd nach. Der Einzige, der zu mir hält. Der Einzige … es trifft mich blitzartig. Er ist darauf abgerichtet, Menschen zu finden. Mit gerafftem Rock laufe ich auf das Sklavenquartier zu, durchquere es und bleibe vor dem Mast stehen. Der Brotfruchtbaum wirft einen dunklen Schatten darüber. Bald bricht die Nacht herein. Mich vor Freedom hinkauernd, umfasse ich seinen Kopf.

»Aufpassen!« Schlagartig spannt er sich an. Die einzige Fährte zu Rhys befindet sich an dem glatten Holz, sofern der Regen etwas übriggelassen hat, das ein Hund noch Tage später wittern kann. Ich deute zum Mast. »Such den Mann. Such. Such!«

Freedom drückt die Nase zu Boden und schnüffelt um den Mast herum, stellt sich dann auf die Hinterbeine und beschnüffelt das Holz. Er muss ein Genie unter den Bluthunden sein, denn es vergeht keine Minute, da fällt er auf alle vier Pfoten zurück und prescht los. So schnell ich kann, renne ich ihm nach. Zurück zum Haus, wo sie noch immer davorstehen und endlos palavern, daran vorbei zum hinteren Teil und von dort aus durch einen Gemüsegarten in ein Waldstück, das ich während meiner ganzen Zeit auf der Plantage nicht betreten habe. Es ist ein kleines verbliebenes Stück Wildnis, in dessen kniehohem Gestrüpp Freedom verschwindet. Kurz darauf höre ich sein Bellen. Mein Gott, sie haben ihn erhängt, ist mein erster Gedanke, während ich mich durch das Gestrüpp kämpfe.

»Madam! Grace!«, ruft eine tiefe Stimme in meinem Rücken. Noch jemand, der zu mir hält.

»Sam! Der Hund hat etwas gefunden«, rufe ich, während ich mich weiter durch die Büsche schlage. »Geh und hol Morgan. Er soll sofort kommen.«

Endlich liegt das Gebüsch hinter mir und ich renne durch eng stehende Bäume, immer dem Gebell nach. Zweige peitschen in mein Gesicht, reißen mir den Hut vom Kopf, zerren an meinem Haar. Ein Stück vor mir umkreist Freedom einen Baum und bellt ins Laub hinauf. Für das, was er gefunden hat, braucht es keine feine Hundenase. Noch bevor ich neben ihm ankomme, rieche ich es ebenfalls: den Geruch von Scheiße. Langsamer gehe ich weiter und blicke mit trockenem Mund und bollerndem Herzen nach oben. Seile halten eine Kiste oben zwischen zwei Astgabeln. Der Gestank wabert aus den Gittern an der Breitseite.

»Rhys?«

Keine Antwort. Doch ich weiß auch so, er ist darin eingesperrt. Der Baumstamm ist zu glatt, um daran hinaufzuklettern. Hektisch umkreise ich den Baum, springe nach den unteren Ästen und bekomme sie nicht zu packen. Wo bleibt Samson mit Morgan?

»Was ist los?«, fragt dieser, als hätte meine Frage ihn herbeigerufen.

Er, seine Männer, die Aufseher und Payne sind durch den Wald gestapft, ohne dass ich es mitbekam, weil ich einzig Augen und Ohren für diese Kiste und den Mann habe, den ich darin vermute. Selbst jetzt drehe ich mich nicht um. Mein Kopf scheint im Nacken festgefroren. Ich zeige hinauf.

»Rhys ist da drin.«

»In der Kiste? Zum Teufel, das stinkt erbärmlich. Holt sie vom Baum. Samson und du – ja, du! –, hinauf mit Euch.«

Mit einem hohen Sprung packt Samson einen Ast und macht einen Klimmzug nach oben. Der Aufseher ist weniger behände und braucht Hilfe von seinen Kumpanen. Während er sich noch am unteren Ast abstrampelt, hat Samson bereits die Kiste erreicht, späht durch das Gitter und zuckt mit verzerrtem Gesicht zurück.

»Die Lady hat recht, Sir. Mr Tyler ist da drin.«

»Mein Gott, das kann nicht sein«, stammelte Josephine neben mir.

Es ist aber so. Es entspricht ganz und gar Paynes sadistischer Veranlagung. Ich sehe zu ihm. Hass ballt sich in mir zu einem harten, schmerzhaften Geschwür.

»Der Earl of Stentham wurde von diesem Unmenschen schwer misshandelt und verletzt«, sage ich und wundere mich selbst über die Ruhe in meiner Stimme. »Ich verlange im Namen des Königs, meines Vormundes, dass er mit aller verfügbaren Härte zur Rechenschaft gezogen wird.«

Diesmal verbietet Morgan mir nicht den Mund, sondern nickt mir knapp zu. Während Samson und der Aufseher die Seile lösen, wendet er sich Payne zu.

»Du hörst, was die Countess of Stentham fordert. Hast du irgendetwas vorzubringen?«

»Er wollte fliehen und Euch um Euer Geld prellen, Sir. Und die Lady wollte er dabei zurücklassen. Weil sie ihm absolut nichts bedeutet.« Payne sieht mich an. »Ihr wart eine Last für ihn, Madam. Behaltet das Weib, hat er zu mir gesagt, ich kann mit ihr sowieso nichts anfangen. So einer ist er. Ein Hundsfott, dem weder ein gegebenes Wort noch das Sakrament der Ehe etwas bedeuten.«

Ausflüchte und blödes Geschwätz, auf das sich nicht zu antworten lohnt, zumal sie jetzt vorsichtig die Kiste herablassen. Der Gestank wird stärker. Mit einem unterdrückten Würgen weicht Josephine zurück und will mich mitziehen, doch ich rühre mich nicht vom Fleck. Fest stemme ich die Füße in den Boden und bohre die Fingernägel in die Unterarme. Je weiter die Kiste nach unten kommt, desto kleiner kommt sie mir vor. Höchstens ein Kind könnte sich darin ausstrecken. Und der Geruch … das überlebt niemand. Als sie am Boden aufkommt, beginnt Freedom sofort in dem Erdreich vor dem Gitter zu wühlen.

»Ich schieße das Schloss auf«, sagt jemand.

»Besser, wir nehmen eine Brechstange«, meint ein anderer.

»Den Schlüssel«, knurrt Morgan und streckt Payne die Hand hin.

»Sir, ich …«

»Den. Schlüssel!«

Unter seinem Gebrüll zuckt Payne zusammen und nestelt mit bebenden Fingern in der Westentasche. Morgan entreißt ihm den

Schlüssel, tritt an das Gitter und öffnet das Schloss. Die Kette rasselt durch die Stäbe. Kaum öffnet er das Gitter, kippt ein gekrümmtes Bündel heraus und bleibt reglos zu seinen Füßen liegen. Von diesem Moment an steht meine Welt still. Ich spüre absolut nichts. Wie damals, als der spanische Botschafter mir den Absturz meiner Familie mitteilte. Die Eruption des Schocks breitet sich in mir aus und blockt alles ab. Ich sinke neben Rhys auf die Knie, hebe die Hände und weiß nicht, wo ich ihn berühren soll. Er ist eine einzige Wunde. Überall getrocknetes Blut und Kot, verklebtes Haar und verdreckte Haut.

»Bist du verrückt geworden?«, bellt Morgan. »Wie kannst du einen Mann bei lebendigem Leib in einer Kiste verrotten lassen?«

»Ich ließ ihn nicht verrotten, Sir. Jeden Tag brachte ich ihm Wasser.«

Etwas klickt und ich drehe den Kopf. Josephine steht mit gestrecktem Arm vor Payne und hält ihre Pistole auf seine Stirn gerichtet.

»Wohl um sein Leiden zu verlängern«, zischt sie. »Hast du dich daran ergötzt? Wolltest du ihn um Gnade betteln hören? Du Schwein verdienst den Tod.«

Morgan schiebt ihren Arm beiseite. »Ich übernehme das, Josie. – Führt ihn ab und setzt ihn fest. Wir stellen ihn in Cayonne vor Gericht.«

»Aber, Sir, das ist … falsch«, stammelt Payne, während die Männer ihn einkesseln und abführen. »Er hat es provoziert. Er … Elizabeth, sag ihm die Wahrheit über uns. Elizabeth? Elizabeth!«

Seine Rufe nach Elizabeth verhallen im Wald. Ich höre nicht mehr hin. Alles, was jetzt zählt, ist Rhys. Vorsichtig löse ich schmutzige Haarsträhnen von seiner Wange.

»Es muss Tage gedauert haben, bis er starb. Eine Schande ist es«, sagt Morgan.

Ich schüttle den Kopf. Er ist nicht tot. Es kann nicht sein, dass ich zu spät gekommen bin. Es kann einfach nicht sein. Ich nehme seine Hand auf, das einzige halbwegs Unversehrte an ihm, und drücke sie an meine Brust. Ein Schluchzen quält sich durch meine Kehle.

»Er lebt.«

Sacht berührt Morgan meine Schulter. »Mylady, ich bedaure dieses Unglück zutiefst, doch niemand kann solche Grausamkeit überleben.

Bitte steht auf und fasst Euch. Payne wird seine verdiente Strafe erhalten und Tyler ein Grab, in dem seine Seele Frieden findet. Mehr kann ich nicht tun.«

»Weshalb könnt Ihr nicht einmal über Euren Schatten springen und mir glauben?«, herrsche ich ihn an und werfe den Kopf herum. »Mein Mann lebt! Ein Toter hat keine warmen Hände.«

Keine Sekunde lasse ich die Hand meines Mannes los. Nicht, als Samson ihn anhebt und zur Küche trägt. Nicht, als er bäuchlings auf dem Küchentisch liegt und von Portia untersucht wird. Und auch nicht, als sich die Küche mit Sklaven füllt, die Wassereimer und Feuerholz, Laken und Tücher herantragen.

Ihre Stimmen umschwirren mich, vermengen sich mit anderen Geräuschen zu einem unverständlichen Brausen, je länger ich den Rücken meiner Liebe betrachte. Hautfetzen, rohes Fleisch, Schmutz und Eiter. Wenn er das überlebt, wird er nicht mehr derselbe Mann sein. Ich beiße die Zähne zusammen. Egal, solange er nur überlebt.

»Macht Euch nützlich.«

Das dampfende Tuch, das Portia mir in die Hand drückt, macht mir meine Umgebung wieder bewusst. Es ist heiß und feucht wie in einem Dampfbad. Aus einem Kessel über dem Feuer steigt herber Kräutergeruch auf und füllt die Küche. Samson und ein anderer Sklave heben ihn gerade vom Feuer, während eine Sklavin mit einem langen Stecken unermüdlich darin herumrührt. Weitere Sklavinnen stehen am Tisch und entfernen teils tupfend, teils reibend den Schmutz von Rhys' Beinen. Behutsam ahme ich sie nach und säubere seine Hand und die Finger.

»Das muss schneller gehen.« Portia nimmt mir das Tuch aus der Hand. »So.«

Sie tupft flink und presst dabei den Kräutersud aus dem Tuch. Sobald der hart gewordene Dreck aufweicht, streicht sie schnell darüber. Dann taucht sie das Tuch in eine Schüssel, holt es dampfend wieder heraus und reicht es mir. Obwohl ich mir beinahe die Hand daran verbrühe, packe ich entschieden zu und beeile mich.

Am Kessel nimmt Samson einen Stecken auf und hebt ein Laken aus dem heißen Wasser. Die Sklavin zieht es hastig auseinander, ohne auf die Hitze zu achten. Dann faltet sie es gemeinsam mit Portia zu einer dampfenden Bahn und kommt damit zum Tisch. Entschieden werde ich beiseite gedrängt.

»Was habt Ihr vor? Nein!«

Mein Einwand kommt zu spät. Triefende Hitze senkt sich über die obere Hälfte seines Rückens. Der Schmerz lässt Rhys zu sich kommen. Er bäumt sich auf, öffnet den Mund zu einem Schrei, der sich nicht löst, und sackt wieder zusammen. Schon tragen zwei Sklavinnen das nächste gefaltete Laken heran. Ich stelle mich ihnen in den Weg.

»Hört auf damit. Ihr verbrüht ihn!«

Portia stößt mich ohne viel Federlesens beiseite. »Die Hitze muss sein. Die bösen Geister müssen sterben, sonst töten sie ihn.«

Meint sie mit den bösen Geistern Bakterien? Um diese absterben zu lassen, ist die Hitze bestimmt nicht hoch genug. Andererseits verstehe ich rein gar nichts davon und in Kombination mit den Kräutern, die vermutlich adstringierend wirken, könnte es funktionieren. Zudem gibt es keine Alternative, kein Penicillin oder anderes Antibiotika. Ich muss mich auf Portia und ihr Wissen verlassen. Als das zweite Tuch ihn einhüllt, zuckt sein Fuß, und beim dritten und letzten rührt er sich überhaupt nicht mehr.

Portia gießt eine Schöpfkelle des Suds nach der anderen über die Tücher und Rhys. Gleichzeitig gibt sie weitere Befehle.

»Holt eine Schere und schneidet ihm das Haar ab.«

»Wozu?«, begehre ich auf.

»Ist am einfachsten. Je weniger Schmutz, desto besser.«

Nun, wahrscheinlich hat sie recht. Es gibt Wichtigeres, als den Schmutz aus seinem Haar zu spülen und zu riskieren, dass die Dreckbrühe in den Laken versickert, die sie jetzt durch frische austauschen. Der größte Teil des Drecks bleibt daran kleben, wodurch die Wunden deutlicher zu erkennen sind. Ich muss mich dringend ablenken.

»Ich mache das«, sage ich und nehme einem Mädchen die Schere aus der Hand.

Strähne um verklebte Strähne schneide ich ab und lasse sie fallen. Sein Haar ist hart, wie in Kleister getaucht. Sobald ich fertig bin, wickelt eine Sklavin ein feuchtes Tuch um seinen Kopf und reicht mir ein weiteres, mit dem ich sein Gesicht säubere. Die gesamte Küche steht mittlerweile unter Wasser und noch immer arbeiten alle unermüdlich weiter und wechseln die Laken, bis Portia den Rest des Suds, zwischenzeitlich abgekühlt, über seinem bloßen Rücken verteilt. Die Wunden haben sich wieder geöffnet und frisches Blut vermischt sich mit der Kräuterflüssigkeit und schwemmt den letzten Dreck heraus. Jedenfalls hoffe ich das.

»Jetzt könnt ihr ihn ins Haus bringen. Den Rest mache ich drüben. Und Ihr solltet Euch ausruhen«, weist sie mich an, ehe sie sich an den Herd stellt und abermals mit Unmengen an getrockneten und frischen Kräutern und Pflanzen hantiert.

Wie könnte ich ausruhen? Ich folge der Trage, auf der sie Rhys ins Haus bringen. Die Nacht ist hereingebrochen, wir gehen im Dunkeln die Treppe hinauf. Wo immer Morgan und Josephine derzeit stecken, sie lassen sich nicht blicken. Wahrscheinlich schlafen sie längst.

Im größten Schlafzimmer legen sie Rhys auf das Bett. Es ist frisch bezogen und überall brennen Kerzen. Ich ziehe mir einen Stuhl heran und setze mich neben ihn. Sein Gesicht ist ausgezehrt. Scharf stehen Kinn und Wangenknochen hervor und höhlen seine Wangen aus. Zwei tiefe Kerben ziehen sich von den Nasenflügeln bis zum Kinn.

Die Stille ermüdet. Ich döse ein und werde mir dessen erst bewusst, als Portia und Samson mich aufschrecken. Wieder hält sie ein gefaltetes Laken über dem Arm, legt es auf seinen wunden Rücken ab und faltet es vorsichtig auseinander. Es ist ein riesiger Breiumschlag aus zerstampften und gekochten Kräutern, mit dem sie die Wunden abdecken. Rhys kommt dabei halbwegs zu sich. Ein Stöhnen dringt aus seiner Kehle. Kurz öffnet er die Augen. Ein trüber Blick trifft mich, dann schließt er sie wieder und dreht mit einem weiteren Stöhnen den Kopf zur anderen Seite.

»Schon gut, Junge«, murmelt Portia, während sie die Enden unter ihm feststeckt. »Gleich wird es besser. Er darf es nicht abstreifen.«

»Ich weiß«, sagt Samson.

»Ich werde aufpassen«, bringe ich mich in Erinnerung.

»Ihr werdet Euch zu Bett legen und schlafen.«

»Aber ...«

»Ihr seht aus wie der leibhaftige Tod. Wenn Ihr zusammenbrecht, nützt Ihr ihm gar nichts.«

Wie ein Huhn über einen Hühnerhof, scheucht sie mich mit wedelnder Schürze raus auf den Gang und schließt die Tür. Und wirklich fehlt mir die Kraft zum Widerspruch. Meine Glieder sind schwer und meine Lider wollen zufallen. Sie lächelt mich an. »Ihr habt Euch gut geschlagen, Madam. Das Zimmer nebenan ist für Euch vorbereitet. Falls etwas ist, wird Samson Euch wecken. Versprochen.«

# Zehn

Rhys will mich nicht sehen.

Das ist einer der ersten Sätze, die er an Samson richtet, als er am nächsten Tag lang genug zu sich kommt, damit ihm ein Schmerzmittel eingeflößt werden kann. Samson erklärt es mit dem hohen Fieber, das meinen Mann Dinge sagen lässt, die ich mir nicht zu Herzen nehmen soll. Portia formuliert es weniger feinfühlig.

»Wenn er Euch nicht sehen will, dann haltet Euch daran. Er darf sich nicht aufregen.«

»Natürlich«, stimme ich ihr geknickt zu, obwohl ich seinen Wunsch nicht verstehe.

Ich will ihn nicht aufregen, sondern ihn trösten und zu seiner Genesung beitragen, indem ich ihn meine Liebe spüren lasse und ihn pflege. Ich bin durchaus in der Lage, ihm Schmerzmittel einzuflößen und die Kräuterbandagen zu wechseln, aber sie lassen mich nicht einmal zu ihm hinein, wenn er schläft und nichts davon mitbekommt.

Also drücke ich mich in meinem Zimmer herum, lasse die Tür offen und trete hinaus, sobald ich Schritte höre, um wenigstens einen kurzen Blick auf Rhys werfen zu können, wenn jemand sein Zimmer betritt. Ich fühle mich dabei so nutzlos wie ein Loch im Kopf.

Während der nächsten Tage ist Freedom meine einzige Gesellschaft. Der Hund weicht nur von meiner Seite, um draußen sein Geschäft zu verrichten oder in der Küche Leckereien abzustauben. Er ist ein treues Tier, aber er bleibt nun einmal ein Hund und kann mir keinen Freund, geschweige denn Rhys ersetzen. Ich bin seine Frau, verdammt noch mal! Ich hätte jedes Recht, bei ihm zu sitzen und mich persönlich von seinem Zustand zu überzeugen. Und nach einer Woche nehme ich es mir einfach und betrete sein Zimmer.

Rhys liegt auf dem Bauch, den Oberkörper in Bandagen gewickelt, und schläft tief und fest. Auf Zehenspitzen schleiche ich ans Bett und betrachte ihn. Sein Haar lockt sich ungewohnt kurz im Nacken, sauber und tiefschwarz wie eine mondlose Nacht. Die tiefen

Falten um Nase und Mund sind geblieben, und sein Gesicht ist noch immer schmal, jedoch längst nicht mehr so blutleer wie an jenem Tag, als wir ihn fanden. Obwohl er stark an Gewicht verloren hat, kann ich unter der leicht gebräunten Haut auf Armen und Beinen noch immer den Verlauf der Muskulatur erkennen.

Ich umfasse seine schlaff über die Bettkante hängende Hand. Seine Finger sind kühl, ein gutes Zeichen. Das Fieber ist besiegt und das Schlimmste überstanden. Ich verschränke meine Finger mit seinen und drücke einen Kuss auf seinen Handrücken.

»Es wird alles verheilen, sagt Portia«, flüstere ich in seinen Schlaf. »Natürlich werden Narben bleiben. Ich werde sie mit Öl einreiben, damit die Haut geschmeidig bleibt. Irgendwann wirst du sie nicht mehr spüren. Und sobald du kräftig genug bist, bringt uns eines von Morgans Schiffen nach Barbados. Wir werden diese schlimme Zeit hinter uns lassen, Liebling. Weit hinter uns. Aber dazu musst du gesund werden, hörst du?«

»Das wird er.«

Ich zucke zusammen. Josephine steht am Fußende des Bettes, in einem sonnengelben Kleid, die dicken Locken zu einer eleganten Frisur aufgesteckt. Sie wirkt wieder einmal wie ein frischer englischer Morgen. Ausgeruht und munter. Das genaue Gegenteil von mir. »Rhys ist zäh. Er überlebte das Bagno in Singapur, er wird auch das überleben.«

Lächelnd berührt sie seine nackte Wade und streichelt mit den Fingerspitzen daran entlang. Was denkt sie sich eigentlich?

»Fass ihn nicht an.«

Ohne Eile zieht sie die Hand zurück. »Ich habe ihn schon oft berührt und nicht nur sein Bein, Liebchen. Damals, nach Singapur, kam er zu mir und lebte in meinem Haus. Wir waren viele Jahre ein Paar.«

Ich bin nicht ihr Liebchen und *damals* interessiert mich nicht die Bohne.

»Jetzt ist er mein Ehemann.«

»Ja, auf Befehl des Königs hast du dir ein Prachtexemplar von Mann geangelt.« Eine ihrer dunklen Brauen ruckt hoch. »Soweit ich erkenne, hast du ihm, abgesehen vom Titel eines Grafen, nur Unglück gebracht.«

Dieses perfide Weib! Ihr Freundschaftsangebot hat sie nie ernst gemeint. Ich lasse seine Hand los und straffe den Rücken.

»Du hast nichts in seinem Zimmer verloren. Ich will dich hier nicht sehen.«

Leise lacht sie auf. »Seltsam, mir wurde zugetragen, dass er dich nicht sehen will. Das sollte dir zu denken geben, Herzchen.«

Mit raschelnden Röcken geht sie an die andere Bettseite und streichelt über seinen Kopf. Wut kocht in mir auf. Ich schlage ihr nur nicht auf die Finger, weil ihn das wecken könnte. Er braucht seinen Schlaf.

»Nimm deine Hände von meinem Mann.«

»Stell dich nicht so an. Er ist ein guter Freund, und ich sorge mich um ihn.«

»Wenn du nicht sofort …«

»Tragt euren Streit woanders aus«, unterbricht er mich heiser.

Jetzt hat sie ihn geweckt, diese blöde Planschkuh. Kurz erhasche ich einen Blick in das Zwielichtblau seiner Augen, dann dreht er den Kopf auf die andere Seite zu Josephine.

»Josie? Du bist hier.«

Die Erleichterung in seiner Stimme sprengt mein Herz. Weshalb macht er das? Wieso behandelt er mich, als wäre ich gar nicht da?

»Ja ich bin hier und bleibe, solange du mich brauchst.« Mit einem strahlenden Lächeln beugt sie sich über ihn und küsst seine Stirn. »Wie geht es dir, Geliebter?«

Geliebter? Ich umfasse meine Ellbogen und beiße mir auf die Zunge. Er darf sich nicht aufregen, ermahne ich mich stumm.

»Einigermaßen.«

Schweigend stehe ich dabei, während die beiden sich unterhalten und mich bewusst ausschließen. Als wäre ich eine Fremde. Als würde ich ihre Zweisamkeit stören. Von Josephine erwarte ich nichts anderes, sie sieht in mir eine Rivalin, aber sein Verhalten ist mir unbegreiflich.

»Soll deine Gemahlin gehen, Liebster?«, fragt sie schließlich weich.

»Ja.«

Fassungslos schnappe ich nach Luft. Mir wird schwindlig. Was geht hier eigentlich vor? Im Grunde eine dämliche Frage. Er wendet sich von mir ab und einer Frau zu, die er seit Jahren kennt und die ihm schon einmal half, weil er mir die Schuld an seinen schweren Verletzungen gibt.

»Ihr habt es gehört, Lady Grace«, sagt sie.
»Rhys, ich will bei dir sein. Bitte ...«
»Bitte geht, Madam«, fällt er mir ins Wort.
Was? Verunsichert schiebe ich die Finger ineinander und knete sie. Ich verstehe ihn nicht. Er könnte mich wenigstens ansehen, mich mit Vorwürfen überhäufen, mich verfluchen – mir wäre alles recht, solange er sich mir zuwendet und mit mir spricht.
Josephine setzt sich schmunzelnd zu ihm auf die Bettkante. Sie genießt es. Für sie ist es ein Sieg auf ganzer Linie. »Ich denke, das war deutlich genug, Lady Grace.«
Wortlos drehe ich mich um und gehe hinaus. Die Genugtuung, mich weinen zu sehen, werde ich ihr nicht geben.

In meinem ganzen Leben wurde ich noch nie so schnell und effizient beiseite geschnippt.

Jeden Tag verbringt Josephine Stunden bei Rhys. Ich wechsle von meinem Zimmer in einen Korbstuhl auf der Veranda unter seinem offenen Fenster, wo ich hin und wieder Fetzen ihrer Unterhaltungen aufschnappen kann. Sie singt ihm oft vor. Ganz ehrlich, das könnte ich auch. Ich könnte ihm Songs vorsingen, die er nie zuvor gehört hat, und davon jede Menge. Die neusten Hits, Balladen von Mariah Carey und Whitney Houston oder Klassiker von den Beatles und den Bee Gees. Ich sollte es einfach machen.

Tief hole ich Luft und stimme einen Klassiker an *How deep is your love* – in der Originalversion. Okay, ich hätte vielleicht nicht einen Song der Bee Gees wählen sollen. Die Töne sind ein bisschen arg hoch für mich, aber ich hab es angefangen und werde es jetzt auch zu Ende bringen.

Freedom, der neben mir am Boden lag und döste, setzt sich auf. In seinem faltigen Hundegesicht steht das starke Bedürfnis, mitzumachen. Mein Hund wirft den Kopf zurück und stimmt inbrünstig jaulend in die Melodie ein. Gleichzeitig wird über dem maroden Verandadach, unter dem ich sitze, das Fenster zugeschlagen. Das war's dann wohl. Zugegeben, ich singe nicht halb so gut wie Josephine, aber es geht schließlich um den guten Willen und mehr noch, um den Text. Freedom versteht es. Geradezu enttäuscht von dem abrupten Abbruch unserer Gesangseinlage lässt er sich wieder zu Boden fallen und legt mit einem tiefen Schnaufen den Kopf auf die Vorderpfoten. Obwohl es nichts mehr zu lauschen gibt, bleibe ich auf der Veranda sitzen. Irgendwann werden sie das Fenster schon wieder öffnen, damit der herbe Kräutergeruch abziehen kann. Außerdem habe ich sonst nichts zu tun.

Schritte knirschen durch die Sandkörner auf den Verandadielen. Kurz darauf kommt Morgan um die Ecke und bleibt neben mir stehen. Es mag kleinlich sein, aber irgendwie tröstet es mich, zur Abwechslung selbst jemanden ignorieren zu können.

»Schmollt Ihr, Lady Grace?«

»Ich denke nach.«

Kritisch blickt er zu dem schief hängenden Verandadach hinauf, rüttelt prüfend an der Holzbrüstung und lehnt sich dann dagegen.

»Hört auf zu grübeln. In wenigen Tagen kehren wir nach Cayonne zurück, und sobald er auf meinem Schiff gen Barbados segelt, wird er Josephine vergessen. Es ist bloß eine Phase.«

Ja, das behaupten sie alle, wenn auch jeder mit anderen Worten. Es beruhigt mich kein bisschen. Falls nämlich Josephine entscheidet, ebenfalls auf dem Schiff nach Barbados zurückzukehren, wo sie ein Haus besitzt, weiß ich nicht, wie lange ich diese Phase noch durchstehen muss und kann.

»Ich muss mit Rhys sprechen. Wollen Sie mich begleiten?«

Und ob ich will. Hastig springe ich auf und lege die Hand auf seinen dargebotenen Arm. Es ist ein offizieller Besuch des Gastgebers, der mich dazu einlädt. Diesmal wird mich weder Josephine noch Rhys einfach rausschmeißen, denn das wäre extrem unhöflich.

Als wir das Zimmer betreten, bricht ihre Unterhaltung abrupt ab. Rhys sitzt aufrecht im Bett. Die Bandagen, die seinen Rücken schützen, sind bedeutend dünner geworden und er steht auch nicht länger unter dem Einfluss betäubender Kräuter.

»Es geht dir besser«, platzt es erleichtert aus mir heraus.

Anstatt mir in die Augen zu sehen, wechselt er einen schnellen Blick mit Josephine, der mich prompt an geheime Absprachen und gemeinsame Pläne denken lässt. Trotzig setze ich mich zu ihm auf die Bettkante, was den kleinen Muskel in seiner Wange aktiviert. Josephine, die diese Reaktion ebenso gut kennt wie ich, schmunzelt selbstgefällig.

»Offensichtlich können wir schon übermorgen nach Cayonne aufbrechen«, stellt Morgan fest.

»Je eher, desto besser«, stimmt Rhys zu und schlägt in die Hand ein, die Morgan ihm hinhält.

»Ich bin untröstlich über diesen schändlichen Vorfall. Bei allem, was zwischen uns im Argen lag, das habe ich nicht gewollt.«

»Das musst du mir nicht erst versichern, Morgan.«

»Gut, gut.« Morgan will ihm auf die bandagierte Schulter klopfen, besinnt sich im letzten Moment und zieht die Hand zurück. »Selbstverständlich werde ich Payne zur Rechenschaft ziehen. Und die Sache mit dem Lösegeld vergessen wir einfach. Ich habe kein Recht, etwas von dir zu verlangen. Vielmehr müsste ich dich entschädigen.«

»Ausgezeichnet!«, zwitschert Josephine munter. »Dann hast du gewiss nichts dagegen, Rhys zwei deiner Sklaven zu überlassen. Samson und …«

»Samson!«, fällt Morgan ihr ins Wort. »Bei allem, was recht ist, aber Samson ist mein bester Mann auf den Feldern.«

»Und Portia«, beendet sie ihren Satz.

»Dazu auch noch eine Heilerin, von der es keine zweite in der Karibik gibt.« Morgan ballt aufbrausend die Fäuste. »Zum Teufel, Tyler, willst du mich ruinieren? Eigentlich habe ich bereits teuer bezahlt. Den Kater, den mir deine Frau bescherte, werde ich so schnell nicht vergessen.«

Rhys geruht zum ersten Mal, meine Gegenwart wahrzunehmen und mustert mich unter halbgeschlossenen Lidern. Es wirkt unfassbar arrogant und unnahbar. Wir stehen wieder ganz am Anfang.

»Wie darf ich das verstehen?«

Bevor ich es erklären kann, mischt Josephine sich ein. Obwohl es hier noch keine Tauchsieder gibt, ist ihr das Prinzip bekannt.

»Die beiden haben um die Wette gesoffen, bis sie unter den Tisch fiel.«

»Weil ich ihr zunächst nichts von dem glauben wollte, was sie mir erzählte«, setzte Morgan hastig hinzu.

Seine Schützenhilfe nützt gar nichts. Durchbohrt von einem zwielichtblauen Blick, fühle ich mich wie ein Insekt unter einem Brennglas. Schließlich macht Rhys einen tiefen Atemzug.

»Ich möchte mit Lady Grace allein sprechen.«

Mein Herz schlägt einen Salto. Die beherrschte Höflichkeit, mit der er mich Lady Grace nennt, trifft bis ins Mark. Seit nahezu zwei Wochen hoffe ich auf eine Aussprache, doch jetzt hätte ich sie lieber gemieden. Ich ahne, worauf es hinausläuft. Er will unserer Ehe den Todesstoß versetzen.

»Na sicher, jederzeit. Komm, Josie, wir wollen nicht länger stören.«

»Ich störe ganz gewiss nicht.«

»Bitte, Josie.«

»Nun gut, wenn das dein Wunsch ist, Rhys, werde ich ihn selbstverständlich respektieren.«

Zum ersten Mal vergisst sie zu säuseln und wird schnippisch zu ihm. Vielleicht ist doch noch nicht alles verloren. Kaum führt Morgan seine Geliebte hinaus und schließt die Tür, zischt Rhys mich an.

»Du hast mein Leben bei einer Wette in die Waagschale geworfen?«

Ich wusste, dass mir das zum Verhängnis wird. Ebenso weiß ich aber auch, dass er nach einem Aufhänger sucht, um mir den Laufpass zu geben und zu seiner Geliebten zurückzukehren. Josephine hat ganze Arbeit geleistet.

»Mir war jedes Mittel recht, um Morgan zum Handeln zu bringen. Kein Wort wollte er mir glauben, weder über Payne noch wer ich bin. Ich sah nicht unbedingt aus wie eine Countess of Stentham, als ich in Cayonne eintraf. Hinter mir lag eine Flucht über die Berge und ein Aufenthalt bei den Maroons.«

Als ich die Hand auf seinen Arm legen will, rückt er von mir ab. »Josie hat dir sofort geglaubt. Sie hätte ihn zum Handeln bewegt.«

Ja, das behauptet sie jetzt. Josephine, die Allwissende. So selbstbewusst, so schillernd in ihrer Persönlichkeit. Mittlerweile könnte ich schon kotzen, wenn ich ihren Namen höre.

»Im Gegensatz zu dir, kenne ich diese Frau kaum. Woher hätte ich wissen sollen, ob sie mir glaubt oder nicht? Zudem, wenn sie mir glaubte, wieso hat sie dann diese Wette zugelassen?«

»Du wirst sie nicht vor mir verunglimpfen, Grace. Von Anfang an warst du leichtsinnig und gedankenlos. Ständig musste ich dich zur Räson rufen. Es ist typisch für dich, ausgerechnet einen Säufer zum Wetttrinken herauszufordern.«

Mein Kopf ruckt zurück. Warum rammt er mir nicht gleich die Faust ins Gesicht und schlägt mir ein paar Zähne aus, verdammt! Diese Schlampe treibt einen Keil zwischen uns und er merkt es nicht mal. Oder er will es nicht merken, weil sie ja ach so perfekt ist. Eine schwärende Wunde bricht in mir auf und spült den ganzen Dreck heraus, den ich seit jener Sturmnacht mit mir herumschleppe.

»Ich hätte noch ganz anderes getan, um dein Leben zu retten, ganz egal, wie unüberlegt es dir vorkommt. Ich bin in jener Nacht im Nachthemd und ohne Schuhe davongelaufen, nachdem ich zusehen musste, wie Payne Mimis Kopf mit einer Axt spaltete. Ich marschierte durch die Berge nach Cayonne, um Hilfe zu finden, und hätte mich beinahe verlaufen, bevor ich Samson fand.« Abrupt strecke ich den Arm in Richtung Fenster. »Und in irgendeiner Höhle in diesen beschissenen Bergen liegt noch immer mein Kind, das ich verloren habe. Von dem Schweineblut, das mir die Maroons einflößten, und den Alligatoren will ich gar nicht erst anfangen. Dann komme ich hierher, finde dich halbtot und sterbe beinahe vor Angst um dich und du weist mich ab, turtelst mit diesem Biest und meinst auch noch, mich zurechtweisen zu müssen, weil ich sie angeblich verunglimpfe?«

Unter meiner Tirade ist er bleich geworden. Es tut mir leid und dann auch wieder nicht. Bei allem Verständnis für die Schmerzen, die seinem Körper und auch seiner Seele zugefügt wurden, lasse ich nicht auf mir herumtrampeln.

»Du hast recht«, sagt er dumpf. »Am besten, wir trennen uns.«

Ich lehne mich vor und zische ihm ins Gesicht. »Das könnte dir so passen. Wir sind verheiratet, Rhys Tyler. Wir haben vor Gott einen Schwur geleistet und die Ehe vollzogen. Also schlag dir das ganz schnell wieder aus dem Kopf.«

Er weicht meinem Blick aus. »Ich werde selbstverständlich für deinen Unterhalt aufkommen.«

»Nein.« Ich packe sein Kinn und zwinge ihn, mich anzusehen, mich wirklich zu sehen. »Ich sag dir jetzt mal was, Freundchen.

Wende dich an den König oder an den Papst, wenn du unsere Ehe annullieren willst, doch solange bleibe ich deine Frau und ich werde mit dir leben. Unter einem Dach, an einem Tisch und in einem Bett. Kapiert?«

Unwillig schiebt er meine Hand beiseite und zieht den Kopf zurück. »Du verstehst nicht, Grace.«

»Ich verstehe besser, als du es dir vorstellen kannst.« Ich berühre seine Wange, obwohl er das Gesicht verzieht. »Du verhältst dich derzeit wie ein Arschloch, aber ich liebe dich und du liebst mich ebenfalls. Deshalb werde dich nicht aufgeben. Sag ihr das, deiner süßen Josie.«

Damit stehe ich auf und lasse ihn allein, damit er darüber nachdenken kann.

Cayonne wird zu meiner persönlichen Hölle, und obwohl Rhys meine Worte beherzigt, denkt er nicht daran, diese Hölle in absehbarer Zeit zu verlassen. Er ist ganz der Gentleman des siebzehnten Jahrhunderts, wie man ihn aus Büchern kennt. Er lebt mit mir unter einem Dach, er teilt Tisch und Bett mit mir und behandelt mich ansonsten mit höflicher Gleichgültigkeit. Einmal wage ich es, nach meinem Ehering zu fragen, den ich ihm gab, bevor der Sturm kam und alles aus den Fugen geriet, und erhalte die vergrätzte Antwort, Payne habe ihm den Ring abgenommen und wahrscheinlich weggeworfen. Seitdem spricht er kaum noch mit mir.

Am Frühstückstisch blickt er an mir vorbei in die Wedel der Palmen, die vor den Balkonen unserer beiden Zimmer aufragen. Nachts habe ich das Gefühl, neben einem Dummy zu liegen, so still verhält er sich. Und in der Zeit dazwischen streift er mit Samson durch die Stadt, lässt sich von Portia den Rücken mit Öl massieren oder drückt sich sonstwo herum.

Am schlimmsten sind die Abendessen mit Morgan und Josephine. Es ist September und die Luft selbst gegen Abend schwül und drückend. Ich hasse das enge Korsett, das ich zu diesen Anlässe trage. Ich hasse die Kluft, die immer dann besonders auffällt, wenn andere bei uns sind und wir uns darum bemühen, ein nicht existentes Eheleben vorzutäuschen, und am meisten hasse ich Josephines zartes Gesäusel und den Hunger auf meinen Mann in ihren Samtaugen.

»Wie ich höre, badest du jeden Tag im Meer«, zirpt sie ihm an diesem Abend zu.

»Ja, Portia ist der Ansicht, es fördert die Heilung.«

»Von der heilsamen Wirkung des Meerwassers habe ich schon gehört«, wirft Morgan kauend ein. »Solange man es nicht trinkt, versteht sich.«

»Ah, und das Wasser ist wunderbar klar und warm«, plaudert sie angeregt weiter. »Ganz in der Nähe gibt es eine kleine Bucht mit sehr weißem, feinem Sand. Ich sollte selbst einmal wieder baden gehen. Ich liebe das Meer und das Streicheln des Wassers auf meiner Haut. Es ist eine ungemein sinnliche Erfahrung.«

Ich nehme mein Weinglas auf und trinke einen großen Schluck, anstatt ihr den Inhalt ins Gesicht zu schütten.

»In der Tat, das ist es«, entgegnet Rhys.

»Wir könnten einmal gemeinsam baden gehen.«

»Jederzeit.«

Bei seinem verschmitzten Lächeln bleibt mir die Luft weg. Mich lächelt er überhaupt nicht mehr an. Mich fragt er nie, ob ich mit ihm baden gehen will. Was Morgan wohl von diesem Turteln seiner Geliebten hält? Er könnte ruhig mal eingreifen, dieser ehemalige Pirat. Aus dem Augenwinkel spähe ich zu ihm. Aber nein, er konzentriert sich lieber auf seine Langusten und schlürft hörbar die Köpfe aus. Ungehalten schiebe ich meinen Teller von mir und werfe die Serviette darauf.

»Ist etwas, Herzchen?«, erkundigt sich Josephine.

Ja, ich würde dir gern die Augen auskratzen und sie dir durch die Nase ins Hirn schieben.

»Aber mitnichten, Teuerste. Lasst euch durch mich nicht stören. Ich muss bloß dringend etwas erledigen.«

Höflich stehen die Männer auf, als ich mich erhebe und hinausrausche. Für einen kurzen Moment hoffe ich, dass Rhys mir folgt, aber natürlich macht er das nicht. Dazu ist er zu sehr mit Josephine und dem Wiederaufflammen ihrer Affäre beschäftigt. Die halbe

Nacht verstreicht, bis er sich endlich zu mir bequemt. Im spärlichen Licht der heruntergebrannten Kerzen zieht er sich um. Schweigend, als säße ich nicht im Dunklen auf dem Balkon, sondern weit entfernt auf dem Mond. Ich hab es so was von satt!

»Trägst du das Nachthemd, damit du meine Narben nicht sehe?«

»Ich bin müde«, gibt er knapp zurück und schlüpft unter die Decke.

Früher schlief er nackt und hielt mich in den Armen. Vor unendlich langer Zeit, an die ich mich kaum noch erinnern kann. Zähneknirschend stehe ich auf, ziehe Rock und Unterröcke aus, schnüre das Korsett auf, lösche die Kerze und lege mich im Hemdchen neben ihn. Die gesamte Breite des Bettes liegt zwischen uns. Weit wie der Atlantik zwischen zwei Kontinenten. Dunkelheit schließt uns ein und vermittelt eine verlogene Zweisamkeit, die ich immer weniger ertrage. Unweigerlich muss ich an andere Nächte denken. Nächte, angefüllt mit Zärtlichkeiten, geflüsterten Liebesschwüren, leisen Seufzern. Rhys ist entschlossen, diese Nächte zu leugnen und besitzt auch noch die bodenlose Frechheit, mich aus meinen Träumen zu reißen.

»Du hast vergessen, die Läden am Balkon zu schließen.«

»Und?«

»Könntest du das bitte machen?«

Sicher. Ich könnte ihm aber auch das Kissen aufs Gesicht drücken und ihn darunter ersticken.

»Mach es doch selbst.«

Mit einem entnervten Laut schlägt er die Decke zurück. Ein Zipfel trifft mich im Gesicht, knapp unter dem Auge. Meine Anspannung entlädt sich. Als er sich aufrichtet, packe ich seine Schulter, reiße ihn mit aller Kraft herum und werfe mich auf ihn. Sein Körper verkrampft unter mir.

»Was soll das, Grace?«

Ich grabe die Finger in den verhärteten Muskelstrang zwischen seiner Schulter und dem Hals. In diesem Moment will ich ihm Schmerz zufügen, den gleichen Schmerz, den er in mir auslöst. Sein Atem beschleunigt.

»Keine Angst, ich werde dich schon nicht küssen«, zische ich ihm ins Gesicht. »Ich verlange nur eine Erklärung, weshalb du mich so demütigst. Oder gehört es zu deinen Gewohnheiten, vor deiner Ehefrau mit deiner Geliebten zu schäkern?«

Seine Finger schließen sich um mein Handgelenk und drücken eisern zu, bis ich seine Schulter loslassen muss. »Erspare mir eine Szene, Grace. Es gibt nichts Langweiligeres für einen Mann als eine eifersüchtige Ehefrau.«

Abrupt setze ich mich auf. »Du hast meine Frage nicht beantwortet.«

Mit einem schweren Seufzen streckt er die Arme seitlich aus. Er sieht aus wie ein Gekreuzigter. »Ich habe keine Ahnung, welche Antwort du erwartest. Josephine und ich sind Freunde, das ist alles. Unsere Neckereien sind völlig normal.«

»Normal? Ach so, ich vergesse es immer wieder. Wir befinden uns im siebzehnten Jahrhundert. Da gehören Ehebruch und Affären zur Normalität einer Ehe. Es ist wirklich urkomisch, denn stell dir vor, ich hatte bisher den Eindruck, du denkst anders darüber und würdest Wert auf Treue legen.«

»Bei Gott«, murmelt er, steigt aus dem Bett und schließt die Läden am Balkon mit lautem Knall.

Meine Kieferpartie wird schmerzhaft hart. »Was wirfst du mir eigentlich vor? Spuck's aus! Sag mir wenigstens, wofür du mich bestrafst. Wegen der Trinkwette? Weil ich unser Kind verlor? Weil ich davonrannte in jener Sturmnacht und nicht blieb, als Payne dich umbringen wollte?«

»Du redest Blödsinn!«, faucht er mich an.

»Was soll ich machen? Auf den Knien um Verzeihung bitten, ein Büßerhemd tragen, mir Asche aufs Haupt streuen? Was?«

Obwohl es zu dunkel ist, um es zu sehen, weiß ich, dass er mit den Augen rollt. Wir haben die Ebene des geplagten Mannes und der zänkischen Ehefrau erreicht. Er drängt mich regelrecht in diese Rolle, damit er sich ohne Reue von Josephine trösten lassen kann. Wahrscheinlich schon morgen beim gemeinsamen Bad im Meer.

»Vielleicht gibst du mir endlich eine Antwort, Rhys! Oder bin ich dir nicht einmal das wert?«

»Ich habe nichts zu sagen. Ich wollte lediglich die Läden zuziehen, damit ich morgen nicht beim ersten Sonnenstrahl geweckt werde. Das ist alles.«

Er kehrt zum Bett zurück, schnappt sich die Decke und das Kissen und marschiert damit ins Nebenzimmer, um sich auf das schmale Sofa zu legen. Na super! In manchen Dingen bleiben Männer über die Jahrhunderte gleich, beispielsweise, wenn sie einfach verschwinden, weil es ihnen zu brenzlig wird. Schwer lasse ich mich in die Matratze fallen und reibe über meine Augen. Von drüben höre ich das Rascheln des Bettzeugs und einen gedämpften Fluch.

»Komm zurück ins Bett, Rhys. Das Sofa ist viel zu kurz für dich.«

Keine Antwort. Also gut, dann drehe ich den Spieß eben um. Mein eigenes Bettzeug an mich raffend, gehe ich zu ihm hinüber, stolpere dabei über Freedom, der plötzlich im Weg liegt, stoße mir den großen Zeh an einem Stuhlbein und erreiche humpelnd den Schemen des Sofas. Direkt davor gehe ich auf die Knie und richte mich auf eine Nacht auf dem Boden ein.

»Was zur Hölle machst du da, Grace?«

»Ich lege mich schlafen.«

Abrupt setzt er sich auf. »Du kannst nicht auf dem Boden schlafen.«

»Ich kann schlafen, wo ich will.«

Krallen kratzen über die Dielen, als Freedom auf mich zu tapst und sich neben mir ausstreckt, wobei er den größten Teil der Decke für sich beansprucht.

»Geh wieder zu Bett«, verlangt Rhys.

»Nur, wenn du ebenfalls ins Bett kommst.«

»Verfluchte Scheiße ...« Wieder raschelt es, als er aufsteht, über mich hinweg steigt und dabei Freedom auf die Pfote oder den Schwanz tritt. Knurrend springt der Hund auf. »Dieser blöde Köter ist ständig im Weg. Nun steh schon auf, Grace.«

Während er zurück zum Bett stolziert und dabei vermutlich die Arschbacken vor Ärger zu einer harten Nuss verkneift, tätschle ich Freedom beschwichtigend den Kopf. Er ist kein blöder Köter, sondern mein Hund. Ein Geschenk von Sir Henry, der Freedom für eine missratene Kreatur hält, weil er sich lieber hinter den Ohren kraulen lässt, anstatt Menschen zu zerfleischen.

Gemächlich stehe ich auf und liege kurz darauf wieder neben Rhys auf der weichen Matratze. Eins habe ich soeben herausgefunden: Ich bin ihm nicht so gleichgültig geworden, dass er mich ohne zwingende

Notwendigkeit auf harten Dielen schlafen lässt. Mit großer Wahrscheinlichkeit bin ich ihm überhaupt nicht egal, aber wieso dann diese demonstrative Abweisung und Hinwendung zu Josephine?

»Es tut mir leid«, sagt er unvermittelt in die Stille. »Das mit unserem Kind, meine ich.«

Völlig reglos bleibe ich liegen. Jetzt bloß keine falsche Bewegung machen oder das Falsche sagen, in beidem bin ich Spezialistin. Ich könnte eine Doktorarbeit über all die Fehler schreiben, die mir in solchen Momenten unterlaufen.

»Mir tut es auch leid.« Meine Unterlippe beginnt zu beben. Flugs grabe ich die Schneidezähne hinein. Nach einer Weile fahre ich fort. »Vor allem, weil es kein Grab gibt, das ich ... besuchen könnte. Es war noch so ...«

Winzig, will ich sagen, doch das Wort kann sich nicht an dem dicker werdenden Kloß in meinem Hals vorbeizwängen. Verflixt, ich fange an zu weinen. Hastig kehre ich ihm den Rücken zu und lege die Hände über mein Gesicht. Nachdem er so viel durchmachen musste, schwor ich mir, ihn nicht auch noch mit diesem Kummer zu belasten. Zumal es eher meiner als seiner ist. Er wusste von meiner Schwangerschaft, konnte jedoch davon noch nichts sehen und, im Gegensatz zu mir, das Kind auch nicht spüren. So wie ich jetzt die Leere in mir spüre, in der zuvor etwas heranwuchs. Ein riesiges Loch im Rumpf.

»Grace?« Seine Finger gleiten an meinem Rückgrat entlang. Ein zögerliches Auf und Ab. »Weine nicht deswegen. Du wirst andere Kinder haben.«

Sicher, aber er sollte wir sagen. Wir werden andere Kinder haben, denn ich will nicht irgendein Kind, sondern seines. Erstickt schluchze ich auf.

»Grace, bitte.«

Ich spüre seinen Körper in meinem Rücken, warm und groß und sicher. Als er einen Arm um mich schlingt, drehe ich mich um und drücke mich eng an ihn. Gleichmäßig hebt und senkt sich sein Brustkorb unter meiner Wange. Sanft streichelt er mir über Kopf und Rücken, kämmt durch mein Haar. Gott, so melodramatisch es klingt, aber ich habe mich nach dieser Nähe verzehrt. Ich lasse mich in seine Liebkosungen fallen, suhle mich regelrecht in seinem Duft und seinen Berührungen, bis meine Tränen versiegen. Rhys ist kein Mann, der Gefühle vortäuscht und eine Frau in den Armen wiegt, die ihm egal ist. Er liebt mich, dafür hätte ich im wahrsten Sinn des Wortes die Hand ins Feuer gelegt.

»Was ist bloß mit uns geschehen, Rhys?«

Er drückt einen Kuss auf meinen Scheitel, atmet dabei tief ein. Dann löst er sich von mir, rückt ab und rollt sich auf den Rücken. Dennoch dränge ich ihn diesmal nicht nach einer Antwort, vielleicht hat er keine. Ich hätte sie auch nicht. Nach einer Weile gibt er sie mir doch.

»Gib mir Zeit, Grace. Gib uns beiden Zeit.«

Wir liegen wach und lauschen auf die unausgesprochenen Worte zwischen uns. Meine ungeküssten Lippen brennen. Für einen Moment konnten wir die Kluft überbrücken, jetzt ist sie wieder da.

»Wo wird es enden?«, flüstere ich in das erdrückende Schweigen.

»Ich weiß es nicht«, erwidert er leise.

Am nächsten Morgen weckt mich das Kratzen von Hundekrallen auf Holz. Normalerweise steht Rhys auf, um Freedom unter leise gezischten Flüchen über den dämlichen Köter vor die Tür zu lassen, doch diesmal geht das Kratzen weiter und wird zunehmend hektisch. Verschlafen öffne ich die Augen und starre auf zerwühlte Laken. Die Bettseite neben mir ist leer. Prüfend lege ich die Hand auf das zerknautschte Kopfkissen. Kalt.

Schlagartig bin ich hellwach und setze mich auf. Rhys muss schon vor einer ganzen Weile aufgestanden sein. Aber wo ist er hin? Mir fällt nur eine Person ein, die ihm mitten in der Nacht in ihr Zimmer lassen würde. Josephine. Während ich schlief, hat er sich heimlich zu ihr geschlichen. Scheiße! Und diese Scheiße wird direkt vor dem Bett landen, wenn ich Freedom nicht endlich hinauslasse.

Mein Hund läuft hechelnd davon, um im Innenhof unter einer Palme sein Geschäft zu verrichten. Nachdem ich den leeren Gang entlang geblickt habe, gehe ich ihm nach. Leider weiß ich nicht, wo genau Josephines Zimmer liegt, ich vermute es jedoch in demselben Flügel, wo sich auch Morgans Räume befinden. Im Nachthemd und barfuß haste ich an der Galerie des Innenhofes entlang auf die andere Seite des Hauses.

Es ist zwar albern und auch unter meiner Würde, das Ohr an fremde Türen zu drücken, aber ehrlich gesagt geht mir meine Würde derzeit am Allerwertesten vorbei. Ich bin nämlich in exakt der richtigen Verfassung, meinem Göttergatten eine Szene zu machen, die sich gewaschen hat. Also lausche ich an jeder verdammten Tür, nach seiner Stimme oder dem Kichern einer Schlampe, bis ich vor Morgans Privatgemächern ankomme. Vielleicht irre ich mich und Josephine ist bei ihm. Sicher kann ich mir nur sein, wenn ich nachsehe, und genau das tue ich.

Vorsichtig drücke ich die Klinke und schlüpfe in das abgedunkelte Reich eines ehemaligen Piraten und Gouverneurs von Jamaika. Schon im Salon höre ich sein Schnarchen und pirsche darauf zu in das Schlafzimmer. Vor den zugezogenen Bettvorhängen zögere ich einen Moment, dann ziehe ich sie behutsam auseinander.

Wie befürchtet, liegt Morgan allein im Bett. Das graue Licht des Morgens fällt auf sein Gesicht. Liebe Güte, er trägt eine Nachtmütze? Obwohl ich nichts zu lachen habe, muss ich ein Kichern unterdrücken. Es sieht wirklich zu komisch aus.

»Morgan?«, flüstere ich in sein Schnarchen hinein. »Morgan. Sir Henry!«

Sich an einem Schnarcher verschluckend, schreckt er auf, sieht mich und reißt die Decke hoch zum Kinn.

»Lady Grace?« Sein heller Blick gleitet an mir entlang. »Ihr tragt nur ein Nachthemd.«

Darauf gehe ich nicht ein. »Wo ist Josephine? Zeigt mir ihr Zimmer. Sofort.«

»Was? Den Teufel werde ich tun. Was wollt Ihr hier? Es ist mitten in der Nacht.«

»Es ist früher Morgen und mein Mann ist bei ihr. Vermutlich schon seit Stunden. Also sagt mir, wo ich sie finde.«

»Oder was?« Gähnend setzt er sich auf und kratzt sich über die stoppelige Wange. »Geht wieder auf Euer Zimmer und zieht Euch gebührend an. Eure spärliche Bekleidung ist absolut unangemessen für eine Countess. Ihr habt vielleicht Nerven.«

Meine Nerven liegen blank. Kurzerhand setze ich mich zu ihm aufs Bett, was ihm einen überraschten Laut entlockt.

»Ist es Euch etwa völlig egal, dass Euer Freund es mit Eurer Geliebten treibt?«

»Ach was, das ist doch Blödsinn. Die beiden sind gute Freunde.«

»Ja, die miteinander in einer kleinen Bucht nackt baden und sich vom Meer die Haut liebkosen lassen wollen.«

»Ich werde das nicht mit Euch erörtern, Mylady. Nicht, solange Ihr halbnackt auf meinem Bett sitzt. So anregend dieser Anblick ist, zu dieser frühen Stunde bliebe ich lieber davon verschont. Also bitte, verlasst mein Zimmer.«

»Erst, wenn Ihr mir sagt, wo ich sie finde.«

Er schmatzt und ächzt, rutscht auf seiner Matratze herum und unternimmt alles, um mir zu verdeutlichen, wie unmöglich er mich findet. Ungerührt von seinen Grimassen und Geräuschen, bleibe ich auf dem Bett sitzen, bis er mit einem tiefen Seufzer aufgibt.

»Ihr solltet etwas mehr Verständnis für Tyler aufbringen, Madam. Die Wunden auf seinem Rücken mögen dank Portia gut verheilen. Was Payne ihm zugefügt hat, geht jedoch tiefer. Er braucht jemanden, mit dem er darüber reden kann, versteht Ihr?«

O ja, ich verstehe sehr gut, obwohl ich über mein eigenes Trauma nie habe reden wollen. Möglicherweise hätte ich den Verlust meiner Familie schneller bewältigt, wäre ich auf Picketts Fragen eingegangen. Und nun begeht Rhys einen ähnlichen Fehler. Allerdings mit einem gravierenden Unterschied. Er ist nicht allein mit seinem Leid.

»Ich bin seine Frau. Er kann jederzeit mit mir …«

»Genau. Ihr seid seine Frau und damit die falsche Person.« Na, das sitzt. Eingeschnappt presse ich die Lippen aufeinander.

»Nun macht nicht so ein Gesicht. Denkt Ihr etwa, es fällt einem Mann wie Tyler leicht, ausgerechnet vor der Frau, die er liebt, eine Schwäche einzugestehen und zuzugeben, dass er damit nicht fertig wird? Josephine und ihn verbindet seit vielen Jahren eine enge Freundschaft. Sie konnte ihm schon einmal helfen, als er aus dem Bagno von Singapur kam. Damals war er in einer ähnlichen Verfassung. Glaubt mir, sie weiß, wie sie ihn handhaben muss.«

Nachdem sie viele Jahre seine Geliebte war, besteht daran kein Zweifel. Aber gefallen muss mir das nicht. Rhys gehört zu mir und sie gehört zu Morgan. Punkt.

»Wenn ich Euch richtig verstehe, habt ihr nichts dagegen, dass Eure Geliebte eine alte Affäre wieder aufflammen lässt und Euch Hörner aufsetzt.«

Morgan verdreht die Augen. »Liebes Mädchen, glaubt mir, das wird vergehen. Zeigt Geduld und Verständnis, anstatt ihm hinterherzujagen. Dann wird er sich Euch wieder zuwenden, sobald er sich gefangen hat. Das geht doch schon, seit wir hier sind. Weshalb regt Ihr Euch jetzt plötzlich darüber auf?«

Was? Er hintergeht mich schon seit Wochen, und außer mir wissen es alle? Ganz großartig! Nach dem ganzen Scheißdreck der letzten Monate erfülle ich auch noch das Klischee einer betrogenen Ehefrau. Unbändige Eifersucht kocht in mir hoch. Er bat mich, ihm Zeit zu lassen. Und wozu? Damit er mit seiner Ex in die Kiste springen kann! Ich bin so was von saublöd. Genauso wie Morgan mit seiner dämlichen Überzeugung, alles könnte sich von selbst regeln. Das wird es mit Sicherheit, doch bei meinem Glück wird mir diese Planschkuh meinen Mann nehmen und mit ihm nach Barbados verschwinden.

»Das lasse ich nicht zu«, fauche ich Morgan ins Gesicht.

Mit geballten Fäusten stehe ich auf und haste aus seinem Schlafzimmer.

Der Tag nimmt einfach kein Ende und Rhys lässt sich nicht blicken. Von Portia erfahre ich, dass er nach dem Frühstück schwimmen gegangen ist. In diese kleine abgelegene Bucht, allein mit Josephine. Ich will nicht daran denken, was mein Mann derzeit macht, doch der Film setzt ohne mein Zutun ein. Er und sie und Sex in den Wellen der Karibik. Ihr dunkles Haar nass auf seiner Haut. Ihre Lippen auf seinem Mund, ihre Schenkel um seine Hüften, während sie sich mit den Wellen bewegen. Über Stunden sitze ich auf dem Balkon und bin nicht in der Lage, diesen ganz persönlichen Horrorstreifen in Slow Motion abzustellen.

Stattdessen fängt er immer wieder von vorne an, in den unterschiedlichsten Variationen.

Gegen Abend empfängt Morgan Gäste und bittet mich dazu. Ich lehne ab und lasse mir mein Essen aufs Zimmer bringen, wo es unberührt kalt wird. Durch die offene Balkontür wehen Gesprächsfetzen und Gelächter zu mir. Je mehr sie trinken, desto lauter werden sie. Spät in der Nacht klingt der Lärm ab, die letzten Gäste verabschieden sich und die Lichter werden gelöscht.

Irgendwann erlischt auch in meinem Zimmer die letzte heruntergebrannte Kerze und ich sitze im Dunkeln und warte. Und warte. Und warte … Doch Rhys kommt nicht.

Das Zeichen, das er damit setzt, untergräbt meinen Zorn und hinterlässt Kummer, Ratlosigkeit und zuletzt eine demoralisierende Resignation. Es ist ein rücksichtsloser Befreiungsschlag, typisch für einen Mann mit seiner Vergangenheit. Er war ein Freibeuter, er nahm sich jahrelang, was er wollte. Unnötigen Ballast wirft er kurzerhand über Bord. Kann ich einen solchen Mann überhaupt halten? Ich wollte um ihn kämpfen, aber was für ein Kampf soll das werden, wenn er sich längst entschieden hat? Gegen mich und für Josephine, mit der er eine weitere Nacht verbringt. Unter demselben Dach wie ich und obwohl ihm mittlerweile bewusst sein muss, dass ich davon weiß. Er verheimlicht es nicht, er erklärt es nicht. Es ist seine Art, sich von mir loszusagen.

Über dem Meer zeigt sich ein erster Lichtschimmer. Ein neuer Tag kriecht aus den türkisblauen Wellen und mit ihm ziehen Regenwolken auf, hinter denen sich die aufgehende Sonne verbirgt. Wind biegt die Palmwipfel vor dem Balkon und weht kühl ins Zimmer. Fröstelnd vor Übermüdung, wasche ich mein Gesicht, ziehe einen Morgenmantel über mein Nachthemd und setze mich vor den Spiegel. Als ich die Knoten aus meinem Haar kämme, öffnet sich die Tür und Rhys kommt herein. Sein erster, sichernder Blick fällt auf das unberührte Bett. Erst dann sieht er mich am Frisiertisch sitzen. Unsere Blicke treffen sich im Spiegel. Sein Gesichtsausdruck verrät ihn. Er hat tatsächlich gehofft, er könnte sich, wie schon so oft zuvor, unbemerkt hereinschleichen und so tun, als wäre nichts geschehen. Sein Hemd klafft weit auf an seinem Hals und hängt lose über der Hose.

»Für wie bescheuert hältst du mich eigentlich?«

Ohne mir eine Antwort zu geben, drückt er leise die Tür zu und fährt sich mit gespreizten Fingern durch sein kurzes Haar. Es ist völlig zerzaust, weil andere Finger darin herumgewühlt haben. Die Dreistigkeit, überhaupt in diesem Zustand hier hereinzuschneien, lässt eine Hitzewelle über mir zusammenschlagen.

»Na, wenigstens scheint es sich gelohnt zu haben. Du siehst gründlich durchgefickt aus.«

Schockiert holt er Luft. Mit solchen Worten von seinem Eheweib rechnet Mylord natürlich nicht. Schließlich bin ich bloß eine Frau und habe lautlos und diskret zu leiden. Am besten, ohne den gnädigen Herrn damit zu belasten. Mit einem Räuspern durchquert er den Raum und verdrückt sich ins angrenzende Zimmer.

»Sag mal, geht's noch?« Hart knalle ich die Bürste auf den Tisch und folge ihm. »Ich war die ganze Nacht wach, während du dich im Bett einer anderen herumwälzt, und dann latschst du hier rein und ignorierst mich, anstatt wenigstens zu versuchen, es mir zu erklären.«

Langsam dreht er sich zu mir um. Sein Gesicht wirkt noch härter als am Tag unserer Hochzeit, und ich mache mir für einen Moment vor, es läge an seinem kurzen Haar.

»Was soll ich denn noch erklären? Du weißt doch schon alles.«

Gott, ich verliere ihn. Ich kenne diese nüchternen Antworten von mir selbst. Damit hielt ich alle auf Abstand. Dahinter verschanzte ich mich und meine zerrüttete Seele. Wenn er auch nur halbwegs so tickt wie ich, gibt es kein Durchdringen. Trotzdem versuche ich es.

»Seit du auf der Plantage die Augen aufgeschlagen hast, weist du mich ab. Du gibst mir nicht die geringste Chance, dir nah zu sein. Was zur Hölle habe ich dir getan? Gib mir wenigstens darauf eine Antwort.«

»Du hast mir nichts getan.« Kurz presst er die Lippen aufeinander. »Ich will es einfach nur vergessen, Grace.«

Als er sich abwenden will, packe ich seinen Oberarm und halte ihn fest.

»Indem du mit einer anderen schläfst?«

»Ich habe nicht mit Josephine geschlafen. Und selbst wenn …« Er reißt sich von mir los. »Du bist auch nicht unschuldig in unsere Ehe gegangen. Du hast ebenfalls mit anderen Männern geschlafen. In England und auch hier.«

Es saust mir direkt in die Magengrube. Er wagt es, auf Payne anzuspielen und mir einen Vorwurf zu machen? Weil er mich verletzen will. Weil er mich von sich stoßen will. Bevor ich weiß, was ich tue, schlage ich ihm mit aller Kraft ins Gesicht. Mein Schlag schleudert seinen Kopf zur Seite und hinterlässt einen tiefroten Abdruck.

»Was hat Josephine dir eingeredet? Es war eine Vergewaltigung!« Keifend will ich noch einmal zuschlagen, doch diesmal fängt er meine Hand ab. Mit der freien Faust hämmere ich auf seinen Unterarm, bis er auch meine zweite Hand packt. »Ich habe es über mich ergehen lassen, weil er mir drohte, dich zu erschießen!«

Während ich gegen seine Schienbeine trete, umkreist uns Freedom aufgeregt bellend.

»Hör auf, Grace. Hör auf!«

Nicht, bevor ich einen Treffer in seine Weichteile gelandet habe.

»Du bist so ein verdammt selbstgerechtes und undankbares Arschloch. Lass mich los! Lass sofort los!«

Anstatt loszulassen, verdreht er meine Arme, steht plötzlich in meinem Rücken und biegt sie nach oben. Mein Oberkörper kippt nach vorne. Obwohl es wehtut, trete ich trotzdem weiter nach hinten aus und kreische dabei meine Wut heraus. Soll er mir doch die Arme brechen!

Knurrend zieht mein Hund die Lefzen hoch. Hoffentlich beißt er ihm in die Waden. Mit einem gezielten Tritt gegen die empfindliche Hundenase scheucht Rhys meinen Beschützer zurück auf seine Decke.

»Hör auf zu schreien, Grace. Hör, verdammt noch mal, auf, dich aufzuführen wie eine Verrückte.«

Nein! Ich habe jeden Grund für meine Hysterie und lasse mir nicht den Mund verbieten. Von ihm schon mal gar nicht. Erbarmungslos drückt er weiter zu, bis meine Haarspitzen über den Boden schleifen und ich auf die Knie falle, wo ich verstumme. So also sieht vollkommene Niederlage aus. Obwohl er mich loslässt, bleibe ich auf den Knien und schlage die Hände vors Gesicht. Josephine schließt er in die Arme und an mir reagiert er seinen Aufenthalt in einer engen Kiste mit Gewalt ab. Ich habe verloren. Es ist vorbei.

»Ich hätte das nicht sagen sollen. Es war falsch und ungerecht, aber du hast mich provoziert. Ich habe die Kontrolle verloren, entschuldige.« Soeben noch war seine Stimme über mir, jetzt ist sie direkt vor mir. Die Worte sprudeln ohne Punkt und Komma aus ihm heraus. »Josephine versteht mich. Ich musste mit ihr reden. Weil sie mich kennt und ... Es ist nichts zwischen uns vorgefallen. Jedenfalls nicht allzu viel. Das, was geschah, hat nichts zu bedeuten. Nicht so, wie du denkst.«

Ich denke, diese Schlampe hat ihr Ziel erreicht und von nun an freie Bahn. Um Fassung ringend, lasse ich die Hände sinken und sehe ihn an. Unsicherheit flackert im Zwielichtblau seiner Augen.

»Die Frage ist nicht, was sie dir bedeutet, sondern was ich dir noch bedeute. Und du hast sie gerade beantwortet.«

»Grace, ich brauchte Abstand zu dir. Ich brauchte Klarheit für mich und ... Wenn du mir nicht ständig so nah wärst, könnte ich vielleicht besser damit umgehen.«

Abstand! O Mann, ich weiß nicht nur genau, was er meint, sondern auch, wohin es führt. Jeden Tag wird die Distanz ein kleines Stück größer, bis nichts mehr bleibt. Dieses Elend können wir uns ebenso gut ersparen. Ich stehe auf und schiebe seine hilfreich ausgestreckte Hand beiseite. Die Reisetruhe steht seit unserer Ankunft in diesem Haus neben dem Kleiderschrank. Ich muss sie nur noch füllen. Als ich den Deckel hebe, steigt mit der Geruch von Kampfer in die Nase. Nur deswegen schießen mir Tränen in die Augen. Fahrig öffne ich den Kleiderschrank und nehme die Kleider heraus. Keines davon gehört mir. Josephine bekommt meinen Mann und ich ihre abgelegten Kleider. Bitter lache ich auf.

Rhys stellt sich mir in den Weg. »Was machst du da?«

Mit den wenigen Kleidern auf dem Arm, schlage ich einen Bogen um ihn und werfe sie in die Truhe. »Packen! Du willst die Trennung, du kannst sie haben. Freu dich, du hast gewonnen.«

»Aber ... Grace, das ist doch Blödsinn. Ich brauche mehr Zeit, das ist alles.«

»Jetzt hast du ja jede Menge Zeit, die du mit Josephine verbringen kannst. Ich steh dir nicht mehr im Weg.«

»Aber wohin willst du denn?«

Gute Frage. Ich wühle mich in der Kommode durch Seidenstrümpfe, Strumpfbänder und Hemdchen, nehme wahllos eine Handvoll und werfe sie achtlos zu den Kleidern.

»Zurück nach London. Dort kann mich Canterbury der Hexerei bezichtigen und verbrennen. Damit wärst du mich dann endgültig los. Hurra.«

»Was? Wovon sprichst du?«

Fest reibt er sich über die Wangen. Bartstoppeln knistern unter seinen Fingern. Er hat mich bis ins Mark verletzt und steht nun fassungslos vor dem Ergebnis. Womit immer er gerechnet hat, das ist es nicht.

»Ist doch scheißegal. Dich geht das nichts mehr an.« Mit Wucht schlage ich die Truhe zu. »Sir Henry weiß bestimmt ein Schiff, das demnächst nach England ausläuft, und leiht mir das Geld für die Überfahrt.«

»Grace, das meinst du nicht im Ernst.«

»Doch. Genauso meine ich's.«

Damit ist alles gesagt. Mit einem Fingerschnippen hole ich Freedom zu mir und gehe zur Tür, wobei ich mich bewusst gerade halte. Dieser Streit hat einen Hebel in mir umgelegt. Diesmal, das schwöre ich mir, falle ich nicht in ein graues Loch. Ich habe schon Schlimmeres wegstecken müssen, ich werde auch das Ende unserer Ehe verkraften.

Irgendwann und irgendwie.

Ein anhaltendes Donnergrollen dringt in meinen Schlaf. Müde hebe ich die Lider. Regen prasselt gegen die Balkontüren und rinnt in Schlieren über das blasige Glas. Ich drücke mich tiefer in die Matratze und die eigene Körperwärme. Solange ich auf ein Schiff nach England warte, gibt es für mich nichts zu erledigen und bei diesem Wetter zwingt mich auch nichts aus dem Bett. So früh am Morgen erst recht nicht. Sogar Freedom schnarcht noch friedlich auf seiner Decke.

Eine Hand auf meiner Hüfte verhindert mein Zurückdriften ins Reich der Träume. Seit Morgan mir vor drei Tagen jede Unterstützung zusagte, die ich benötige, gingen Rhys und ich uns aus dem Weg. Weder hat er unser Zimmer noch einmal betreten noch sich zu mir ins Bett gelegt. Jetzt spüre ich seinen vertrauten, harten Körper in meinem Rücken. Mit geschlossenen Augen bleibe ich liegen und rühre mich nicht.

»Der Regen hat mich geweckt«, murmelt er an meinem Ohr. »Er erinnert mich an die Nacht auf der Plantage.«

Ich schweige. Wenn er darüber reden will, muss es in seinem Tempo geschehen. So viel weiß ich. Stumm drücke ich mich an ihn, damit er weiß, ich höre zu.

»Du riechst so süß und sauber«, fährt er nach einer ganzen Weile fort und atmet tief ein. »Manchmal denke ich, ich bin von dir besessen. Von Anfang an hast du mich verhext. Bezaubert. Verführt.« Mit einem schweren Seufzen umschlingt er mich fester. »Es ist unerträglich, ohne dich zu sein. Doch ebenso wenig kann ich es ertragen, bei dir zu sein.«

Ich halte den Atem an. Das ist zwar nicht sehr schmeichelhaft, aber wenigstens spricht er mit mir über seine Gefühle. Jetzt bloß keinen Fehler machen.

»Weshalb kannst du es nicht ertragen?«

»Ich konnte dich weder vor Payne schützen noch vor den Maroons oder den Alligatoren. Samson erzählte mir alles darüber. Weil ich die Situation falsch einschätzte, hast du unser Kind verloren und wärst beinahe gestorben. Ich habe an dir versagt. Auf ganzer Linie. Und zudem ...«, er stockt.

»Zudem?«, hake ich vorsichtig nach, als er nicht fortfährt.

Ein unterdrückter Laut kommt aus seiner Kehle. »Zudem hast du mich gesehen.«

Er rückt von mir ab und rollt sich auf den Rücken. Schon wieder sucht er Distanz. Als ich mich zu ihm umdrehe, blickt er starr zum Betthimmel auf. Seine Kieferknochen treten scharf hervor. Mit der Fingerspitze streiche ich daran entlang.

»Was meinst du damit?«

Ein knapper Blick aus dem Augenwinkel trifft mich. Dann senkt er peinlich berührt die Lider. »Du hast mich in der Kiste gesehen und danach. Von oben bis unten im eigenen Dreck liegend. Es hat mich vor mir selbst geekelt, Grace. Noch jetzt fühle ich mich ... schmutzig. In dieser Kiste war ich kein Mensch. Ich war«, kopfschüttelnd stockt er. »Ein Bündel Dreck aus Fleisch und Knochen.«

Und jetzt denkt er, ich halte ihn ebenfalls für schmutzig und ekle mich. Ich setze mich auf und beuge mich über ihn. Anstatt mir in die Augen zu sehen, senkt er die Lider. Er ist noch nicht bereit, von mir berührt zu werden, also muss ich mich mit Worten begnügen. Den richtigen Worten. Sie fallen mir leicht.

»Als sie die Kiste öffneten und du herausgekippt bist, blieb mir beinahe das Herz stehen. Ich hatte entsetzliche Angst um dich und dachte, du wärst tot. Für mich bist und bleibst du Rhys. Mein Mann, dessen Gesicht ich als letztes sehen will, bevor ich einschlafe, und als erstes, wenn ich aufwache. Daran wird sich nie etwas ändern.«

Seine langen Wimpern flattern. Er ist bereit, mir in die Augen zu blicken. Zum ersten Mal seit Wochen.

»Meine grünäugige Höllenkatze.« Er umfasst mein Gesicht und streicht mein nach vorne gefallenes Haar zurück. »Das hast du schön gesagt, aber du verstehst nicht, wie das ist.«

»Ich verstehe es besser, als du es dir vorstellen kannst. Ich weiß, was du durchmachst. Ich kenne dieses Bedürfnis, wahllos um sich zu schlagen und sich vor jedem zurückzuziehen, weil einem schlagartig alles entglitten ist. Es ist wie ein gewaltiger Erdrutsch, der dich tiefer und tiefer reißt und es gibt nichts, wonach du greifen kannst. Keinen Halt, keine Sicherheit. Gar nichts.«

Er blinzelt. Ich spüre, dass er mir zu gern glauben möchte, es aber nicht kann. Dazu müsste er die Wahrheit über mich kennen. Ich lasse mich auf die Fersen zurücksinken und lege die Hände in den Schoß.

»Ich verlor meine Familie. Meine Eltern und meine Schwester, meine Großeltern und alle Verwandten. Von einer Minute auf die andere gab es sie nicht mehr und ich war allein.«

»Bei Hof sagte man mir, dass du deine Eltern vor vielen Jahren verloren hast und es keine Verwandten gibt. Von einer Schwester wusste ich nichts.«

Es ist das erste Mal, dass ich das Thema anschneide, bereitwillig und ohne von Fragen gelöchert zu werden. In meinen Augen bitzelt es. Schnell blinzle ich die aufkommenden Tränen fort.

»Sie heißt Katherine. Katherine Rivers. Bestimmt hatte sie, wie jeder Mensch, etliche Fehler. Sie konnte sehr ungeduldig werden. Trotzdem liebte ich sie. Es geschah auf dem Weg zu ihrer Hochzeit. Sie stürzten ab. Sie alle verbrannten im Jet meines Vaters, nur ich nicht. Weil ich ihr Hochzeitsgeschenk besorgen musste und nicht mit ihnen flog.«

»Flog?« Er zieht die Brauen zusammen. »Was meinst du damit? Und was ist ein Jet?«

Meine Lungen weiten sich wie ein gefüllter Blasebalg, aber so tief ich auch einatme, es macht mich nicht glaubwürdiger. Ich hätte den Jet nicht erwähnen sollen, denn das letzte, wozu ich imstande bin, ist, die Funktionsweise eines Flugzeugs zu erklären. Ich muss anders beginnen und ziehe das Amulett aus dem Ausschnitt meines Nachthemdes.

»Mit diesem Amulett fing alles an. Es gehört seit vielen Generationen meiner Familie und wird jeweils an die älteste Tochter weitergegeben. Katherine hat es getragen, als sie starb. Es wurde mir nach ihrem Tod ausgehändigt. Es heißt, wenn zwei Menschen denselben Wunsch zur gleichen Zeit hegen und einer von ihnen das Amulett trägt, geht er in Erfüllung.«

Er richtet sich auf, rückt mit angewinkelten Beinen näher zu mir heran und legt die Hand unter den bronzenen Talisman. Eingehend betrachtet er ihn.

»Es ist keltischen Ursprungs. Das Zeichen für Wiederkehr oder eher für eine Wiederholung des ewig gleichen.«

»Das wusste ich nicht.«

»Und es kann wirklich Wünsche erfüllen?«

Ich nicke. »Meine Vorfahrin trug es ebenfalls. Ihr Name war Grace Rivers und sie muss mir verblüffend ähnlich gesehen haben. So wie ein Zwilling. Jedenfalls ...« Die Worte bleiben mir im Hals stecken. Er wird mir nicht glauben. Andererseits ist es für einen Rückzieher zu spät. »Jedenfalls war sie die Frau, die du heiraten solltest.«

Das Amulett gleitet aus seinen Fingern und landet warm auf meiner Haut. Unverständnis huscht über sein Gesicht und verwandelt ihn in einen überraschten Jungen.

»Du bist nicht Grace Rivers?«

»Doch, das bin ich. Bloß nicht diejenige welche, sondern eine andere. Ich wurde viele Jahre nach ihr geboren. Sehr viele Jahre.«

O Mann, je mehr ich dazu sage, desto absurder muss es auf ihn wirken. Tiefe Falten graben sich in seine Stirn. Angestrengt versucht er, meinen Worten einen Sinn zu geben, aber wie sollte ihm das gelingen? Selbst ein aufgeklärter Mann meiner Zeit hätte mich für völlig bekloppt gehalten.

»Ich verstehe nicht.«

Und ich hätte den Mund halten und einen anderen Weg zu ihm finden sollen. Es ist gottverdammt kompliziert.

»Also, diese Grace und ich, wir sind verwandt, und eines Tages wünschten wir uns dasselbe, zwar nicht zur gleichen Zeit, aber wir trugen beide das Amulett. So ist es dann passiert.«

»Was ist passiert?«

»Wir fielen ... durch die Zeit ... sozusagen. Sie in meine und ich in ihre. Weil jede von uns sich ein anderes Leben wünschte, gleichgültig wo und wann und welches. Es geschah am gleichen Tag und wahrscheinlich bis auf die Sekunde genau zur gleichen Stunde, bloß eben nicht im selben Jahr, sondern ...« Ich stoße den Atem aus. »Also es lagen einige Jahrhunderte dazwischen.«

»Jahrhunderte«, wiederholt er dumpf. »Willst du mir damit sagen, du ...«

»Ich komme aus der Zukunft«, beende ich seinen Satz. »Um genau zu sein, aus dem Jahr 2015.«

Sein Blick verliert den Fokus. Schwer sinkt er zurück in die Kissen und legt die Hände über sein Gesicht. Seine schlanken Finger reiben über die Augen.

»Ich weiß, das ist schwer zu begreifen. Ich habe es ja selbst nicht begriffen, als es geschah. Deswegen ...«

»Gib mir einen Moment, Grace. Ich muss nachdenken.«

Natürlich braucht er Zeit und ich gebe sie ihm. Es dauert eine halbe Ewigkeit, bis er die Hände vom Gesicht nimmt und sich wieder aufsetzt. »Aus der Zukunft. Das ist unfassbar.«

»Könnte man so sagen. Ich würde es verstehen, wenn du mir kein Wort abnimmst und mich für eine Lügnerin hältst.«

Er schüttelt den Kopf. »Wozu sollte diese Lüge gut sein. Zudem benutzt du Worte, die ich nie zuvor hörte. Was heißt zum Beispiel *okay?*«

Erleichterung durchflutet mich. Er weist es nicht kategorisch weit von sich. Vielleicht, weil es in dieser Zeit einfacher ist, an Wunder und Magie zu glauben. Denn letztendlich ist es genau das.

»Es bedeutet in Ordnung.«

»Aaah ... O-kay.« Irgendwie klingt es ziemlich cool aus seinem Mund. Kurz blitzt ein Lächeln auf, dann wird er wieder ernst. »Das muss entsetzlich für dich gewesen sein. Aus allem herausgerissen zu werden und in einer völlig fremden Umgebung zu landen. Du musst unvorstellbare Angst gehabt haben. Deswegen bist du auf dem Schiff zusammengebrochen, nehme ich an.« Als ich nicke, legt er die Hand an meine Wange. »Du warst sehr tapfer, Grace. Niemand merkte dir etwas an, das kann ich beschwören. Die wenigsten hätten das geschafft.«

»Na ja, ich hatte dich. Du hast mir geholfen, obwohl du nichts davon wusstest. Weil ich dir vertrauen konnte und weil du mich liebtest. Das hat mir das Einleben erleichtert. Ich war nicht allein und wäre ich nicht hier gelandet, hätte ich dich nie kennengelernt. Du bist das größte Geschenk, das mir jemals gemacht wurde.«

»Und du bist die ungewöhnlichste Frau, die mir je begegnete. Meine Frau.«

Die letzte Schranke zwischen uns fällt, als seine Lippen über meine streifen. Ich habe mich so sehr nach diesem Kuss gesehnt, dass ich mich hineinwerfe wie eine Verdurstende in eine klare Quelle. Die Berührung seiner Hände ist mir vertraut und gleichzeitig fremd, weil die letzte Berührung zu lange zurückliegt. Wir müssen uns neu entdecken, und das geschieht auf beinahe schüchterne Weise. Behutsam streichelt er über meine Schenkel und verharrt auf meinen Hüften. Ich schiebe sie höher, zu meinen Brüsten. Unter seinen Handflächen werden meine Brustwarzen hart. Ein sehnsüchtiges Ziehen setzt sich in meinem Schoß fest, als sein Mund die Liebkosung seiner Finger ablöst. Heiße Feuchtigkeit dringt durch den Stoff meines Nachthemdes. Ich richte mich auf, ziehe es über den Kopf und werfe es beiseite. Als er mich wieder an sich ziehen will, drücke ich fest gegen seine Brust.

»Nein, es gibt etwas, das ich schon immer machen wollte, bloß kam ich nie dazu.«

»Was denn?«

Ich zeige es ihm und webe ein engmaschiges Netz aus Küssen und zarten Bissen auf seinen Körper. Mein Haar umhüllt uns, streichelt lockend über seine Haut. Meine Zärtlichkeiten lassen seinen Atem stocken. Sein Brustkorb wogt wie die See bei einem gewaltigen Sturm. Mit den Haarspitzen kitzle ich über sein Glied. Es ist so hart, dass es unter der Berührung zuckt und die Eichel sich aus der Vorhaut schiebt. Winzige Samentropfen rinnen daran hinab. Mit der Zungenspitze fange ich sie auf.

»Warte.« Ein Stöhnen unterbricht ihn. Er gräbt die Finger in mein Haar und zieht leicht meinen Kopf zurück. »Das ist zu viel.«

Im Aufrichten küsst er mich, kommt auf die Knie und hebt mich auf seinen Schoß. Unsere Finger verschlingen sich, als er mich auf seine pulsierende Spitze senkt. Während ich ihn quälend langsam in mich aufnehme, sehen wir uns tief in die Augen. Das Zwielichtblau ist dunkler geworden, sein Blick weich und selbstvergessen.

»Nicht bewegen«, bitte ich ihn und drücke seinen Kopf zwischen meine Brüste.

Ich will diese Fülle, die meinen Schoß dehnt, auskosten. Er beginnt an meinen Brüsten zu saugen. Zuerst sanft, dann zunehmend fester. Fordernd schiebt er das Becken vor.

»Nicht bewegen«, wiederhole ich.

Schwer atmend hebt er den Kopf. Er scheint zwischen Verlangen, leichter Verzweiflung und Belustigung zu schwanken. Die Belustigung zerschellt, sobald ich meine inneren Muskeln anspanne und wieder lockere. Sein Kopf fällt in den Nacken.

»Himmel. Auch wenn ich mich nicht rühre, weiß ich nicht, wie lang ich das durchhalte.«

»O, du wirst es schon durchhalten, da mache ich mir keine Sorgen.«

Seine Bauchmuskulatur spannt sich an und lockert sich wieder im Takt meiner Kontraktionen. Versuchsweise stößt er vor. Ich grabe die Finger in sein Haar und ziehe daran.

»Wirst du das wohl sein lassen.«

»Okay ...« Hervorgekeucht klingt es noch besser. Heiser und anturnend. Sein Blick wird unscharf. »O, ist das gut ... verdammt gut ...«

Als er zu stammeln beginnt, ziehe ich sein Nachthemd hinauf. Ich will alles an ihm berühren. Auch und vor allem die Narben. Sie sind ein Teil von ihm. Ein Teil von uns. Er ist nicht mehr fähig, sich dagegen zu wehren. Ich würde sogar sagen, er merkt es überhaupt nicht.

»Hörst du den Regen?«, wispere ich an seinem Ohr.

Er ist nicht zu überhören. Eine wahre Sintflut prasselt gegen die Scheiben, rauscht auf die Steinplatten des Balkons und zur Erde.

»Hm ...?«

»Wie damals in der Sturmnacht. Er wird dich nie wieder um den Schlaf bringen. Verlass dich drauf.«

Seine Stirn sinkt an meine Schulter. Eng umschlinge ich ihn mit Armen und Beinen. Wann immer er unbeherrscht sein Becken vorschnellen lässt, zwinge ich es wieder zur Ruhe. Dabei muss ich nicht nur ihn, sondern auch mich unter Kontrolle halten und das fällt mir zunehmend schwerer. Ich will, dass er mich nimmt, hart und tief in mich stößt. Aber hier geht es nicht um mich oder meinen Höhepunkt. Es geht um ihn. Es geht darum, eine extrem schlechte Erfahrung durch eine angenehme und gute zu ersetzen. Wenn er in Zukunft den Regen hört, soll ihn nichts mehr an Payne und die Peitsche erinnern.

»Ich gehöre dir mit Leib und Seele, so wie wir es uns vor dem Altar geschworen haben. Und so gehörst du auch mir. Mir allein.«

»Ja«, antwortet er heiser vor Lust und wiederholt es immer wieder.

Ich setze jeden verfügbaren Muskel ein und spüre ihn in seiner gesamten, glatten Länge. Pulsierend und kurz vor dem Höhepunkt. Hart küsse ich ihn, ersticke seine herausgestöhnte Bestätigung unter meinen Lippen. Er bäumt sich so heftig auf, dass sich meine Knie von der Matratze heben, und explodiert in mir.

Mit mir in den Armen kippt er nach hinten und zur Seite. Keuchend und schweißnass bleiben wir liegen. Erst nach einer ganzen Weile streckt er die unbequem angewinkelten Beine und löst sich von mir. Mit einem Stoßseufzer drückt er mir einen Kuss auf die Schläfe, rollt sich auf den Rücken und bleibt schlaff liegen. Ich drehe den Kopf zu ihm.

»War es gut?«

»Was für eine Frage.« Mit einem atemlosen Lachen hebt er den Kopf und blickt an sich herunter. »Ich bin noch immer hart.«

»Ausgezeichnet. Denn das war erst der Anfang.«

Ein langer, gewittriger Tag liegt vor uns. Ein Tag, den wir beide niemals vergessen werden und an dem wir uns wärmen können, wenn wir alt und zu hinfällig geworden sind, um mehr zu tun, als in der karibischen Sonne zu sitzen und Händchen zu halten.

Ich lösche jegliche Erinnerung an die Zeit auf der Plantage, sauge sie aus seinen Poren und seinem Herzen und bezwinge die Teufel, die sich in seiner Seele festgekrallt haben. Es gleicht einer Austreibung. Rücksichtslose Eroberung wechselt zu sanften Zärtlichkeiten. Aus süß pochender Lust wird Schmerz, der in einer neuen Woge aus Leidenschaft ertrinkt. Wir liefern uns einander aus. Hemmungslos. Fordernd. Bedingungslos. Unsere Ruhepausen währen nur so lange, bis der Schweiß auf unserer Haut trocknet. Wir sind wie von Sinnen.

Irgendwann liegen wir regelrecht verknotet in den zerwühlten, feuchten Laken und beißen die Zähne in einer Mischung aus unbändiger Lust und Überanstrengung aufeinander. Kraftvoll bewegt er sich in mir. Mein leiser Aufschrei jagt mir die letzte verbliebene Luft aus den Lungen. Davon angespornt, stemmt er sich über mir auf und dringt tiefer vor. Jeder Stoß begleitet von einem angestrengten Laut aus seiner Kehle. Ich fühle mich dem kaum noch gewachsen. Er stürzt mich ich ins Bodenlose. Feucht klatschen unsere Körper aneinander. Wir winden und drehen uns umeinander, weil es einfach zu viel an Empfindung ist. Diesmal geht es so tief, dass mein Herz kurz vor dem Stillstand steht. Schließlich bricht er über mir zusammen. Schweißnass kleben wir aneinander.

»O, das war wirklich …« Mir fällt kein passender Vergleich ein.

»Das letzte Mal«, beendet er den Satz für mich. »Zumindest für heute, sonst sterbe ich.«

Genau. Alles tut weh. Unsere Körper lösen sich mit einem feuchten Schmatzen. Sie sind von blauen Flecken und Bissspuren gezeichnet. Es sieht aus, als hätten wir uns geprügelt. Und da ist noch mehr. Federn über Federn. Trotz meiner Erschöpfung muss ich lachen.

»Was ist so lustig?«

»Schau dir mal das Bett an. Überall Federn.« Ich pflücke eine davon von meiner Haut und blase sie in die Luft. »Ich hab gar nicht gemerkt, dass ein Kissen geplatzt ist. Du?«

»Nein. Gott, bin ich erledigt.« Mit der flachen Hand reibt er den Schweiß auf seiner Brust nach unten und lässt sie auf dem Magen liegen. »Und Hunger hab ich auch. Ich könnte einen Bären verdrücken.«

»Den wirst du mit mir teilen müssen.«

»Okay.« Das Wort scheint ihm gut zu gefallen. Mit einem gelösten Grinsen schiebt er einen Arm unter meinen Nacken. »Wenn du ihn erlegst.«

»Ich glaube nicht, dass ich mich in den nächsten Tagen bewegen kann.«

»Dann bleiben wir liegen, bis uns jemand findet und füttert.«

Erschöpfung und Befriedigung macht unser Lachen satt und tief. Schwerfällig komme ich auf einen Ellbogen gestützt hoch. Mein Haar klebt wie ein dichter Pelz auf meinem Rücken. Ich fasse es zusammen und drehe es zu einem dicken Strang.

»Wahrscheinlich wird niemand kommen, weil keiner stören will.«

»Oder sie denken, ich habe dich umgebracht und keiner wagt sich herein.«

»Umgebracht?«

»Du hast geschrien.«

»Ich? Ganz sicher nicht.«

»Und wie.« Sein Lächeln wird breit. »Mir klingeln jetzt noch die Ohren.«

Seufzend schiebe ich die Hand unter meine Wange. »Waren es spitze Schreie? Ich hasse spitze Schreie.«

Genüsslich mustert er mich. »Nein, eher kleine, heiße Schreie.«

»Heiß?«

»Mir wurde dabei ziemlich heiß«, sagt er, hangelt nach seinem Nachthemd, streift es über und steigt aus dem Bett.

Ich fasse es nicht. Er will immer noch seinen Rücken vor mir verbergen. Erst jetzt wird mir klar, wie gut ihm das bisher gelungen ist. Während unserer gesamten Bettakrobatik habe ich die Narben zwar berührt, aber kein einziges Mal gesehen. Er öffnet die Tür einen Spalt, späht vorsichtig hinaus, reißt sie dann auf und bückt sich. Mit einem Tablett in der Hand dreht er sich um und tritt die Tür mit der Ferse zu.

»Essen. Portia ist ein Juwel.«

Wir essen im Bett, das Tablett zwischen uns, und nehmen das kalte Fleisch und den Fisch direkt von den Platten, anstatt die Teller zu benutzen. Dazu essen wir Brot und trinken Rotwein.

»Erzähle mir von deinem Marsch über die Berge.«

»Ich dachte, Samson hat es dir schon erzählt.«

Nickend schiebt er sich ein Stück Brot in den Mund. »Ich will es von dir hören.«

»Alles?«

»Alles.«

Und so erzähle ich ihm alles. Angefangen bei Mimis Tod über meine kopflose Flucht ohne Schuhe, die Blutung, die mich unser Kind kostete, den Maroons und den Alligatoren. Hin und wieder zuckt dieser eine Muskel in seiner Wange, doch er wird weder wütend noch laut.

»Ich wusste, dass ich überlebe. Es gibt ein Gemälde von mir. Als kleines Kind stand ich oft davor, ohne zu wissen, dass ich mich selbst betrachte. Also musste alles gut werden.« Gähnend strecke ich die Arme über den Kopf. »Ich muss schlafen. Unbedingt.«

»Okay.«

Wir räumen das Tablett vom Bett, ziehen das Laken ab, schütteln die Brotkrümel aus und kuscheln uns dann wieder eng aneinander. Er im Nachthemd und ich splitternackt. Anstatt zu schlafen, unterhalten wir uns. Über ihn und mich. Über Jets und andere Maschinen meiner Zeit. Über meine Vorfahrin, Grace Rivers, und meine Vermutung, wie sie in meiner Welt zurechtkommt. Über das Bagno in Singapur. Über Mimi und Samson und Portia. Sogar über Josephine. Und zuletzt, als eine Uhr im Haus die zehnte Abendstunde schlägt, wage ich die Frage aller Fragen.

»Darf ich deinen Rücken sehen?«

Prompt versteift er sich. »Wozu?«

»Willst du für den Rest deines Lebens ein Nachthemd tragen, wenn wir in einem Bett schlafen?«

Nach einer langen Pause rutscht er zur Bettkante, setzt sich auf und stellt die Füße auf den Boden. Er überlässt es mir, ihm das Hemd über den Kopf zu ziehen. Obwohl ich damals, bevor er bandagiert wurde, die Wunden gesehen habe, bin ich unvorbereitet. Irgendwie dachte ich, es gäbe hier und da noch ein kleines Stück heile Haut. Ein Irrtum. Sein Rücken ist ein großflächiges Gewebe aus vernarbten Wülsten. Kreuz und quer ziehen sie sich über die vormals glatte, gebräunte Haut. Payne hat ihn mit Brachialgewalt und systematisch zerfetzt.

Mein Verstand ist zu klein, um die Schmerzen, die Rhys ertragen musste, zu erfassen. Ich zeichne die Spuren seiner Qual nach. Zuerst mit den Fingerspitzen, danach mit den Lippen. Er verkrampft unter meinen leichten Küssen.

»Nicht, Grace.«

»Wieso nicht? Sie gehören zu dir und du gehörst zu mir. Du kannst dir nicht vorstellen, wie dankbar ich bin, dass du das überlebt hast.«

»Tja, ich sollte wohl auch dankbar sein.«

Ich presse mich an seinen Rücken. Unter meinen Brüsten spüre ich die harten Verknotungen der Narben. »Hadere nicht damit, Rhys. Es ist, wie es ist, und du wirst es überwinden. Ich helfe dir dabei. War das heute nicht schon ein guter Anfang?«

»Es war ein fabelhafter Anfang, mein Herz. Du lässt mich vieles vergessen, aber manches wird immer bleiben. Wie diese Narbe und ...«

»Und?« Sacht wiege ich ihn hin und her.

»Und die Gedanken an diese Kiste. Sie war wie ein Sarg und ich kann wohl von Glück reden, dass er sie in einen Baum stellte, anstatt mich lebendig zu begraben.«

Mir bleibt die Luft weg. An so was habe ich bisher nicht gedacht. Ich berge das Gesicht in seiner Halsbeuge.

»Manchmal träumte ich von dir«, fährt er leise fort. »Ich hörte deine Stimme. So deutlich, als wärst du bei mir. Ich dachte, ich werde genauso verrückt wie er. Dann dachte ich, du wärst vielleicht bei ihm und wirst von ihm gequält und misshandelt. Und das war noch viel schlimmer, weil ich gar nichts dagegen unternehmen konnte.« Kalter Schweiß bildet sich in seinem Nacken. Ich küsse ihn fort. Er macht einen zittrigen Atemzug. »Ich wollte nicht sterben. Als Payne mich an den Mast fesseln ließ und auf mich einschlug, wollte ich nicht sterben. Ich sagte mir, dass ich es für dich durchstehen muss und werde. Ich wollte leben. Für dich.«

O Gott ... Mein Herz zieht sich zusammen. In diesem Moment verändert sich meine Liebe zu ihm. Sie braust in mir auf wie eine Urgewalt, wie eine Supernova, und ich verstehe, was es bedeutet, für einen anderen Menschen alles zu tun, für ihn zu sterben, wenn es sein muss, damit er lebt. Ganz ehrlich, es macht mir Angst.

»Doch in der Kiste brach mein Wille. Ich wurde zum Gegenstand. Ein zerschlagenes Stück Fleisch, ein atmender Kadaver. Ich war nicht mehr ich. Da wollte ich sterben, Grace.«

Mein Gesicht ist nass. Tränen. Entschieden wische ich mit dem Handrücken über Wangen und Augen und ziehe Rhys zurück ins Bett.

»Komm zu mir.«

Ich breite die Decke über uns aus, nehme ihn in die Arme und drücke seinen Kopf an meine Brust. Als wäre er ein kleiner Junge, streichle ich über seinen Kopf und durch sein kurzes Haar. Es ist so weich, so dicht.

»Ich hätte dich nicht so schlecht behandeln sollen«, sagt er irgendwann. »Denn ich liebe dich mehr, als ich in Worte fassen kann.«

Frag mich mal, denke ich. In meine Liebe mischt sich jedoch eine mörderische Wut auf Payne. Wie konnte er das meinem Mann antun? Wie kann ein Mensch einem anderen so etwas überhaupt antun? Und ist er dann noch ein Mensch, hat er nach solchen Taten auch nur das geringste Anrecht auf Menschlichkeit? Ja, sagen die einen. Ich gehörte ebenfalls zu ihnen. Jetzt nicht mehr.

»Ich habe einen Wunsch, Rhys.«

Er hebt den Kopf.

»Tja, nach allem, was du für mich getan hast, werde ich ihn dir bestimmt nicht abschlagen. Sofern ich ihn erfüllen kann.«

»Das kannst du.«

Er legt die Hand auf meinen Bauch. »Ich ahne es. Du wünschst dir ein Baby. Also, ich denke, die Chancen stehen gut, nach allem, was wir heute getrieben haben.«

Bei allem Kummer ist sein Lächeln wieder so, wie ich es kenne. Verschmitzt und ein klein wenig unverschämt. Mit dem Finger zeichne ich seine Unterlippe nach.

»Ein Baby wäre schön, aber das ist es nicht.«

»Sondern? Du machst es wirklich spannend, Grace.«

Jetzt oder nie. Ich senke die Stimme zu einem Flüstern. Denn was ich verlange, ist eine Todsünde, und ich verlange es nur, weil ich weiß, dass Rhys dazu in der Lage ist.

»Töte Corey Payne für mich.«

# Elf

Die Bucht liegt wirklich sehr abgelegen und das Wasser streichelt tatsächlich zart über meine Haut. Der perfekte Gegensatz zu Rhys' festem Griff um meine Pobacken. Leichte Wellen schwappen im Takt seiner Bewegungen um unsere Hüften.

Wir lieben uns ohne Eile, umgeben von der tiefen Schwärze der See. Mondlicht fällt auf uns, glitzert in den Tropfen auf seiner Haut. Ich lasse seine Schultern los und sinke langsam zurück. Mit ausgebreiteten Armen halte ich mich über Wasser. Schwerelos. Die Sterne über mir kreiseln immer schneller. Es ist der romantischste Sex, den ich jemals hatte, bis ich mich darin verliere, vergesse, wo ich mich befinde und mich durchbiege. Obwohl er mich hastig nach oben zieht, gehe ich unter. Lange genug, um eine ordentliche Menge Wasser zu schlucken.

Spuckend und hustend komme ich wieder nach oben. Rhys lacht sich scheckig. Selbst in unseren harmonischsten Zeiten habe ich ihn nicht so übermütig erlebt. Es liegt nicht nur an mir, sondern auch daran, dass er, kurz bevor wir hierher aufbrachen, Samson und Portia Dokumente überreichte, die beide zu freien Menschen macht. Deswegen nehme ich es ihm nicht übel und lache mit ihm.

Hand in Hand verlassen wir das Wasser, setzen uns in den Sand und lassen uns von der milden Seeluft trocknen. Salzig streicht sie über mein Gesicht, ich schließe die Augen.

»Das ist eine herrliche Nacht.«

»Hm«, stimmt er mir zu, öffnet den mitgebrachten Wein und schenkt uns ein.

Unsere Tonbecher klirren leise gegeneinander. Mit ineinander verhakten Blicken trinken wir. Er sieht anders aus mit seinem kurzen Haar, das nass an seinem Kopf anliegt. Strenger, vor allem, wenn wie jetzt, sein Lächeln weniger wird.

»Was ist?«

»Du meinst es ernst, nicht wahr? Du willst wirklich, dass ich Payne umbringe.«

So, wie er es sagt, klingt es nach Mord. Aber das ist es nicht. Es ist Gerechtigkeit.

»Er hat es verdient. Was er mit Mimi gemacht hat … Sie war meine Freundin, sie hielt zu mir, und er erschlägt sie mit einer Axt. Einfach so. Samson wird das vielleicht nie verwinden.«

»Du willst es aber nicht wegen Samson.«

»Er hat auch Morley ermordet und Elizabeth Bennett und einen jungen Mann namens Robin. Er ist wahnsinnig, Rhys. Wenn er durch irgendeinen dummen Zufall freikommt, wird er weitere Morde begehen.«

»Das wird nicht geschehen. Morgan ist entschlossen, ihn vor Gericht zu stellen und zum Tode zu verurteilen.«

»Das ist nicht dasselbe.«

Er weiß genau, was ich meine. Ich bin nicht mehr dieselbe Grace Rivers, die in dieser Welt ankam und vor vielem zurückschreckte, weil sie es für veraltet oder barbarisch hielt. Ich bin angekommen in dieser Zeit, in der Freibeuter und englische Grafen das Recht in die eigenen Hände nehmen. Mein Mann ist beides.

»Seinetwegen verlor ich unser Kind«, fahre ich hitzig fort. »Dich hätte ich auch beinahe verloren. Er hat mich vergewaltigt. Er hat uns beide gedemütigt und missbraucht.«

Das alles sind Gründe, doch den Hauptgrund verschweige ich ihm. Rhys soll Payne töten, weil ich hoffe, dass damit die letzten Schatten auf seiner Seele verblassen. Es wird ihm seinen Stolz und die Sicherheit zurückgeben, die Payne ihm nahm. Ich schiebe das Kinn vor.

»Sag jetzt nicht, du hast Skrupel.«

»Wegen Payne? Nein. Ich habe schon vor ihm getötet und keiner meiner Gegner war so verrückt wie er oder hätte es mehr verdient. Tatsächlich habe ich seinen Tod durch meine Hand schon oft in Gedanken geplant und ausgeführt. In einem Duell, denn alles andere wäre Mord und stellt mich mit ihm auf eine Stufe.«

Ein Duell ist mir recht, obwohl Dreck wie Payne nicht auf irgendeiner Stufe steht, sondern in Kloaken schwimmt.

Der Wind frischt auf und ich rücke in seine Körperwärme und ziehe seinen Arm um meine Schulter. Für eine Weile sitzen wir stumm nebeneinander, lauschen dem Wellenrauschen und beobachten die in der Schwärze tanzenden Schaumkronen.

»Was ist es dann? Was sonst hält dich davon ab, die Gelegenheit zu ergreifen?«

»Du.«

Verdutzt hebe ich den Kopf. »Ich? Aber ich will es doch.«

»Eben.« Sanft streifen seine Lippen meine Schläfen. »Ich fürchte, du willst nicht nur, dass ich ihn umbringe, sondern auch dabei zusehen.«

Ich zögere keine Sekunde. »Ja.«

»Siehst du, und deswegen mache ich mir Sorgen. Payne kann zwar mit Peitsche und Pistole umgehen, aber nicht mit einer Klinge.«

Gut so, dann ist es schneller erledigt. Ehe ich ihm das sagen kann, fährt er fort. »Es wird kein sauberer Kampf. Eher ein Abschlachten. Selbst, wenn ich es schnell beende, wird er leiden. Durch meine Hände.«

Na und? Andere haben ebenfalls gelitten – durch Paynes Hände. Soll er doch selbst erleben, wie das ist. Alleine für das, was er Elizabeth Bennett über Monate hinweg zufügte, müsste er auf kleiner Flamme schmoren. Zugegeben, ich habe diese junge Frau nie gekannt, dafür erhielt ich einen Vorgeschmack dessen, was er alles mit ihr angestellt haben muss, bevor er sie erschlug. Ich kenne ihre Verzweiflung, ihre Todesangst, ihre Hoffnung auf Rettung. Bei ihr war sie vergeblich.

»Wenn du ihn leiden lassen kannst, umso besser.«

»Du willst ihn also langsam sterben sehen.«

Ich zucke bloß mit den Schultern.

»Soll ich ihn aufschlitzen, damit seine Gedärme am Boden schleifen? Das ist extrem schmerzhaft und bis zum Tod kann es Stunden dauern. Er würde noch leben, wenn ich seinen Brustkorb zerteile. Viele Männer sterben dabei, aber er ist kräftig und wird vermutlich lang genug bei Bewusstsein bleiben, um zu spüren, wie ich sein Herz herausschneide. Vielleicht sieht er es sogar noch in meiner Hand schlagen, ein- oder zweimal.«

Seine Schilderung füllt meinen Mund mit dem Geschmack von Bittermandel. Instinktiv rücke ich von ihm ab. »Das habe ich nicht verlangt, Rhys.«

»Nun ja, dann lasse ich sein Herz, wo es ist«, meint er trocken, hebt die Hand von meiner Schulter und hält sie mir vor die Augen. Eine schöne Hand. Schlank, kräftig, tief gebräunt von der Sonne der letzten Tage. »Meine Hände wären trotzdem über und über mit seinem Blut besudelt. Natürlich lässt sich das mit Wasser und Seife beheben, doch es blieben dieselben Hände, die dich danach wieder berühren.« Sein Finger streicht über meine Lippen, zu meiner Brust und wandert über meinen Bauch zwischen meine Beine. »Hier und hier und hier.«

Die Berührungen sind zart, erst seine Worte machen daraus Schläge. Mir fällt nichts darauf zu sagen ein.

»Siehst du, es gefällt dir nicht, obwohl wir nur darüber sprechen. Du würdest dich trotz aller gegenteiliger Behauptungen daran erinnern, was ich getan habe, wozu ich fähig bin. Und das will ich nicht.«

Schon wieder geht es ihm in erster Linie um mich. Das war bereits vor Monaten sein größter Fehler. Hier geht es um ihn. Um all das, was Payne ihm an Grausamkeiten zumutete. Um die Narben auf seinem Rücken und viel mehr noch um die auf seiner Seele. Aber wenn ich ihm das sage, wird es ihn nicht umstimmen.

»Ich komme damit klar, okay?«

»Das sagst du jetzt.«

»O Mann!« Ich greife zur Seite, ziehe mein Kleiderbündel zu mir heran und durchwühle es nach meinem Hemd. »Wieso kannst du mir nicht einmal etwas glauben? Wenn ich sage, es ist okay, ist es okay!« Ich finde mein Hemd und schlüpfe hinein. »Ich will, dass du kämpfst, Rhys. Weil so was nie wieder passieren soll. Nie wieder soll irgendjemand kommen und mich gegen meinen Willen missbrauchen und misshandeln und mir Angst machen. Payne hat mich entehrt. Schenke ihm einen gnädigen Tod, aber du wirst als mein Gemahl vor Gott gegen ihn antreten und für meine Ehre eintreten.«

Mit meiner Ehre habe ich den einzigen Köder gefunden, der ihn überzeugt und ihn von allem freispricht. Es erlaubt ihm, keine Rücksicht darauf zu nehmen, ob ich bei diesem Duell in Ohnmacht falle oder einen Schreikrampf bekomme. Wobei weder das eine noch das andere geschehen wird, denn schließlich will ich sichergehen, dass Payne, nachdem Rhys mit ihm fertig ist, nie wieder aufsteht.

»Okay«, sagt er und führt meine Hand an seine Lippen. »Ich werde deinen Wunsch erfüllen und für dich kämpfen.«

»Im Regelwerk der Bukaniere wird je nach Vergehen die Schwere des Strafmaßes verhängt. Angefangen bei Auspeitschungen und Kielholen bis zum Strang. Duelle sind bei einem Mörder allerdings nicht vorgesehen.«

Sir Henry Morgan könnte in Oxford oder Cambridge dozieren. Seit einer halben Stunde hält er uns einen Vortrag über das Gesetz der Freibeuter. Josephine zieht einen Schmollmund. Die Abendessen mit uns langweilen sie, seit sie Rhys nicht mehr auf die Pelle rücken kann. Ihm gegenüber gibt sie sich weiterhin einschmeichelnd, mich würdigt sie keines Blickes. Es macht mir nichts aus. Ganz im Gegenteil, ich genieße es.

»Natürlich spricht nichts dagegen, wenn du darauf bestehst, Tyler. Außer vielleicht die Tatsache, dass er ablehnen könnte. Ich kann ihn vor Gericht stellen, aber nicht dazu zwingen, deine Herausforderung anzunehmen.«

»Ich finde, du solltest Rhys nicht in dieses Duell hineinreden«, ergreift Josephine das Wort, womit sie meint, ich hätte ihn hineingeredet. »Ich sehe ihm doch an, dass er nichts damit zu tun haben will.«

»Dann siehst du das falsch«, stellt Rhys klar. »Ich bin bereit, Payne die Wahl der Waffen zu überlassen. Schließlich bin ich der Herausforderer. Schlage ihm die Peitsche vor, dann wird er sich dem Duell stellen. Mit der Bullenpeitsche kann er umgehen.«

»Eine Bullenpeitsche?« So habe ich mir das nicht vorstellt. Rhys wurde schon genug gepeitscht.

»Das ist ein großzügiges Angebot und ein unsauberer Tod«, meint Morgan. »Ich glaube nicht, dass er sich darauf einlässt. Er hofft auf ein mildes Urteil.«

»Ein mildes Urteil?« Ungläubig lasse ich meine Gabel sinken. »Er hat Morley umgebracht.«

»Denkt Ihr, mir schmeckt das?« Mürrisch verzieht Morgan das Gesicht. »Für den Mord an Morley gibt es keinen Augenzeugen, Madam.«

»Ich kann es bezeugen!«

»Ihr vermutet es, gesehen habt Ihr es nicht und Payne behauptet steif und fest, er habe Morley nicht angerührt. Er sei gestolpert und gefallen.«

»Aber das ist doch ...« Ich ignoriere Rhys, der beschwichtigend die Hand über meine legt. »Was ist mit Mimi? Den Mord an ihr habe ich gesehen.«

Betretenes Schweigen tritt ein. Morgans Lippen werden unter seinem Schnurrbart schmal wie ein Faden. Rhys scheint die Erbsen auf seinem Teller zu zählen und weicht meinem Blick aus. Nur Josephine besitzt den Mut, mir die unschöne Wahrheit ins Gesicht zu sagen.

»Mimi war eine Sklavin. Ihr Tod ist kein Mord.«

»Was?«, fauche ich.

Plötzlich wird es mir zu viel. Da sitzen wir an einem festlich gedeckten Tisch, überladen mit Köstlichkeiten, und sprechen von einem mir lieben Menschen wie über einen Gegenstand. Es ist nicht nur barbarisch, sondern absolut unerträglich.

»Ihr wollt ihn davonkommen lassen, Morgan.« Hitzig reiße ich die Serviette von meinem Schoß und werfe sie auf meinen Teller. »Wenn er nicht für einen Mord belangt werden kann, dann für die Schändung einer ...«

»Madam, nun ist es genug«, röhrt Morgan mir ins Wort. Ich überschreie seinen Einwurf.

»...Countess von England. Darauf steht mit Sicherheit der Tod. Jedes Gericht würde kurzen Prozess mit ihm machen!«

»Schändung?« Josephine presst mit aufgesetzter Bestürzung eine Hand an ihren ausladenden Busen. »Du liebe Güte, hat dieser Ochse von einem Wahnsinnigen das wirklich gewagt?«

»Das geht dich nichts an und du wirst kein Wort darüber verlieren«, fährt Rhys ihr über den Mund.

Ich winke ab. »Sie kann es ruhig wissen.«

»Niemand sollte davon wissen«, sagt Morgan fest. »So etwas verbreitet sich schnell in der Karibik und Euer Ruf wäre vernichtet, Madam.«

Mein Ruf geht mir sowas von am Arsch vorbei. Aber ich habe dazugelernt, sage nichts dazu und überlasse die Sache Rhys.

»Unterbreite ihm meinen Vorschlag und rede ihm zu, Morgan. Du bist ein sehr überzeugender Mann. Schon immer gewesen. Sollte er trotz allem ablehnen, lässt du ihn frei und ich kümmere mich auf meine Weise um ihn. Schnell und ohne großes Aufsehen.«

Morgan ist sofort einverstanden. Wahrscheinlich wegen meines Rufs, an dem ihm plötzlich so viel liegt. »Es wird einige Zeit beanspruchen.«

»Ich gebe ihm eine Woche. Das sollte ausreichen, dass er sich dazu überreden lässt und vorbereiten kann.«

Und damit ist die Sache gebongt. Paynes Tage sind gezählt. So oder so landet er unter der Erde, bevor wir Tortuga verlassen.

Binnen einer Woche hat sich das bevorstehende Duell auf ganz Tortuga herumgesprochen und Sir Henry Morgan hat für alle sein Haus geöffnet. Die wenigen ehrbaren Plantagenbesitzer sind dazu angereist und drängen sich auf der umlaufenden Galerie des Innenhofes zwischen Abenteurern, Matrosen und leichten Mädchen. Ich stehe nicht bei Henry Morgan, Josephine und deren herausgeputzten Gästen, sondern abseits in der Menge zwischen Samson und Portia, meinen wahren Freunden.

Rhys steht bereits unten im Hof, im grellen Sonnenlicht neben dem Springbrunnen. Die letzten Tage haben wir häufig in der abgelegenen Bucht verbracht und im Meer gebadet. Ein weißes Hemd unterstreicht seine tief gebräunte Haut. Das schwarze kurze Haar liegt leicht zerzaust um seinen Kopf. Die Sympathie der anwesenden Frauen ist ihm auf jeden Fall sicher. Während die Männer um uns herum Wetten abschließen, tuscheln sie über meinen Mann und seufzen über sein verwegenes Aussehen.

»Wo ist seine Peitsche?«, frage ich Samson, der in einem neuen azurblauen Anzug neben mir steht.

»Sie kämpfen nicht mit der Peitsche. Payne hat die Dolche gewählt. Master Rhys trägt seine beiden am Gürtel.«

Jetzt sehe ich sie auch, die beiden dunklen Lederscheiden. Sie heben sich kaum von seiner schwarzen Hose ab und ich war nicht dabei, als er sie anlegte.

»Rhys hat kein Wort darüber verloren.«

»Die Wahl der Waffen ist Männersache.«

Vielen Dank für den freundlichen Hinweis. Es ist so was von typisch. Ob Countess oder Milchmädchen, Frauen dieser Zeit werden kategorisch ausgegrenzt und mit blöden Aussagen abgespeist. Weder ein freier Mann noch ein Sklave denkt sich was dabei, weil es immer so war und sie fest davon ausgehen, dass es immer so bleiben wird. Anstatt mich darüber aufzuregen, konzentriere ich mich auf das Naheliegende: Die Sicherheit meines Mannes.

»Er kann mit Dolchen umgehen. Ich hab's selbst gesehen. Damals auf dem Schiff hatte Carter keine Chance gegen ihn.«

»Selbstverständlich kann er damit umgehen«, versichert Portia und rückt entschieden ihren neuen Hut zurecht. Wie Samsons Anzug, ist auch der Hut ein Geschenk von Rhys und mir zur Feier ihrer Freilassung.

»Trotzdem«, wirft Samson ein. »Er ist noch immer nicht ganz auf der Höhe. Die Dolche zwingen ihn dazu, dicht an Payne heranzugehen. Es wird ein Nahkampf gegen einen Mann, der derzeit doppelt so viel wiegt wie er.«

Jetzt, wo er es sagt, fällt mir auch auf, dass Rhys seine alte Form noch längst nicht zurückerlangt hat. Seine Schultern sind zwar breit, doch die langen Beine dünner geworden. Zudem ist da die Sache mit der Ausdauer. Mit mir im Bett zu liegen, ist kein Leistungssport, ein Duell hingegen schon. Je nachdem, wie lange es dauert. Payne ist zwar ein fettes Schwein, besitzt jedoch die Kraft eines Bullen und könnte trotz seiner Masse länger durchhalten. Je mehr ich darüber nachdenke, desto mulmiger wird mir. Dieses Duell fällt unter die Rubrik *saublöde Ideen*, und ausgerechnet ich habe sie wieder mal gehabt.

»Wir müssen die Sache abblasen. Sofort.«

Ich umfasse die Brüstung und will es Rhys zurufen. Samson hält mich davon ab.

»Das geht nicht«, zischt er mir leise zu. »Nicht vor all diesen Leuten. Es würde in der ganzen Karibik die Runde machen. Alle würden über ihn lachen und ihn nicht mehr ernst nehmen. Sein Ruf wäre stark beschädigt.«

Herrgott noch mal! Ständig geht es hier um irgendeinen Ruf. Was nützt ihm die Wertschätzung völlig Fremder, wenn er tot ist?

»Rhys!«

Obwohl das Stimmengewirr auf der Galerie mich übertönt, drehen die am nächsten Stehenden mir die Köpfe zu und starren mich neugierig an. Rhys sieht zu mir auf und hebt die Hand. Weiße Zähne blitzen aus seinem gebräunten Gesicht. Gleichzeitig zwickt Portia schmerzhaft fest in meinen Oberarm.

»Lasst das sein und betragt Euch wie eine Lady! Ihr bereitet ihm Schande und Sir Henry großen Ärger.«

Wahrscheinlich hat sie recht, vor allem, was den Ärger angeht. Schon jetzt wogt die Menge auf der Galerie hin und her. Spannung hängt über dem Innenhof. Ein Abbruch zu diesem Zeitpunkt würde alle erst so richtig in Fahrt bringen. Am Ende fangen die Leute noch an zu randalieren. Das würde Morgan mir nie verzeihen, nachdem ich so vehement auf diesem Duell bestanden habe. Zudem sieht es so aus, als wolle Payne sich drücken. Während wir auf ihn warten, nimmt das Gedränge zu. Jeder ringt um den besten Platz, den unseren verteidigt Samson mit seinem breiten Rücken. Der Wein fließt in Strömen und die Hitze macht die Leute zunehmend unruhig und aggressiv.

Es dauert eine weitere halbe Stunde, in der Portia mir mit einem Fächer Luft ins Gesicht wedelt, bis Payne auftaucht. Großspurig walzt er in den Innenhof, zwei lange Dolche in den Händen. Die Klingen blitzen im Sonnenlicht. Als Rhys seine eigenen Waffen zieht und ihm entgegengeht, versiegen die Stimmen. In der eintretenden Stille stehen sie sich gegenüber. Mein schlanker, geschmeidiger Rhys und ein adipöser Sadist.

Auf der anderen Seite des Hofes hebt Morgan ein schneeweißes Taschentuch und lässt es über die Brüstung fallen. Es befindet sich mitten in seinem Segelflug zu Boden, als Payne angreift und die erste Regel bricht. Die Menge schreit auf, mir bleibt beinahe das Herz stehen und Rhys weicht elegant zur Seite aus und pariert mit seinem Dolch. Metall klirrt auf Metall.

Payne geht sofort in die Vollen, verzichtet auf Finessen und setzt seine gesamte Körperkraft ein. Unter den dünnen, schmutzigen Hemdsärmeln treten die Muskeln hervor.

»Verflucht, er bewegt sich schnell«, sagt Samson an meiner Seite.

Ich nehme an, er meint Payne, sonst hätte er nicht geflucht. Und er hat recht. Payne bewegt sich erstaunlich leichtfüßig und flink. Rhys erhält keine Gelegenheit, ihn auf Abstand zu halten oder einen Gegenangriff zu starten. Er kann lediglich die schnellen Vorstöße der beiden Dolche parieren und von seinem Körper ablenken. Ich verkralle mich in das Holzgeländer vor mir. Habe ich mich so sehr geirrt? Obwohl er womöglich noch immer geschwächt ist, kann er es besser. Ich weiß es.

»Was macht er da?«

»Ich glaube, das sind Finten. Er macht Payne müde«, meint Samson.

Keine Ahnung, woher er diese Weisheit hat. Die Klingen verfehlen Rhys häufig nur um Haaresbreite. Für mich sieht sein kontinuierliches Zurückweichen eher nach einem Ansporn für Payne aus. Mein Atem wird mit jedem seiner gefährlichen Dolchstöße flacher. Nachdem sie zweimal den Springbrunnen umrundet haben, setzen bei Payne erste Ermüdungserscheinungen ein. Sein angestrengtes Keuchen hallt durch den Innenhof bis zu uns hinauf. Es beruhigt mich nicht wirklich, denn auch Rhys atmet schwerer. Beide Männer sind nassgeschwitzt, die Hemden kleben an ihrer Haut.

Ich hätte auf die Wettgebote hören sollen, dann könnte ich die Situation besser einschätzen. Mein Blick schweift über die Menge zu Morgans Mannschaft. Viele kennen Rhys und seine Methoden seit Jahren. Wenn jemand weiß, wie die Chancen stehen, dann diese Männer. In ihren Gesichtern entdecke ich gespannte Erwartung, teils auch Belustigung, aber nicht die Spur von Sorge. Gegenüber heben sich Josephines Mundwinkel zu einem Lächeln. Blöde Planschkuh! Neben mir lacht Samson leise auf.

»Ein Schwein umkreist eine giftige Viper.«

Ich zucke zusammen. »Was?«

»Payne ist gestolpert, habt Ihr es nicht gesehen?«

Nein. Ich war damit beschäftigt, die Männer zu beobachten. Den Fehler mache ich kein zweites Mal, sondern fokussiere mich auf Rhys, seine Bewegungen, das Scharren seiner Schritte, die Haltung seines Kopfes.

»Gleich ist es so weit«, sagt Samson.

Noch während er es sagt, wirbeln die Dolche meines Mannes wie blitzende Irrlichter durch die Luft. Ich kann dem Ablauf nicht folgen. Soeben stand er noch vor Payne, und im nächsten Augenblick ist er hinter ihm und tritt ihm mit einer Wucht in den Arsch, die Payne einige Schritte nach vorne stolpern lässt. Die Menge gegenüber johlt und beugt sich in einer Wellenbewegung über das Geländer. Als Payne sich umdreht, setzt das Johlen auch auf unserer Seite ein. Sein Hemd ist zerrissen, der Stoff mit Blut getränkt. Erwischt! Und zwar quer über Brust und Bauch.

Obwohl die Verletzung nicht tief ist, steht Schock in seinem Gesicht. Bevor er sich von dem Angriff erholen kann, steht Rhys vor ihm und drückt ihm eine Klinge an die Kehle. Weit reißt Payne die Augen auf und lässt seine Waffen fallen. Sie klirren auf die Steinplatten.

Mein Blick klebt an der Dolchhand meines Mannes. Es ist so weit. Mit angehaltenem Atem warte ich auf den Todesstoß.

»Heb sie wieder auf!«, verlangt Rhys und tritt zurück. »Na mach schon.«

»Was macht er denn da? Er soll es beenden, verdammt noch mal!«

»Ein zu schnelles Ende würde die Zuschauer enttäuschen«, erklärt Samson. »Was er macht, trägt ihm große Ehre ein. Hört, wie sie jubeln.«

Als ginge es um die Zuschauer oder ihren Jubel oder Ehre. Das ist doch völlig irre. Schnappatmung setzt bei mir ein. Hier geht es um Rhys und sein Leben. Ausgerechnet er, der mich ständig leichtsinnig nannte, wird es nun selbst. Meine Knie knicken leicht ein, und Portia legt einen Arm um mich.

»Er wird gewinnen, Madam. Geduld.«

Was bleibt mir anderes übrig. Ich habe dieses Duell gewollt, jetzt muss ich es auch durchstehen. Paynes Verhalten macht mich minimal zuversichtlicher. Er bückt sich sehr zögerlich nach seinen Dolchen. Es sieht aus, als würde er sich lieber dazulegen, anstatt sie aufzuheben. Sein hochrotes Gesicht ist weiß wie Kalk geworden.

Sobald er die Waffen in den Händen hält, geht Rhys auf ihn los. Er beginnt mit einem Dolchstoß von links, wieder links, dann rechts. Oben, rechts, unten, wieder links, oben. Seine Vorstöße folgen einen auf den anderen, wirken völlig wahllos, doch vermutlich steckt ein System dahinter. Mit großen Schritten jagt Rhys ihn vor sich her. Ein Ringelreigen um den Springbrunnen, bei dem Schweißtropfen auffliegen. Hastig taumelt Payne rückwärts, doch Rhys lässt ihm keine Zeit zum Luftschnappen, verringert die Distanz mit einem langen Satz – und vergisst seine Deckung. Payne schnellt mit erhobenen Dolchen vor.

Shit!

Inmitten der Hitze streicht eine vereiste Hand über meinen Rücken. Obwohl ich den Hals recke, verschwindet Rhys für einen Moment hinter einem breiten Bullenrücken. Ich kann ihn nicht sehen! Ein Schrei kracht mir ins Herz. Dann fällt Payne zu Boden und umklammert seinen Oberschenkel. Blut quillt zwischen seinen Fingern hervor. Rhys hat ihm eine tiefe Wunde zugefügt, schneller als eine Giftviper zubeißen kann.

Schrille Pfiffe setzen ein.

»Steh auf! Steh auf!«, skandiert die Menge.

Bleib liegen und stirb, denke ich. Weder das eine noch das andere geschieht. Rhys tritt von ihm zurück und blickt an der Galerie entlang. Kurz trifft mich sein zwielichtblauer Blick.

»Ich töte keinen Mann, der sich nicht verteidigen kann. Mögen das Gericht der englischen Krone und Sir Henry Morgan über ihn urteilen und ihn seiner gerechten Strafe zuführen: Dem Tod am Strang für einen mehrfachen Mörder.«

»Brillant«, sagt ein Mann neben Portia.

Was, bitteschön, soll daran brillant sein? Payne ist am Leben und laut Morgan ist ein Todesurteil nicht zu hundert Prozent sicher. Ich aber brauche hundert Prozent. Mindestens. Wider Erwarten bekomme ich sie. Nicht von Morgan. Auch nicht von Rhys. Sondern von der Menge.

»An den Galgen mit ihm! Hängt ihn auf! Holt einen Strang!«

Ihre Rufe werden immer lauter. Sie werfen ihre leeren Weinkrüge nach Payne, der sich am Boden zusammenkrümmt. Scherben spritzen von den Steinplatten auf und treffen ihn. Das Duell, das Blut und die Worte meines Mannes haben sie angestachelt. Menschen sind zu jeder Zeit grausam. Nachdem sie erwartet haben, dass ein Mann in diesem Duell den Tod findet, wollen sie Payne sterben sehen.

»Ruhe! Gebt endlich Ruhe!« Mit erhobenen Armen röhrt Morgan aus vollen Lungen in den Radau. Es dauert eine ganze Weile, bis das Geschrei abklingt. »Tortuga war immer eine freie

Insel für freie Männer. Hier gilt noch heute das Gesetz der Bukaniere und da die Mehrheit es verlangt, spreche ich in ihrem Namen. Corey Payne, für deine Morde an Miss Elizabeth Bennett und Morley Sanders, dein Verhalten gegenüber dem Earl of Stentham und nicht zuletzt deiner Willkür an meinem Besitz, der jungen Sklavin Mimi, verurteile ich dich nach dem Recht und den Regeln dieser Insel zum Tod durch den Strang.«

In dem aufbrandenden Applaus grabscht Payne nach seinen Dolchen und kommt mühsam auf die Füße. Ein schwankender Fleischberg, dem der Wahnsinn nicht nur aus den Augen sprüht, sondern mit seinem Schweiß aus jeder Pore strömt. Jeder kann es spüren, jeder sieht es ihm an, und wie immer, wenn etwas Monströses auftaucht, werden die Zuschauer still.

»Kämpfe, du feige Drecksau!« Speichel fliegt von seinen Lippen. »Bis zum Tod.«

»Du bist die feige Sau«, sagt Rhys ruhig und doch laut genug, damit alle ihn hören können. »Entführst eine unschuldige Frau, versetzt sie in Angst und Schrecken und bringst sie um, weil sie dich verabscheut. Erschlägst eine junge Sklavin, die dir nicht gehörte und dir trotzdem treu diente. Ermordest einen Greis, der keine Waffe bei sich trug. An deinem Blut macht sich kein anständiger Mann die Finger dreckig.«

Damit dreht er sich um und geht über den Hof davon. Payne sammelt seine letzten Kräfte und folgt ihm. Sein nachschleifendes Bein hinterlässt eine Blutspur auf den Steinplatten. Obwohl er sich kaum noch auf den Beinen halten kann, fuchtelt er mit seinen Dolchen durch die Luft und brüllt los.

»Du hast in deiner eigenen Scheiße gelegen und gewimmert wie ein Säugling. Du hättest mir den Arsch geleckt, damit ich dich aus der Kiste lasse. Du bist nichts. Nichts!«

Wieder setzen schrille Pfiffe ein. Morgans Männer toben.

»Mach ihn kalt, Tyler! Stech das Schwein ab!«, ruft einer.

Kurz verhält Rhys den Schritt, geht dann aber kopfschüttelnd weiter. Auch das ist eine Form von Stärke, eine, zu der man sehr viel Mut braucht, weil viele sie mit Schwäche verwechseln. Ich dränge mich durch die Menschen auf der Galerie zur Treppe in den Hof vor. Ich will an seine Seite, ihn in die Arme schließen und ihm sagen, dass er alles richtig gemacht hat. Unterdessen kreischt Payne mit sich überschlagender Stimme weiter.

»Dein Weib hat die Schenkel für mich gespreizt und mich angefleht, sie zu ficken. Gestöhnt hat sie vor Lust, als ich in ihrer Fotze abgespritzt habe!«

So viel zu meinem guten Ruf. Ein schockierter Aufschrei geht durch die Menge und nagelt mich auf der Treppe fest. Rhys sieht mich aus schmalen Augen an, dann wirbelt er herum und läuft auf Payne zu, der stehen geblieben ist und die Klingen senkt. In diesem Moment wirkt er völlig bei sich und klar und ich verstehe, worum es ihm geht. Er will nicht an den Strang. Er will sterben wie ein Mann. Aufrecht und ohne sich ein letztes Mal zu bepissen. Und Rhys erfüllt ihm diesen Wunsch. Ich sehe nur seinen Rücken, die Ellbogen, die sich anwinkeln und das war es. Es gibt keine Gegenwehr.

Payne bleibt noch einen kurzen Augenblick stehen. Blut schwappt in Schüben links und rechts aus seinem Hals und nässt sein Hemd. Die Dolche rutschen aus seinen Händen. Er fällt auf die Knie und kippt zur Seite. Die Blutlache unter seiner Wange wird schnell größer, der massige Körper beginnt zu zucken. Ganz hat sich sein Wunsch nicht erfüllt. Verbluten ist kein schöner Tod, sofern es den überhaupt gibt. Ein letztes Mal findet mich sein Blick. Ich sehe demonstrativ fort und zu Rhys.

Hastig nehme ich die letzten Stufen, renne über den Hof und falle ihm um den Hals.

»Vorsicht, an meinen Händen ist Blut und auch mein Hemd hat was abgekriegt.«

»Na und? Du hast es vollbracht.« Ich stelle mich auf die Zehenspitzen und presse einen Kuss auf seinen Mundwinkel. »Du warst einfach super! Ich meine, großartig.«

Er schlingt einen Arm um meine Schultern und lässt die Hand locker hängen. Aus dem Augenwinkel bemerke ich das Blut an seinen Fingern. Das Blut eines geisteskranken Widerlings. Es macht mir nichts aus. Anstatt davor zurückzuweichen, schlinge ich meine Finger in seine und grinse zu ihm auf.

»Ich liebe dich, Rhys Tyler.«

Fest drückt er mich an sich. »Und ich dich erst, Grace Rivers.«

Eng umschlungen verschwinden wir im Haus, während sie hinter uns bestimmt schon damit beginnen, sich das Maul über Lord und Lady Stentham zu zerreißen.

Freedom wirft den Kopf zurück und jault anklagend in den Himmel. Seine Hundeinstinkte verraten ihm, dass es diesmal um eine größere Seefahrt geht und nicht um wenige Stunden an der Küste von Tortuga entlang. Weder mein liebevolles Locken noch die scharfen Befehle meines Mannes können ihn dazu bringen, eine Pfote auf die Planke zu setzen. Ich war schon mal auf einem Schiff, besagt sein Heulen, und es hat mir nicht gefallen.

Unser weniges Gepäck ist längst verstaut, von Morgan und Josephine haben wir uns schon vor einer Stunde verabschiedet, Portia und Samson stehen erwartungsvoll neben uns und die Matrosen wollen endlich ablegen. Der Einzige, der sich einer Abreise verweigert, ist der Hund meines Herzens.

Murrend geht Rhys zurück an Land. Die schmale Planke wippt unter seinen ungeduldigen Schritten. Prompt kneift Freedom den Schwanz ein, duckt sich unter der Hand, die ihm ins Nackenfell greift und macht wieder mal auf Quietschente. Diesmal vor Angst.

»Rhys, tu ihm nicht weh. Er fürchtet sich.«

»Ich tu ihm nicht weh.«

Mit allen vier Pfoten stemmt sich Freedom gegen den Zug seiner Hand und sieht gleichzeitig aus seinen Triefaugen zu mir. Ein stummer Hilfeschrei. Er will mit und bei mir bleiben, bloß weiß sein Hundehirn nicht, wie das gehen soll.

Am oberen Ende der Planke strecke ich die Hand aus und versuche noch einmal, ihn zu mir zu locken. »Komm, mein Süßer. Komm zu mir. Hierher. Hier.«

Die Einzigen, die näher herankommen, sind einige Matrosen von anderen Schiffen, um sich die Szene anzusehen und Witze zu reißen. Rhys lässt den Hund los, streckt den Rücken durch und setzt mit einem süffisanten Grinsen die Hände in die Hüften.

»Ich würde ja kommen, meine Süße, aber ohne diese flohbefallene Memme willst du bestimmt nicht abreisen.« Die Umstehenden lachen.

»Er hat keine Flöhe!« Fest sehe ich meinem Mann in die Augen. »Du musst ihn tragen.«

»Ist nicht dein Ernst!«

»Doch, nimm ihn auf den Arm. Wenn du ihn hältst, fühlt er sich sicher. So geht es mir auch immer.«

»Ja!«, ruft einer der Matrosen. »Stell dir einfach vor, er wäre dein Mädchen. Nur mit viel mehr Haaren im Gesicht.«

Das Gelächter wird lauter und lässt sich auch nicht von Rhys' scharfem Blick in die Runde eindämmen. Portia hält sich glucksend die Hand vor den Mund. Selbst Samson, der an der Reling lehnt, bringt ein kleines Lächeln zustande, in dem zum ersten Mal die Trauer um Mimi fehlt. Einen undeutlichen Fluch durch die Zähne quetschend, beugt Rhys sich vor und schiebt die Arme unter den Hund. Freedom verwarnt ihn mit einem tiefen Knurren.

»Wage es, mich zu beißen und ich ersäufe dich im Hafenbecken«, knurrt er zurück und hebt ihn an.

Ich weiß nicht welche Miene wehleidiger ist. Die des Hundes, der sich schlaff hängen lässt und sich so schwer wie möglich macht, oder die meines Mannes, der ihn über die schmale Planke schleppt. Kaum steht mein Hund wieder auf den eigenen vier Pfoten, niest er meinem Mann heftig auf die Stiefel und schmiegt sich dann schwanzwedelnd an meine Seite. Lobend tätschle ich seinen Kopf. »Tapferer Hund! Braver Schatz. War doch gar nicht schlimm.«

»Nicht schlimm? Sieh dir meine Stiefel an!«

»Lieber Himmel, Rhys, das sind doch bloß Schuhe.«

Da ich ihm kein Verständnis entgegenbringe, wendet er sich ab und blafft einen Matrosen an.

»Macht die Leinen los, sonst kommen wir hier nie weg.«

Die Leinen werden gelöst, die Planke eingezogen. Wenig später bläht der Wind die Segel und wir segeln langsam aus dem Hafen von Cayonne. Die Häuser und die Festung werden kleiner. Die Menschen schrumpfen zu Punkten.

»Es geht nach Barbados, Junge«, sagt Portia zu ihrem Sohn. »In unser neues Zuhause.«

»Nach Hause«, wiederhole ich und wende mich von Tortuga ab. »Meine Großmutter sagte immer, wer zurücksieht, kehrt irgendwann wieder.«

»Na, dann nichts wie ab an den Bug«, sagt Rhys und nimmt meine Hand. »Lasst uns nach vorne sehen und nie wieder zurück.«

Wir laufen zum Bug und lassen uns den Wind um die Nase wehen. Salzige Gischt sprüht uns ins Gesicht, prickelt auf meiner Haut. In Rhys' Armen blicke ich über das Meer. Weit und grenzenlos dehnt es sich vor uns aus. Wie unsere Zukunft. Wie unsere Liebe.

# Epilog

*A*bgeschlossen.

Zufrieden klappte Andrew Pickett sein Notizbuch zu. Das Ende einer Behandlung versetzte ihn jedes Mal in Hochstimmung, besonders, wenn es um schwierige Fälle ging. Fälle, die er selten bis nie erlebte. Grace Rivers war so ein Fall gewesen.

Eine junge Frau, die alles besaß, der alles in den Schoß fiel, die gewiss von vielen beneidet wurde und deren Tragödie ein unvorstellbares Ausmaß besaß. Es hatte ihn nicht kalt gelassen. Ganz England hatte daran Anteil genommen, was der Sache nicht förderlich gewesen war. Seine Patientin musste nicht nur mit ihren Verlusten fertigwerden, sondern auch mit dem Interesse der Öffentlichkeit.

Neben tausenden von Blumensträußen vor ihrem Elternhaus, wurde sie von hunderten Journalisten belagert. Mit seitenlangen Reportagen und Extrasendungen in den Medien. Mit Vorwürfen und haarsträubenden Behauptungen. Man hatte ihren Vater überheblich genannt. Närrisch und unverantwortlich sei es für einen Mann in seiner Position, die gesamte Familie in einen Jet zu setzen. Dabei wurde die Maschine besser gewartet als viele Maschinen großer Airlines und Rivers war ein erfahrener Pilot gewesen. Weshalb man sogar spekulierte, er habe seinen Jet selbst zum Absturz gebracht, wegen unlauterer Geschäfte, wegen eines finanziellen Ruins, selbst Drogen brachten sie ins Spiel. Und immer wieder kamen die Medien auf ein erst achtzehnjähriges Mädchen zurück, das nun allein in der Welt stand und verdammt viel Glück gehabt hatte. Was, je öfter es erwähnt wurde, ebenfalls nach einem Vorwurf klang.

Der gesamte Verlauf nach dem Absturz war zudem ein Trauma für sich gewesen. Sie hatten einfach an ihrer Tür geklingelt, ihr die Nachricht überbracht und sie im Anschluss, da der anwesende Psychologe sie für ausreichend gefestigt hielt, allein gelassen. In einem riesigen Haus, mit einer Nachricht, die selbst ein älterer Mensch kaum verkraften konnte. Die Angestellten waren im Urlaub, da die Familie über vier Wochen in Spanien bleiben wollte. Die Freunde dieser Familie, und davon gab es eine ganze Menge, waren wegen der bevorstehenden Hochzeit entweder bereits in Marbella oder auf dem Weg dorthin. Grace hatte mit niemandem sprechen, sich an niemanden wenden können. Natürlich war Sir Raymond Fields sofort zurückgekehrt und hatte sich ihrer angenommen, aber er war erst einen Tag später wieder in London eingetroffen.

Eine ganze Nacht hatte sie ohne Unterstützung verbracht. Stunden, in denen sie sich ein Dutzend Mal und mehr das Leben hätte nehmen können. Sie hatte es nicht getan, stattdessen hatte sie sich abgekapselt, und zwar so gründlich und erfolgreich, dass Pickett kurz davor gestanden hatte, an ihr zu verzweifeln und ihren Fall in andere Hände zu geben.

Dann, vor vier Monaten, trat plötzlich eine Wende ein. Wäre er kein Mediziner, hätte er es ein Wunder genannt. Manchmal schob er es auf die Pillen, die er ihr mitgegeben hatte, manchmal auf Sir Raymond Fields, der ihr gewaltig ins Gewissen geredet hatte, nachdem sie zwei Sitzungen ausgelassen hatte, doch letztendlich gehörte es zu jenen Vorfällen, die ihm bei aller Erfahrung selbst ein Rätsel blieben. Denn die junge Frau, die wieder seine Praxis aufsuchte – und zwar überpünktlich –, schien ein vollkommen neuer Mensch geworden zu sein. Reifer, zugänglich und überaus charmant.

Vieles war merkwürdig daran. Ihre ausführliche Entschuldigung, gespickt mit Worten, die junge Menschen nicht benutzten und häufig gar nicht mehr kannten. Das bodenlange Hippiekleid, das sie bei diesem ersten Besuch trug. Mehr noch die bis zu den Ellbogen reichenden Handschuhe und ein Hut, der stark den Hüten Ihrer Majestät, der Queen ähnelte. Eine bewundernswerte Frau, aber eben doch weit über achtzig Jahre alt.

Bei jeder weiteren Sitzung hatte Grace einen anderen Stil gewählt. Einen dunkelblauen Businessanzug mit weißer Bluse. Über die Knie reichende Ringelsocken zu einem Minirock. Hotpants und ein Top mit Spaghettiträgern. Ein Flatterkleid mit wehendem Schal. Ein Kostüm, das ihn an die vierziger Jahre erinnerte. Ein gepunktetes Kleid mit ausladendem Petticoat, als wolle sie sich der Rockabilly-Szene anschließen. Lederhosen und Bikerstiefel.

Immerhin war alles um Längen besser gewesen als die schmuddeligen Jeans und die T-Shirts und Blusen, die sie bisher getragen hatte. Und mit schmuddelig meinte er nicht gewollt nachlässig wirkende Designerkleidung, sondern Klamotten, die in die Wäsche gehörten, genauso wie sie selbst regelmäßiger unter die Dusche.

Ihr Verhalten erinnerte an einen Schmetterling, der sich unzählige Male verpuppte und verschiedene Kokons wählte, bis er seine endgültige Form fand. Pickett verzeichnete diese Suche nach sich selbst bei jeder Sitzung als weiteren Fortschritt – und schließlich hatte sie sich gefunden.

Jetzt saß sie ihm in einem weißen, mit tiefroten Blumen bedruckten Etuikleid gegenüber. Obwohl der September kühl war, trug sie keine Strümpfe und an den Zehen offene hohe Schuhe. Die Zehennägel waren lackiert, passend zu den Blumen auf ihrem Kleid und der übergroßen Handtasche neben der Couch am Boden. Ihr Haar war seit kurzem zu einem modernen, dichten Bob geschnitten und glänzte, ihr Gesicht war dezent geschminkt und die Fingernägel sorgfältig manikürt.

Faszinierend und einen Artikel in einem Fachmagazin wert. Vielleicht sogar ein ganzes Buch. Er würde natürlich weder das eine noch das andere schreiben, sondern seine Notizen unter Verschluss halten. Zu leicht konnten Schlüsse gezogen und auf sie zurückgeführt werden. Schließlich nahm England erneut Anteil an ihr. Obwohl sie die Einladungen der Fernsehsender ausschlug, beantwortete sie hin und wieder knappe Interviews, ebenso überlegt und ehrlich wie seine Fragen.

Letztendlich blieb es unerklärlich, denn schwere Depressionen verflogen nicht einfach von selbst. Kein Mensch, der in einem tiefen Loch saß, sprach von heute auf morgen von den Vorteilen dieser Welt, von der Freude am Leben, vom Wert der Unabhängigkeit, die wenig mit Geld, doch viel mit der Äußerung und Verfechtung eigener Ansichten verbunden war. Und das mit einer Begeisterung, die andere mitriss.

Mit dem Zuschrauben seines Montblanc Füllers setzte er den Schlusspunkt.

»Das war unser letztes Gespräch, Grace. Von heute an bleiben Sie von mir und meinen Fragen verschont.«

Er hätte erwartet, dass sie ihre Handtasche schnappte, von der Couch aufsprang und fluchtartig hinausstürmte. Stattdessen blieb sie sitzen und faltete die Hände im Schoß.

»Aber die Stunde ist noch nicht beendet, Dr. Pickett.«

Er warf einen Blick auf seine Armbanduhr. »Stimmt. Wie wär's mit einem Tee zum Abschied?«

»Lieber eine Coke.« Sie lächelte vergnügt. »Eiskalt, bitte.«

Lachend stand er auf, ging ans Telefon und wählte seine Assistentin an. »Zwei eiskalte Coke für Miss Rivers und mich, Helen.«

»Kommt sofort«, schallte es aus dem Lautsprecher.

Schwungvoll setzte er sich seiner Patientin wieder gegenüber. »Sie haben in kurzer Zeit große Fortschritte gemacht, Grace. Ich bin stolz auf Ihre Erfolge.«

»Viele davon habe ich Ihnen zu verdanken.«

Wahrscheinlich, vielleicht aber auch nicht. Auf seinem Fachgebiet galt er als einer der besten Psychiater weltweit, was nicht bedeutete, dass er alles wusste und alles lösen konnte. Auch er musste immer wieder mit einem Scheitern rechnen und die Segel streichen. Zum Glück nicht bei ihr.

Helen kam herein, stellte ein Tablett mit zwei Flaschen und zwei Gläsern zwischen ihnen auf den Tisch, zwinkerte Grace kurz zu und ging wieder hinaus. An den Flaschen lief Kondenswasser hinab, so kalt waren sie. Als er ihr einschenken wollte, nahm sie die Flasche an sich und setzte die Lippen an die Öffnung. Schmunzelnd beobachtete er sie beim Trinken. Bei aller Eleganz und den Erfahrungen, die sie hatte verarbeiten müssen, blieb sie eine junge Frau von erst zwanzig Jahren. Und das war gut so.

Er tat es ihr nach und trank aus der Flasche.

»Ah!«, entwich es ihm, nachdem er sie absetzte. »Das habe ich lange nicht mehr gemacht.«

»Aus einer Flasche getrunken? Dann sollten Sie das öfters tun.«

»Ja, vermutlich. Sagen Sie, darf ich Ihnen eine letzte Frage stellen, im Privaten sozusagen?«

Sie zupfte an den nach innen gebogenen Spitzen ihres Bobs. »Sicher.«

»Was haben Sie nun vor?«

»Ich verlasse London und ziehe nach Wales.«

Als er die Brauen hob, fuhr sie lebhaft fort. »Dort gibt es ein Haus, na ja, eher eine Ruine, aber früher war es sehr schön. Also … ich meine … soweit ich erkennen kann, muss es früher einmal sehr schön gewesen sein. Mit einem großen Garten voller Apfel- und Kirschbäume. Das Meer ist nicht weit. Ich lasse es wieder herrichten. Originalgetreu, so wie es einmal aussah. Und dann ziehe ich ein.«

»Ein aufwendiges Vorhaben.« Mit dem er nicht gerechnet hatte.

»Sir Raymond, also Onkel Ray, ist damit einverstanden und stellt mir das Geld zur Verfügung. Die Kaufverträge liegen ihm bereits vor. Sie müssen nämlich wissen, das Haus gehörte einmal meiner Familie. Lange, lange vor meiner Zeit. Unsere Wurzeln liegen in Wales, daher auch der Anhänger.«

Sie deutete darauf und erwähnte ihre Familie, ohne Zögern, ohne einen Schatten, der über ihr Gesicht huschte. Erstaunlich. Dennoch wiegte er skeptisch den Kopf.

»Das klingt sehr abgeschieden für eine Frau in ihrem Alter. In London gibt es doch sehr viel mehr Abwechslung.«

»Oh, aber ich liebe das Leben auf dem Land. Die Stille, die gute Luft, die Weite des Waldes. Und ich weiß mich zu beschäftigen. Zuerst die Restaurierung des Hauses, dann möchte ich einen Stall bauen und mir einige Pferde zulegen. Ich denke an eine kleine, aber feine Zucht. Brillant habe ich bereits zurückgekauft.«

Er stutzte. »Sie meinen Diamond.«

Irritiert blinzelte sie. »Was habe ich gesagt?«

»Brillant. Sie nannten Ihr Dressurpferd Brillant.«

Und das gehörte zu diesen seltsamen Aussagen, die immer wieder vorkamen und auf die er sich keinen Reim machen konnte. Kleine Verwechslungen, kurzes Zögern, nichts wirklich Beunruhigendes und dennoch … Dieses Pferd war über etliche Jahre ihre größte Leidenschaft gewesen. Sie sollte seinen Namen kennen.

»So was Dummes. Ich fürchte, das ist typisch für mich.« Kichernd ließ sie ihre Hand durch die Luft flattern. »Mit den Gedanken immer woanders. Lady Grace aus Wolkenkuckucksheim.«

»Lady Grace …?«

»War ein Scherz.« Etwas zu hastig stellte sie die halbleere Flasche ab und griff im Vorbeugen nach ihrer Handtasche. »So, jetzt muss ich

aber los. Vielen Dank für alles, Dr. Pickett. Wenn Sie mit Ihrer werten Gemahlin, ich meine, Ihrer Frau, einmal nach Wales kommen, besuchen Sie mich. Ich bestehe darauf.«
»Gern.«
Zeitgleich erhoben sie sich. Er ging mit ihr zur Tür, öffnete sie und reichte ihr die Hand. Ihr Händedruck, zu Anfang schlaff und unsicher, war nun fest und bestimmt.
»Viel Glück, Grace.«
»Das werde ich haben. Danke, Dr. Pickett, danke für alles.«
Er sah ihr nach, während sie das Vorzimmer durchquerte. Eine Wucht von einem Mädchen mit schwingendem Bob und schwingenden Hüften. Winkend hob sie die Hand.
»Leben Sie wohl, Helen. Es war mir ein Vergnügen, Ihnen begegnet zu sein.«
»Mir ebenfalls, Miss Rivers. Warten Sie, ich öffne Ihnen die Tür.«
»Ach, das kann ich doch selbst. Ciao, Baby!«
Und damit fiel die Tür hinter ihr zu und das Klackern ihrer Absätze entfernte sich. Helen wippte gegen die Lehne ihres Schreibtischstuhls.
»Ob Sie es glauben oder nicht, ich werde sie vermissen.«
»Ich auch. Und ich hätte nie gedacht, dass ich das einmal von ihr sagen würde. Hier, legen Sie ihre Akte im Archiv ab.«
»Leb wohl, Grace Rivers.«
»Das wird sie.« Er schmunzelte stillvergnügt. »Ganz bestimmt.«